序

王仲明

张越先生在他古稀之年要出版一部文学评论集《文学拓耕集》，检阅他半个世纪来的“文学拓耕”实绩，这不仅是他本人文学生涯中的一件大事和人生旅途中的一个总结；同时，也是令新疆文学界及我们这些与他长期相处的文坛好友振奋的喜事。

他一九六〇年毕业于北京大学中文系，一九六一年四月调到新疆科学院语言文学研究所从事文学研究，一九六二年四月调入新疆文联任中国作家协会新疆分会主办的《新疆文学》月刊评论编辑，并先后任《新疆民族文学》副主编、新疆文联文艺理论研究室副主任。现在他已退休多年，满头青丝已被白发替代，但他依然笔耕不辍，保持着文学领域中永驻不衰的青春年华；即使高度弱视，也阻挡不了他文学耕耘的步伐。这部《文学拓耕集》，是他文学评论和文学研究生涯的总结，但绝不是终结，而是一个新起点、一个新的文学长征的序曲，是新世纪万里长空中一只成熟老道的文学之鹰的扑翅和搏击。张越先生要我为这部著作作序，他比我年长，是我的兄长，我为此感到惶恐，然而又感到振奋和激励。我要不辜负他之所望，同时要在新世纪的中国新文学领域与他齐飞，共同构筑中国社会主义文学事业的金色大厦。

张越先生长期担任一个刊物的评论编辑，在这个岗位上，他辛勤劳作，联系、发现、培养、推举了许多评论人才，为新疆文学界评论队伍的形成和壮大做出了重要的贡献。如今不少评论人才已成为新疆以至全国文学评论界的骨干，这是一个评论编辑的光荣和骄傲。但是，我们应该看到，一个评论编辑的成功，基于他自身的文学理论素养和业务功底。如果一个评论编辑本身缺乏文学理论素养和业务功底，我们很难想象他何以发现和培养人才，何以在刊物周围组织一支强大而有实绩的文学评论队伍，并且把握文学评论的发展方向、推动文学创作的发展，特别是在中国风云多变的历史年代，一个文学刊物的评论编辑肩负着繁重的历史任务，经受着严峻的历史考验。虽然不能说他在风云变幻的年代都能洞若观火，但确实也让读者看到他作为一个评论编辑的历史责任感和文学素养。这部《文学拓耕集》中汇集的评论作品，是他作为一个评论编辑的文学理论素养和业务功底的有力佐证。这部著作，虽然不是他一生评论作品的全部，但基本可以从中看出他从事文学评论和理论研究的脉络、主旨、风格、倾向和成就。

张越先生的文学评论生涯始于他的学生时代。在《北大青年》一九五九年第一期发表了由他执笔的《共产主义教科书——读长篇小说〈野火春风斗古城〉》，《光明日报》同年一月三十日也发表了该文（改题为《共产党员的光辉形象》）。以后他又参加了北京大学《中国文学史》《中国现代文学史》《中国小说史稿》《毛泽东文艺思想概论》等书稿的编写。学生时代的这些文学活动，为他确立毕生为文学评论和文学研究献身建业的志向打下了基础。尽管他大半辈子的职业是编辑，但他整体的血脉流动都在文学评论和文学研究。令人深为钦佩的是，他在新疆四十多年，把文学评论和文学研究的主要方向潜入到新疆各少数民族文学领域，并且获得了显著成就，受到文学界的一致称赞。我们看到，他对维吾尔族著名诗人黎·穆塔里甫、铁依甫江·艾里耶夫、克里木·霍加、维吾尔族小说家柯尤慕·图尔迪、祖尔东·萨比尔、哈萨克族小说家郝斯力汗的作品和文学活动的具有深度的评论。而他的《新疆少数民族文学漫步》《爱国同怀赤子之心——维吾尔族歌颂祖国的诗歌漫笔》《发展中的哈萨克族文学》《哈萨克文学中的幽默与讽刺》《锡伯族的当代文学》《新疆当代多民族文学扫描》等文章，全景式地扫描和研究了新疆各少数民族文学的发展和现状。深挚的情感、宽阔的视野、理性的思考、历史的考察和恰当的把握，使他的这些论文成为当代少数民族文学评论的重要参考。特别是在中国长期政治运动风云变幻、文学界命运多舛的状况下，风雨过后，人们尤其能感受到张越历年经营的这些评论成果的宝贵价值。上述提到的这几位维吾尔族、哈萨克族诗人、小说家，都是维吾尔族、哈萨克族当代文学的重要奠基人，他们虽然现在都已离我们而去，但他们文学的重要成果成为各少数民族文学发展史上的丰碑，也是我国文学发展中的重要组成部分；而张越先生对他们的作品和文学活动中肯的评论和推介，为中国当代文学史的建设提供了重要依据，也为我们广大读者认识和理解这些少数民族诗人小说家及其作品提供了导引，扩大了他们在读者中的影响，促进了当代少数民族文学的发展，促进了中国各民族文学事业的繁荣。

张越先生的评论活动，不仅针对新疆当代少数民族作家作品，而且涉足新疆少数民族史诗、神话、民间故事以及其他文学样式。他对史诗《玛纳斯》《江格尔》的评论和研究，特别是对史诗《江格尔》的评论和研究，在学术界产生了很重要的影响。他的《新疆少数民族神话初探》《维吾尔族神话》《锡伯族民间故事论》《帕米尔高原的传说——谈塔吉克族民间故事》《乌古斯传与维吾尔神话》等论文，在深入挖掘各少数民族民间文学资源的基础上进行了分析评论，有着独特的价值，有的则是一种具有开拓性的研究。他对少数民族神话的探索和研究，改变了人们“新疆少数民族无神话”的传统观点，开启了一扇挖掘和认识新疆少数民族神话的大门。全面关注各民族民间文学和作家文学，是我们了解和认识各民族文学的历史长河的一个重要方法。不了解各民族的民间文学状况和历史发展，就无以了解各民族作家文学发展的源流，无以了解作家文学，也无以推动作家文学的发展。这是为世界文学史所证明的文学发展规律。张越对各少数民族民间文学的研究及其成果的意义是极为深刻的。

我们也注意到，张越作为一个评论编辑和评论家，他特别重视通过各少数民族作家的作品来推介少数民族文学。因此，编选各少数民族作家作品选集成为他的一个重要活动。《新疆少数民族短篇小说集》《郝斯力汗小说散文选》《克里木·霍加诗选》《新疆兄弟民族文学评论集》《新疆作家作品论》《新疆各民族神话故事选》等等他个人或合作编选的作品集，为研究和评论各少数民族文学提供了便利。而通过编选这些作品集，他越加深刻地认识了少数民族民间文学和作家文学的价值，他的评论和研究也越加深入到作品的本质，提高了他的评论和研究的科学价值。他的《新疆少数民族短篇小说集·前言》《新疆民族神话故事选·前言》《新疆少数民族神话初探》《哈萨克现代小说的奠基者——郝斯力汗评传》《为兄弟民族优秀作家编书》等等就是由此而获得的优秀理论成果。

值得我们特别重视的是，张越在文学理论领域的探索和收获。他在马克思主义理论的指导下，通过他的文学评论实践活动，提升了他的文学理论水平，并且提出了具有独特见解的文学理论主张，引起了文学界的关注。他的《试论民族文学的划分》一文，根据民族文学的实际情况，在区分文学作品的民族归属问题上进行比较详细的分析和研究，在国内较早地对民族文学的 ABC 有了一个比较理性的认识，为进一步研究民族文学，进行中国文学史建设，提供了十分重要的理论依据。虽然他的理论分析未必就是定论，但他的文章把评论研究界引入到民族文学的理性认识之中，使科学的民族文学理论的诞生成为可能。而他的论文《民族文学理论建设二题》《生活启示录——民族文学札记三则》《漫谈西部文艺的多民族性》《通俗文学的品格》《要批判，也要歌颂——我观报告文学》《人民需要艺术，艺术更需要人民——学习邓小平关于艺术与人民的论述》等等，以更加宽阔的理论视野，论述了文学理论中的许多重要命题。这不仅对民族文学理论建设，而且对社会主义文学的理论建设，都有着不可忽视的意义。

作为一个长期生活在边疆地区的文学评论和文学研究工作者，能在文学理论上取得这样可观的成绩，特别是它的创新的见解和理论的深度，足以令我们深为钦佩。我希望张越先生今后在这条荆棘丛生的探索之路上继续奋进，取得更加辉煌的成绩。

二〇〇七年一月二十八日

于乌鲁木齐延安路

目 录

民族文学概览

民间文学论析

作家作品论

深入中肯地
评论了几位
新疆少数民族现当代文学
重要奠基人的文学活动
及其丰碑式的创作成果
为中国现、当代文学史建设
提供了重要依据
为广大读者
认识和了解这些
诗人、作家提供了导引

维吾尔现代革命文学的开拓者

——论诗人黎·穆塔里甫的创作

我愿把我的诗的种籽，
在祖国的花园里撒播，
我愿它在干涸的河边，
盛开起鲜艳夺目的花朵。

这是维吾尔族现代革命文学的开拓者、著名的爱国主义诗人、革命烈士鲁特夫拉·穆塔里甫（简称黎·穆塔里甫）于一九四三年写的一首抒情诗。

诗人的愿望并没有落空。他那用天才、热情、赤诚和鲜血凝聚、培育出来的诗篇，确如一把具有强大生命力的种子，撒播在天山南北，撒向了九百六十万平方公里的土地，在各族人民中生根、开花、结果，促进了维吾尔等新疆各少数民族现代和当代文学的发展。

一

鲁特夫拉·穆塔里甫，一九二二年十一月十六日出生于新疆尼勒克县一个贫苦的宗教人士之家，父亲赫孜穆阿洪是伊斯兰寺院的毛拉。在当地群众中，赫孜穆阿洪算是个学识渊博的人，精通阿拉伯语和波斯语，对纳瓦依等古代突厥语诗人的作品比较熟悉，他给儿子取名鲁特夫拉，既有慈善、公正的含义，又与纳瓦依同时代一个诗人同名,寄托着对子女的期望[1]。穆塔里甫自幼接受父亲的启蒙教育,培养了强烈的求知欲,尤其对文学艺术有浓厚的兴趣。他喜欢画画,喜欢听人演唱民歌,讲述民间故事、谚语、格言等等。由于他聪明好学,才智出众,父亲觉得让他上经文学校,做个懂宗教的毛拉,不能满足他的求知欲,发挥他的才能,应该让他做一个"懂科学的毛拉"[2]。一九三二年,父亲不顾家中贫困,把儿子送到伊犁。穆塔里甫在亲友的资助下,上了塔塔尔小学,一九三六年考入俄罗斯中学。这两所学校是新疆创办较早的新式学校。在学校里,他学到了文化基础知识,学会了俄罗斯语,也学会了思考社会问题。这时,他在老师的指导下,如饥似渴地阅读各种文艺作品,并参加办墙报、绘画、演剧、朗诵等活动,大大开阔了他的视野,活跃了他的思维,促使他拿起笔练习写作。

穆塔里甫童年时期整天和贫苦的农民生活、劳动在一起,对农民的辛苦和贫困感到不平和愤慨;后来他还接触过淘金工人,亲耳听到工人对社会贫富不均的控诉。他深思着,想探究原因,寻找答案,并曾为此寝食不安。他不相信命运。一位教师对他说过这样的话:"贫困并不是钉在穷人命运上的铁钉,即使是铁钉,也总有拔掉的一天"。[3]这给予他极大的启示,燃起了他追求真理的欲望。他贪婪地读书,特别是阅读苏联社会主义文学,从中吸取有益的营养,寻找真理。在这期间,他逐渐明白了斗争、劳动、团结的意义。当时,正是我国救亡运动蓬勃发展、抗日战争开始之际,穆塔里甫这个思想单纯、热爱祖国、追求真理的热血青年,深切地关怀祖国的前途命运,创作和发表了不少充满爱国主义激情的诗歌。他在这时期的许多作品中,都反复地表述着他对真理的理解,并构思着通过团结、斗争、劳动所要达到的社会理想。

一九三九年,他中学毕业考入迪化省立师范学校。他怀着投入斗争激流、寻找前进的导师的无限喜悦,告别了故乡,来到了新疆的

---

① ② ③ 见莫·木哈买提《激流浪花——记黎·穆塔里甫的童年和少年生活》,载《新疆文学》1962 年第 4 期。

政治文化中心乌鲁木齐。两年后，他未毕业就到了《新疆日报》社工作。在乌鲁木齐的学习和工作，对于穆塔里甫一生所走的道路，具有决定的意义。由于在他学习和工作的地方，共产党员负责主要工作，穆塔里甫从他们那里接受了教育，懂得了抗日统一战线政策，懂得了革命，也初步了解了马列主义。他以遏止不住的渴望，投入到抗日救国的战斗行列中去。据他同学的回忆，他每天一离开课堂就不见了，要找他只好到公共活动的场所去，哪里人多，哪里准有他。他不是在演讲，就是在朗诵诗，要不，便是在唱歌。他走着路，也总是热情满怀地唱着抗日歌曲。从报纸上读到国民党围剿新四军的消息后，他在群众集会上义正辞严地声讨国民党的卖国行为[①]。现实的斗争生活，提高了他的思想，锻炼了他的意志，也促使他创作出一大批优秀的诗歌、戏剧、散文等作品，使他成为在社会上有广泛影响的爱国主义诗人。

一九四二年，伪装进步的新疆统治者盛世才逐渐暴露了他的反动面目，公开投靠国民党，逮捕在新疆工作的共产党员，迫害抗日爱国力量。穆塔里甫也成了他们的眼中钉。一九四三年，国民党反动当局把诗人从革命活动日益发展的北疆调到革命力量薄弱、特务控制森严的阿克苏去。这时，穆塔里甫早已认清了国民党的反革命面目，也深知敌人的阴谋诡计。他愤怒地斥责了敌人的迫害，怀着“在前进的道路上紧紧地跟随旗手”[②]的决心，毅然前往阿克苏报社工作。

到阿克苏不久，国民党警察局就传讯他，让他写悔过书，但威胁利诱并没有动摇他的革命意志。敌人找不到逮捕他的理由，不得不放了他，并在暗中对他进行严密监视。他继续从事报纸、戏剧和体育运动等工作，培养和团结了许多进步的文艺青年，宣传了革命思想。一九四四年九月，他的故乡尼勒克爆发了反对国民党反动统治的伊犁、塔城、阿勒泰三区革命，穆塔里甫积极响应。一九四五年初，他参

① 见刘肖无《维吾尔诗人黎·穆特里甫》，载《人民文学》1956 年第 2 期；克里木·霍加《你的青春的花朵已经开放》，载《人民文学》1956 年 2 期；克里木·霍加《你的青春的花朵已经开放》，载《天山》1958 年 9 期。

② 引自《给岁月的答复》。

与了建立、领导革命秘密组织“东土耳其斯坦星火同盟”的活动。该组织团结阿克苏及其周围地区的先进青年，按照三区革命的原则，与国民党展开地下斗争。穆塔里甫那抒发斗争决心的诗篇《幻想的追求》，深刻地表达了人民的斗争意志，成了这个革命组织的战斗进行曲。

正当他们积极准备武装起义之时，由于叛徒告密，穆塔里甫等革命志士被国民党逮捕，并于九月十八日被秘密杀害。那时他才二十三岁。在他生命的最后时刻，他在狱中墙壁上写下了两行悲愤的诗句：

这广漠的世界对于我恰是
地狱一座，
万恶的刽子手摧残了我
青春的花朵。①

二

穆塔里甫是一位才华横溢的诗人、作家、文艺活动家。他创作历史虽然只有短短的八年时间，但是却取得了很大的成就，在维吾尔诗歌发展史上，树起了一座崭新的里程碑。

穆塔里甫创作的八年，正是我国抗日战争的八年。这样的历史背景使他的诗篇带有浓厚的时代气息、高度的爱国主义热忱和强烈的革命精神；体现着诗人对民族的危难、人民的呼号、战争的前途、祖国的命运的深切关心。因此在他的创作中，对祖国的挚爱与忠诚，对敌人的仇恨与鞭挞，对正义的歌颂，对真理的追求，得到了淋漓尽致的表达，充分体现了人民的感情和意志。列宁曾说过：“如果我们看到的是一位真正伟大的艺术家，那么他就一定会在自己的作品中至

① 此诗句及全文所引诗人的生平事迹的有关情况，除采自前面所注三文外，还有铁依甫江·艾里耶夫《战斗岁月的歌手》，克里木·霍加编译的《黎·穆特里夫诗选》“代序”，作家出版社1957年）、艾勒坎木·艾合坦木的《前言》（见张世荣、杨金祥编《黎·穆塔里甫诗文选》，新疆人民出版社1981年）和《黎·穆塔里甫的文学创作活动及其在现代维吾尔文学中的地位》（见陈柏中、张越编《新疆兄弟民族文学评论集》，新疆人民出版社1982年版。）

少反映出革命的某些本质的方面。”①穆塔里甫创作的可贵之处，正在于它反映了抗日战争时期我国社会的主流和本质。因而不仅在当时产生了巨大的社会影响，配合和推动了抗日战争的发展，而且直到今天仍然是我们了解那个时期维吾尔人民对抗日斗争所做贡献的珍贵文献资料。

穆塔里甫的创作活动一般是从他正式发表作品的一九三七年算起。据莫·木哈买提回忆，他小学时就登台朗诵自己创作的诗《心爱的战刀》；进中学时，在自己的笔记本上写了许多诗歌、寓言之类的习作。一次，他的老师艾吾孜先生看到他写的一则寓言，言简意深，提笔批道：“这是维吾尔文学花坛里生长出来的一支嫩芽。”②

一九三七年至一九三九年的中学学习阶段，是诗人创作的第一个时期。在这个时期他主要写短小的抒情诗。诗歌有歌颂劳动与大自然的，有探求真理、向往自由民主的，有歌颂男女平等、斥责轻视妇女思想的，有歌颂民族团结、批判民族主义偏见的。而更多的则是抒发爱国情怀，鼓舞抗日救国斗志的。这时期，他非常年轻，热爱生活，热爱人民，富于幻想，勇于追求。这些诗作中，表现了他那开朗、乐观、纯朴、天真的感情。对大自然的爱，对劳动的爱，对春天的爱，对人民的爱，在他的笔下被抒发得十分亲切感人，富有浓郁的诗情画意：

绿色的春天，你是季节里自由的一季，
我很想念，也许人人都想念着你。
那些花儿、夜莺、袅娜的柳丝，
都是你雕刻的优美景致，
还有那些溪水、瀑布、活泼的风，
都自由地喧闹在你那欢愉的怀里。
在清新的黎明、傍晚，洁白的月夜，

① 见《列夫·托尔斯泰是俄国革命的镜子》，《列宁论文学与艺术》（一）第281页。
② 见莫·木哈买提《激流浪花——记黎·穆塔里甫的童年和少年生活》，载《新疆文学》1962年第4期。

劳动在田野里的农民是你的知己。
田园美丽,田园活泼,田园可爱,
田园是劳动者宽阔自由的舞台。……

——一九三八年《春恋》①

这首诗,活泼清新,自然流畅,带着泥土的芳香,富于浪漫主义气息,是作者有代表性的作品。此诗的风格,在他的政治抒情诗中也有一定程度的体现。比如那篇很有名的诗《战斗的灵感》,抒发自已的抗日热情,却带着赤诚少年的天真与浪漫:

来吧,到我身边来听听,
我的心在烘烘地燃烧,
像一堆炽烈的篝火。
它又像战斗的火线上
凌空飘扬的旗帜:
——我要把沉重的岁月
飞快地拖走——心在对我说。

——一九三八年《战斗的灵感》

这首诗表达诗人热爱祖国,奋起抗日的热情。那时他发表作品,都用"卡依纳木·乌尔克西"(激流里的浪花)作笔名,形容自己的感情像奔腾的波涛,似翻滚的浪花。名篇《中国》是这一时期的代表作:

中国!
中国!
你就是我的故乡!
因为我们成千成万的人民,
生长在你那温暖的
纯洁的怀抱里。
从你那里

---

① 本文所引诗作,大多摘自《黎·穆特里夫诗选》和《黎·穆塔里甫诗文选》。少部分引自《天山》《新疆文学》《新疆民族文学》有关期刊。

我们得到了庇护
认识了自己，
明白了事理。
因此啊，
在我们的肩上
负有你无穷无尽的债务，
这个债务我们一定要清偿，
哪怕付出我们的头颅。

这开篇深情的呼喊，表达了对祖国的挚爱以及强烈的责任感和献身精神。接着，诗人以激愤的心情回忆祖国黑暗的历史岁月，倾吐了对侵害祖国的敌人的仇恨。然而，诗人并不是抚摸着伤痕痛哭。诗以“喂，历史，别倒转”的昂扬情绪，抒发了定要埋葬黑暗、扭转乾坤的决心。诗中用更多的笔墨去写创造光明的英雄的人民、人民的理想、战斗行动，歌颂在世界上建立起“唯一的、崭新的、独立的新中国”的信心。这就是这首诗能够激励人心以至今天仍葆有艺术生命的原因。

一九三九年九月至一九四三年秋的师范学校学习和新疆日报社工作时期，是他创作的第二阶段，也是他创作的旺盛期。这时，他不仅写短小的政治抒情诗，还写长诗、散文诗、戏剧、杂文、文艺论文，并着手写长篇小说。由于更多地接受到党的教育，初步学习了马列主义理论，诗人逐渐看到了抗日斗争的艰难曲折，他的感情更趋深沉，思想也更趋成熟了。因而，他的诗也逐渐有所变化：奔放的感情中增加了愤懑之气，明丽的景色、浪漫的形象逐渐被血与火的严酷人生画面所代替，显现出深沉壮阔的诗风。如同样是写用战斗来实现理想的诗作，一九三七年的《致人民》写道：

哦，亲爱的人民，
做一颗战斗的星吧！
用生命来迎接太阳东升！

在诗人心目中，“严冬即将过去，人类幸福的春天就要来临”，对斗争的艰苦缺乏认识，感情是轻快的。而到乌鲁木齐后写的《直到红色的花朵铺满宇宙》就明显不同:他描绘人们“在血的战场上举起了不知疲困的臂膀,紧握着刀”,唤起人们“洗涤内部的伤痕”,“消灭那两面派卖国贼”。诗的最后写道:

在这战斗的路上,一个倒下,成万的人站起,
为了建设新中国,我们用钢骨打下根基,
为了使它更牢固,我们把骨头当磐石,
　　把血当成水泥,
我们还要奋斗,直到红色的花朵铺满宇宙。

对于斗争的艰苦、道路的曲折,已有了相当深刻的理解,其感情沉郁有力:

不,我不疲倦,我要为自由而战,
尽管罪恶的世界已压得我气息奄奄;
我是战斗的一员,心中烈火炽燃,
我要和被压迫者一起拨响解放的琴弦,
对这分崩离析的世界我要冷眼视观。

——一九四〇年《穆罕默斯》

长诗《爱与恨》写于一九四三年,为纪念抗战六周年而作。这是穆塔里甫的重要诗篇。诗中叙述了一个真实而动人的故事:一位年轻战士,由于思念父母,思念情人,私自从前线返回家乡,却遭到正在奔赴敌后战场的父亲和未婚妻的斥责;年轻人认识到自已的错误,把对祖国的爱置于个人的爱情之上,毅然重返战场,奋勇杀敌,英勇地牺牲在抗日沙场。这首诗塑造的几个人物形象,有血有肉,具有真切的感染力。诗中父亲斥责从战场私归的儿子:“你要是我的儿子,你就要坚强、勇敢,胆怯、怕死……不属于一个男子汉!……祖国就是我的命脉,它比啥都亲,比啥都贵!”直到结尾,仍然反复着诗的这一主题:

祖国就是你的母亲,
让你为她激起感情的波浪。
让你的爱情的火焰,

像灯塔一样为她放射光芒。

祖国,母亲,爱情,及由这种爱而激发起来的对敌人的恨,是穆塔里甫在这首诗中所要抒发的感情。这种经过战火洗礼的爱国主义感情,更深沉,更执着,更纯净,也更动人。

一九四三年秋至一九四五年,是他创作的第三个时期。由于新疆政治形势的急剧恶化和国民党反动派对诗人政治迫害的加剧,诗人的创作题材突出地表现为抨击反动势力、颂扬革命意志方面,这是诗人爱国主义感情的深化。此时,诗的风格也从直露激昂转向含蓄悲愤、壮怀激烈。其代表作是《给岁月的答复》、《幻想的追求》等。

《给岁月的答复》作于一九四三年秋他被迫离开乌鲁木齐前往阿克苏的前夕,是穆塔里甫影响力最大的诗作。诗中用“岁月”暗喻国民党反动派,历数了“岁月”这个“窃取寿命的小偷”如何摧落了树叶,使花朵凋零,给姑娘们带来皱纹,使男子满脸胡须;然而,诗人并不在“岁月”面前气馁,他是挺身战斗的胜利者:

尽管岁月给我带来了胡须,
但我会在岁月的怀抱里锻炼自己;
在我面前败走的每个岁月里,
早已铭刻了我的创作——不朽的诗篇。
在斗争最激烈的时候我不会衰老,
我的诗,像天上的繁星在我面前闪耀。
我时时不能忘记,坚毅果敢就是胜利,
在斗争重重的陡坡上,死亡对我是何等
渺小……
岁月,你别得意地擂胸狂笑,
在你面前我宁肯断头,绝不受你凌辱,
你别为了催我衰老而过分地枉费心机,
我会把我的儿子许给最后的战斗!

在这里,“岁月”是国民党反动派的代名词,诗句成了讨伐国民党反动派的战斗檄文。这首诗,构思的巧妙、思想的深沉、感情的饱满、文字的精美，都达到了很高的水平，被许多人视为维吾尔文学的巨大成就。

纵观穆塔里甫的创作，虽然不同时期诗歌的内容、风格有所发展、变化，但从头至尾贯穿着一条红线，那就是，诗人创作的步履始终紧跟着时代前进，诗人抒发的感情始终与人民的感情相通。我们从诗人的创作中可以强烈地感受到时代脉搏的跳动和革命人民的爱憎。穆塔里甫的创作表明，他不愧是表达时代精神与人民心声的杰出诗人。

三

穆塔里甫处在风云激荡的抗战时期，人民的思想感情与时代风云紧密相连。作为诗歌，要充分表现人民群众在那个时代的感情就必须对传统民族诗歌形式有所革新与突破，在这方面，穆塔里甫作了可贵的努力。他是维吾尔现代诗歌创作的卓有成效的探索者。

穆塔里甫主张“创造一种崭新的高尚的艺术，并把它普及到广大人民群众中去”。为了创造民族新文化，他主张向民间艺术、古代艺术遗产、外民族艺术学习。他说：“要把民间的传统艺术向前发展一步，使它与时代融为一体，紧密地结合起来。我们还要从人民原有的艺术遗产中创作出新的艺术。”又说：“对于其他民族的东西也要适当地利用。但是学习它的目的在于创新，学习别人的艺术是为了发展本民族的艺术，应当以别人之长补自己之短。”①

穆塔里甫在创作中实践了他的理论。

穆塔里甫曾下过一番功夫学习维吾尔古典诗歌中格律很严格的诗体，对著名的大诗人艾里希尔·纳瓦依的作品比较熟悉。他曾在《读书之感》一诗中描绘过他如痴如醉地学习纳瓦依作品的情景。他学习、继承了古典诗歌的传统，并在运用古体诗创作方面，取得了明显的成绩。

---

① 这段引文及本文中有关理论阐述的引文均见《黎·穆塔里甫文学论文二篇》，载《新疆民族文学》1982 年第 4 期。

二行体诗“格则勒”是维吾尔族常见的古诗体,两行为一节,第一节的一、二行押韵,后面各节的双行押第一节的基韵。这种诗体,多用来抒发深沉的感受,缠绵的情思。穆塔里甫却用它反映抗日斗争,如《巨人苏醒了》:

有一位巨人沉睡了无数时光、
他的脚伸向世界十二分之一的地方。

衰老的嗜血狂们说:让他沉睡吧,
接着向他倾销鸦片,大动刀枪。
……
他说:“做奴隶可耻,沉睡并非祖传,
奋起抗战呀,快奔赴战场。”

他举起铁拳把魔鬼击得粉碎,
撼山的蚊蝇从此身陷泥塘。

巨人吹响了进攻的号角,
胜利的旗帜已插向解放的战场。

这样的诗,其思想境界的高远开阔、爱国感情的深沉有力,与传统的二行诗的韵味迥然有别。

“穆莱拜”是一种四行体的多节诗,采用的是古突厥诗的特殊押韵方式,首节决定全诗的基韵,以下每节的前三行独自押韵,第四行押首节所定的基韵,即 aaba、ccca、ddda……,有一种反复咏唱的韵味。穆塔里甫运用这种诗体,创作了一些抒发自己的理想、抱负的诗,如《我这青春的花朵就会开放》《我们是新疆的儿女》等等。前首诗,每节的前三行用以抒写自己的一种愿望、理想、追求,第四行都以“那时我青春的花朵就会开放”结束。

假使帝国主义从地球上绝了根,
一切被压迫者从生活里看到远大前程,

大踏步地向着幸福的未来迈进，
那时我青春的花朵就会开放。

假使把野心的民族主义者从根铲除，
我们敢于为真理挺胸而出；
假使能成为一个解放中国的旗手，
那时我青春的花朵就会开放。

这首诗，感情既能纵横驰骋，又能自然聚拢，使全诗达到纷繁而又统一，五彩缤纷而又和谐一致的艺术效果。

五行诗“穆罕默斯”，每节各自押韵，全诗每节的第五行押首节韵。这种诗体整整齐齐，有一种天成的机械美，它有“穆莱拜”的优点，而容量更大、更难写。穆塔里甫也用它写出了不少好诗，如《直到红色的花朵铺满宇宙》《穆罕默斯》《祖国至上，人民至上》《弹唱吧，我的乐师》《列宁是这样教导的》等等。

如果你的心房还活着爱国的信念，
每寸土地对你都是无价之宝。
不用怀疑，这里要是发生流血斗争，
一滴血就会使无边的原野鲜花怒放，
每一分钟都是祖国至上，人民至上！

抒写了革命战士高度的爱国主义精神和用鲜血保卫祖国的坚定信念，感情是深沉的，也是乐观的。

还有一些难度更大的六行诗、七行诗、八行诗、对句诗等，穆塔里甫都尝试过。如对句诗，要求全诗各行的第一个字母连接起来能成为一句含意清楚的话。穆塔里甫在《关于诗人的对句诗》中，在有限的篇幅里，表达了自己革命的创作主张。这首诗每句的第一个字母连缀起来是“为生活而斗争”的意思，同样具有崭新的革命内容。

为了革新诗歌传统以适应时代的需要，他还注意学习和借鉴外国文学。他曾潜心研读普希金、莱蒙托夫、涅克拉索夫、托尔斯泰、高尔基、马雅可夫斯基等俄苏文学家的作品。为了抒发他激昂澎湃的时代感情，他将马雅可夫斯基的“楼梯式”运用得很成功，写出了节奏强烈跳荡、很有鼓动性的《中国》《战斗的灵感》《中国女儿——热合娜命令三月之风》等优秀诗作：

喂，活泼的三月之风，站住！
立正！
从我的身边自由地吹过吧，
你要听候我的命令！……
向全世界——
　　向欧洲
　　　　向美洲的
　　　　　　妇女们致敬！
你要告诉她们：
向法西斯猛烈地进攻！

简洁有力的诗句，自由跳荡的节奏，把叱咤风云、高昂饱满的革命感情，表达得十分贴切、自然、有声有色。这样的诗，在维吾尔诗体中是新的创造。

穆塔里甫也十分注意向民歌学习，他有许多四行一节、韵脚自由转换、诗节也不固定的民歌体诗，如《奇曼》《干吧，农民阿哥》《来吧，春天》，长诗《爱与恨》以及一些歌词等等，都是运用民歌体创作的。

在穆塔里甫的诗作中，还有不少自由诗。这种诗，完全根据抒情的需要，可长可短，一气呵成，能更充分地表达诗人感情的波涛，更充分地发挥诗人的创作才华，如《给岁月的答复》《再见吧，伊犁》等。

穆塔里甫的诗歌形式上的革新创造，丰富了维吾尔诗歌传统，增强了维吾尔诗歌的艺术表现力，在维吾尔诗歌发展的历史长河中，他不愧是一位继往开来、承先启后的杰出诗人。

四

穆塔里甫不仅以自己大量的、优秀的作品为抗日革命事业服务，而且为培养、训练革命文艺队伍，促进革命文艺创作和演出活动的发展，做了很多工作。例如，他到《新疆日报》和《阿克苏报》工作以后，就开辟了《文学园地》和《南风》文艺副刊，专门刊登革命文艺创作，他又积极组织、领导戏剧、歌舞演出，与此同时，他还在理论上大力提倡文艺为抗日革命事业服务，为人民服务。这些对当时从事创作的各族文艺青年影响极大。穆塔里甫的同龄人艾勒坎木·艾合坦木就是在他的鼓励下开始写诗的。艾勒坎木在一篇自传中写道："当时我与黎·穆塔里甫是同班同学，他给我的影响也是很大的。黎·穆塔里甫当时被视为'抗日斗争的英雄歌手'，他开辟了《新疆日报》'文学园地'专栏，把诗人和作家组织在它的周围，我从中得到很大教益。……这一时期我的诗歌基本上都是以抗日斗争为题材的。"①尼米希依提这位比穆塔里甫出生早、创作活动也开始得早的诗人，后来也和穆塔里甫一起，在阿克苏地区为革命和革命文学事业的发展并肩战斗。他在一九四九年写的一首诗《给诗人黎·穆塔里甫》②中写道：

你的歌声唤起了我的灵感，
你的诗篇把我们前进的道路铺展。

怀念你，年轻的革命诗人，
一个勇士，一团永不熄灭的火焰。

尼米希依提虔诚地向你宣誓：
把生命和诗篇一起献给战斗的今天和明天！

穆塔里甫对维吾尔文艺理论的建设、尤其对马列主义文艺理论的传播做出过一定的贡献，可以说，是本民族中的第一个播种人。

关于如何反映现实，他引证恩格斯关于现实主义作家既要准确地反映生活，又要表现典型环境中典型性格的论述，并且较详细地阐述了文学典型化的原则；同时指出："要以符合那个时代利益的观点

---

① 见吴重阳、陶立璠编《中国少数民族现代作家传略》（上），青海人民出版社 1980 年版，第 47 页、304 页、164 页。

② 见戈鹰编《尼米希依提诗选》，新疆人民出版社 1980 年版，第 7 页。

和立场,按照一定的思维原则”来反映客观生活,要“反映一切真实的东西,正确地反映生活,而不能用五颜六色的东西去粉饰生活”。这些论述,已经把反映客观现实生活问题提到世界观与方法论的高度来认识了。

维吾尔族的戏剧艺术,虽然在十世纪高昌汗国时期曾一度兴起,但是之后这种艺术形式一直没有得到发展。直到二十世纪三十年代后期,新疆的话剧事业和各少数民族的戏剧运动才重新发展。穆塔里甫积极参加戏剧活动,创作了《战斗的姑娘》《萨木萨克大哥的欢乐》《奇曼射手》《暴风雨后的太阳》等诗剧剧本,并写了《戏剧的由来与发展》等理论文章。这些剧作,歌颂了在敌人面前英勇不屈、为祖国流血牺牲的民族英雄,歌颂忠勇机智地消灭日寇汉奸的游击队员,歌颂冲破阻力毅然走上前线的爱国妇女,无情地抨击日寇、汉奸、卖国贼……这些抗日救亡剧作,尽管今天看来在艺术上都比较粗糙,但是在当时却很好地配合了革命运动。穆塔里甫被调到阿克苏以后,用更多的时间从事戏剧活动。他根据维吾尔民间叙事诗,创作了歌剧《塔衣尔与祖赫拉》,并采用了民间音乐家则克力整理的《罗赫沙莱木卡姆》和古典音乐《十二木卡姆》中的乐曲配唱。这部作品着意抒发了人民在疾苦忧患中的呼声,深得人民群众的赞扬。

穆塔里甫还写了一些散文和杂文。《她的前途光明远大》以诗一般凝练而富有感情的语言,象征的手法,描绘了一头沉睡的雄狮如何在遭到侵扰以后,逐渐惊醒了,怒吼了,奋战了,成为一只勇猛战斗的雄狮。这只雄狮就是我们伟大祖国的象征。杂文《在死亡的恐怖中》和《“皇军”的苦闷》,用犀利而幽默的笔触,描绘了法西斯头子希特勒和墨索里尼的对话及一老一少两个日本士兵的苦闷心情,形象地表现了法西斯的凶残、恐惧与色厉内荏以及日本士兵的厌战情绪。

据熟悉穆塔里甫的同志回忆,穆塔里甫在乌鲁木齐生活的后期,就开始写长篇小说《翻过了陡坡》。到阿克苏以后,他继续从事长篇创作。这是一部没能完成的著作,至今我们也没见到它的片段文字,令人十分惋惜。

黎·穆塔里甫对维吾尔现代文学创作的巨大贡献，受到本民族和新疆各民族人民公认。早在一九四六年八月，《新疆日报》就发表过《维吾尔文化运动的现状》一文，对他的创作给予了很高的评价：

> "……居于前列的有青年诗人黎·穆塔里甫，我们应该发表他的作品，哀悼他，纪念他，更好地理解他，并给予应有的评价，因为他已不在人间。"①

反动派虽然摧残了穆塔里甫年轻的生命，却无法阻挡他的理想的实现。时隔四年，他所追求的理想实现了——中国人民在中国共产党的领导下，取得了新民主主义革命的胜利。人民的国家没有忘记为人民解放事业奋斗牺牲的革命烈士。一九五〇年，阿克苏地委为穆塔里甫等二十二位被国民党杀害的革命青年举行了隆重的安葬仪式，并为穆塔里甫修建了纪念碑；一九五二年，新疆人民出版社出版了他的维吾尔文诗集《爱与恨》；一九五七年作家出版社出版了汉文《黎·穆特里夫诗选》，并将他的诗编选进《革命烈士诗抄》。他的诗文陆续被收集、发表，翻译，刊登在新疆和全国的报刊上②。党和人民还多次为他举行纪念活动，各族人民挥笔写诗作文，纪念他，介绍他，维汉族作家们以他的生平事迹为题材创作电影、话剧③。穆塔里甫用鲜血写成的作品及其革命活动，成为各族人民宝贵的精神财富，鼓舞着人民进行祖国的四化建设，为争取更美好理想的实现而奋斗。

一九八三年七月于乌鲁木齐

载《民族文学研究》一九八四年第二期

---

① 作者黄震霞，转引自《黎·穆塔里甫的文学创作活动及其在现代维吾尔文学中的地位》。

② 报刊上发表的汉文诗作，有少部分无原文，可能是伪作，值得研究者注意。

③ 即电影剧本《远方星火》（刘肖无、艾勒坎木·艾合坦木、克里木·霍加、翟棣生合作）、音乐话剧《天山之子》（阿克苏地区文工团编剧演出）。

纪念革命爱国诗人黎·穆塔里甫诞辰六十周年[①]

今天，我们在这里隆重集会，纪念我们英勇的革命战士、优秀爱国主义诗人黎·穆塔里甫诞生六十周年。黎·穆塔里甫不仅是一位文学家，同时又是一位具有强烈爱国主义感情的革命者。我们纪念他，就要很好地学习和发扬穆塔里甫的爱国主义精神，在党中央领导下，更加紧密地团结起来，为完成十二大提出的光荣任务，为开创新疆的现代化建设和各民族社会主义文艺事业的新局面而努力奋斗。

黎·穆塔里甫是在新民主主义革命和社会主义革命思想的哺育下，在中国共产党领导的抗日民主运动的直接影响下成长起来的。他从少年时代起，就阅读了俄国民主主义作家和社会主义作家的作品，从中受到革命的启蒙教育。一九三九年他从故乡伊犁来到乌鲁木齐，先在省立师范学校读书，后来到新疆日报社工作。当时正是抗日救国和民主进步运动在新疆日益高涨的年代。以陈潭秋、毛泽民、林基路等同志为首的一批中国共产党人受党中央委派来到新疆，宣传抗日救国和民族平等的革命思想，发展工农业生产和文化教育事业，改革政治，整顿财政，给新疆各族人民带来了光明和希望。穆塔里甫从共产党人的革命活动和他们后来同盛世才反共迫害所进行的坚贞不屈的斗争中，受到了深刻的教育和极大的鼓舞。他逐步接受

① 为自治区一领导人代拟的纪念大会上的讲话稿。

了革命的思想，投入了抗日和反对国民党反动统治的革命运动。在此期间，他还学习了马列主义文艺理论和以鲁迅为代表的我国“五四”以来的革命文化，并且热情地向本民族人民做了宣传介绍。所有这些，对于穆塔里甫成长为一个杰出的革命战士和优秀的爱国主义诗人，都具有决定性的影响。他的成长，正是他热烈地、孜孜不倦地追求进步、追求真理、追求革命的结果。我们纪念穆塔里甫，就要学习他这种不断追求的精神，努力学习和掌握马列主义、毛泽东思想，用共产主义的思想和道德情操武装自己，教育人民，为建设社会主义精神文明贡献自己的全部力量。

穆塔里甫热爱祖国，热爱人民。他从一九三七年开始创作，到一九四五年牺牲在国民党反动派的屠刀之下，短短八年的时间，就创作出了一大批充满爱国主义激情的诗歌、戏剧、散文、杂文。在这些作品中，他热情地歌颂中国共产党领导的抗日救亡运动和为民族解放而浴血奋战的英勇战士，热情地歌颂伟大的祖国和各民族人民的战斗友谊。祖国的命运，民族的前途，光明与黑暗的搏斗以及人民的苦难与追求，构成了他的作品呼号呐喊的主要内容。而通过这些作品，诗人强烈的爱国主义精神和情感得到了淋漓尽致的表现。从穆塔里甫所处的时代到现在，已经半个世纪过去了。诗人当年的理想已经得到实现，我们的祖国已经走上了各民族平等、团结互助、政治先进的社会主义康庄大道。但是，新的建设社会主义现代化强国的重任又摆在了我们面前，为了完成这伟大而光荣的任务，仍然需要我们满怀着这种强烈的爱国主义激情，积极投身到祖国建设中去。我们纪念穆塔里甫，就要学习和发扬他的爱国主义精神，进一步增强民族团结，维护祖国统一，反对帝国主义和霸权主义，同心协力，艰苦奋斗，加快四化建设，使我们的祖国迅速步入世界经济文化先进国家之林。

在突破黑暗、争取人民解放的斗争中，穆塔里甫站在最前列。他不仅利用革命文艺作武器，同国民党反动派进行勇敢顽强的战斗，而且他亲自组织群众，在敌人的白色恐怖下坚持地下斗争，直到流尽最后一滴鲜血。这种不畏艰难困苦，不向恶势力低头的顽强精神，正是一个真正革命者的高贵品质。我们纪念穆塔里甫，要学习他的这种敢于斗争和不屈不挠的革命精神，在为共产主义崇高事业而奋斗的过程中，不计个人得失，不畏艰难险阻，前仆后继，勇于攀登，将自己的一切聪明才智以至整个生命都毫无保留地贡献给祖国，贡献给人民，做到鞠躬尽瘁，死而后已。

伟大的革命文学家鲁迅曾有一句名言：从血管里流出来的都是血。他认为只有革命家才能写出革命文学作品，这是颠扑不破的真理。黎·穆塔里甫之所以成为优秀的革命爱国主义诗人，正因为他首先是一个真正的革命者、爱国者。这一点，对于我们今天的文艺工作者尤其具有启迪的意义。如果你真想做一个革命的有成就的文艺家，那么你就必须首先站在党和人民的立场上，把自己锻炼成为我们时代的有觉悟的先进战士，并且要投身到四化建设的时代潮流中去，时刻与人民群众心心相连，时刻与党中央保持一致。这样，你才能成为人民所需要的作家、艺术家，才能为推动时代的前进作出自己的贡献。

穆塔里甫虽然只活了二十三岁，但是他为新疆各族人民的解放事业，特别是为开拓维吾尔族现代革命文学道路所做的贡献却是巨大的、不朽的。他不愧是我们中华民族无数革命先烈中的重要一员，不愧是我国新民主主义文化建设的闯将之一。他对祖国、对民族、对人民所作出的功绩将载入史册，永远铭记在各族人民的心中。他短暂的一生，将永远放射出灿烂的光华！

让我们踏着烈士的足迹继续前进，为繁荣我区各民族社会主义文艺事业，建设高度的社会主义精神文明，推动社会主义物质文明建设的发展，全面开创社会主义现代化的新局面而努力奋斗！

一九八二年十一月初

载《新疆民族文学》一九八三年第一期

黎·穆塔里甫爱国主义的思想基础

黎·穆塔里甫是维吾尔族现代文学史上著名的爱国主义诗人。他用鲜血和生命来捍卫自己的爱国主义信念和伟大的祖国，使他的诗与他的人格一起，成为人们永远不忘的宝贵财富。

穆塔里甫创作中澎湃的爱国主义激情，是他诗歌具有强烈的艺术感染力的根本原因，也是他进步的革命的思想、人生观及其高尚的品格修养在艺术创作中的凝结与传达。对于这个问题，即穆塔里甫创作中的爱国主义，以往的许多文章都有过表述，而对后者，即他的爱国主义是怎样产生的，思想基础是什么，有什么特点，却较少有人探讨。本文想就后者，结合穆塔里甫的成长道路与创作中所表现出的思想、行为，谈谈笔者近期阅读黎·穆塔里甫创作的新体会，以作为对这位为祖国、为革命而牺牲的烈士的纪念。

一、朴素的劳动人民感情和追求真理、追求进步的进取精神相结合，促使他自觉地接受了马列主义和中国共产党的抗日统一战线思想，树立起革命的理想，并深切地关注和思考祖国与人民当前的命运，决心献身于抗日爱国斗争的伟大事业。

穆塔里甫的童年是在农民中间、在从事农业劳动中度过的。即使稍大以后上了学，离开了农村，但到了假期仍回到农村家中，还以各种方式参加劳动，保持着与劳动人民的联系。因此，他天然地具有劳动人民的思想感情。他认识劳动的意义，也体验过劳动的愉快，但对农民的辛劳苦楚和命运多蹇又感到愤慨不平。他诚挚地向往着自由美好的劳动生活,又为现实中农民摆脱不了穷困而苦恼。这些感情思绪在他初期的诗作中有真诚的表述。

然而,可贵的是他不满足现状,也未停留在一般农民的认识水平上,他不相信命运,主张抗争。他聪明好学,勤于思考,追求进步。为了寻找真理,他毅然离开故乡到了伊犁,后来又奔赴迪化(今乌鲁木齐)。当时的乌鲁木齐是在中国共产党领导下抗日统一战线工作搞得很成功、抗日斗争轰轰烈烈的地方,它强烈地吸引着年轻向上的穆塔里甫。他考上了省立第一师范学校。在即将投入乌鲁木齐怀抱中的时侯,穆塔里甫写了一首《再见吧,伊犁》的诗,酣畅淋漓地抒发了他追求真理与进步的愿望、向往党的关怀与教育的渴望——

生养我的故乡啊
我要走了,别为我离开你而忧伤,
我会明白我是走向什么地方——
那里新生活的光芒迸射,
那里自由的花朵在怒放,
那里有锻炼人们意志的洪炉,
　　多少战士在迅速地成长;
那里有斗争,有激流,也有美丽的花园,
　　各种丰硕的果实洋溢着芳香。
瞧!今天我就要把赤裸裸的身躯,
　　投向这火热的战场:
那里有我无数敬佩的导师,
我要锻炼,使我的思想吸取新的营养。
她将新的战斗的血液注满我的心房!

——一九三九年

到了乌鲁本齐,穆塔里甫仿佛如鱼得水——抗日爱国的热潮、自由民主的氛围、浓厚的学习空气,给他提供了一个自由驰骋的广阔天地。在这里他直接接受了中国共产党人的教育启迪,也更多地了解了苏联社会和列宁的思想。他的眼界开阔了,思想境界提高了,懂得了农民和一切劳动人民终年劳动却永远受穷的根本原因,了解了普天下阶级压迫与剥削的事实和道理,也认识了消灭压迫、消灭剥削的根本途径——通过有组织的革命斗争推翻不合理的社会制度,建立理想的社会。总之,通过学习和社会斗争的实践,使他那朴素的劳动人民的阶级感情逐步升华到自觉革命的思想高度。一九四一年写的《耕耘吧,播种吧》一诗,就一改创作初期那种田园诗般活泼轻快与过分乐观的情绪,以深沉的诗句呼唤农民:

哦,我的农民兄弟,
是谁挖去了你种出的谷米?
是谁抢去了你织出的布匹?
是谁夺去了你生的权利?
是谁堵塞了你自由的呼吸?
是谁啊,把你踩在脚下唤作奴隶?

如果你不迷信偶像,相信自己,
用愤怒的火种点燃复仇的火炬吧!
胜利的现实会赋予你觉醒的勇气:
你会像雄狮一样站起来再站起来,
用你神奇的力量夺回被抢去的谷米,
用你已得的权利去剥夺敌人的权利,
用你的呼吸去堵死敌人的呼吸,
把敌人踩在脚下——唤作奴隶!

这里,他告诉农民,不能仅仅向土地开战,更重要的是向剥夺农民生存权利和辛勤果实的剥削者、压迫者开战,以牙还牙、以斗争保卫自己。这表明,穆塔里甫此刻已成长为一个从坚实的土地上站起来的具有初步马列主义觉悟的革命战士。从只看到眼前农民的贫困、身边农村的不平到透视整个祖国与全社会的黑暗不公,使他十分关心祖国的前途命运,积极投身于当时全国的抗日爱国斗争的激流之中。

二、深深懂得全国各族人民的团结一致对取得抗日斗争胜利的巨大意义，超脱了狭隘民族主义的感情，胸怀宽广，放眼全球，以求得抗战胜利和祖国解放为己任。

穆塔里甫是在抗日烽火逐渐燃起的年月中长大的。自他一九三七年十五岁时开始诗歌创作并用诗歌投入战斗起，直到一九四五年二十三岁英勇牺牲止，他创作的八年，斗争的八年，正是中国人民在中国共产党领导下艰苦抗战的八年。当时新疆有一大批共产党人和进步的文艺家在这里宣传和领导各族人民的抗日斗争，新疆成为接受了延安领导思想的抗日大后方、第二延安。在这种抗日进步氛围中的穆塔里甫，很快便成为全身心投入抗日斗争的热血青年、爱国主义诗人。那时他关心祖国命运，以中国一员的身份观察着、思考着一切，一心想着祖国，想着人民，他的《祖国至上，人民至上》一诗，清楚地流露出他那时的精神状态：

如果你的心房还活着爱国的信念，
每寸土地对你都是无价之宝，
不用怀疑，这里要是发生流血斗争
一滴血就会使无边原野鲜花怒放，
每一分钟都是祖国至上，人民至上！

——一九四三年

自然，他没有忘记自己是维吾尔族人，但却深深地懂得与汉族人民的团结、各族人民的团结对于祖国、对于抗日胜利的重要意义，在《紧握团结的手》一诗中写道：

我们的力量能汇成江河，
我们的热血能汇成巨流，
一双双手——真诚的手紧紧相握
其中有一只最大最有力的手——
汉族大哥的手
……

我们紧紧地握着友谊的手
迈着团结的步伐向前走。

他认为自己的家乡是祖国“巨大身躯中不可分割的一体”，热情洋溢地描画多民族和谐相处、其乐融融的动人景象：

老张今天用胡琴拉出新的曲调，
库纳洪也用热瓦甫弹奏欢乐的木卡姆，
蒙古青年孜拉的歌声响彻每个草原，
江克拜的冬不拉也洋溢出心底快乐，
十三个民族亲如骨肉欢聚在人间天堂。

——《五行诗》一九四三年

在穆塔里甫的心中，感情深处，已经没有了各个小民族之间的界限，而将各民族融入伟大的“中华民族”之中了。从他的创作看，他是中华民族骄傲的一员，负有重大责任的一员。为了更好的宣传抗日，更有力地驰骋他艺术创作的想象，在他的作品中，经常塑造的是汉族人民的形象，他的长诗《爱与恨》中的张老汉和他的儿子，诗剧《战斗的姑娘》中的玉兰、赵明星、老大爷、老大娘，独幕诗剧《暴风雨后的太阳》中的老游击队员、战士、李护士等等，都是如此。在艺术中，维吾尔族的儿子穆塔里甫已经与我国的主体民族汉族融为一体，亲密无间了。

然而，穆塔里甫这样做并不是无意的。他毕竟生活在现实中，现实中有狭隘的民族主义思想，有民族分裂主义分子乃至反汉排汉的势力，而穆塔里甫面对这些力量并在思想深处早已批判了它们、战胜了它们。穆塔里甫从十几岁时，就认清了这些人的本质——一九三八年创作的《斥民族主义者》一诗鲜明地表达了自己的立场与感情：

“喂，你，穆塔里甫
在维吾尔的摇篮里成长，
就该热爱自己的民族，
对异族人
你要怒目相视”

恶势力就这样挑唆我，
想叫我把人民当作仇敌。

不！不！
尽管你花言巧语，
我决不受你的欺骗。
滚开去，不许你那臭嘴，
玷污我的名字，
不然，我要用刀一样锋利的笔
戳穿你的眼睛！

在这首诗中，他痛斥民族主义者在生活中制造各族人民之间的不和、残杀，破坏幸福安宁生活的罪行，认为“民族主义者是我们中间的祸害，我们身上的毒瘤”。正因为他较早地认清了民族主义的危害与本质，因此，在以后的战斗生活中就更了解团结对抗日斗争的重要性，就能够坦然自若、义无反顾地与各族人民特别是汉族人民同心同德、并肩战斗，以实现祖国的解放为己任了。

三、具有自觉革命、勇敢顽强、不计个人安危、不怕流血牺牲的高尚品质与献身精神。

穆塔里甫参加革命斗争完全是自觉的行动，这是他追求真理、追求进步的天性在现实斗争中的发展的表现，也是其合理的归宿。他在十六岁时，就在《战斗的灵感》（一九三八年）一诗中披露了自己的的心曲：

谁也没有逼我们
挑起这战斗的沉重的担子
是我们自己
甘心情愿将它担在双肩。

革命是艰难困苦的，他也有思想准备，

你是否看见，横在我们面前的
那座高大而险峻的山巅？

在那里有陡峭的悬崖——

那就是我们将要通过的路程。

在他投身于更大更实际的斗争之后，他始终歌颂一往无前的精神："我们在浪涛中，没有畏缩，没有后退，只有向前猛冲"（歌词《解放的斗争》）。他憎恨日本侵略者，憎恨汉奸卖国贼，憎恨敌人，也在自己的创作中，批判懦夫、胆小鬼、逃兵，在他的长诗《爱与恨》、戏剧《战斗的姑娘》，《暴风雨后的太阳》等作品中，多次塑造和歌颂大义凛然、面对强敌毫不妥协、宁死不屈的爱国者、民族英雄的崇高形象，表达着穆塔里甫的真实感情：

把祖国和人民的祸患牢牢记住，

至于生死切不要把它挂在心上。

——《无题》 一九四五年元旦

宁可牺牲生命，也不向敌人投降——穆塔里甫用这种精神宣传人民，也用这种精神指导自己。当国民党反动派已经开始向他伸出魔掌的时候，他发出了这样的呼声：

在斗争重重的陡坡上，死亡对我何等渺小。

岁月，你别得意地擂胸狂笑，

在你面前我宁肯断头，绝不受你凌辱，

你别为催我衰老而枉费心机，

我会把我的儿子许给最后的战斗。

——《给岁月的答复》 一九四三年

这铿锵有力的诗句不是诗歌中廉价的豪言壮语，而是发自肺腑、用血凝铸的真实心声。以后，当敌人的屠刀已经向他举起的时候，他仍然坚定地回答：我决不！

尽管黑暗的权势压得我腰背佝偻，

魔鬼的爪子捏紧了我的咽喉，

但是，我决不屈服——决不！

决不用哀求的声音要求还给我

属于我的——

一生只有一次的——生命。

决不伸出颤抖的双手向偶像求饶。

——《我决不》 一九四三年

这位表里如一、心底透明通亮的年轻的爱国者、革命者，已经给自己拟订了“宁为玉碎，不为瓦全”的献身之策。一九四五年，当他组织起义的计划被叛徒告密，有人悄悄告诉他，再过两小时敌人就要逮捕他时，他仍然能够大义凛然、置生死于不顾、掷地有声地回答：“我既然生在这个土地上，我就甘愿死在这个土地上。在监狱里也一样能革命。”

这种临危不惧、视死如归的英雄气概，这种任何时侯都没有个人、只有祖国、人民和革命的高尚品质，最终玉成他为革命烈士、彻底的爱国主义者！黎·穆塔里甫的精神永垂不朽。

一九九三年八月

载《民族作家》一九九三年第六期

将人民心声化作诗章

——铁依甫江的诗歌人生

霜雪已染白了双鬓，
脸上早失去青春的丽影；
但为了高唱红色的歌，
我心中荡起了沸腾的激情。

——《柔巴依》

这是著名的维吾尔诗人铁依甫江近年来所抒写的许多诗篇中的一首，也是如今诗人形象的真实写照！是啊，粉碎“四人帮”，诗人的身心获得了再次解放，虽已年过半百，但仍朝气蓬勃、激情满怀地工作、写作、战斗！与二十多年前风华正茂的青年时期相比，诗人虽然老了许多，但诗情未减，只是更深沉、更坚毅、更执着了！

这位在二十世纪五十年代就已在我国诗坛上崭露头角的维吾尔族诗人，一年前（指一九七八年），在全国第四次文代会期间，被选为中国作家协会副主席、民族文学委员会主任委员，一举成为全国文艺界瞩目的人物。然而许多人对他的经历和创作了解甚少。由于工作关系，很长时期以来，我们知道他不少情况，但并不很翔实。为此我们相约，在金秋九月，古尔邦节的前夕，专程拜访他。诗人热情地接待了我们，他主要使用汉语和我们攀谈着……

叛离宗教　热恋革命文学

铁依甫江·艾里耶夫，一九三〇年出生于新疆霍城县的一个宗教人士之家。父亲扎克尔是个宗教学者——毛拉,还曾当过清真寺的高级教职人员依玛目,专门学习过作诗,也写过不少有关宗教的诗歌。在这样家庭里生长的铁依甫江,宗教与文学像两根无形的绳索缠绕着他。由于父亲早逝,家境清贫,他不得不一边学习、一边劳动度过了青少年。一九四五年十五岁时,他被不由分说地送进当地的一所经文学校。在这个宗教学校里,他每日的功课就是背诵《古兰经》。他的老师和家人满心希望他成长为像他父亲那样有学问的毛拉,然而,他竟然对神圣的宗教缺乏虔诚!诗,文学,革命的文学,对于他,比《古兰经》有更大的吸引力。在上经文学校之前,他就开始阅读爱国诗人黎·穆塔里甫等人的新诗了,还读高尔基、马雅可夫斯基等人的作品,而且从维吾尔人民的民间活动“麦西来甫”“铁列”等场合搜集、记录过几百首民歌,开始了对文学的热烈追求。如今,《古兰经》怎能割断他对文学的爱情?他聪颖强记,每天早早地背完老师教给他的一段经文,就去自学文学与各种科学知识了。就在他开始上经文学校的这一年,他背着老师写了许多诗。功夫不负苦心人,这一年他的诗才大有长进。第二年,他斗胆向当时的三区革命政府的机关报投稿,谁知竟登出来一首。看到那排列得整整齐齐的诗行,仿佛每一个字母都在向他欢呼跳跃。他太高兴了,觉得有希望了:“到伊犁去!找编辑部去!”他突然做出了这样的决定,找个借口,向老师告了假,走了。

伊犁与霍城虽然相隔不到一百公里,但对一个未出过远门的“巴郎子”来说,是多么新鲜啊!特别是去看一看发表自己“处女作”的大城市、革命政府的所在地,他是多么激动啊!车子停了,该下车了,就要飞到那可爱的编辑部了,他的心突然狂跳起来,一不小心,下车时摔了一跤。真糟糕,脚崴伤了!他强压着激动的思绪,只好先到出嫁在伊犁的姐姐家休息,第二天,才一瘸一拐地找到了报社,找到了发表他第一首诗的副刊编辑。

负责副刊的编辑、诗人艾里坎木·艾合台木热情地接待了他,鼓励他;正在编辑《战斗》杂志的作家祖农·哈得尔也鼓励他,还发了他一首诗,送给他一些书。这些老师们的鼓励与支持,对于一个偷偷跨上文学征途的年轻人来说,是多大的力量啊！他怀着感谢与信心,满意地回到了自己的家。

每天背诵《古兰经》仍然是必不可少的功课,就这样秋去春来、风霜雨雪,整整背了两年半,到一九四七年,整个经文终于背完了。本来,经文背完了,也就毕业了。可是学校不放他走,这是他们培养的宗教接班人啊！然而,这个"接班人"尽管背完了《古兰经》,却仍然不愿意献身于宗教事业,他身在学校,心却向往着革命,热恋着文学。他瞒着毛拉,参加了三区革命青年团,经常为团组织抄写、打印传单、小报,还经常写诗。到一九四八年,他再也忍受不了学校的生活,偷偷跑到了伊犁,找到报社,帮助副刊工作。谁知,一个月后,学校的毛拉告到了三区革命政府的宗教厅,向报社提出抗议,说他们的接班人被拉去当了干部。在宗教厅的压力下,这个宗教的叛逆,又不得不垂头丧气地回到了霍城,当了讲读经文的喀里。

这年夏天,伊犁成立了《前进报》社,经祖农·哈得尔的推荐和三区革命政府的努力,铁依甫江又到了伊犁,当了报纸副刊的文学编辑。从此,他正式走上了诗歌创作的道路。

年轻的编辑、诗人,是多么珍惜这宝贵的工作条件啊！这里,有革命的信仰,有前辈的指教,有更多的图书供他阅读,有更好的条件让他学习。他勤奋认真地工作,副刊越办越活跃、受到了群众的好评;同时更勤奋认真地学习,他如饥似渴、夜以继日地看书读报,马列主义、革命理论、文学、历史、地理……什么都学。他像一个久渴的游人遇到了清泉,拼命地痛饮着人类文化的甘露。那时他已十八九岁,正值美好的青春年华,但他却不贪玩,不喝酒,摒弃了一般年轻人的生活方式,清苦得像个"苏菲"(苦行僧)。他写了很多诗,这使他在诗歌界的声名很快追上了他的前辈诗人(一九五一年,他出版了第一部诗集《东方之歌》)。然而,他所叛逆的宗教界却饶不过他,当他发了一首政治抒情诗《列宁没有死》后,立即遭到抗议。他们声称:世界是胡大创造的,怎么能说是列宁创造的？列宁是胡大吗？

走向人民　深悟诗的力量

新疆的和平解放，给全疆各民族带来了福音，党的阳光洒满了天山南北的草原沃野，也洒在了诗人的心上，从此他的生活与创作进入了一个崭新的时期。作为一名维吾尔族文学新人的代表，他从祖国的西部边陲走出来，走向全疆，走向全国，走向世界，相继参加了西北青年代表大会（一九五〇年）、西北第一次文代会（一九五〇年）、第三次赴朝慰问团（一九五三年）、全国少数民族文艺座谈会（一九五五年）、中国作协理事扩大会议（一九五六年）、全国文艺处长会议（一九五六年）、全国青年文艺工作者代表大会（一九五六年）、少数民族文艺参观团（一九五六年）、中苏友协访苏代表团（一九五六年）等会议活动，他的足迹遍及了半个中国以及朝鲜半岛、位于中亚和欧洲的苏联国土，使他大大开阔了眼界，丰富了生活，使他学到了许多书本上学不到的知识，也使他的诗境大开，题材增广，创作获得了丰收。

回忆解放初期这一段的生活和创作，诗人深深地感谢党对他的培养、感谢汉族作家对他的帮助：他忘不了邓力群同志对他的鼓励；忘不了刘肖无、王玉胡同志对他的帮助和他们之间长期的、兄弟般的友谊；忘不了老诗人柯仲平把他当作维吾尔族文学新人的代表介绍给西北的作家们，语重心长地和他谈心，共饮毛主席赠送的咖啡的情景；忘不了诗人李季读他的赴朝之作《当我看见山》时的欣喜，如何热情地、认真细致地帮助他出版汉文诗集《和平之歌》的情谊，以及长期地、一贯地对少数民族文学事业发展的关怀、爱护；忘不了著名诗人艾青对他关于如何写诗的指点……尤其忘不了的是，一九五六年的一个春夜，在首都的一次诗歌朗诵会上，敬爱的周总理微笑着听完他的朗诵以后，接见了他，亲切地握着他的手问他：你家在什么地方？什么时候开始写诗的？勉励他“好好歌颂社会主义嘛！好好歌颂民族团结嘛！”周总理的教导，对于诗人，胜过价值连城的璧玉，在二十多年的风风雨雨之中，始终鼓舞着他，启示着他，引起他多少深情的怀念……

人民群众的翻身解放，祖国面貌的日新月异，党的温暖，革命的友谊，时时激荡着年轻诗人的心，他抑制不住自己的感情要放声歌唱，歌唱生活的美好，祖国的繁荣，党的伟大，人民的团结，歌唱国际主义和反侵略正义斗争，歌唱劳动、友谊、爱情……火一般的热情和对美好的赞颂充溢他的诗篇。他采摘的果实是丰富的，诗集《唱不完的歌》与《和平之歌》是他此时创作的结晶。一九五六年所写的抒情诗《祖国》对他这段时期的感情与写作有很好的描述：

祖国！我誓作维护您的荣誉的忠诚哨兵，
胸中将永远炽燃着对您火一样的深情；
只要能把我的内心披露于万一，
我就不悔自己枉自作了诗人。

诗人那么由衷地歌唱我们解放了的时代，还因为他了解人民，亲身感受到农民群众过去的苦难和今日的欢乐，懂得了阶级压迫和翻身解放的来之不易。

新疆解放不久，他就参加了史无前例的减租反霸和土地改革运动。地主阶级的压迫与剥削，农民兄弟的苦难与斗争，一桩桩，一件件，展现在年轻诗人的面前，他悲哀，他痛苦，他愤怒，他拿起笔，农民兄弟的嘱托，无产阶级的期望，一下子都凝聚在笔端。他用民间歌谣的形式，用农民朴素的语言，将农民阶级的不幸、哀痛、愤怒、觉悟，尽情地写进诗中。当他用缓慢而低沉的声音在几千人的诉苦会上开始朗诵一首题为《控诉》的诗时，才读几行，就引起了人们的饮泣。诗歌感染了群众，群众感染着诗人，诗人也抑制不住自己的感情，悲愤地哭了。诉苦会在群情激愤中开得非常成功，大大促进了减租反霸斗争的开展。由于《控诉》一诗的成功，诗人被邀请到各处去参加诉苦斗争会。在那一段不平凡的日子里，阶级的觉悟，被压迫人民的痛切感情，马列主义的革命斗争精神，时时冲击着他，促使《起来吧，农民》等歌词相继问世并很快被人们配上曲，在广阔的维吾尔农村到处传唱。农民唱得笑逐颜开，地主听了瑟瑟发抖。……这些现象，引起了诗人的深思：当诗歌与人民结合，它就会产生无穷无尽的力量，发挥无比的威力;一个诗人,也只有与人民结合,表达了人民的感情与愿望,人民才会热爱他的诗。

在这场轰轰烈烈的革命运动中,诗人懂得了阶级和人民,也赢得了人民的信任。一九五二年,喀什帕哈太克里乡的贫下中农,在欢庆土地改革伟大胜利的时候,决定写一封信给党中央、毛主席,报告这一喜讯,诗人铁依甫江被他们请去。他像接受一件光荣的政治任务一样,严肃地、满腔热情地为贫下中农代笔。他采用民歌的形式,倾诉了帕哈太克里农民解放前的苦难生活,描述了他们土改翻身的喜悦,抒发了他们对共产党、毛主席的无比热爱的深厚感情,表达了他们乘胜前进的坚定信心。这封别具一格的诗信引来了毛主席的回信,此事成为新疆各族人民传颂不绝的新的历史佳话。

因诗罹祸,几经磨难坎坷

在一九五七年我国拔地而起的政治风暴席卷新疆之后,诗人于第二年初也突然从运动的动力沦为运动的对象。他那首被谱了曲,广为传唱、脍炙人口的爱情诗《唱不完的歌》也忽然变成了他的罪证。他莫名惊异,批判难道是变魔术?每天徘徊在姑娘窗前唱歌的小伙子,唱的怎么会是民族分裂的歌?那对小伙子的搅扰很不耐烦的老头儿,怎么会变成党的化身,出来制止小伙子的民族分裂活动?那尚未露面的姑娘,怎么会变成民族分裂主义者追求的“理想”?他百思不得其解,但是有什么办法?从此,等待他的是另一种命运:罢官、察看、下放农村、劳动改造。

怀着懊丧与惶惑,诗人重新走向农民,拿起了坎土曼。那是“红旗招展”“大放卫星”的年月,诗人亲眼目睹了许多惊心动魄的事。紧接着狂热和浮夸而来的,是极端艰难困苦的生活。三年过去了,他和贫下中农一起经历了一个令人难忘的非常时期。农民是钢筋铁骨铸成的,他们在任何艰难困苦中,信念不动摇,意志不衰减;而自己却疑虑时生,脑海里总萦绕着一些不合时宜的想法。回顾这一段生活,诗人说,大跃进使我懂得了人民山岳般的坚毅。

当党公开纠正浮夸风,特别是传达了毛主席、刘主席在七千人大会上的讲话时,诗人已回到了他工作的乌鲁木齐,压抑了数年的一些想法,这时又重新活跃了起来。他断定自己不是戴着墨镜看现实,而是和党一样看待我们时代的新生活。他坚定了。于是几年来时隐时现的纷乱思绪,又翻滚冲撞不已。突然,一个新颖的艺术构思成熟了,他抓紧不放,写下了一首长达一百余行的政治讽刺诗《"基本"的控诉》。他将"基本"这个衡量事物程度的用语拟人化,让它现身说法来控诉骗子手们虚报成绩、为浮夸风狡辩、危害人民的行为:

在骗子们手中,我受到莫大的糟践,
为了卑鄙的目的,他们任意把我差遣,
真理也因此蒙垢了不白之冤,
我成了障人眼目的迷雾。
……
我被纳入某些虚伪的汇报,
作为成绩的修饰语向上报告,
上边往往也就轻信了这一套,
老实说,我根本不是成绩,而是错误。

它历数了它在会议上、田野里、炼钢炉旁、贸易市场、科学之宫、水利工地等处骗人的行为后,大声呼叫:

多少骗子专门靠拍卖我吃饭,
这种人原是胆小鬼,又是诈骗犯,
官僚主义者成了庇护他们的靠山,
我的名声也随之受到玷污。

这首构思巧妙、语言辛辣、切中时弊的好诗,从一九六二年一出世,就得到了人民群众的好评。看了这首诗的人,无不交口称誉,竞相传诵,而且很快就被人配了乐,在群众中弹唱。然而,它的命运却十分不幸,不但得不到在报刊上公开发表露面的机会,却一而再地招来灾祸:诗人想不通,他认为自己无罪。他痛苦、气愤、怀疑、迷惘,无可奈何,但并未对前途失去信心。他以维吾尔人特有的阿凡提式的幽默,向命运挑战,向邪恶抗争。一次批斗会上被打伤了,他们互相搀扶着离开会场,心情沉重,他却说“我们是从狼牙山撤退下来的伤兵”,把人们逗乐了。一次劳动间隙和伙伴们席地而坐时,天空中一架大型客机飞掠而过,他便双膝跪地,仰着头,对着飞机大声呼叫“周总理呀,你是我们的知心人,你看见我们没有?我们没有罪呀,你快来救救我们吧!”,说完和同伴们一起扬声大笑。

在那乌云翻滚的年月,不管是集体接受批斗、监督劳动时期,还是以后分别落户农村劳动时期,尽管打击和不幸接踵而至,生活的道路十分坎坷艰辛,悲观情绪也有时难免袭上心头,但是他始终没有绝望,不向命运低头。批斗就批斗吧,不批斗的时候,还是要好好地活着,还要讲故事,说笑话,甚至乘无人监督的时候,背几句诗,唱一首歌,还曾偷偷地的找来都塔尔弹上一曲;在月夜的劳动休息时,偷偷地呷几口酒,和同伴一起吟诵李白的诗《月下独酌》……繁重的劳动压不垮他,却把他锻炼成一把劳动能手:盖房子,修水渠,他是“大工”;打馕坑,砌火墙,浇水,宰羊,他是“把式”。通过劳动,监督他的农工和贫下中农,不但不难为他,反而同情他,安慰他。有人给他送来了生活的必需品;有人远道赶来专程看望他;还有人悄悄对他说,你可不能死啊,只要党没有变,你的问题终究会解决的。

在多年的困顿磨难之中,他被迫搁下了创作的笔,但他并未停止学习。在昏暗的马灯下,他战胜白天劳动的疲困,学完了厚厚的《资本论》,为今后的写作辛勤积累资本;在荒凉的戈壁山村,他未停止对祖国命运的思考,更未割断与人民感情的联系。这是一个特殊的、创作的酝酿期……

意志倍坚,永为人民讴歌

“没有经过严冬的百灵鸟,不知道春天的可贵”。二十年间在政治的漩涡中吃尽了苦头的诗人,倍加珍惜粉碎“四人帮”所带来的祖国美好的春光!他兴奋,他激动,又情不自禁地拿起久搁的笔:

我诅咒那带来生离死别的黑夜,

我也为你庆幸这新春终于来临。
我怎能不倍加珍爱你所向往的春天啊，
春光于我恰似你那须臾难离的爱情。

——《春日里的热泪》

没完地埋怨昔日的风雨，带不来满枝硕果，
斧斫的杞柳尚能抽出柔条千尺，烟笼新绿。
但乍暖还寒，霎时飞霜的季节终已过去，
爱慕春吗？那就快以赤诚之心向她献礼！

——《春的启示》

三年来，诗人就是这样怀着“赤诚之心”，向祖国献出了丰厚的礼品，他写出了大量的新作，单诗就有一百余首，大部分都发表在全国与新疆的各报刊杂志上。同时，他的第五部诗集《春天是何等绚丽》也已出版。①

现在写诗，他更加注意向人民学习，向生活学习，更加注意用诗歌反映生活的真实，表达人民的心声。两年多来，维吾尔农村的田头上、葡萄架下，哈萨克牧场的毡房里、羊群边，都留下了诗人的足迹。去年（一九七九年），他特意回到了二十年前他第一次“劳动改造”的吐鲁番，重访了那些和他一起渡过了几年难忘岁月的农民兄弟。农民兄弟们这样问他：“现在我们可以大胆说真话了，不知诗人们是否也敢大胆说真话？”这话深深地触动着他，也鼓舞着他，他想到了自己的创作道路：他曾写过违心的诗作，不实事求是的赞歌，这样的事不应再重复了；他也曾为写真话而付出了沉重的代价，但决不应消极后退。要正确地总结经验，要遵循文艺创作的规律，遵奉人民的意愿，把诗写得更好，永为人民讴歌。今年（一九八〇年）初他写的组诗《农民的真心话》就是根据农民的愿望和语言构思成篇的，受到了人民群

① 铁依甫江的第四本诗集《祖国颂》收集了他一九五八年后主要是一九六一至一九六四年间的创作。

众的好评；今夏，当他为哈萨克牧民朗诵新作《阿克》一诗时，牧民们非常高兴："我们不敢讲的话，你替我们讲了！"

诗人写诗一向很注意艺术的的完善。在这方面，他曾花费过巨大的心血，经过艰苦的学习和探索。他不仅注意学习本民族现代诗歌创作和一些著名的外国与本国诗作，尤其注意学习本民族的民间文学和古典文学的优秀创作，从中吸取丰富的营养。他青少年时期就注意搜集民间歌谣，解放后，也搜集过许多民歌和民间故事，并编写过《维吾尔民间文学概论》；对古典诗歌的格律，他下大功夫钻研，尤其是大诗人纳瓦依的诗作，他认真研读，反复推敲，不少诗作，包括维吾尔古典乐曲《十二木卡姆》中纳瓦依所写的歌词，他都能背诵。他能写三十多种不同形式的诗，其中不少是格律严整的古诗体和通俗易懂、富有生活气息的民歌体。因此，他能将古典诗歌、民间诗歌的优点吸收到自己的创作中来，创造出既有民族传统特色又有自己独特风格的诗作来。这就是他的诗受人民喜爱，能够深入到广大的农民群众之中、许多诗能为人们背诵，甚至谱曲传唱的重要原因。即使受到批判，不能发表，不能在舞台上演唱，人们仍然在家庭晚会之类的场合演唱。人民喜爱的作品是封禁不住的，也是批判不倒的。

如今，为了更好地为人民讴歌，诗人特别注意思想内容的深刻表达，也未放松对于完美的艺术表现的追求。近年写的《父亲的叮咛》这首短诗时，为了强调当了干部以后，只能给人民当"笤帚"，不能当"老子"，只能立在"壁角"，不能高踞"上座"这个中心思想，他反复琢磨，写了几种不同音节的诗稿，终于写出了思想突出、韵脚响亮、音节和谐、琅琅上口的诗来。

一年来，由于诗人重又走上文艺领导工作岗位，他的写作时间减少了，但他对创作抓得更紧了。今年（一九八〇年）他已发表了四十多首诗。除去写诗，他还搞一些文学翻译和其他文学样式的创作，并加紧学习汉语汉文。以前他曾参加过将毛主席诗词翻译成维吾尔文的工作，也曾对《天安门诗抄》的维吾尔文译稿进行加工润饰。近两年，他又将古典诗人纳瓦依的诗作译成现代维吾尔语；与别人合作，将屈原的《离骚》译成维吾尔诗歌。今年，他又用不少时间，与别人合作，把维吾尔古典长诗《艾里甫与赛乃姆》改编成电影文学剧本。在文学创作领域，我们的诗人正加紧耕耘，想在有生之年为人民收获更多的精神食粮。

一九八〇年十月

诚实勇敢的诗　优美动人的歌[①]

——谈维吾尔族著名诗人铁依甫江的创作

当代著名的维吾尔族诗人铁依甫江的名字是人们所熟知的。尤其是在全国第四次文代会上，他被推选为中国作家协会副主席、民族文学创作委员会主任委员以后，更是名声斐然，为全国文艺界所瞩目。其实，早在二十世纪五十年代初期，这位风华正茂的年轻诗人，就带着维吾尔人的热情与才华，跃入了祖国百花盛开的诗园，他那呈现异彩的抒情诗章，就曾博得各族人民的珍爱、前辈诗人的称赞；如今，诗人已年过半百，鬓角添霜，但诗情未减，仍然不断地为我们奉献出饱蕴着生活激情的诗篇。

三十余年来，诗人的心和人民的心合拍跳动，诗人的命运和祖国的命运休戚与共，在这漫长的人生道路上，他的诗笔时作时辍，他的诗情时涌时抑。因而，不同时期，他诗歌创作的题材与风格也呈现着差异。但是，歌颂革命、祖国和人民的主题却始终未变。流贯于他全部诗作中的是炽热浓烈的爱，搏动在他全部诗行中的是赤诚、勇敢的心。正如他在《过去与未来》诗中所回顾和总结的那样——

与人民一道舒心地欢笑我感到无限幸福，
心灵稍觉宽慰，我的热泪是为祖国而揾，

---

① 载《新疆师范大学学报》1982 年第 1 期，收入《新疆兄弟民族文学评论集》（新疆人民出版社 1981 年），中国当代文学研究资料丛书《铁依甫江、克里木·霍加、艾里坎木研究合集》（新疆人民出版社 1991 年）

诚实和勇敢是纯正的诗歌必备的属性，

我愿为这一品格而冶炼自己的灵魂！

诗歌的脚步　坎坷的人生

铁依甫江·艾里耶夫，一九三〇年四月生于新疆霍城县的一个贫农家庭，父亲扎克尔是伊斯兰教的学者——毛拉。他自幼边参加农业生产劳动、边自筹学费上学，后来还被送进经文学校学习。但他少年时期就向往革命，热爱诗歌。一九四五年，当他还在宗教学校学习时，就常常背着老师（毛拉）练笔写诗，偷偷投寄。一九四六年，他以居来提（意为勇敢）为笔名，在当时伊犁出版的三区革命政府机关报上，发表了他的第一首诗《为了你，亲爱的祖国》。自此，这个只有十六岁的年轻人，更加热爱革命与文学，一心想摆脱宗教的羁绊。一九四六年，他的愿望实现了，当上了新疆和平民主同盟机关报《前进报》的文学副刊编辑。从此，他与宗教决裂，开始走上革命和文学的道路。他一边工作，一边学习，一边写作，直到新疆解放，他发表了许多诗作。《严冬过去了》《致黎·穆塔里甫》《红日升起的黎明》等，是其中较好的抒情诗。诗集《东方之歌》是这一时期创作的结晶。这时期，正是三区革命政府领导人民群众反对国民党统治的时期，也是人民群众不断接受苏联社会主义影响的时期。因此，诗人在创作中反复吟咏的是向往革命、呼唤黎明的主题，透露着诗人对革命的热烈追求、马列主义的初步信仰以及对现实的不满与反抗，有一股激励斗志、发人深省的力量。诗人的才华使他成为人们注目的诗坛新星。一九五一年，当四名最优秀的维吾尔族诗人的创作被选辑出版的时候，铁依甫江是其中之一。

一九四九年，新疆和平解放之后，党的阳光洒满了天山南北的草原沃野，也洒在了诗人的心上，他的创作进入了一个崭新的时期。诗人从祖国的最西边陲伊犁河畔走出来，走向全疆，走向全国，走向世界。作为一名维吾尔文学新人的代表，他参加了许多政治和文学活动；减租反霸，土地改革，赴朝慰问，赴苏访问以及各种文学会议、参观活动。他结识了许多知名作家和诗人,还曾受到毛主席、周总理的亲切接见,这使他开阔了视野,增长了知识。一九五三年他加入了中国共产党,并担负了文艺界的领导工作,这更使他充分体验到解放给人民带来的喜悦和幸福,他青少年时期所"翘首盼望的红旗"——理想实现了。这时期,他的诗境大开,题材增广:有抒写农民群众阶级觉醒的感情的,有抒发抗美援朝的豪情壮志和国际主义情怀的,有歌颂祖国、人民、党、领袖和民族团结的,有歌唱劳动、友谊、爱情的,其中爱情是表现得最多的一类题材。《起来吧,农民》(歌词)、《当我看见山》《祖国》《思念》《幸福的星星》《唱不完的歌》等篇,都是这时期的优秀之作。它们充溢着蓬勃向上的热情和对新生活的赞颂;大部分诗作呈现着明朗、欢快的诗风。这一时期创作结集为两个诗集:《和平之歌》(赴朝之作,一九五六年)和《唱不完的歌》(一九五七年)。

一九五八年,由于反右斗争和反地方民族主义斗争的扩大化,诗人受到了过火的批判斗争,被错误地留党察看和下放劳动了。怀着懊丧与惶惑,诗人重新走向农民,拿起了坎土曼,渡过了极不平凡的三年。这三年中,他亲眼看见大跃进给农村带来的损失,看到农民对党的忠诚和在困难面前的坚毅,他感动了。他深思着我们党、我们的国家、我们的民族的命运,深思着我们时代新生活中的一些问题。在他回到工作岗位后,党开始纠正几年来的错误,调整了政策。这时,诗人的思想更敏锐、更成熟了,他的感情也更深沉、更炽烈了,他要为人民说话,为党说话。当听到七千人大会报告的传达后,诗人的思想豁然贯通,写出了著名的政治讽刺诗《"基本"的控诉》。当国内外风云激荡,来自外部的颠覆破坏活动严重地干扰着祖国的安全和人民生活的安定时,政治抒情诗《祖国,我生命的土壤》《忠告》等名篇也相继问世。这些诗,思想深刻,感情强烈,艺术上也臻于成熟,有一种雄浑沉郁、激昂澎湃的气势,具有激励人心、催人奋发的力量。这些诗作的诞生,标志着他的诗歌创作达到了一个新的高峰。诗集《祖国颂》搜集了这一时期的主要诗作。

一九六四年《“基本”的控诉》开始受到极不公正的批判，厄运再次降临诗人的头顶。十年浩劫期间，诗人身心受到了极大的摧残，他不仅遭到政治上的凌辱，而且被错误地开除公职，下放到偏僻的山区安家落户。但是诗人并没有绝望，没有垮下去，他从纯朴的农民那里汲取了精神力量。后来，他终于回到了文艺队伍。当全国人民迎来了第二次解放，特别是党的十一届三中全会以后，诗人感到漫漫的严冬已经过去，美好的春天开始降临，他含着喜悦的泪花，反复吟诵着“春天”的诗。这时的诗作，呈现出一种低回婉转、一唱三叹的动人诗风，有一种痛定思痛、启人思考的艺术力量。《春日里的热泪》《春的启示》《如果》《过去与未来》等是这时的好诗。新的诗集，一九八〇年出版的《迎接更美丽的春天》是这两年创作的集锦。诗人获得了解放，但是他忘不了在两次患难中和他一起渡过艰难岁月、给他信心和力量的农民，他又走到农民、牧民中去，倾听他们的呼声，了解农牧民的喜悦与忧思，写出了平易浅近、明白如话的两组诗作《农民的真心话》和《阿勒泰诗抄》，其中《吹吧，我的孩子》《再也别学蝗虫》《阿克》《喉咙里没油咋出声》等诗，充分显示了这两组诗的特殊风格：寓庄于谐，幽默风趣。

诗人除去创作外，还从事诗歌翻译工作，仅近两年，他就将屈原的《离骚》译成维吾尔文（与别人合作），又将古代大诗人纳瓦依的诗歌译成现代维吾尔语。

诗人异常珍惜这来之不易的美好日月，而且感到“每增一岁就是翻过生命典籍的一页”，他要加紧工作，将自己的生命“涓滴无余地奉献给革命”。

抒时代之情　发人民之声

紧扣着时代的重大主题，抒发时代的感情，表达人民的心声，这是贯穿铁依甫江诗歌创作的一条主线，也是他的创作最明显、最重要的特色。

这一特色，从他开始文学创作起，就显示出来了。他的第一首诗

《给哥哥的信》(一九四五年)就表现了一个少年要求参军,要和大哥哥们一起上前线打击敌人的迫切心情。他正式发表的第一首诗《为了你,亲爱的祖国》,将祖国与理想比喻为心目中的情人,抒发了诗人的热烈追求:

除了你的怀抱,我的骸骨不愿躺在任何地方,
这儿就是我的天堂,此外又何需别的圣地。

诗人还做好了为革命"哪怕要蹈火海、忍受千般折磨"的思想准备。这正是当时各族人民反对国民党黑暗统治,争取民族、人民和祖国解放的强烈的革命愿望的反映。正是基于这种革命理想,诗人那么热烈地称颂革命战士、爱国主义诗人黎·穆塔里甫"在艰险面前,你始终挺着男儿的胸膛"的英雄气概(《致黎·穆塔里甫》);歌颂"团结战斗,铁拳齐向暴君的宝座砸去"的革命行动(《幸福与希望》)。值得注意的是,诗人当时接受了苏维埃社会主义的影响,开始阅读马列主义书籍和高尔基、马雅可夫斯基等人的作品。因此,他的革命理想中,还包含着一些虽然很不具体和明确、但却不可忽视的社会主义的因素。他那首遭到宗教界强烈抗议的诗《列宁没有死》(一九四八年)就透露着这种思绪。这种思想、情绪,是三区革命行列中先进思想和正确的政治路线的反映,更体现了时代的精神和人民的愿望。正因为如此,所以当新疆和平解放时,诗人是那么由衷地歌颂中国共产党和人民的解放。他放声歌唱:

怀抱红日的黎明来了,
沉重的夜色倏然消退;
穷苦人民自豪的日子来了,
祖国啊,笑得满脸光辉。
啊哈,
我们洒下的鲜血已绽开娇艳的玫瑰!

这首抒发人民心声的歌词《红日升起的黎明》(一九四九年十月)受到了人民群众的喜爱,被谱曲弹唱,广为流传。

中华人民共和国成立后,人民翻身解放的喜悦,当家作主的豪

情，对党对领袖的深情厚爱，汇聚于诗人的笔端，使他的诗作充满了时代生活的气息，洋溢着人民感情的波浪。尤其是那些抒发对祖国眷眷深情的诗章，更是激荡着人民的心声，回响着时代的强音。

二十世纪五十年代，当诗人处于顺境、感到一切都如此美好的时候，他对祖国的感情是纯朴真挚的。一九五六年写的《祖国》一诗，一开头就描绘了“祖国，自从我来到人间，我的喜怒哀乐就与您紧密相连”的赤子之情，接着诗中写道：

我的一切都属于您的赐予，
开始第一次呼吸，
接触第一线光明，
获得第一次的愿望和记忆。

这朴素的语言，倾诉着诗人深爱祖国的心曲，仿佛一个眷恋母亲的儿子，正在娓娓动听地回述着在母爱中的成长经历。这种诗，读来亲切动人，如涓涓细流，滋润着人们的心田。

到了二十世纪六十年代初，当诗人经受了生活的磨难之后，特别是社会帝国主义大搞颠覆破坏活动，妖风弥漫新疆上空，一些人的心灵受到污毒之时，诗人对祖国的感情不但没有动摇，反而更加炽热、更加深沉。一九六二年六月，在震惊中外的“5·29”事件发生之后，诗人怀着激动的心情，写出了震撼人心的爱国主义杰作《祖国，我生命的土壤》。这首激情澎湃的政治抒情诗，字字如火，句句动情。全诗所倾诉的爱国主义深情是那么强烈，那么浓重，仿佛是一泻千里的江河，奔腾直下的急流，滔滔滚滚，动人心魄。这是集中人民心愿的爱国主义最强音，是向社会帝国主义侵略者和一小撮祖国的叛徒发出的愤怒的政治宣言。诗中有许多极具警策性的诗句，感人肺腑，催人泪下：

祖国——我生命的土壤，是你养育了我，我生身的母亲，
你的儿子整个身心眷恋着你，犹如灯蛾之迷恋光明。

在我的一生中，倘若不能继承你那伟大的历史秉赋，

奴颜婢膝地苟活，还不如结束掉那卑微的生命。

祖国的每一滴水都胜似甘露、醍醐，能使我沉醉，
我毫不企羡麦加的圣水，哪怕它真的能延年祛病。

母亲啊，快把重担驮在我的背上吧，我是专供你役使的骏马，
我甘愿为你负载驰驱，哪怕是驮上一座层峦叠嶂的山岭。

诗中所抒发的爱国主义精神，就是热爱我们伟大的社会主义祖国和领导祖国前进的党、热爱我们的山水国土、灿烂的历史和悠久的文化传统，热爱在我国国土上劳动创造的人民，同时也就是对贪图异国的安逸舒适而背叛祖国者的蔑视，对伤害祖国尊严者的无比仇恨。这种伟大的爱国主义精神，充分表现了我们的人民、我们的民族的伟大形象，同时，也表现了诗人崇高的品格。爱国主义在中华民族的历史上从来就是一种巨大的精神力量。这首杰出的爱国主义诗篇，不仅在当时产生了巨大的政治影响，至今读之，仍使人心潮澎湃，激昂奋发。它不愧是我国当代文学中优秀的爱国诗篇。

在我国社会主义革命和建设事业前进的过程中，有成功的经验，也有暂时失误的教训，这些与祖国的命运攸关的时代重大问题，紧系着人民的心，反映着人民的爱憎。作为一个关心祖国前途命运的党员作家，诗人从不回避对这些问题的思考，尤其是他亲身的际遇，更促使他深入地思考这些问题。因此，他的诗作，不仅有对光明面的热烈称颂，也有对阴暗面的暴露指斥。后者是一些讽刺与幽默之作。这类诗，往往更直接地说出了人民的心里话，说出人民不敢说出的话，因而同样具有强烈的时代精神。诗人曾说：讽刺好比“骆驼刺”，既有刺，又含有糖份。他就是以这些富有营养，有益于健康，又能使人警醒的诗篇奉献给我们的时代与人民的。这类诗，在铁依甫江的创作中，数量不是很多，但引人注目。

二十世纪五十年代，诗人就曾写过《“报告迷”之死》（一九五五年）、《仓库主任的锦囊妙计》（一九五七年）等讽刺诗，把批判的矛头指向个别不关心人民疾苦的官僚主义者；六十年代，诗人的眼光更敏锐、思想更深刻了。他看清了社会上普遍存在的不正之风——浮夸风给我们国家带来

的极大危害，写了一篇政治讽刺诗《“基本”的控诉》（一九六二年），诗中将“基本”这个衡量事物程度的用语拟人化作抒情主人公，让他现身说法，揭露那些瞒上欺下，吹牛撒谎，虚报成绩，谋取“先进”，大搞浮夸的骗子手们给人民造成的严重危害。这首诗，由于借助于一种特殊的艺术构思，将此种不正之风的表现揭露得淋漓尽致，而且指出了此风的根源在于官僚主义：

多少骗子专门靠拍卖我吃饭，
这种人原是胆小鬼，又是诈骗犯；
官僚主义者成了庇护他们的靠山，
我的名声也随之而受到玷污。

最后，义正词严地宣告：

如果说我过去替他们当过帷幕，
今天我要作衡量他们的罪恶的尺度。

这首诗充分地表现了人民群众的爱与恨，痛快地吐出了人民心中积郁的愤懑之情，是一篇道出真理、针砭时弊的好诗，是一篇不可多得的好诗。这首诗诞生后，虽然没有及时得到公开发表，却成为人民群众竞相传抄的妙文，而且被谱成歌曲，广为传唱。

文学创作遵奉人民的意愿，不仅歌颂光明和成绩，而且揭露阴暗与失误。消除阴暗，使我们生活更加光明，这是一个有责任感的革命作家的天职。铁依甫江懂得这些，他没有忘记自己的责任，没有失去不仅从正面、也从反面揭露真理的勇气。尽管他为此而遭到政治迫害，但他并不后悔，也不畏惧，他想的是人民的利益，党的利益，而不是个人得失。正如他的两句诗说的：“只要能少想自己，就不难道破真理，我本是跣足的牧童，又何惧溪水没胫？”当他政治上获得再次解放以后，他一方面满腔热情地歌颂祖国美好的春天，一方面仍未放弃从革命和人民的立场出发，用艺术的手段来总结我们以往工作和政策上失误的教训，而且更多的时候，是将两方面结合起来。这就使他的诗，始终保持着鲜明的时代特色，保持着和人民感情的共振。

优美的诗章 动人的艺术

铁依甫江写诗,一向很注意艺术上的完美。在这方面,他曾花费过巨大的心血,经过艰苦的学习和探索。读他的诗,虽然经过翻译,读者仍能感到诗歌的艺术美。

首先,他很注意诗的艺术构思,有许多诗的构思是很巧妙的,能创造出一种特殊的意境,使人在这种意境中深切地感受到诗中所抒发的感情。比如《思念》一诗:

我舔着嘴唇熬过了许多年,
然而熬过许多个月反而更困难。
计算星期时,我变成了幻想者,
计算天数时,我却失了眠;
时钟的移动,比一生还长,
倾听秒钟时,我已柔弱无力;
如果这时刻你还不来迎接我,
爱情也许会把我的生命断送。

用一种反常规的感情表现法,时间越短,思念之苦越难以忍受,极写思念的深切和急迫,把爱恋之情渲染得十分浓烈。《唱不完的歌》也是这样,它只叙述了一个每天夜晚徘徊于小巷窗前,唱着同一支歌的小伙子,遭到老人的训斥,并意味深长地回答老人斥责的故事。诗中并未点明他唱的的是什么歌,也未写明他向着谁唱这支歌,然而我们却从那每晚徘徊踯躅的身影,那天天轻扣窗棂的歌声,那"莫不是得了治不好的神经病"的指责,那"你不也曾是难以入眠的小伙子"的反问,产生了诗意的联想,明确地体味到充满爱情追求的小伙子的欢乐与烦恼,感受到深藏于小伙子胸中的爱情波涛。全诗无一字爱情的表白,读者却处处感受着炽热的爱情。"诗贵含蓄",这些诗写得很含蓄,很巧妙、但抒发的感情却是那么明白,这就是艺术构思的成功。

由于注意艺术构思,其他很多诗把抒情主人公奔腾的感情和纷飞的形象一下子就集中起来了。如《幸福与希望》把革命理想比喻为心目中的情人,歌颂祖国的诗把祖国比喻为母亲,一下子就像一根金丝把许多散乱的珍珠串连起来，成为一个易于理解、十分熨贴的艺术整体。《“基本”的控诉》所要控诉的本来是比较抽象、比较费解的事物，诗人一旦把“基本”赋予人格，写它怎样受利用、干坏事，又怎样觉醒，要求反戈一击，一下子就使整首诗活起来了，具有艺术的形象性和感染力。《再也别学蝗虫》所要批判的是盲目的大跃进给农业生产带来的危害，一旦把大跃进和蝗虫的跳跃连起来（维吾尔语中“跳”与“跃”同为一词，跃进就是跳着蹦着前进），就使诗中所要表述的思想感情变得十分显而易见、具体而又强烈了。

其次，他善于把主观的感情和抽象的道理化作具体可感的生动形象，使诗歌具有很强的艺术感染力和鲜明的民族特色。例如一首《柔巴依》写道：

水滴汇成波澜壮阔的海洋，
没有大海，生活的帆樯就无法远航。
倘若为了你那涓滴沾沾自喜，
不妨试试，一滴水珠能将什么浮起？

以水珠和大海比喻个人和集体的关系，简洁、明了、形象、概括。这是富有哲理性的诗，道理讲得透彻，但又非常生动含蓄，经得起咀嚼与回味。又如把反革命势力的凶残可憎和行将灭亡的虚弱、怯懦，在诗中化成“严冬”的形象：

冷酷而暴虐的严冬，
脸上飘着雪花，
脚上挂着冰凌，
呼吸吐出寒霜，
蝎子一样螫人。
此刻，流着冰凉的泪水，
正一瘸一拐地要溜之大吉，
因为它惊慌地感到春已临近。

——《严冬过去了》 一九四七年

这种艺术的特色，在《祖国，我生命的土壤》中表现得尤为突出，那生动感人的形象，琳琅满目，如繁星点缀夜空一般，使人目不暇接，美不胜收：儿子像灯蛾迷恋光明一样,用全身心眷恋着母亲;失去了祖国的爱,即使身在天堂里,也如在地狱里一样难受,在祖国的土地上,哪怕是行进在戈壁滩上,也感到有绿荫和花丛环绕身边,在祖国穿着破烂的衣服也比在外国穿绫罗绸缎舒服自在,只要能躺在祖国的土地上,即使死了,精神依然活着……诗人对祖国的感情表现得形象生动、具体可感,而诗对读者的感染力也就十分强烈。

再次,他十分注意诗歌的节奏感,音乐性。他写的诗,有许多是民歌体和古典格律诗体,非常讲究节奏的鲜明整齐、韵脚的严整和谐,这就是他的诗有许多被谱曲入乐的原因,像《唱不完的歌》《"基本"的控诉》,《如果》以及《红日升起的黎明》《起来吧,农民》等都是如此。他曾写一首小诗《父亲的叮咛》,为了强调父亲教育儿子当了干部以后,只能给人民当"笤帚",不能当"老子",只能立在"壁角",不能高踞"上座"这个中心思想,他反复琢磨,写了几种不同音节的诗稿,终于写出了思想突出、韵脚响亮而又音节和谐、琅琅上口的诗来。

铁依甫江从事诗歌创作已经三十多年了,他的诗作很多,内容丰富,风格各异,所用诗体也是多种多样的:民歌体、自由体、各种古典格律体,根据内容的需要,他可以运用三十多种诗体从事创作。在当代维吾尔诗坛上,他的创作不管从数量和质量上说,都是名列前茅的,他的作品,不仅在知识分子中有广泛的影响,而且在广大的农民群众中也扎下了根。他的不少诗篇,是脍炙人口的,诗人及其作品在国外也有一定的影响。

诗人这些成绩的取得不是偶然的、轻而易举的,而是他长期学习锻炼的结果。

他自幼酷爱诗歌,少年时期就从维吾尔民间活动"麦西热甫""铁列"等场合搜集、记录、背诵过几百首民歌,并阅读维吾尔现代诗人的诗作和苏联的著名诗作。后来,他还对维吾尔古典格律诗下过大功夫钻研,尤其是在维吾尔文学发展中有巨大影响的十六世纪大诗人纳瓦依的诗作,他认真研读,反复推敲,其中不少诗作,包括维吾尔古典乐曲《十二木卡姆》中纳瓦依所写的歌词,他都能背诵。解放三十多年来,他又陆续研读过不少汉族诗人的优秀创作,从中吸收有益的营养。

铁依甫江是在维吾尔人民的生活土壤和文学传统的基础上成长起来的维吾尔诗人。他的诗,是吸收本民族民歌和古典诗歌的优点创造出来的,具有民族传统特色和个人独创风格的作品。在各民族的大诗园里,他的诗更显得独具风采,引人注目。

自然,铁依甫江的诗并不都是优秀的作品,他有不少应时之作,虽然感情诚恳,但艺术粗糙;也有一些违心之作,空洞夸饰,缺乏艺术力量。他目前的创作,虽然好诗频出,但尚未诞生超过自己高峰水平的力作。我们希望诗人再接再厉,精益求精,写出思想与艺术更完美结合的好诗来。

一九八一年三月

诗与良心和生命浑然一体
——再谈铁依甫江的创作

一九六二年，维吾尔族著名诗人铁依甫江在一首《柔巴依》①中写道：

我写诗，不是出于兴趣，

对于我，诗与良心和生命浑然一体。

这两句诗，是对诗人创作道路、生活道路和人生观的富有哲理而又形象的概括。写出这两句诗时，他已经历了十五六年的创作生涯，写了许多好诗，而且为此付出了巨大的代价。在十年浩劫期间，他为了诗，为了诗的良心——人生的态度，遭受了诬陷与迫害，几乎丧命。因此，这两句诗可以成为理解他的全部创作的要旨，是开启他创作密室的钥匙，是探寻他诗歌幽微的火烛。

现实生活是诗歌赖以生存的天地

高尔基曾经说过："真正的诗，永远是心灵的诗，永远是灵魂的歌。"②这话是十分正确的。但是这种诗歌，是脱离客观现实的纯"自我表现"，还是客观世界在诗人头脑中反映的产物，自古以来，就有截

① 柔巴依，维吾尔古体诗歌的一种形式，只有四句，类似汉语诗歌的绝句，多用于哲理抒情。这两句诗摘自《铁依甫江诗选》，人民文学出版社 1982 年版。文中所引诗歌，除少数发在报刊外，多引自本书。

② 引自北京师范大学中文系文艺理论教研室编《文艺理论学习参考资料》下册，春风文艺出版社 1982 年版第 68 页。

然相反的认识。时至今日,在我国二十世纪八十年代的诗坛上,它仍是争论不休的大题目。对这个问题,铁依甫江有清楚的、一贯的认识。早在二十世纪五十年代,他就反驳过"写诗不需要体验生活"的错误说法,他说:"真正的诗,不决定于诗的形式,而决定于其内容。也就是说,影响诗人的是生活,不是别的。诗人是根据从生活中吸取的素材和作出的结论进行构思的,并以此通过诗的形式表现出来。"①二十世纪八十年代,他更深入准确地概括了自己的认识:"诗歌的母亲就是现实生活……现实生活是诗歌赖以生存的天地,诗歌是在这个天地里萌芽生长的。"②

铁依甫江的这种认识和主张,是对自己的现实主义的诗歌创作经验的正确总结,是符合马列主义的唯物主义反映论的,他也是遵循自己的这个主张从事诗歌创作的。他创作历程近四十年,写作诗歌近千首,反映的生活面之广阔,展观的社会内容之丰富,可称当代维吾尔族诗人之冠。离开了生活源泉,能取得如此丰硕的收获,是难以想象的。解放初期,他生活在风云激荡的农村减租反霸和土地改革的斗争漩涡中,深深地体验了广大贫苦农民的欢乐与痛苦,他写出了《起来吧,农民》《控诉》等诗歌,博得了全疆农民的欢迎与信任,被谱成歌曲,成为农民们向封建地主阶级冲击的战斗进行曲;一九五六年至一九五七年,当一些民族分裂主义者策划建立"维吾尔斯坦"的阴谋活动时,他创作了《祖国》《心里的话》等诗,抒发了对祖国的深挚感情,批驳了民族分裂主义谬论,起了明显的战斗作用;在浮夸风弥漫祖国上空的年代,他孕育了《"基本"的控诉》这样的佳作,历数了吹牛撒谎之风给国家、民族造成的灾难;在风云变幻、祖国西部边陲动荡不宁的二十世纪六十年代初期,他创作了《祖国,我生命的土壤》《老战士的嘱咐》等优秀的爱国主义诗章,抒发了诗人强烈的爱国情怀和对青年后代的期望,激励了人民的革命意志;而当祖国迎来了第二个

① 引自《略谈今日的维吾尔文学》,载《天山》1957 年第 2 期。
② 引自 1983 年诗人为中央人民广播电台撰写的文稿《诗歌创作之路》。

春天，诗人在多年沉默搁笔之后，又像经过严冬的百灵鸟一样，流着眼泪欢唱美好的春光，写下了《春的启示》《春日里的热泪》《三十年》《如果》《过去与未来》《故乡抒怀》等一系列诗篇，表达了我国人民经过劫难后的欢乐与思考。此后，他的足迹踏遍了天山南北的广阔农村牧场——吐鲁番盆地的葡萄之乡、伊犁河畔的瓜果之乡、塔里木河两岸的稻谷之乡、昆仑山下的丝绸之乡、阿勒泰山下的草原牧场……新时期各族人民拨乱反正、丰富多彩的现实生活，为诗人提供了取之不尽的创作素材，也不断激发着诗人的灵感，他写出了一组组清新优美、富有深度的诗篇，呈现在广大读者面前。

了解了现实，为写诗提供了素材，而要写出好诗，这还是远远不够的，还需要其他条件，这些条件，除去写诗的技巧之外，最主要的，是诗人对待生活的态度，对生活的主人——广大人民群众的态度。诗人曾说："做人民的歌手是我最强烈的愿望。"①他以人民的爱憎是非为自己观察、分析事物的准绳，以此来撷取生活，提炼生活，将人民心声化作诗章。比如诗人曾谈过他创作《庄稼人的真心话》组诗的情形。在诗前《题记》中，他写道：

> 一九八〇年初，我到吐鲁番、鲁克沁一带农村去，见到社员们正在批判极左思潮，他们说：'我们现在敢于说真话了，不知诗人们是否也敢于反映我们真实的心声？我这里记下的，不过是他们的原话而已。

这有力地证明，铁依甫江的诗，是在生活中汲取素材、语言、形象，又以人民的感情来熔铸加工创作出来的。诗人曾经更具体地谈过他创作《父亲的叮咛》的过程：有一天，他参加一个农村生产队的会议，一个小伙子被社员选为生产队长。这时，小伙子的父亲站起来说话了："孩子，大伙儿信任你，才选你当干部的。从此，这个生产队就由你管啦！但是，我有一句话要告诉你：'当干部就要做人民的扫帚，可不能高高在上啊！'"听了老父亲的话，诗人眼前浮现出一把扫帚的形象，

① 引自矫健：在《在耕耘的原野上——铁依甫江剪影》，载《文汇月刊》1982年第5期。

并在日记中记下了最初的感想:“扫帚是一种劳动工具,人们生活的必需品,它可以扫除室内院里的垃圾。但是,它并不因为自己有功而去争名夺利,而甘愿默默无闻地为主人服务。”①后来,诗人根据这一思想,创作了一首很有深度的小诗:

人民今天选你当干部,
你是人民的儿子,这点可记牢。
只能给人民当扫帚,不能当老爷,
我这话,你好好去咀嚼咀嚼。
扫帚清除污秽,使人民生活得舒适,
但从不高踞上座,只悄悄伫立在壁角。

现实生活是诗歌赖以生存的天地,诗人对这一理论命题的概括是完全正确的。

诚实和勇敢是诗歌必备的属性②

既明确诗歌来源于现实生活,又决心做一个人民的歌手,用诗歌替人民说话,那么诗人是如何看待生活与表现生活的呢?

诗人在解放后的若干年内,深深体验了解放给人民群众带来的喜悦与幸福,看到社会主义祖国日新月异、蒸蒸日上的变化,他自己也在党的关怀下处在顺境之中,从内心深处不断产生要歌颂社会主义新生活的创作冲动;加之对党的文艺政策、毛泽东《在延安文艺座谈会上的讲话》的学习,苏联社会主义文学对他的影响,尤其是一九五七年初周恩来总理接见他时谆谆教诲的话:“好好歌唱我们伟大的社会主义,好好歌唱各族人民的亲密团结”,使他终生难忘。③ 这就使他从理论上懂得,应该热情歌颂人民,歌颂社会主义。后来,他回忆文化大革命前的创作时说:“我当时认为社会主义文学的特点就是歌

① 引自1983年诗人为中央人民广播电台撰写的文稿《诗歌创作之路》。
② 摘自抒情诗《过去与未来》。
③ 摘自抒情诗《难忘的春宵》。

颂。”①因此，他的大部分诗，可以说是歌颂的诗——他歌颂祖国，歌颂社会主义，歌颂党，歌颂领袖，歌颂民族团结，歌颂工人、农民，歌颂劳动、爱情，因而他的诗，尤其是二十世纪五十年代的诗，洋溢着明朗、欢快、单纯、热烈的情绪，反映了当时人民群众奋发向上的精神风貌和社会主义祖国年轻美好的形象。

虽然如此，铁依甫江绝不是那种只会唱赞歌的诗人。他的目光注视着现实，现实也赋予他一双慧眼，使他不仅能看到生活中的光明与美好这一主流，也看到社会的阴暗面。他曾在一九五六年创作的《祖国》一诗中写道：“是您教会了我识别善恶，懂得了美丑，大小与真假。”他曾说：“在社会上还存在着阴暗面，存在着使人作呕和厌恶的社会渣滓。这是我们前进的绊脚石。对它视而不见，不揭发，不批评，实际上就是对社会不负责任。”②诗人使用维吾尔人民喜闻乐见的幽默、讽刺的手法，创作讽刺诗。他的讽刺之作，虽然数量不是很多，但却写得很出色，刺向我们现实生活中的弊端——那些不务实际、夸夸其谈的空头政治家、那些违法乱纪的干部、那些吹牛撒谎、危害人民的官僚主义者……这些诗，在当时，无疑是一副清凉剂，它提醒党和人民，不要视而不见，不要漠然置之。这些诗，和他的歌颂一样，是从诗人的良心——对党，对人民、对社会主义的赤胆忠心和高度责任感出发创作出来的，是从诚实的心灵中流溢出来的，是诗与良心交融的结果，是人民群众爱憎感情的披露。尽管诗人为此而遭到了非难，甚至成为他的“罪状”，使他遭受了种种磨难与屈辱，然而这位认定“诗与良心和生命浑然一体”的诗人，一旦“生命”复苏，良心不泯，又要写诗，又要歌颂，又要讽刺，而且增加了勇气，以更强烈的感情来歌颂，以更深沉的愤慨来揭露，这种歌颂与讽刺并行不悖的传统，是铁依甫江创作道路中一个明显的特色，是他忠实于生活、全面地反映现实生活的表现，是他坚持革命现实主义创作方法的表现，也是他以诚

① 1980年10月诗人与笔者的谈话。
② 引自1983年诗人为中央人民广播电台撰写的文稿《诗歌创作之路》。

实和勇敢的精神抒发人民心声的表现。直到粉碎‘四人帮’的这数年，他仍然手持这两种武器，既歌颂，也讽刺。纵观他的全部创作，总是以歌颂为主，数量也多，表现了诗人对祖国、对人民、对社会主义事业和美好事物的热爱与忠诚；以讽刺辅之，数量较少，体现了诗人对丑恶事物的指斥和对错误路线的抵制。

为人民而诚实地放声歌唱

铁依甫江的歌颂诗，是他"为人民而诚实地放声歌颂"①的记录，主要是抒情诗和爱情诗，这两类诗占他诗歌创作的绝大部分，产生过不少受人民喜爱的优秀之作。

抒情诗，抒发了诗人的也是人民群众的欢乐与忧愁，许多诗带着浓厚的政治色彩，反映着国家和人民生活中的重大政治事件，如新疆的解放；农村的土地改革，抗美援朝运动，中苏友好，维护祖国和平统一的斗争，祖国第二个春天的到来，拨乱反正的历史潮流，四化建设中的新生事物，乃至铁路修到乌鲁木齐、纪念反"四人帮"的革命烈士等等，都在他的诗歌中得到了反映。诗人的歌吟是和着我们时代前进的步伐的，是时代的回声。铁依甫江的可贵之处，正在于他对国家的大事、人民的大事有高度的政治热情，这使得他获得了成功。如新疆解放时他写的歌词：怀抱红日的黎明来了/沉重的夜色倏然消退/穷苦人自豪的日子来了/祖国啊笑得满脸光辉/呵哈——/我们洒下的鲜血已化作含苞的玫瑰。红日、黎明、笑脸、玫瑰，把当时人民欢乐、自豪的情绪写得十分集中饱满；有的诗表现了执着的祖国之恋，如一首《柔巴依》中写的："如果艾沙圣人真的住在天上/而且天堂还将为我开放/那天堂的欢乐只是毒饵/因为离开祖国我不如死亡。"诗中所抒发的对祖国的感情，那么深沉、执着、强烈、汹涌。粉碎"四人帮"后，他歌颂"永生的烈士"张志新"在最无耻的刑罚面前你傲然挺立/你不屈的勇气惊呆了那些卑微的灵魂/历史赋予了你一副钢铸的

① 摘自抒情诗《难忘的春宵》。

灵魂/你是我们时代真正的女神”。而且在歌颂张志新的同时，一针见血地戳穿了“四人帮”的本质：“你的‘罪恶’正是发现了罪恶/你指出了仙女本是妖魔”，表达了亿万人民对社会主义时期革命烈士的无限敬仰和对“四人帮”反革命集团的深仇大恨。在“四·五”运动三周年那天，他又怀着深沉的敬爱之情，写了一首诗《难忘的春宵》，回忆和歌颂我们敬爱的周总理：

每当春暖花开的季节，
我更抑制不住对您的怀念；
您的亲切的教诲，
是催芽的春雨，拔节的阳光。

形象地表达了“周总理永远活在人民心中”这一主题。

诚然，在铁依甫江的抒情诗中，有不少带着明显的时代局限。例如，许多歌颂党、歌颂社会主义的诗，实际上成了歌颂个人崇拜、现代迷信；再如，有不少歌颂政治运动或以诗作“武器”参加战斗的诗，显然受到极“左”思潮的影响，因而这些诗歌缺乏思想深度，浮泛浅露，冗长拖沓，标语口号化，经不起时代的考验筛选，已被人淡忘了。

党的十一届三中全会的精神照亮了诗人的心，照亮了他的诗歌创作之路，使他的思想境界得到了升华；他的创作思想更加正确和成熟。反映在他的诗歌创作中，纯粹的、单色调的歌颂诗很少了，代之以歌颂与反思相结合的复色调的抒情诗，使他的诗具有鲜明的时代感和深厚的历史感相结合的特色。

爱情诗是铁依甫江诗歌创作的重要组成部分。二十世纪五十年代，他写了许多很好的爱情诗。铁依甫江的这类诗，一般都比较短小精炼，有独特的构思意境，感情真挚细腻，娓娓动人。有的表达了在劳动中建立爱情或以劳动的好坏作为选择爱人标准的恋爱观，有的体现了要求互相尊重、男女平等的爱情追求，而更多的是对爱情本身的歌颂。如《苹果》：

请收下我送别的礼物，
将这枚苹果揣在怀里。

思念时就闻闻它吧，
权当我伴随着你。

别以为你是只身远去，
相隔着关山迢递。
伴你同去的还有，
我满腔的柔情蜜意。

把一对恋人临别时的温情脉脉、难分难舍，而为了事业又毅然分手的感情描绘得细腻而有诗意。《第一封信》写妻子对丈夫的爱，通过学了文化、会写信一事，表述得极富有生活的情趣。《思念》把相思之苦、爱恋之深描绘得绝妙之至，生动传神；《唱不完的歌》通过一个简单的故事勾勒，创造一个如痴如醉的热恋的艺术氛围，诗意盎然，耐人寻味。《我把你的嘴唇比作葡萄》，把火热的恋情通过形象而又贴切的比喻抒写出来，使这首散发着浓郁的民族特色的诗与诗中所歌颂的爱情，都像吐鲁番的葡萄一样，那么甜美，那么诱人！

近年来，铁依甫江又写了不少爱情诗，而且同样博得了好评。像那包括《我珍惜你的爱情》《姑娘的忧伤》和《春日里的热泪》三首诗的《爱情篇》，还获得了全国少数民族文学创作一等奖。除此而外，他还有一组十八首《格则勒》，①全部是爱情诗。这些爱情诗也和他的抒情诗一样，与二十世纪五六十年代的风格迥然不同：过去所抒写的，多数是单纯而火热的恋情，犹如清澈的泉水，明净透亮，伴和着青春的笑语和幽默的情趣；而今所抒发的爱情，内容和色彩都要复杂得多，深沉得多。比如，他歌颂那经过"强暴的威逼"而能"痛斥诬陷"的坚贞的爱情，歌颂那"不为彩礼诱惑，不怕亲人诅咒"的纯真的爱情，歌颂那"同在科学高空飞翔，同攀文明高峰"的志同道合的爱情，抒写那生离死别、历经社会风云的爱的思念，谴责爱情中的轻佻、负心、虚伪、贪欲、商人气息、低级趣味……这些爱情诗，虽然也有许多欢乐、

① 维吾尔古体诗的一种形式，两行为一联，从头至尾押韵，一般韵脚在1、2、4、6、8……行。

喜悦，但更多的是和眼泪、忧伤、悔恨、斥责交融在一起，不是单纯表达青年男女的情爱，而是诗人用以对我们社会的爱情生活发言的一种艺术方式，一种抒情的形式。

讽刺好比骆驼刺，既有刺、又含糖

铁依甫江写讽刺诗，是以人民群众的思想感情去表现现实的一个方面。他曾说："讽刺是反映现实生活的产物，因为在现实生活中，存在着值得嘲笑的污垢……它使用的都是幽默、责备和嘲笑的语言。"①这段话表明了诗人写作讽刺诗的动机和所使用的方法，对于我们认识他的讽刺诗作，有重要意义。

解放初期，诗人虽然还只是二十来岁的青年，但对社会却有一个比较清醒的认识。他一方面欢呼祖国黎明的到来，一方面又在《以革命的名义宣告》中，提醒人们不要忘记"崇尚清谈者""装腔作势者""耍弄花招的里手""危言耸听的演说家""好吃懒作的寄生虫""惰怠成性的二流子""满身疥癞的变色龙""口蜜腹剑的坏蛋"等社会蛀虫的活动，警惕"狐狸似的家伙"搞"乱中偷馕"的把戏，警惕我们队伍中的敌人窥测时机，葬送我们的幸福……这说明，诗人在欢呼解放的时代潮流中，并未被胜利冲昏头脑，把一切看得如朝霞般美好。他的眼睛还盯着旧社会遗留下来的渣滓和不良习气。他的讽刺诗就是针对着这些社会积弊而发的。

写于一九五五年的《报告迷之死》，通过夸张的艺术处理，提炼了几个看似荒唐、实则典型的情节，把一个高踞于人民之上，喜爱玩弄革命词藻，夸夸其谈，不顾人民疾苦、危害革命事业的空头政治家的可笑可憎的形象，刻划得惟妙惟肖。这首诗在笑声中，产生了强烈的鞭笞的效果。诗人一九六二年写的讽刺诗《"基本"的控诉》，用拟人化的手法，让"基本"这一形象现身说法，原原本本地历数他所亲历的事情——他被人利用当作吹牛撒谎、造谣欺骗的挡箭牌和遮羞布所

① 引自1983年诗人为中央人民广播电台撰写的文稿《诗歌创作之路》。

干下的恶劣行为，及对人民所造成的严重灾难。这首诗不采用夸张，而采用“集中”的典型化手法，诗中列举的事情都是人们司空见惯的，诗人将它用一个人（基本）的叙述，串联起来，读后使人万分激愤。

一九七九年，诗人写了《叫我如何是好——骗子的哀叹》这首揭露“四人帮”政治骗子的讽刺诗。这首诗，也是用的第一人称，主人公是骗子手，其口气惋惜悲叹、无可奈何。由于是用失败者自述的口吻写的，因而揭露更加深入底里、淋漓尽致。此后，他还写了《莫要站在天上小视大地》《爱走在前面的人》《伪善者的自画像》等讽刺诗；讽刺的是当前社会存在的不正之风——以权谋私、嫉贤妒能，以“合法”手段侵吞别人劳动成果的恶劣行径。

铁依甫江还写了不少哲理抒情诗，其中有的用于歌颂，有的歌颂批判兼而有之，有的完全是批判。后者可以说是讽刺诗的一种样式。这种诗多采用“柔巴依”诗体，短小精炼，一语破的，有极强的概括力和犀利的批判锋芒。例如：

崇尚虚名的人/需要溜须拍马的佞臣/凭虚名也可能飞黄腾达/到头来终不免化作粪土。

敌人张牙舞爪，不必担心/可怕的是他给你暗设陷阱/摇尾乞怜的狗偷咬你一口/比狂吠的猛犬厉害十分。

有人对你直言，你掉头而走/有人吹得你栽了跟头/君不闻先辈们谆谆告诫：/谄言似蜜，良药苦口！

整天价咒骂其他民族/难道就成了民族的好汉/须知这般人是民族的蠢物/他只能使民族孤立无援。

铁依甫江写作讽刺诗，不管是揭露敌人，还是批评我们队伍内部的弊端、缺点，都是为了教育人民，使我们的社会更加美好；这不管从他的创作动机还是从所产生的效果看，都是如此。他曾深有体会地说：“讽刺好比骆驼刺，既有刺，又含有糖份。”①通过讽刺这支“刺”，使人民认清丑恶，促使它消灭、转化，使它变为有益的养料，增进社会

---

① 引自1980年10月诗人与笔者的谈话。

和人民的健康，不是很好吗？诗人正是从人民的利益和推进社会前进着眼，运用这一武器的。

人民是需要讽刺作品的，讽刺是废止不了的，尤其是维吾尔人民，喜爱幽默与讽刺。我们热切希望诗人今后写出更多更好的讽刺诗来，热切地希望讽刺文学之花更蓬勃地发展起来。

一九八四年十一月

载《新疆社会科学》1985 年第 1 期
收入《新疆作家作品论》
（新疆人民出版社 1985 年出版）

热泪为祖国而揾

——铁依甫江创作中的爱国情怀

铁依甫江的创作开始于一九四五年,正式发表第一首诗《为了你,亲爱的祖国》是在一九四六年。那时他十六岁,正在家乡的经文学校苦读。他背着宗教老师,将自己的习作投向三区革命政府的机关报,署名"居尔艾提"(意为"勇敢")。对于一个整日以背诵古兰经为业的只准相信"胡大"的年轻教徒,他的这种行为无疑是一种背叛宗教的革命之举,采取这种行动,确实需要相当的勇气的。

在这首诗中,铁依甫江通过民族惯用的意象和近于宗教虔诚的诗句,表达了他对祖国的一片痴情:

除了你的怀抱,我的骸骨不愿躺在任何地方,

这儿就是我的天堂,此外又何需别的圣地。

斗转星移,时间匆匆运转了近半个世纪。如今,我们尊敬的维吾尔族著名诗人铁依甫江·艾里耶夫已离开我们两年多了,他正长眠在祖国的怀抱中、天堂的圣土里。他少年时代的心愿实现了,他应该永无遗憾地安息了!

然而我们却感到深深地遗憾,为我们失去了一位优秀的诗人,为我们再也读不到他浸润着强烈感情的动人诗章而遗憾;我们不能忘记他对诗歌创作所作出的杰出贡献,尤其不能忘怀他诗歌中所反复抒发的对祖国的深情。

要谈铁依甫江的创作,就不能不谈他创作中的爱国主义,不能不

谈他饱蕴着激情与血泪的歌颂祖国的诗篇。四十多年的创作历程，祖国是他反复咏唱、抒写不尽的永恒的主题，他发表的第一首诗具有鲜明的启示性和象征性。

沿着鲁通的爱国之路

现代革命史上的维吾尔族重要人物、革命烈士黎·穆塔里甫（鲁通）是铁依甫江少年时代就倾慕追随的榜样，他曾在《故乡抒怀》一诗中回忆少年时期的生活："那不就是我吗？/学习鲁通/走向红光闪烁的地方！"对穆塔里甫为祖国为革命而战斗而创作的英雄事迹，他为此而献出年轻生命的革命壮举，铁依甫江万分感佩，并将他引为作人与作诗的楷模。他也积极投身革命，也用自己战斗的诗篇向反动派宣战，为人民解放事业呼号。在1948年，他就曾创作一首《致黎·穆塔里甫》的诗，颂扬"你日日夜夜揪心的是祖国的命运"。直到解放后的三十多年中，他一次次思念起这位诗人的爱国热情，为诗人献出了一篇篇深情动人的诗文。称赞穆塔里甫是"战斗岁月里的歌手"（1957年《黎·穆塔里甫诗选·序》）、"把胸膛当作祖国的盾牌"（1962年《缅想》）、"为祖国的安危高唱赞歌"（1980年《悼念黎·穆塔里甫》）、"祖国忠贞的优秀儿子"（1982年《祖国忠贞的优秀儿子》）……对黎·穆塔里甫的歌颂也是铁依甫江心志的表白。爱国诗人铁依甫江和爱国诗人黎·穆塔里甫心心相印，对祖国的忠诚与热爱，对革命事业的追求与奋斗，把他们紧紧地联结在一起。铁依甫江·艾里耶夫，他一生的为人与为文，使他不愧为继黎·穆塔里甫之后维吾尔族最杰出的爱国诗人。

祖国——生我育我的母亲

铁依甫江在他一系列歌颂祖国的诗中，通过生动感人的诗的语言，道出了报效祖国、献身祖国的思想，摆正了个人与祖国的关系，体现了诗人革命的祖国观。

一九五六年创作的《祖国》中写道：

我的一切都属于您的赐予，
开始的第一次呼吸，
接触的第一线光明，
有了第一个愿望和记忆。

是您教会了我区分冬夏，
懂得冷暖炎凉、酸甜苦辣；
是您教会了我识别善恶，
懂得美丑、大小和真伪。

既然个人的一切都是祖国给予的（铁依甫江的成长确实是祖国精心培养的结果），因此个人的一切也都无条件地属于祖国，也应该而且必须无条件地献给祖国，做维护祖国荣誉的“忠诚哨兵”。这就是铁依甫江所抒发的对祖国的朴素感情和朴素的思想逻辑。诗人也确实是这样做的。一九九二年当国际国内反华势力勾结一起，攻击祖国、背叛祖国，企图颠覆我们社会主义祖国破坏其统一的时候，铁依甫江虽也身处于这个黑风恶浪之中，外有亲人在召唤，内有“朋友”在怂恿，却没有随波逐流，推波助澜，没有做出对不起祖国的选择；恰恰相反，他愤然而起，擎起如椽大笔，怀着满腔激愤，写下了《祖国，我生命的土壤》这首气势磅礴、惊心动魄的爱国主义诗篇：

祖国——我生命的土壤，你是生我育我的母亲，
你的儿子眷恋着你，犹如灯蛾之迷恋光明。

全诗以“祖国之爱就是我的爱，祖国之恨就是我的恨”的强烈感情，酣畅淋漓地抒发了诗人对祖国强烈深挚的爱，痛斥了背叛祖国的负心之徒，愿以自己的胸膛抵御袭击祖国的寒冷，誓为祖国贡献全部的智慧与光热、生命与鲜血。诗浩浩荡荡，如长江流水，波涛汹涌，诗的结尾向祖国发出请战似的吁求：

母亲啊，快把重担驮在我的背上吧，
我是专供您役使的骏马，

我甘愿为您负载驰驱，

即使是驮上一座层峦叠嶂的山岭。

这种甘愿作负重的骏马，不待扬鞭自奋蹄的昂扬奋发的精神，是铁依甫江给我们描绘的个人与祖国关系中最理想、最有为的范式。

而当诗人因创作的成就而在国际文坛上赢得了荣誉，受到了礼遇的时候，他没有把这些看成是个人的成功而沾沾自喜，却萌动着这样的诗情：

我只是大河中的一滴水，

那荣誉和掌声首先属于

大河——我的祖国和时代！

一九八三年《在访问土耳其的日子里》

这又从另一侧面，表达了诗人热爱祖国的心声，展示了“祖国高于一切”，一切归功于祖国的崇高品格与情怀。

我跟北京同属一个祖国

基于这种革命的祖国观念，铁依甫江通过他的诗歌创作，宣传了正确处理本民族与祖国、维吾尔族与祖国各民族关系的准则，宣传了“我跟北京同属一个祖国”（《柔巴依》）的马列主义、社会主义民族观。

诗人热爱自己的民族：“我是维吾尔族的儿子，我热爱我的民族，胜于爱我自己”（一九五五年《心声》）。他把维吾尔族取得民族区域自治、走向民族繁荣发展的大道视为“我们民族历史上的空前的重大喜事”。然而他又反对狭隘的民族主义和民族分裂主义。二十世纪五十年代，当一些人私下串通，妄图成立”维吾尔斯坦“的时候，他挺身而出，写诗述志：“语言不同心也迥异，这话何等的荒诞无稽”（同上）；八十年代，当一些人泛突厥主义思想抬头，民族情绪开始膨胀的时候，他又写诗表明心迹：

整天价咒骂其他民族，

难道就成了民族的好汉？

须知这班人是民族的蠢物，
他只能使民族孤立无援。

万物都有糟粕和精英，
对民族也应如此相看。
只有认识自己的不足，
才能发扬民族的优点。

——一九八二年《柔巴依》

同时，他越来越注意歌颂民族的团结与友谊。在欢庆新疆维吾尔自治区成立三十周年之际，他歌颂“祖国张开他温暖的怀抱/对所有的民族——他所有的儿女/显示了公正的慈母之心。”（一九八五年《喜庆的开端》）。他也动情地歌颂各民族们友谊、维汉民族的团结：

你来自北京——祖国的心脏，
我在这边城乌鲁木齐生长，
我俩的出生地远隔万里，
脉搏却在一起跳荡，
好似人体内相连的左右心房。

——一九八六年《信念》

这种超越狭隘民族主义的信念，正是铁依甫江热爱社会主义祖国的坚定立场和宽广胸怀的表现。

热泪为祖国而揾

铁依甫江的爱国主义，不仅表现在他那些直接歌颂祖国的诗中，还体现在他整个的创作中，体现在他创作中对祖国的深挚感情。

纵观铁依甫江几十年的创作，我们可以看到，当祖国还处在三座大山的重压之下，人民未得到解放之时，诗人怀着圣徒似的革命虔诚与必胜的信念，愿为祖国的解放事业奋斗献身：“时代给我们的希望注入了生命之光/喻示我们，别再俯首贴耳，听凭命运的奴役”（一九四七年《幸福的希望》）；而当祖国刚刚获得新生，刚刚和平解放之时，他就放声欢呼:"怀抱红日的黎明来了""穷苦人自豪的日子来了,我们洒下的鲜血已化作含苞的玫瑰!"(一九四九年十月《怀抱红日的黎明来了》)。他歌颂祖国与新生活的诗篇如汩汩流泉,不断喷涌,把新生活视为亿万人的"妥依"(喜庆之日),纵情歌唱生活中的美好事物、革命新举。然而,诗人铁依甫江不同寻常之处在于,他对新生活的欢呼与热爱,不仅仅是出于翻身解放的幸福感,更出于他心中有一个"祖国"的大观念,因此,在欢唱的时候,没有忘记冷静观察,严肃地透视生活、解剖社会,没有忘记告诫人们:"还得警惕/别让黑心肠的/狐狸似的家伙/继续搞'乱中偷馕'的把戏"(一九四九年十一月《以革命的名义宣告》),提出胜利之中不忘保卫新生祖国、新生政权的警告。几十年来,他走遍祖国的山山水水,处处留下他热情的诗篇。对山水土地的爱是对祖国爱的一种表现形式,那些对祖国的大好河山无动于衷、甚至咒骂自己"脐血滴落""根脉相连"的祖国的人,怎能想象他会真的热爱自己的祖国?怀着对祖国的热爱,他歌颂祖国建设的伟大成就,礼赞为祖国建设创立丰功伟绩的英雄模范,欢呼革命新生事物的诞生。为了祖国的健康、繁荣,他对祖国肌体上的毒瘤脓疮恨之入骨,视为仇敌,不断有各种讽刺诗出世,对种种不良的社会现象,人世间丑恶的痼疾,他诗的利剑所向披靡,无情解剖,其警世之言,绝妙之词,令人扼腕,令人捧腹。没有对祖国的赤胆忠心和高度的觉悟,强烈的社会责任感及大无畏的忘我的英勇气概,这样的诗篇是不敢写的!同样怀着对祖国前途命运的思考,他还写了不少反思失误的诗,欢庆祖国终于走出失误,迎来了第二个春天。他满怀激情地唱道:

我诅咒那带来生离死别的黑夜,
我也为你庆幸这新春终于来临,
请别以为流泪就是哭泣啊,
我是以热泪把春天的红花浇灌。

诗人流泪了,但诗人是不轻易流泪的。在他个人遭遇不幸,几度受到极"左"政治的伤害,致使他"头上的帽子和身子等高""白玉被误为黑漆”，“饱满的麦穗”被视为“草籽一堆”的时候，对这种不公，他虽有埋怨，曾陷入苦闷与徬徨之中，但他并未流泪；即使个人的冤案得到昭雪，他也不愿咀嚼个人不幸的苦涩滋味，不曾抚摸个人伤痛去怨愤责难祖国，而是用“一切都会过去/只有大地永存/战胜悲哀是靠对未来的希望”来抚慰自己，鞭策自己（一九八一年《故乡抒怀》）。这种处理个人与祖国关系上的高远豁达的胸襟气度，正表明，祖国的利益和前途在诗人心灵的天平上占有压倒一切的份量。

诗人曾在一首回首往事、思考祖国命运前途的诗《过去与未来》中写道：

从少年时代起，我就翘首盼望着红旗，
对这一抉择，我从未感到丝毫悔恨，
与人民一道舒心地欢笑，我感到幸福，
心情稍觉宽慰的是，我的热泪为祖国而揾。

“热泪为祖国而揾”。人的一生会擦拭过多少次热泪？然而对于诗人，不管是欢庆的喜泪，还是忧伤的悲泪，都不是为个人，为自己，而是为祖国，为人民，为事业而流而揾。这种宽广的胸怀，高远的境界和崇高的思想品格，是值得我们每一个人深思的，学习的。让“热泪为祖国而揾”的精神发扬光大，万古流芳！

一九九一年七月二十一日

人民的诗人

——缅怀维吾尔族著名诗人铁依甫江

谁能想到，克里木·霍加和我们永别还不到一年，他的至交挚友铁依甫江·艾里耶夫也离去了。这两位维吾尔文坛上著名的诗人，竟然被同一种病魔缠身，并互相默契似的追寻着离却了人间，是相约去天方谒见真主，抑或要永世在一起切磋琢磨、共谱不朽的新诗章呢？我们这些尚活着的他们的朋友、同行，为两位著名诗人的逝去感到分外悲痛。

铁依甫江谢世于一九八九年二月十九日，享年五十九岁。当噩耗像电波一样迅速传播开去的时候，成百上千的人，心头像灌满了铅液，迈着沉重的脚步，去与静卧在怒放的君子兰花丛中的诗人遗体告别。二十一日，送葬的人流在阴沉的天空下排满了半个城市，二百辆汽车迤逦而行，缓缓地驶向墓地。

人们何以如此哀悼他、祭奠他？

他不是一位普通的诗人，而是人民的诗人，是为时代、为人民而歌唱的诗人。他虽去了，却活在人民心中，他的诗，人民将永远传诵。然而他的去世，对于维吾尔民族，对于新疆文艺界乃至中国文艺界，是重大的损失！这样一位年轻时就才华横溢、几十年来创作了千余首诗篇、许多优秀诗章脍炙人口、并被谱成乐曲在人民的歌吟中传诵不衰的杰出的诗星，他的陨落，怎能不是一个无法弥补的重大损失！

铁依甫江去了，然而他诗歌的影响却长留人间——

人民怎能忘记:当人民反对国民党反动统治、盼望祖国“天亮”的时候,他曾歌颂过社会主义的理想,写过《列宁没有死》这样的政治抒情诗。诗歌激励了、启示了革命的人民,却遭到了他所背叛的宗教界的抗议:世界是胡大创造的,怎么能说是列宁创造的?

人民怎能忘记:在减租反霸时期,南疆农村的一次诉苦会上,他用低沉缓慢的声音朗诵自己写的诗《控诉》。这是他了解了农民兄弟的不幸、哀痛、愤怒和觉悟后,怀着悲愤的激情写出的对封建地主阶级的血泪控诉。他的朗诵感染了数千名农民,台上台下发出一片悲愤的哭声,激发了广大农民反封建斗争的积极性。他还写了《起来吧,农民》的歌词,被谱曲后在天山南北广阔的农村传唱,成为动员农民的革命进行曲,大大促进了运动的开展。

人民怎能忘记,当喀什帕合太克里乡的土地改革胜利结束时,他应农民兄弟的要求,代写了一封用诗的形式表达维吾尔农民心愿、向党中央、毛主席报喜的信,经农民们签名后寄给了毛主席,并引来了毛主席的复信,成为轰动全疆广为传诵的佳话。

人民怎能忘记:他创作的爱情诗《唱不完的歌》,表达了千百万人民心中的美好情愫,并蕴含着深刻的人生哲理,受到广大群众的珍爱。人们给它配上曲变成了“民歌”,成千上万的人长久地动情地歌唱它、品味它……

人民怎能忘记:他的讽刺诗《报告迷之死》,塑造了一个不朽的文学典型瓦拉克台科诺夫(饶舌鬼、喋喋不休的人),对只会空发议论地搬弄革命词句、不顾人民死活、不干实事的空头政治家、官僚主义者的讽刺入木三分,令人捧腹。

人民怎能忘记:他的《“基本”的控诉》对浮夸风的揭露是多么透彻淋漓,使人警醒,虽然没正式发表,可人们把它视为珍宝,手抄传播,谱曲在各种场合私下传唱。

人民怎能忘记:在国内外风云激变的时刻,他写出了《祖国,我生命的土壤》这首长篇政治抒情诗,强烈的爱国主义感情扣人心弦、震聋发聩,使许多政治摇摆、思想混乱的人清醒了过来。

人民怎能忘记:他的《春的启示》《春日里的热泪》《三十年》等众多新时期的抒情诗篇,多么真实、多么微妙地抒发了亿万人民在获得第二次解放以后那种悲喜交集、痛定思痛的复杂感情,令人心胸顿开,解脱奋发。

人民怎能忘记:他的组诗《庄稼人的真心话》、《阿克》等说出了农牧民长期积压在心头不好说不便说的话,使诗人与农牧民群众心心相印,永远紧贴在一起。

人民怎能忘记:他的《伪善者的自画象》对社会上不正之风的揭露与讽刺是何等的切中时弊、维妙维肖,以致登载这首诗的报纸骤然身价倍增,成为抢手货,出现黑市价。

……

铁依甫江的诗歌在广大人民群众中的影响,深广久远,是新疆与维吾尔族任何诗人所无法比拟的。而且,他的创作,不仅在新疆各族人民中影响很大,而且在全国,在国外都有一定的影响:他的第一部诗集《东方之歌》是苏联哈萨克斯坦共和国新生活出版社为他编辑出版的,他的许多诗除译成汉文、哈萨克文、乌孜别克文等国内多种民族文字外,还被译成土耳其文、俄文、法文、英文、日文,他在多次出国访问中,都朗诵过自己的诗作,和各国诗人交流。在国际诗歌节上,四十多个国家的诗人聆听了这位来自中国的维吾尔族诗人的声音。在二十世纪五十年代一次北京的宴会上,一位曾听过他朗诵《当我看见山》这首歌颂中朝友谊的诗的朝鲜人民军指挥员,特地找到他,与他碰杯,共祝中朝友谊长存。

虽然铁依甫江受到极左路线的长期迫害,身心都受到过极大伤害,但他依然把自己的成长和成就,视为党培养教育的结果。他经常谈起那些曾帮助他、教育他的领导与同志。尤其是周恩来总理的关怀与鼓励,他终生不忘:1956 年的一个春宵,在首都的一次诗歌朗诵会上,周总理认真地聆听了他的朗诵,然后单独接见了他。问了他的一些情况后,勉励他:“好好歌唱我们伟大的社会主义,好好歌唱各族人民的亲密团结。”怀着对党的深情,他时刻牢记总理的教诲,并且在自己数十年的创作中，始终按照总理的教导“好好歌颂”。他对周总理怀着深厚的感情。在十年浩劫蒙灾受难的日子里，他惦记着总理。一次田间劳动休息时，他曾对着空中迅疾掠过的飞机，戏谑地也是倾吐积愤地跪在地下，仰首长空，大声呼喊：“周总理呀，你是我们的知心人，你看见我们没有？我们没有罪呀，你快来救救我们吧！”在总理逝世后，他在“四·五”运动三周年那天，写了缅怀总理的诗《难忘的春宵》……

铁依甫江对党、对领袖、对社会主义的深情，对工人农民广大人民群众披肝沥胆的忠诚，对旧势力、邪恶风气、错误路线的勇敢斗争精神，以及他乐观开朗的生活态度，幽默风趣的言谈举止……都给我们留下深刻的印象。这些高贵品质，值得我们永远学习，永远记取。

铁依甫江不仅是一位诗人，他还是一个多才多艺的文艺家、富有才干的组织领导人：他发表过不少散文、文艺评论、关于古典文学和民间文学的研究文章，也尝试过写小说。他编辑出版了《维吾尔古典文学作品选》《尼扎里长诗集》，翻译出版了《纳瓦依诗集》。还曾参加过《毛主席诗词》《天安门诗抄》的翻译工作，将屈原的《离骚》和一些著名的当代汉族诗歌译成维吾尔文，记录整理过《十二木卡姆》的歌词……在组织领导新疆文艺事业，发现培养文艺新人方面作过大量细致的工作。

铁依甫江生前曾经说过：“做人民的歌手是我最强烈的愿望。”这种愿望已真切地体现在他数十年的创作之中，体现在他对人民、对事业的态度之中。他以人民的爱憎是非标准为自己观察分析事物的准绳，将人民心声化作诗章。他的诗歌颂人民、歌颂祖国、歌颂党、歌颂社会主义、歌颂民族团结、歌颂劳动友谊爱情、歌颂一切美好的事物，表达了广大人民群众的思想与情绪。但是他不是一个只会唱颂歌的诗人，他有一双属于人民的慧眼，不仅能看到生活中的光明与美好，也能看到社会的阴暗面，能识别善恶真假，懂得美丑优劣，他经常用人民喜闻乐见的幽默与讽刺的手法，创作讽刺诗、寓言诗，刺向我们生活中的各种弊端。这些诗和他的歌颂诗一样，是从自己对党对事业的赤胆忠心和高度责任感出发创作出来的，是人民爱憎感情的真实披露。为了揭露丑恶，他付出了沉重的代价，遭到了多方非难，成为他历次运动中的“罪行”，受到了种种磨难与屈辱。但他认定“诗与良心和生命浑然一体”，认定作诗要“为人民而诚实地歌唱”，他的生命不息，良心不泯，就要写诗，就要歌颂，就要批判，就要全面地表达人民的心愿，用诗歌替人民说话，说人民的真心话。

铁依甫江的诗是植根于人民之中的，人民也肯定了他的诗。他做人民歌手的愿望是得到人民的承认的。他就是人民的诗人。

人民诗人铁依甫江，你的英名和你的诗歌将永世流芳。安息吧！

一九八九年四月于乌鲁木齐

载《民族文学》一九八九年第十一期

《克里木·霍加诗选》编后记

我以喜悦的心情,编完了这本诗选。

近年来,我参加到一个巨大的社会主义工程建设中来了,那就是为新疆兄弟民族和汉族等全国各族的文学交流架设一座心灵的桥梁。能向全国各族人民介绍新疆各兄弟民族的优秀文学创作,以促使各民族社会主义文学事业的发展和繁荣,这是我们生活在边疆的文学工作者的光荣职责,也是我们为各民族的团结友爱所尽的一点微力。

克里木·霍加,这位维吾尔族诗人创作的本身,就体现着汉族与维吾尔族文化交流的成果。他起初是一位文学翻译家,然后成了诗人。他的诗,起初是以汉族现代诗歌和维吾尔族革命诗人黎·穆塔里甫的诗为榜样创作出来的,是直接用汉文写作的,后来,才逐渐更多地吸收和运用本民族的诗歌形式和语言文字进行创作。因此,他的诗,融合了维、汉两族诗歌之长而独具特色,既有维吾尔民族风格,又有诗人的个性风采。这是他创作的特点,也是优点。

他这种创作特色,不是凭空产生的,是由他独特的生活和创作道路决定的。

克里木·霍加,原名阿不都克里木,霍加是他的姓,一九二八年生于新疆哈密县阿尔通洛克村的一个贫农家庭。青少年时代因战乱逃难至甘肃河西走廊一带,先后在酒泉、南京等地汉族学校学习,深通汉语汉文。新疆解放后,他参加了革命军队,由哈密来到乌鲁木齐,并于一九五〇年加入中国共产党,在宣传文艺战线工作。他走进文艺队伍，是从文学翻译工作开始的。他的第一批文学翻译成果就是一九五七年作家出版社出版的《黎·穆塔里甫诗选》。他最早（从一九五二年开始）将这位维吾尔族革命爱国诗人的重要创作，翻译介绍给全国各族人民，增加了全国人民对维吾尔族现代革命和文学的了解。之后，他陆续将维吾尔族著名诗人铁依甫江·艾里耶夫等人的优秀诗歌以及维吾尔族民歌、民间故事和著名的维吾尔族古典乐曲《十二木卡姆》的歌词等译成汉文；与此同时或稍后，他又将大量的汉族优秀作品译成维吾尔文，如毛主席诗词的大多数，郭沫若的《凤凰涅槃》，贺敬之的《雷锋之歌》《放声歌唱》，艾青、田间、李季、闻捷、郭小川、严辰、张志民等著名诗人的一些诗篇，《天安门诗抄》《周总理青年时代的诗词》，长篇小说《红岩》（合译）、《红楼梦》（合译）、《李自成》（合译），现又比较系统地翻译介绍杜甫的诗歌等。这些巨量的、艰苦细致的文学翻译工作，使克里木·霍加吸饱了两族文学精华的乳汁，锻炼了他的文学创作才能，提高了他的写作技巧，使他不仅以一个文学翻译家身份出现在文坛，而且以一个优秀的诗人闻名全国。

克里木·霍加系中国作家协会会员，现任中国作家协会新疆分会副主席、维吾尔文《文学译丛》主编、《诗刊》编委、中国作家协会民族文学创作委员会委员等职。

克里木·霍加的诗歌创作，从二十世纪五十年代中期开始，起初多是自由体诗，热情洋溢，明白晓畅，不少诗散发着清新朴素的生活气息。其中小叙事诗《阿依汗》最受本民族读者喜爱，曾被节选编入维吾尔文中学课本；六十年代他的诗大有提高，其作品已走进全国报刊的文艺园地，《诗刊》《人民文学》等连续发表了他的许多短小的抒情诗，特别是运用维吾尔族传统诗歌形式——言简意赅、四句一首的古典格律诗体“柔巴依”创作的歌颂祖国、歌颂党、歌颂人民的诗，十分引人注目。这时的诗，更加精炼、形象、含蓄、隽永，思想和艺术都达到了新的高度。然而从诗人的创作思想来看，五十年代到六十年代中期，他的诗所表现出来的生活和思想感情却是一贯的、一致的，即是表现了诗人的单纯、热情、对生活的热爱与赞颂，对党、对祖国一片赤诚的感情，其创作几乎全是正面的歌颂，诗情是真挚的、动人的。这和他对我们解放后新生活理解的单纯有关——比如，他在有的诗中把我们祖国比成“光的海洋”，形容我国人民“她们的脸上没有泪，没有愁苦，她们的心中，没有仇，没有嫉妒”。这种理解，今天看来，显然是片面的，但确实真实地表达了那时革命人民对我国社会主义新生活和对党的深挚感情，鲜明地打着那个时代的烙印。

十年浩劫，使诗人的思想变得深沉复杂了，或者更准确地说，老练成熟了。因为在全国的大动乱中，他深思了许多问题，他告诫自己“别再在愚昧的泥淖中沉浮”；尽管他思考和解剖了许多社会的不良现象，但却为自己立下了坚定的人生誓言：“来吧，心，让咱们一块儿探求正道，别在那蹊径小巷中徘徊旋绕。既然为人之道要讲究忠厚、耿直，那就坚持下去，莫因风风雨雨而动摇”（《与心谈心》1971 年）。粉碎“四人帮”后，特别是党的十一届三中全会以后，诗人摆脱了精神枷锁、思想禁锢，被压抑的诗情如掏开的泉眼，喷涌而出，优秀之作，纷涌叠现。这一时期，他的诗作，虽仍有不少热烈的颂赞，但已不那么单纯，而显得深沉多了。他有许多沉思反省之作，痛定思痛之作，洞察了生活的各个侧面，解剖了许多正反两方面的生活现象，因而诗歌内容丰实，思想深刻，形象鲜明，新颖犀利，具有较强的时代特色和警策力量。表现在形式上，不仅有抒情诗，而且有讽喻诗，不仅有简洁精炼、寓意深刻的短章，而且有纵横开合、气势磅礴的长歌，像《与心谈心》《回答》《春之歌》《致诗人》《投枪集》《蝉》《假如》《南海拾零》等等，就是其中佼佼者。这些诗作，不管是抒情，是讽喻，也不管是长是短，都带有很浓的哲理诗味，不少诗句道出了生活中某些深刻的哲理，往往一句诗就是一句格言，许多诗，具有维吾尔人特有的幽默情趣，妙言妙语，鞭辟入里，寓庄于谐，别具韵味。这些，又是更多地学习和继承本民族诗歌传统的表现，也是他的诗歌创作在思想性和艺术性上都达到一个新的高度、走向成熟的标志。

克里木·霍加创作二十多年来，写了好几百首长短诗作，散见在维汉文各种报刊杂志上，也有部分诗作被选进新疆和全国的各种文学选集之中。他曾出过两本维吾尔文诗集:1960 年的《第十个春天》(新疆人民出版社出版),1980 年的《春之歌》(民族出版社出版),但始终没有一个汉文诗集。为了便于全国各族人民较全面地了解这位维吾尔诗人的创作,也为了向少数民族文学工作者提供研究资料,受新疆人民出版社委托,我编选了这本诗选。在编选过程中,我尽可能完全地搜集了他已汉译(或用汉文写作)发表的诗作。他的诗有多人翻译,编者本着博采众家之长的原则,采用了多人的译作编排而成;对于有两个以上译文的作品,选其较接近原诗风格的译文;原用汉文写作、后译成维文,现又有汉译文者,也采用了原汉文诗作;个别诗作如《春之歌》是重译的;有些没有汉译文的较好的诗,这次是专为这本诗集补译的;还有少数几首,是诗人新写的,尚未发表过,也编进来了。因此可以说,这本诗选,基本上能够反映诗人创作的面目。此外,为了向各族人民提供一个真实的资料,征得诗人的同意,将某些今天看来带有明显的时代局限性,但却有利于人们理解和探求诗人创作道路的作品,有利于作者和读者总结正反两方面创作经验的作品,编进选集之中。

这本诗集,基本上是按写作年代的顺序编排的,目的是使读者能更清楚地看出诗人创作的发展情况;但考虑诗人发表的《柔巴依》较多,其诗又短,如果和其他诗作一样编排势必显得重复和零乱。现在把选入的这类诗,总束在一起,以《柔巴依》为题编在后面,次序仍以写作年代排列。

需要说明的是,未署译者的诗作,是诗人用汉文所写。

在本书的编选过程中,除得到诗人和新疆人民出版社的编辑同志的协助外,曾得到我国著名诗人张志民同志的大力支持,为诗选写了一篇很好的序文;郝关中同志也给了我极大的帮助,为诗选新译和重译了部分诗作,还校审了某些译作。这大大增强了本诗选的代表性,使其更加完善。在此向以上同志表示衷心的谢意。

一九八二年十月于乌鲁木齐

搭桥工·回音壁·炼砖的泥土

——纪念维吾尔族诗人、翻译家克里木·霍加

克里木·霍加离我们而去一年了，他那清癯瘦削的面庞，乐观爽朗的笑声，机俏诙谐的谈吐……却时时闪现在我们的眼前，萦绕于我们的耳边。我们的好同志、好兄弟克里木·霍加，仍然活在我们心中，仍然和我们生活在一起。

克里木·霍加是维吾尔族的优秀诗人，又是一位出色的翻译家。双重繁重的劳动，使他赢得了声誉，赢得了人民群众的称许，成为新疆文坛和中国诗坛上一颗闪亮的星；然而也使他耗尽了心血，过早地殒落了。这是新疆文艺事业的一大损失，也是中国文艺界的一个损失！

就连他躺在病床上，和死神搏斗的日日夜夜，仍然不忘写作。他是多么不甘心，多么不情愿抛下他所热爱的文艺事业！当他做完肺癌手术后，朋友们纷纷去医院看望他，他曾用诙谐的语气对我们说："放心吧，我死不了的。我昨日做了一个梦，梦见了死神，我还和死神展开了辩论。我对死神说：'找错了人，为什么不去找那些骗人坑人害人的家伙，却偏偏找我这摇笔杆子的呢？'死神无话可说，只好很不高兴地走了。现在，我正在构思一首《与死神对话》的长诗呢！"

后来他果然又写了一些诗。就在一年多前，在他病情越来越重的时候，他仍然不时地提笔写作。请听听以下这段铿锵有力的语言吧——

“四年前，当护士们带着十分惋惜的目光护送我进入手术室的时候，我就接受了死亡的通知书——肺癌。这是多么可怕的消息！但是，我并没有相信错乱的时间会赶上我矫健的步伐，我没有相信我生命的血液会在我刚刚获得的第二个青春的躯体内突然消失；更没有相信那传说中的死神会在我身上得到什么收获，像阳光一样闪烁着的希望的火苗，带着光明的祝福，照耀了我所深深热爱的生活和我的不屈的笔！”

然而，时光无情，病魔可憎！一九八八年三月五日傍晚，我们赶往他所在的医院，将组织已批准他为“译审”的喜讯告诉他的时候，他无力地握着我们的手，在喉咙深处努力连声地发出“谢谢，谢谢”的低微声音。谁知，这竟是我们和他的永别！三月七日凌晨，他便溘然长逝了。带着他施展宏图的抱负和满脑子的创作计划，遗憾地离开了他生活了六十个春秋的人世。

克里木·霍加原名阿不都克里木·霍加，汉文译名曾写为克里木·赫捷耶夫。他一九二八年十一月二十日出生于新疆哈密阿尔通洛克（金陵）村的一个贫农家庭。三岁时因家乡动乱，随家人逃难至甘肃河西走廊。他的童年和少年时期是在安西、敦煌、酒泉、张掖等地的流徙中度过的。他在酒泉的汉族学校读完了小学和中学。一九四六年迁回哈密，又于一九四八年三月至一九四九年一月就读于南京国立边疆学校。

新疆和平解放时，他于一九四九年九月参加了革命，来到乌鲁木齐，在随军工作团任宣传员。一九五〇年初，在中共新疆分局地方干部训练班学习兼任翻译，当年九月十六日光荣地加入了中国共产党。一九五三~一九五七年在区党委宣传部文艺处任干事，一九五七年调中国作家协会新疆分会工作，先后担任过文学翻译组组长、副秘书长、理事、《塔里木》编委、《曙光》主编、自治区文联党组成员等职。一九七六年调北京，在中央民族翻译局任维吾尔文定稿员、党支部书记。一九八〇年调回自治区文联任作协新疆分会副主席，《文学译丛》主编，同时还兼任《诗刊》编委、中国作家协会理事及少数民族文学创作委员会委员等职。

克里木·霍加是由从事翻译工作步入文坛的。

一九五一年，搜集整理维吾尔族大型民族音乐遗产《十二木卡姆》时，他在汉族工作人员和维吾尔族歌手中间充当“语言的桥梁”，并负责把《十二木卡姆》的歌词译成汉文；

一九五二至一九五三年的南疆阿克苏地区维、汉合一的民间文学调查，是靠他的语言沟通，工作才得以顺利进行，成绩斐然；

维吾尔族著名爱国诗人、革命烈士黎·穆塔里甫的优秀诗篇和英勇事迹，是他最早译成汉文介绍给全国人民的。

铁依甫江、尼米希依提等维吾尔族诗人创作的成就为全国文坛公认，与他较早地将他们的优秀作品完美地译成汉文有很大关系；他翻译了郭沫若的《凤凰涅槃》、贺敬之的《放声歌唱》《雷锋之歌》以及艾青、田间、李季、郭小川、闻捷、张志民、严辰等一大批当代汉族优秀诗人的诗篇。

毛泽东诗词、周恩来青年时代的诗作，天安门诗抄，也通过他的手笔译成维吾尔文。

他与人合译了著名长篇小说《红旗谱》《红岩》《李自成》和古典名著《红楼梦》。为了让维吾尔人民了解中华民族伟大的古代诗圣、诗仙，他还孜孜不倦地翻译难度极大的杜甫、李白的诗歌……

克里木·霍加生前曾十分风趣地把自己比喻为一名“搭桥工”。他所致力的是一座维汉文化交流的桥梁，一座增进各族人民相互了解、友谊与团结的桥梁！为了搭好这桥梁，他常常到了如痴如迷的程度。

对《红楼梦》这部中国文学史上不朽的现实主义杰作，他1957年就萌生了要将其译成维吾尔文的念头。他深知翻译《红楼梦》好比攀登巍峨峥嵘的大山，难度极大，但他并未退却，却为译好这部巨著开始重新学习：一方面找来大量的《红楼梦》研究资料，反复琢磨；一方面，又深入到南北疆各地，广泛搜集维吾尔群众语言，了解汉语各种词汇在维吾尔语中的名称，点点滴滴、日积月累地为实现这一宏愿做着各种准备。

一九七四年他重新动手翻译这部巨著时,他夜不安寝,食不甘味,后来终于完美地译出了最难译的前三十回。

克里木·霍加这种坚毅的力量,来自他对自己祖国与民族的热爱,来自他对推动本民族文学发展的高度责任感与自觉性。他为了帮助维吾尔人民了解祖国、了解汉族与汉族文学,一生中不断地学习和使用汉语汉文,而且不断地规劝,倡导维吾尔作家学习汉族语言和汉族文学。

一九六二年五月,他在《新疆日报》上发表长篇文章《殷切的希望》,主要讲少数民族作家学习汉语文的问题,文章说:"我们年轻的少数民族作家和诗人,必须把汉族文学作为自己经常汲取营养的园地(在这一点上,我们不要学那吃进泥土又排出土粒的蚯蚓,应该学那博采百花而酿蜜的蜜蜂);必须把汉族作家和诗人拜为自己最亲密的师傅(在这一点上,我们不要学那春天飞来,冬天飞去的候鸟,应该学那灯蛾,即使被烧死,也坚守那盏明灯)"。在学习汉语文和汉文化、以促进维吾尔文化与文艺的发展提高这个重大问题上,克里木·霍加不愧是一名有远见卓识的先行者,是新疆各族文艺工作者的典范。

克里木·霍加的诗歌创作,始于二十世纪五十年代中期,是在从事维、汉两种诗歌互译的过程中起步的。他善于在平凡的生活中,捕捉美好动人的诗意,他的诗热情洋溢,明白畅晓,散发着朴素的生活气息,表达了对新生活的喜悦与新人的风貌,清新而有韵味,有的曾被编进中学语文课本。

后来他时而用汉文,时而用维吾尔文,并运用维吾尔古典诗体"柔巴依"创作了一批歌颂祖国、歌颂党、歌颂人民的短小抒情诗。这些诗精炼、感情凝重,思想深刻启人,是一串诗歌的珍珠宝玉。这标志着他诗歌创作水平的提高和在继承与发展本民族文学传统方面的成绩。正是这批优秀的抒情诗,使他的诗名从天山脚下飞向祖国四方,成为我国诗坛上引人瞩目的少数民族诗人。

党的十一届三中全会之后,经过十年浩劫的严峻考验,他最先摆脱了"左"的精神枷锁与思想禁锢,被压抑的诗情如掏开的泉眼喷涌而出，写出了许多深沉凝重、有较大感染力的诗作。精粹警策的语言、鲜明的时代色彩、充实深刻的内容、采用维吾尔人民喜闻乐见的诗体，使他这时期的诗倍受人民群众的喜爱。这是他的诗走向成熟的标志。

作为诗人的克里木·霍加，对人民群众充满了深挚的感情。他曾在《致诗人》一诗中写道："你如果真想做人民的歌手/你的歌就应该句句出自心底/……让你的心变成人民的回音壁！"这是诗人心灵的展示，是对自己诗歌创作经验的总结！

"做人民的回音壁"，他的诗不就是人民心灵的回音吗？二十世纪五六十年代，他的诗回响着人民对新生的祖国、对党、对社会主义热爱颂赞的美好心声；在祖国迎来第二个春天之后，他的诗回应着人民的欢呼声与悲泣声，表达了人民要求彻底摆脱"左"的僵化的思想束缚，要求实现祖国现代化的时代呼声。他的心，他的诗，与人民群众休戚与共，命运相连！而他能够做到这一点，也因为他的心中始终有人民、有真理、有属于"自己的头脑和灵魂"，有敢于说出人民心里话的勇气和胆识！

克里木·霍加创作态度严肃认真，他把每首诗的写作都当作一次新的艺术追求，反复推敲，精益求精。歌颂和思考祖国与人民的命运，是他创作中一贯的主题。但艺术形式、格调、手法却灵活多样。诗人的文学翻译实践和广阔的视野、知识，使他广泛吸收了各族诗歌艺术的精髓，博采众长加以融会贯通，创造出独具艺术个性的诗风。他的诗为维吾尔诗歌创作增添了新的艺术表现手段，是维吾尔诗歌传统与汉族和其他外来诗歌艺术经验融合的结晶，他是当代最有成就、最有影响的维吾尔诗人之一。

克里木·霍加曾出版过五本诗集：《第十个春天》《春之歌》《土壤·春天和我》《春风带来的诗篇》和《克里木·霍加诗选》（汉文）。

当我们回忆起克里木·霍加在文学事业中的贡献时，我们深深地感到我们失去了一位多么优秀的文学翻译家和诗人；而当我们想起他的为人，他那坚强耿直而又乐观幽默的性格时，我们更痛切地意识到，我们失去了一位多么好的朋友和兄弟……

克里木·霍加对生活对工作充满了热情，十年浩劫中，他被错误地戴上了“文艺黑帮”的帽子，受到了种种精神的和肉体的迫害，对此他想不通，内心极端痛苦，但他并未丧失生活的勇气，未丧失对党、对祖国的信念。他接受各种各样的批斗后，常常和“黑帮”战友们用各种方式自我解嘲，以减轻心灵与肉体的痛苦。在“劳动改造”时，他干过各种活：浇水、盖房、修火墙及至宰羊、打馕，他样样是“把式”，再累再重也压不倒他。他不向邪恶低头，不随波逐流，倔强、耿直，保持着共产党员的高尚品质。

他曾写过一首抒发对祖国与人民深挚感情的“柔巴依”：

衰老或死亡决不会把我吓倒，
即使变成泥土，我们仍在祖国的怀抱；
终有一天，人们将用它炼出砖瓦，
我还能为祖国的建设效劳。

这动人的诗篇，充满了热情挚爱，道出了他对人生的崇高追求！

在他病危期间，他一再叮嘱家人：“我死后请把我埋在公墓里，让我和群众在一起。”

我们的好兄弟克里木·霍加，他生时不追求高官厚禄，死后也不希冀庄严的灵寝、高大的墓碑，他只想默默地安息在人民群众之中，安睡在祖国的土地上，把自己化成“炼砖的泥土”！

安息吧，克里木·霍加！

一九八九年三月

载《写在天山上的碑文》第二辑

（新疆人民出版社 1989 年出版）

哈萨克文学中的小说佳作

——《斯拉木的同年》赏析

《斯拉木的同年》是郝斯力汗的小说中独具一格的篇章。这是他1963年创作的短篇。在这之前，他的作品，多是写哈萨克牧区的现实生活斗争，表现牧业合作社和人民公社的生活。这篇作品，现实生活只是一个引子，重点是写解放前围绕宗教迷信问题所进行的斗争。这就使他创作的领域开阔了，大大丰富了他所表现的生活内容，使我们从他的作品当中，更广更深地认识哈萨克民族。

这篇小说，篇幅不长，但容量不小。它所揭示的生活，很富有哈萨克牧区的特色，它所表现出的风格，也很有哈萨克文学的民族特点。因此可以说，这是一篇具有代表性的哈萨克文学创作，也是郝斯力汗小说中的佼佼者。

让我们从以下三个方面来分析小说思想和艺术的特色及其在创作民族化方面的探索。

题材新颖，民族生活色彩浓郁

哈萨克族是一个信仰伊斯兰教的民族，人民生活的许多方面都深深地打上了宗教的烙印，不少宗教的教规已变成民族生活习俗中重要的不可分割的一部分，人民的性格与心理也与伊斯兰的活动有着血肉的联系，这使得他与我国其他各民族迥然有别；同时，哈萨克族又是个以牧业为生的民族，畜牧业的生产劳动和经济生活方式，又使他具有与其他伊斯兰教民族不同的民族生活特色。伊斯兰教的影响和畜牧业生产劳动是构成哈萨克民族生活特色的两个最重要的因素。《斯拉木的同年》正是描写解放前哈萨克牧区在严重的天灾——伤寒病流行之时,围绕宗教迷信活动所展开的有血有泪的一场斗争。这种题材,在我国文学中是少见的。小说选择这样具有民族特点的生活题材,首先就给人一种新鲜感、独特感,具有一定的吸引力。

在这个具有民族特点的题材中,作家进行了深入细致的开掘。作品围绕主要事件,描写了斯拉木毛拉怎样利用宗教迷信——所谓安拉的意旨、灵魂升天等谬论——以符水为人治病,为死人念经祈祷,残害人民性命,敲榨人民钱财,并散布流言蜚语,阻挠人们运用现代医学的方法为人治病;而具有科学知识头脑的牧区教师奴尔塔孜,为了拯救乡亲们的生命财产,不得不与毛拉展开锋针相对的斗争。他利用同年人之间说话无忌和人民群众喜爱开玩笑这一民族习惯,以嘻笑怒骂、机智灵活的斗争方式,巧妙而又毫不留情地揭露了斯拉木毛拉愚蠢无知和卑劣伪善。这些斗争的描写,在生动有趣的故事中,展现了沉痛悲凄的生活内容。不仅如此,在作家的笔下,斯拉木毛拉这个以宗教代言人自居的家伙,不仅极端愚蠢,而且还极端势利,他趋炎附势,勾结巴依权贵,投靠当时的国民党反动势力,在理屈词穷、道义上完全失败之后,依靠官绅势力,对代表科学、正义和进步的力量进行镇压,将奴尔塔孜投入监狱。作品的深刻之处在于:它使我们看清了,在统一的信仰伊斯兰教的哈萨克民族中,仍然存在着科学与迷信、先进与落后、唯物与唯心的斗争,存在着为人民与反人民的斗争。宗教并不等于迷信,信仰宗教的人民并不都是搞迷信的人,真正以宗教的名义搞迷信的人,是少数,他们不代表人民,背离人民的利益。坚持宗教迷信最终只有走向和反动势力结合的反人民的道路。

作品中,围绕故事情节的开展,作家展示了一系列富有民族特点的生活细节,诸如对人物的性格、语言、动态、肖象的描述,对民族习俗、生活环境和自然风光的描绘,更加丰富和加强了对社会生活的描写,为小说增添了浓厚的民族色彩。

具有浓郁的哈萨克民族生活气息是郝斯力汗小说创作的一个重要艺术特色，这是植根于本民族的生活土壤中、真实地反映生活的结果。这一特色在《斯拉木的同年》中不仅得到了体现，而且有所突破，即表现了民族生活习俗与宗教影响之间的血肉联系，这在郝斯力汗的其他作品中是没有的。这正是作家更深入地开拓生活领域、表现本民族特点所获得的硕果，是值得珍视的。

构思巧妙　故事发展波澜起伏

《斯拉木的同年》故事性很强。它由一个个小故事连接而成，由于作家的巧妙构思和艺术结构上的精心安排，使这些小故事完整地统一在一起；同时，情节的发展还几经波澜，起伏跌宕，有引人入胜、扣人心弦的艺术力量。

作品构思立意的基点在"同年"上。既然按照民族的习惯，同年人之间可以说话无忌，任意打逗取笑，而这一对同年的思想、品德、学识、见解、阶级立场、社会地位都不一样，并且各自为是，互不相让，那么通篇就有故事（笑话）可写了；而生活中同年人并不是一眼就可以看得出来的。对于陌生人来说，需要了解，了解的过程也正好是作品展开故事情节的过程。作家就是按照这种巧妙的构思来叙述故事、结构小说的。

小说中塑造的主要人物是斯拉木毛拉的同年人奴尔塔孜。他是人民公社生产队的队长，解放前是牧区的小学教师。他知识丰富，思想进步，富于正义感和斗争精神，他性格幽默风趣，为人机智灵活，能言善辩，其语言又诙谐辛辣，他和斯拉木之间的故事，主要是斗口舌战中的妙语戏言。如何将这些片段分散的小故事连缀成一个有头有尾、有发展、有高潮的完整的故事，而又条理清晰、天衣无缝呢？为了解决这个难题，作家设计了两个人物：一个是讲故事的吐尔迪别克，一个是听故事的阿衣夏，用这两个人物穿针引线，时而通过前者的叙述或解答，时而借助后者的观察或提问，将这些大大小小的故事片段有条不紊地介绍出来。这种结构小说的章法，产生了很好的艺术效果:叙述故事能行能止,现实故事与历史故事可以交错叙述,讲故事和听故事的人可以进入故事中,也可以置身于故事外,还可以和故事的主人公时而聚会,时而分开,听故事的人可以代替读者向讲故事的人提出问题,对故事中的人物做出质疑或评论……这就使整个小说故事的叙述十分自由活泼,避免了平铺直叙,单调冗长,而能够一波三折,时收时放,层层深入,扣动人心。

哈萨克族是一个民间故事蕴藏极其丰富的民族,郝斯力汗对本民族的民间故事十分热爱,也很熟悉。在哈萨克的民间故事中,很多是由同一主人公的不同经历的许多小故事连起来的,如《阿勒达尔科沙的故事》《吉林谢的故事》以及许多神话、传说和生活故事等等,无不如此。《斯拉木的同年》虽然学习和吸收了民间故事的创作经验,使他的这篇小说,故事性强,便于讲说和记忆,但同时,又不是照搬民间故事的手法,而有所发展、有所创造。他将现代小说创作中的许多技巧,诸如人物性格的刻划,心理描写、肖象描写、语言描写、动态描写、风景描写的手法,回忆倒叙的手法,欲扬先抑的手法,等等,都运用进来。因而他的作品是小说,而不是故事,为继承民间文学的传统,创造出民族化、大众化的小说,做出了初步的成果。这个成绩,也是值得称道的。

风格幽默　言谈举止妙趣横生

哈萨克族人民是长于幽默的人民,哈萨克族的文学作品中,不管是民间故事、民歌,还是作家创作的诗歌、小说、戏剧,都有很多幽默之作。郝斯力汗的创作中,不管是小说还是戏剧,幽默成趣的文字,随处可见,成为他创作风格的重要内容、艺术上的重要特色。而《斯拉木的同年》则是他幽默风格的代表作。

《斯拉木的同年》中的幽默情趣,主要来自奴尔塔孜揭示出的存在于斯拉木毛拉身上的许多可笑之处——思想与行为、本质与表象之间的极端矛盾、不协调、不相称;而他在揭露这些时,所采用的方式和语言是滑稽可笑的。鲁迅曾说过,“要救治一切道德上的缺陷和病症，最实际、最特效的良剂，是把它们在可笑的形式中展示于大众面前。”小说中，奴尔塔孜就是采用一种滑稽可笑的方式，将斯拉木毛拉表面正经、庄严、能干、公正，而实际上伪善、狡黠、愚蠢、势利的丑恶面目展示给人看。这就产生了小说的幽默感。

请看：作为一个识经文，通教义的毛拉，他本应是一个有学问的圣人，然而实际上，他不过是一个骗人的巫师。他反对用医药技术给人治病，竟祈求胡大，让病人喝符水，将人一个个治死。他给人家治伤眼，竟然往眼里吐唾沫，将眼吐瞎，甚至可笑到去治马蹄上的疮，还为这疮念经祷告。这些行为与他的身份多么不协调，显得多么荒唐可笑！他以学问高深自居，胡诌什么“纸是圣物，只有麦加圣地才能生产”以及“每根胡子下有一位天仙”之类的无稽之谈，并吓唬别人。做出莫测高深的姿态，谁知竟让人批驳得哑口无言，成为笑柄，充分暴露了他的无知与浅薄。他以宗教神圣的代表面目出现，本应对他的信徒一视同仁，不分贫富贵贱，然而在为死人祈祷、超度亡灵时，竟然出尔反尔，厚富薄贫，态度蛮横，不讲道理，这又充分暴露了他庸夫俗子、势利小人的丑态。他自作聪明想用宗教教规治人，借口努尔塔孜没给死人念经做“乃玛孜”就埋葬了，应该受到惩罚，谁知反而逼人编出揭他老底的假经文，被狠狠地奚落了一顿，狼狈得像“剪了毛又遭雨淋的老山羊”。这又充分显示了他的无能……如此等等。小说就是这样，通篇充满了笑料。

小说虽然风格幽默，但所揭示的生活斗争，从本质上说，却是很严肃的，是一场具有哈萨克民族特点的阶级斗争。郝斯力汗充分了解本民族人民的性格特点、心理素质和习惯爱好，用人民群众所喜闻乐见的方式来表现这场斗争，这不能不说是作家探索小说创作民族化、大众化上的另一可贵成果。

一九八一年五月于乌鲁木齐

收入《当代少数民族作家作品选讲》

（云南人民出版社 1983 年版）

郝斯力汗和他的小说创作

提起哈萨克族作家郝斯力汗，新疆各族人民是熟悉的，全国的读者对其也不陌生。他的优秀短篇小说《起点》《牧村纪事》《斯拉木的同年》，都曾由《人民文学》转载介绍给全国人民，并被编选进各种全国性的优秀作品选集之中，有的还被译成英、俄等文字介绍给国外的读者。他是我国当代文学中最有影响的哈萨克族作家，他以自己优秀的创作成果，对哈萨克族文学的发展做出了突出的贡献，也为我国多民族文学宝库增添了富有鲜明的哈萨克族特色的文学珍品。

郝斯力汗·胡孜巴尤夫（一九二四～一九七九年）出生于新疆托里县加以尔草原的一个穷苦牧民家里。他童年时给牧主放羊，以后一边参加牧业劳动一边入学校学习，起初上本阿吾勒（牧村）的宗教学校，后入新式小学，断续读了八年，才完成小学学业。他在哈萨克草原上生长、生活、劳动、学习近二十年，因而他对本民族的生活比较熟悉。这些情况在他一九六二年所写的散文《故乡的山村》中有一些回述。同时，他自幼喜爱民间文艺活动，喜欢听人演唱民间叙事诗和讲故事，后来又经常抄写和背诵民间长诗，十七八岁时，还亲自参加过阿肯（民歌手）对唱。所有这些对本民族生活和文学的了解，都为他以后从事文学创作准备了条件。

他的青年时代正是哈萨克现代文艺萌发生长、比较活跃的时期。一九四三年，他来到迪化（乌鲁木齐）学习。他努力学习本民族的语言文化和汉族语言，开始了创作活动并发表诗作。1943 年毕业后，他先后担任过翻译与教师工作，积极投身到社会文化活动方面来，开始显示了他多方面的文艺才能。他写诗，写独幕剧，还经常参加“哈柯文化会”等处举办的诗歌朗诵或戏剧演出活动。在当时的哈萨克文坛上，是初露头角的文艺活动积极分子和文学创作的新生力量。解放后，在党的培养教育下，他的文艺才能得到了进一步发挥。他曾在原新疆省歌舞团当了几年演员，后来还在电影《哈森与加米拉》中扮演过重要角色；他搞过幻灯制片工作，也当过翻译。一九五五年，他调到哈萨克文学月刊《曙光》编辑部工作。从此，他以文学为业，一边从事文学编辑工作，一边搞文学创作。二十世纪六十年代以后，曾当过一段时间的专业作家，系中国作家协会会员。

哈萨克文学创作的新起点

郝斯力汗在文学创作领域也是多面手。起初，他和本民族的大多数人一样，主要写诗，一九五五年起，他开始写小说。此后，虽然也写诗，间或写独幕剧与散文、特写，但主要从事短篇小说创作。在当代哈萨克族作家中，他的小说创作，不管就其数量还是质量来说，都是名列前茅的。

在哈萨克文学发展的历史长河中，小说创作兴起较晚，解放前虽有作品出现，但基本上是解放后才发展起来的。郝斯力汗在这块新开垦的处女地上，辛勤耕耘，培育出了别具色香的新花，为哈萨克文学的发展，做了重要的建树，可以说，郝斯力汗以他的创作实践与优秀成果开创了本民族文学创作的新起点，是哈萨克小说创作的奠基人之一。

郝斯力汗的短篇小说，据笔者的不完全统计，有十五篇，其中大部分作品写在一九五五年至一九六四年间。这是我国文学发展的一个重要而又特殊的时期，特别强调文艺为政治服务，写阶级斗争。郝斯力汗在这一段时间内，主要从事文学编辑工作。这使他更清楚党的文艺路线，更直接、更敏锐地感受到文学创作和政治的密切关系。他顺应了那个时代的要求，写出了一系列反映哈萨克农牧区斗争的作品。

他的第一篇小说《卡拉江的盘算》，发表于一九五五年，描写的是我国婚姻法颁布后，在哈萨克牧区改革不合理的旧婚姻制度所产生的斗争，鞭挞了以卑鄙的手段陷害别人、妄图达到离婚再娶目的的牧主卡拉江及支持他的反动势力。这篇作品已初步显示了他小说创作思想和艺术上的某些特色。他的第二篇小说《起点》写于一九五七年，反映的是哈萨克农牧区合作化运动中的斗争，它生动细致地描绘了一个大男子主义思想十分严重而又心胸狭窄的劳动牧民，在阶级敌人的挑动下，退社单干，后在合作社干部群众、特别是自己的妻子的帮助下，又回到合作社中来的故事。人物性格鲜明，心理描写细致，结构严整，语言生动，显示了作家的创作才华。以后，他陆续发表了《牧村纪事》（一九五九年）、《旗高乌云散》《两封信》（以上一九六〇年）、《山谷巨变》（一九六一年）、《猎人的道路》《聪明的姑娘》《慈爱的母亲》）、《欢乐的生活》（以上一九六二年）、《斯拉木的同年》《阿吾勒的春天》（以上一九六三年）、《回顾》（一九六四年）等作品。在这些作品中，他多方面地描绘了解放后哈萨克牧区的现实生活和斗争，并在一些篇章，主要是一九六一年以后的作品中，将笔触深入到解放前哈萨克农牧区的生活、斗争之中，为我们展现了哈萨克人民在巴依、伯克、国民党和宗教迷信统治下的某些生活场景。

林彪、"四人帮"横行我国，统治文坛的十多年，郝斯力汗也被剥夺了写作的权力，并且遭到深重的迫害。直到"四人帮"粉碎后，他才"颤抖"着双手，重新开始写作。一九七八年至一九七九年，他发表了两篇小说《相遇》和《真的吗，爸爸?》，写的是哈萨克工人与知识分子的生活和命运，题材比以前的创作有新的开拓，作品中也不乏精彩的文字和比喻，并且在本民族群众中产生了一定的影响；但整个说来，由于他的创作思想没有随着政治形势和现实生活的变化而解放，因而作品显得概念化，人物形象树立不起来。作家感到了这个问题，他在思考、学习、探索着新的创作路子。在参加全国第四次文代会回来后，他满怀激情的着手写中篇小说《郁金香》。然而不幸的是，正在他的写作开始顺利进行的时候，他却因心脏病突发，与世长辞了。这是哈萨克文学事业的一个很大损失，也是我国多民族文学事业的一个损失。

鲜明的时代特色及民族特色

综观郝斯力汗的小说创作，最突出的是它的鲜明的时代特色和民族特色。我想这也许就是他的创作所取得的主要成就，也是他的作品受到人们重视的主要原因。

关于时代特色。

郝斯力汗的作品中，人民群众对生活的热爱与喜悦（包括对已逝去的旧社会苦难生活的诅咒与痛恨），他们在党领导下走社会主义道路的坚定信念，忘我的劳动热情，大公无私的高尚品格，对党对社会主义事业的无限忠诚，对形形色色阻碍社会前进的旧的思想和习惯势力的鞭挞与嘲笑，祖国面貌的日新月异，蒸蒸日上，在他的作品中都有明朗清晰、生动而真实的反映，读后能激发人们对新社会的无限热爱，对社会主义事业和劳动人民的深厚感情，给人以奋发向上的精神力量。

这种时代特色主要来自两个方面：一是选择了重大的社会生活事件，表现了富有现实政治意义的主题；二是在作品中，总是力图把塑造社会主义新人形象，表现他们作为草原新生活创造者的高尚品质和心灵的美好放在首要的位置。因而他的作品，就能够迅速地反映当时社会生活的变革，表现时代发展的趋向，紧系着人民感情的琴弦，易于引起人民群众的共鸣。作家在一篇谈创作的文章中曾写道：“迅速及时地通过文艺作品反映这个史无前例的蓬勃的时代，是我们当代的作家、艺术家最崇高的责任。”（《哈族文学在迅速成长》）郝斯力汗作品的时代特色，正是在他这种责任感的驱使下，一种自觉地追求。作家达到了自己的目的，他的作品，打着明显的时代烙印，具有强烈的时代精神。虽然我们今天看起来，这种时代特色也必不可免地带着它的局限性，不是无可非议。但是我们本着历史唯物主义的科学态度，不想去过多地苛责于作家，因为他是忠实地描写了那个时代的生活的。

关于民族特色。

郝斯力汗的小说中，反映的是那个时代特有的生活斗争，表现的是那个时代常见的思想主题，而且往往采取常用的新旧社会对比的手法描写事物，发展情节，并没有很多震撼人心的思想和奇崛引人的事件。但是由于作家立足于本民族人民的生活土壤和民族文学传统之中，表现的是带有哈萨克草原气息的生活斗争和民族的习惯与传统，人物性格具有特殊的民族气质、心理状态和趣味爱好。总之，一切都染上了哈萨克民族的色彩，而且艺术构思往往别开生面，因而读起来不但没有平淡和一般化的感觉，相反，却有一种特殊的艺术力量吸引着我们，和当时其他民族同类题材、同类主题的作品相比，具有不容替代、绝不雷同的哈萨克民族特色。读他的作品，会把人们引入一个特殊的艺术境界：仿佛漫游鲜花覆盖的草原，能瞧见耳目一新的奇景，能嗅到沁人心脾的异香；也会感到有一种特殊的味儿在：这种味儿，既不同于中原汉族地区“荷花淀”的清新味，“山药蛋”的泥土味，也不同于边疆少数民族地区“山茶花”的香味、“酥油茶”的香味，这是飘逸在天山与阿勒泰山之间广阔草原上浓郁香甜的奶子味，读后会给人以痛饮饱餐似的满足。

俄国伟大的民主主义文艺批评家别林斯基对于文学的民族性问题有深湛的研究和精辟的论述。他说：“文学中的民族性是什么？那是民族特性的烙印、民族精神和民族生活的标记。”（《文学的幻想》）又说：“任何民族生活都表露在其固有的形式之中，因而如果关于生活的描绘是忠实的，那也就必然是民族的。”（《论俄国中篇小说和果戈里中篇小说》）别林斯基的话是正确的。照我们的理解，每个民族之所以能够成为一个民族，必然有他独特的、为其他民族所没有的本质特点，有他的特殊性。而这些特性，表现在民族生活的各个方面，如果作家熟悉本民族生活，又能忠实地反映生活，他的作品必然带有民族特色。郝斯力汗作品的民族特色，正来自于他对本民族生活的熟悉和忠实的反映。

郝斯力汗小说的民族特色，主要表现在下面三个方面：题材方面的草原牧放生活特点，人物形象上的民族精神气质，艺术风格方面的幽默与风趣。

草原生活气息浓郁

打开郝斯力汗的作品，感到一股扑面而来的草原生活气息，萨哈克牧区特有的生活、风景、风俗、人情，色彩斑斓、熠熠生辉地展现在读者面前。

请看朝阳照射下人民公社阿吾勒的景象：

> 阿吾勒的周围长着茂密的青草，几只羊羔在草地上轻轻地啃吃，听到一阵狗吠，便撒开四只小蹄子，向毡房逃去。一只正在围着毡房转悠的土黄色牛犊，也像受了惊似的尥起蹄儿，把一个骑在鞍子上玩耍的小孩一头撞倒了。小孩“哇”地哭了一声，爬起来，拖着鞭子，朝毡房里蹒跚地走去。（《斯拉木的同年》）

这是一幅色彩明丽、闲适恬静、充满牧区生活情趣的风景画，它一下子就把读者带到一个富有民族特色和艺术魅力的生活环境中，使你不能不怀着极大的兴趣去欣赏作品中所展现的生活故事。

从郝斯力汗的作品中，我们不仅能看到缀满鲜花的绿色草原，头戴雪帽的苍郁山峦，色彩斑驳的牛马羊群，装点山色的座座毡房，听见悠扬的牧歌，欢乐的琴声，羊的咩叫，马的嘶鸣，闻见诱人的花草香、马奶香、烤肉香、奶茶香，而且能看到祖祖辈辈以牧为业的哈萨克人是怎样生活劳动，怎样从封建游牧的社会进入了社会主义社会，看到在这伟大的历史变革中，人民怎样从奴隶变成主人，怎样和辛酸苦难的昔日告别，满怀信心地为新生活奋斗。郝斯力汗以他那哈萨克人的生花妙笔，栩栩如生地为我们描绘着自己民族的生活。

《阿吾勒的春天》是一篇表现人民公社社员在对待集体利益上两种思想斗争的优秀作品。小说中对那个自私自利、损公肥私的女人，外号叫“斜风”的碧海莎一天活动的描写，极富有哈萨克牧区生活的特色：

中午，当阳光普照，羊群都已牧放草场之时，她串帐篷闲逛。喝足了又浓又香的奶茶以后，就东家长、西家短地评头论足，“将扣子那么大的事，说成骆驼那么大”。

傍晚，当风雪骤起，别的社员都忙着把集体的羊群、骆驼往棚圈、毡房里赶时，她也紧张地忙碌起来：“她边说边冲入羊群，东搜西寻地抓回了自己的自留羊，也不管它们之中那一只瘦，那一只肥，那一只怀了胎，那一只没有怀胎。每抓一只便说一声：‘我的红母羊宝贝’，‘我的黑羊宝贝’，‘我的白毛宝贝’，并把自己的这些宝贝一个个硬拉回家去了。”而且当她看到鼓着大肚子的集体的母羊时，也赶紧跑过去一把拉住……

半夜，当她把公社的白母羊产的双羔偷偷地抱回家一个，放在自己产羔的黑羊身边以后，她煞有介事地跑到邻居的毡房里报喜：“我的母羊添了双胞胎！”

清晨，她惩罚着那只拒绝给白羊羔喂奶的黑母羊，用绳子吊起它的嘴，紧紧地绑在门框上，并且一忽儿哀求，一忽儿威胁地唱起自编的歌：

> 要是再不听我的话，
> 小心挖掉你的眼睛！
> 自己生的小宝宝，
> 为什么这样不心疼？
> 好啦，我的好乖乖，
> 快快收下亲骨肉！

当邻居库肯感到事中有诈，正去盘问她时，“一只白色母羊从外面冲了进来，用尖角顶跑了碧海莎的黑母羊，咩咩地叫着，用舌头舔起白羊羔子”。她煞费心机编演的一套鬼把戏，让白母羊的亲子之爱揭穿了！

围绕着碧海莎一天的行动，哈萨克人的生产活动、生活方式、衣食住行、风土人情、风光景物、心理状态、思想性格、斗争方式……都或详或略、活灵活现地描绘出来了。

在郝斯力汗的小说中,我们还看到离开牧业合作社,决心单干的牧民,赶着牛群,驮着帐篷,在山林间艰难而焦躁地行走(《起点》);看到在风雪交加的春夜,牧人们为母羊产羔而紧张欣喜地忙碌(《牧村纪事》);看到猎人们在崎岖的山路间追踪熊迹、迂回前进的身影和人熊搏斗的惊心动魄的场面(《猎人的道路》);看到一个山村解放前后人民生活和自然面貌的巨大变化(《山谷巨变》);了解到解放前毛拉如何在宗教迷信的掩饰下,和巴依官府相勾结,欺压贫苦牧民(《斯拉木的同年》);了解到旧社会贫苦牧民的少女怎样在皮鞭的抽打下,被迫嫁给须发皆白的有钱的男人……这些描绘草原牧区生活的篇章,从不同的侧面,向我们展示了哈萨克族现实与历史的真实图画。

在郝斯力汗的小说中,富有特色的社会生活、动人心魄的风俗人情和放射异彩的自然风光,总是水乳交融地揉合在一起,展现在作品之中。这个特点,不仅就全篇的内容看是如此,许多状物抒情、刻划人物的语言形象中,也得到了充分地表现。这使作品产生出浓郁的草原生活情趣,给人以艺术的美感。比如小说《山谷巨变》中有这样两段描写:

太阳从云缝间露出半个脸,仿佛从毡房的缝隙间窥视着未婚妻的年轻小伙子一样。

头顶覆盖着灰白色云彩的贾帕拜山峰,像帽子上缀着羽毛的姑娘,眺望着远来的客人。

这里所描绘的太阳与山峰,是哈萨克人的太阳和山峰,和别的民族的太阳和山峰很不一样,揉合着哈萨克族的人情与风习,别有一番韵味。这里是写自然景色,还是写人抒情,简直难于分辨,应该说两者兼而有之。而在对充满活力与爱情的大自然的描绘中,是那么鲜明的抒发着小说主人公朱玛尔特久别故乡、今日回归的喜悦感,有力地烘托着他翻身解放的幸福感。可是,当他回忆起解放前的痛苦生活时,小说中却是这样来描绘他曾与姐姐、姐夫居住过的毡房的:

那盖着的破毡像秋天浮动的乌云一般,在春天,风暴像巴依们撒野的儿子尽情欺侮穷人家的孩子一样，竭力想刮跑这些破毡房。夜间，星星像在嘲笑着他们似的，从毡房的破洞里，不住地向屋里的人眨眼。

本来是描写景物——毡房的破烂不堪，但是对毡房的形象比喻中把社会生活写进去了，而且是那么贴切、自然，在不知不觉中道出了穷人贫困的社会根源——巴依牧主的剥削压迫。这些比喻，似乎是信手拈来，实则是精心地选择，是作者着意追求草原生活特色的结果。

郝斯力汗的小说中，有许多描写牛羊马驼等牲畜的精彩文字：有为了保护被劫的羔儿而英勇无畏、冲锋陷阵的母羊；有不满于犊儿调皮乱闯而给予狠狠惩罚的奶牛；有通达人情、向主人求情告饶、悔过立功的牧犬；有警惕性很高、时时提防暗算的兔子……而这些描写，不仅道出了草原牧区生活的特色，而且间接地抒发着小说人物的思想感情，甚至导引着故事情节的发展。比如《阿吾勒的春天》中，对暴风雪中含泪的母驼焦急地亲吻着刚刚出生的驼羔的动人描绘，就使老牧民库肯面对着此情此景，忆起了儿子重病时妻子的焦急不安和解放军救治儿子的深情。

生产方式的不同，经济生活的特色，是一个民族特色的重要表现形式，对于形成一个民族的文学特色和一个作家的创作风格，有很重要的意义；而风光景物、风俗习惯，在表现民族特性和文学的民族特色上也有特殊的意义。

这方面，在郝斯力汗的创作中，表现得比较充分、鲜明，这就是构成他的作品具有民族特色的重要原因之一。

人物民族性格鲜明

人物形象的塑造，在文学作品中是形象描写的中心环节。能不能塑造出富有个性的人物形象，是决定一篇小说成功与否的重要条件，也是考察作品有没有民族特色的重要方面。郝斯力汗的小说中，许多人物形象都是有个性的，而且是有民族特有的性格气质的。这种民族个性，主要表现在不同的心理素质和对待事物表达感情的不同方式上。

请看《起点》中两个主要人物形象。

玛丽亚,这是一个坚决走集体化道路并对其思想简单落后、一度热衷于搞单干的丈夫进行帮助的先进妇女形象。她善良、柔弱,当丈夫不听大伙的劝阻,也不听取她的意见,决意离开合作社、搬家单干的时候,她很不情愿地顺从了。她一边哭,一边和大伙告别。上了马后,还不住地回头瞧着送别的乡亲和难离的阿吾勒;在山路上,她受着丈夫粗暴的斥骂,她很生气,很想回敬一句难听的话,但是却用理智控制着自己,温和地说道:"怎么啦?"即使忿忿出口的,也是温文尔雅的讽刺语。对自己的丈夫说粗野难听的话,她吐不出口,与丈夫撕打吵闹,她更做不出来。但是,她并不是一个没有头脑、逆来顺受、任丈夫摆布的女人。她的柔弱是外在的表现形式,内心却是刚强的。当丈夫离开合作社的路上,搞得困难重重,祈求胡大的时候,她用教训的口吻开导着丈夫、她的思想境界和政治觉悟远远超过丈夫,决不是一个糊里糊涂、唯夫命是从的旧式家庭妇女、丈夫的奴隶,而是一个城府在胸、决不感情用事、也不轻举妄动的人。这种性格,在对待反革命舅舅上,也表现了出来。然而后来,当她得知丈夫受舅舅挑唆、破坏合作社的确凿证据后,她的刚毅果决、勇敢无畏的性格就充分显示出来了。她抱起吃奶的孩子,飞身上马,不停歇地在山路上疾驰,顾不得产后虚弱与疲劳,顾不得怀中哭泣的婴儿,克服一切困难,终于抢着时间把消息及时地通知了组织,揭露了敌人,教育了丈夫。在关键时刻,在大是大非面前,把自己丈夫拉回到合作化的道路上来,这和她前面的态度似乎截然相反,其实是一致的、统一的,是她性格的两个侧面。这就是解放初期哈萨克族有一定政治觉悟的妇女的个性:当是非曲直不清时,在家庭问题上,她遵照哈萨克人的传统习惯,顺从了丈夫,也彬彬有礼地待人,不任性,不莽撞,像一只温驯的绵羊。但顺从中蕴含着弄清真相、解决是非的决心。一旦真相大白,时机成熟,她的斗争性和果敢坚毅、雷厉风行的性格就充分显示出来了,这时她像一匹矫健的骏马。刚强与柔弱、反抗与顺从就是这样自然地结合在一起，统一于一个人身上，这就是玛丽亚这个形象。这个形象是在哈萨克族传统的风俗习惯和社会主义新的道德情操的土壤中培育出来的，是有血有肉、真实可信的形象。她对待事物的态度和行动方式，无疑有着哈萨克民族的印记。

玛丽亚的夫丈贾帕拉克，作家同样赋予他两种不同的基本素质：思想狭隘和勤劳善良。他眼光短浅，猜疑心很重，家族部落观念强，迷信胡大，而且封建夫权思想严重，对自己的妻子，不懂得平等与尊重。他的舅舅这个仇恨合作化道路的反革命，正是看准了他的这些弱点，才从中挑拨离间，造谣说他的妻子与社长有暧昧关系，以点燃起他对合作社的仇恨。而他也真的认为"不要相信骑着的骏马和抱着的情人"这句所谓先人的训诫是"多么正确"，真的对自己的妻子怀疑到极点，由此而推想出许多令他难堪和难于忍受的后果，从而由嫉恨社长，想到报复，到坚决要脱离合作社，搬家单干。他那简单粗直的头脑，使他根本识不透舅舅的阴谋诡计。但是作家在塑造这个形象时，没有忽略他性格的另一面，没有把他写成一个为非作歹的坏人。他虽然一叶障目，是非颠倒，人妖不分，却没有头脑发昏，忘记合作社给自己带来的好处，不愿昧着良心杀害合作社无辜的牲畜；他虽然出于与社长作对的报复心理，将合作社的犁铧轮子藏起，但并不愿意破坏公共财产；他想的是凭自己的劳动使自己的生活得到改善，并未想到以非法的手段来达到目的。所有这些，充分说明，他善良忠厚的劳动人民的本质并没有泯灭，一旦真相大白，他认识错误，回到集体化道路上来是可信的。这是一个背负着哈萨克旧的道德观念的重担，在社会主义道路上艰难而踯躅地前进的人物形象。他的行动方式、思想方法、心理活动与性格习惯，无疑也深深地打上了哈萨克族的烙印。

在二十世纪五十年代各民族的文艺创作中，有许多描写合作化道路上思想先进或落后的人物形象的，《起点》中的玛丽亚和贾帕拉克，虽然与他们有共同的一面，但同时也有更为独特的一面，从而把这个形象与其他民族的同类形象鲜明地区别开来。这正是作家笔下的人物深深地植根于本民族生活土壤中的结果，是让人物用自己民族的习惯方式、道德心理去行动和思考的结果。这就是郝斯力汗作品中人物具有特殊的民族性格气质的主要原因。

这种性格气质，还常常从他所揭示的特殊的人与人的关系中窥见。郝斯力汗小说中的人物相处时爱互相开玩笑，不仅同辈人中间、男女之间、夫妻之间如此，长幼之间也是如此。老人可以与孩子们开玩笑，孩子也可以与老人开玩笑，而且毫不忌讳，视为自然，没什么有失身分或对长者不恭之嫌。比如《牧村纪事》中的老牧民、劳动模范铁亚那克这个秉公办事、认真不苟的长者，在紧张的接羔之前，与年轻的伙伴开玩笑地说："你也快当父亲了，你今天来当接生婆吧！摸索点经验，将来你老婆生孩子的时候，就不会抓瞎了"；《猎人的道路》中的老猎人巴德勒加甫，为了试一试两个年轻学徒的胆量，竟在漆黑的山林之夜，在假寐之中蹬落一块石头，让石头滚落山谷，发出可怖的声响，待看到年轻人恐惧的狼狈相时，他哈哈大笑地起身，装着若无其事的样子来教育年轻人。这些描写，给老人的性格增添了幽默风趣的色彩和几分孩提般的天真；在《牧村纪事》中，也有女儿和父亲开玩笑的细节。这一细节描写，把女儿聪慧、豪爽，在父亲面前又有几分天真调皮的性格烘托出来了。这种长幼关系，父女关系，显得平等、亲切、和谐而充满生活情趣，它表现了哈萨克人民特有的心理素质和民族习惯，在汉族作品中是少见的。

在郝斯力汗的小说中，还经常描写人对家畜的各种感情：碧海莎对黑母羊不要白羊羔的忿恨与求情，铁亚那克对即将临产的母羊的关怀与爱护，都是塑造这些人物个性必不可少的文字；而库肯这位公而忘私的老牧人对骆驼的爱怜与亲昵之情，不仅表现了他对解放军和人民公社的深厚感情，而且很好地表现了哈萨克人特有的心理状态，是小说中塑造库肯形象的重要文字；使人感到，爱畜如子是他的个性中不可分割的一部分。而这种个性却是以牧为主的哈萨克民族所特有的，它反映了这个民族一种特殊的精神气质。

幽默诙谐情趣横生

读郝斯力汗的作品,处处都可以感受到一种幽默的机趣,许多人物性格中有幽默,作品的语言中有幽默,甚至整个作品的构思立意中就蕴含着幽默。幽默,可以说是郝斯力汗小说创作的一个重要特色,也是他的创作具有本民族特色的重要表现形式。哈萨克民族就是一个长于幽默的民族,哈萨克文学中的幽默之作是它的重要组成部分。郝斯力汗的创作继承和发展了这种幽默的文学传统,表现了本民族人民的特殊性格素质和趣味爱好,是很值得我们注意的。

《斯拉木的同年》是一篇很典型的幽默之作。把这篇小说放在郝斯力汗的全部创作中来看,也是一篇优秀的、很能显示哈萨克文学的民族特色和作家创作风格的作品。它题材新颖,构思巧妙,人物形象鲜明,语言生动幽默,篇幅不长,但概括的生活面却相当广,思想意义也比较深刻。

这篇小说,以喜剧式的表现手法,揭露了解放前哈萨克牧区宗教势力利用人民的愚昧无知,蒙骗群众钱财,并勾结巴依官僚,欺压人民的罪行。在别开生面、生动有趣的故事引导下,为我们展开了一场解放前哈萨克牧区围绕宗教迷信问题所进行的尖锐、激烈、有血有泪的阶级斗争。在含泪的笑声中,使我们看清了反动统治下宗教活动的实质。这种揭露,贯穿于全篇,尤其是一首杜撰的为穷人送葬的经文,更如犀利的匕首,刺向为虎作伥的毛拉:

> 我们是毛拉看不起的穷人,
> 这世界对我们是后娶的母亲。
> 毛拉为巴依送葬骑上颠马走了,
> 巴耶塔那斯死了无人照应。
> 毛拉只讲空口的功德,
> 为了钱财把良心丧尽。
> 我们不会念阿拉伯字的经文,
> 真主,你可懂得哈萨克人的声音?
> 你如果不懂哈萨克人的语言,

斯拉木到后世请你去问明。

小说为我们塑造了两个富有哈萨克民族个性的人物形象，即有知识文化、思想进步、富有正义感、维护劳动人民利益、敢于斗争、性格机智幽默、语言辛辣尖利的牧区教师奴尔哈孜(解放后任生产队长)和愚蠢无知、蛮横欺诈、对穷人傲慢无礼、对权贵趋炎附势的斯拉木毛拉。

小说情节虽不复杂，但由于运用大量篇幅描写两人互不相让的斗口舌战，而且将现实的叙述和历史的回顾交错进行，因而通篇妙语不断，趣话连篇，波澜起伏，扣人心弦。

下面摘引一段，可以看看小说语言艺术和风格特色之一斑：

斯拉木毛拉为了解脱窘境搜肠刮肚地想了半天，左顾右盼，像盼望救星似的找话说："如果你是穆斯林，有信仰，快到四十岁了，胡子还像秃马鬃，刮得光光的，这是为什么？"奴尔塔孜反问道："信仰跟胡子有什么关系？"毛拉把纷乱的胡子抓了一把道："颠三倒四的蠢货，你可知道每根胡子下面有一位天仙的事？你啊——当然不知道。"奴尔塔孜听了，笑出了眼泪："你才是胡说八道哩，安拉神通广大的天仙在十八层天上没有安身的地方，叫你为他们在胡子上盖宫殿吗？你的老师瓦里特过五十岁了，只留髭，把胡子刮得净光，下巴像玻璃球一样，他把神仙的宫殿毁了，难道不怕得罪天仙吗？"毛拉像当头挨了一棒，气得目瞪口呆，半天说不出一句话来。

在其他许多作品中，幽默的笔墨也随处可见。《两封信》并不是一篇很成功的作品，但是其中在描绘欢乐的剪羊毛劳动中，插进了卡依德尔和赛意提汗之间关于三十岁还不能结婚的几段互开玩笑的对话，却是很精彩的段落，它能够将现实生活与民族的传说故事、民族性格与风俗习惯的演变巧妙地揉合在一起，极其生动有趣。《阿吾勒的春天》一开头，卡米拉在毡房里一边端详着丈夫那张"留着长长的八字上髭，看上去简直像山羊上的一对弯角"的照片，独自微笑，一边亲切地骂一句、再骂一句“狡猾的老头子”的细节描写，就已使人感到作品的幽默情趣了；而文中，为了更生动传神的塑造碧海莎这个自私自利的女人的形象，作家特意让她长了一只斜眼，而且随时注意描绘她那一双不寻常的眼睛：她到别人家串门时，“那双对不到一起的斜眼，有一只在看卡米拉，另一只似乎在屋内搜寻什么”，当她十分得意的时候，“奶茶喝得越香，她那只斜眼闭得越紧，另一只眼也就睁得越大”，在一心为公的库肯看来，“她的一只眼睛瞅着公社，另一只眼睛瞟着单干”；她偷了羊羔，心怀鬼胎时，“那只斜眼看着库肯，而另一只眼则望着一对羊羔”；当阴谋被揭穿，无言以对时，“她的斜眼睛望着屋顶，好眼睛望着地面，呆呆地站在哪儿”；直到认识错误时，“她的那只好眼睛比斜眼睛先流出了泪”；而最终自己说出事实真相：“公社的那只母羊生了两个羔，我这只该挖掉的斜眼睛就看上了”。这些奇特生动而又深刻传神的细节描写，既是刻划“眼斜心不正”的神来之笔，又给作品增添了浓厚的幽默喜剧风味。

幽默的情趣还从许多描写叙述之中，尤其是形象生动的比喻中透露出来。如《牧村纪事）中形容夏里甫的性格时，用了句“像生皮革；一下水就软了”，把他那表面气盛嘴硬、实际缺少头脑的软弱个性写得很准；描绘挑拨是非、最终失败的奴尔哈里睡觉的情景时写道：“像中了子弹的狗熊，在床上扭动着笨重的躯体。这张木床好像经不住他的压力似的发出吱吱的呻吟来。”幽默的比喻中透露着被喻人的愚蠢与凶狠。《斯拉木的同年》中，形容斯拉木在舌战中被动失败的狼狈相时，用了“像被剪了毛又遭雨淋的老山羊一样”这个幽默的比喻，一下子就把他的窘相写活了；《回顾》中描写那个强娶少女的“新郎”的相貌时写道：“他的眼睛像狐狸的眼睛，鼻子像鸭子的鼻子，嘴巴像骆驼的嘴巴。一把大胡子两边分开，头发花白”，多么生动地描绘了一个可笑而又可憎的‘新郎’形象。类似的比喻性描写，在郝斯力汗的作品中，俯拾皆是，不胜枚举。

可贵的是，郝斯力汗小说中的幽默，并不是脱离生活实际、缺乏思想意义的噱头，也不是单纯的玩弄语言的技巧，而是在真实的生活描绘中透露出来的。作者是用幽默歌颂生活中的先进与美好，讽刺落后与丑恶，有严肃的内容、深刻的意义，真正达到了“寓庄于谐”的艺术境地。

自然，郝斯力汗的小说也存在着明显的缺点：有的作品情节发展的脉络不够清晰，叙述得也不够精炼；有的艺术结构上不够完整、不够匀称；有的作品先进人物没有转变人物塑造得那么血肉丰满、生动传神、富有立体感；有的作品在人物关系的设置和情节事例的选择上有些类似或雷同；还有的作品概念大于形象，生活气息不浓，矛盾斗争的发展不够合理，等等。这些缺点，多数是艺术上的不足，是作家运用小说这种形式进行创作中的探索和积累过程的反映，也有的是思想政治上的缺点，是那个时代不正常的政治生活在作家创作上的投影。

然而，这些瑕疵，终不能掩盖美玉的光彩和丽质。我们将把郝斯力汗的作品看作一笔宝贵的文学遗产继承下来，从中汲取对我们有益的营养，为培育更加光彩夺目的新的社会主义的民族文学做出贡献。

一九八二年春

载《新疆民族文学》一九八二年二期

收入《新疆作家作品论》一书

哈萨克现代小说的奠基者
——郝斯力汗评传

童年少年:在口头文学哺育下成长

哈萨克族作家,哈族现代小说的开拓者与奠基人郝斯力汗·胡孜巴尤夫(一九二四至一九七九年)出生于新疆托里县加依尔草原的一个贫苦牧民家里。童年时给牧主放羊,稍大些便一边参加牧业劳动,一边入学校学习。起初是在本阿吾勒(牧村)的宗教学校,一年后转入新式学校,断续读了六七年。一九四二年,他被当地政府抽丁入伍。从此离开了他生长的家乡草原。时年十八岁。

这十八年,他亲眼所见、亲身感受着本民族牧区生活的现实,同时也沐浴着本民族传统生活、文化习俗和口头文学的雨露滋润;加之他自幼勤勉好学,积极参与身边的各种活动,使他进步很快。这为他以后成长为一个作家准备了条件。

关于郝斯力汗童年与少年时期的生活,在他解放后所写的一些诗文中有所忆述。一九五八年春写的诗《还乡途中》和一九六二年夏写的散文《故乡的山村》中,他回忆起儿时的一些生活片段:与小伙伴们在山沟树林采摘野果、捕捉蝴蝶、捉迷藏、听蟋蟀唱歌、做夹子打野兔、在小河里钓鱼、折树枝当马骑"赛马"等等愉快有趣的生活,也想起他们光着脚在荒滩中玩耍,寒风中忍着饥饿为牧主放羊的痛楚;还清楚地记起,每年春天,哈萨克族和蒙古族的巴依财主们,为了争夺水草丰茂的牧场,驱赶贫苦牧民,为他们进行你死我活的打斗厮杀,以致于鲜血洒满大地的惨景。

郝斯力汗自幼生活在民间口头文学的海洋里。口头文学与哈族的生活、习俗是那么密不可分地融汇在一起，他时时身临其境、耳濡目染，随时都可以听到唱民歌、讲故事以及集会时的对唱、弹唱，尤其是听阿肯们弹唱英雄史诗、爱情长诗，往往通宵达旦，连续数日。他曾回忆道："从我懂得的时刻起，就很入迷地听这些讲唱，这是我踏上文学道路的第一所学校"。在他学习了一些文化知识、会书写文字以后，就开始抄写英雄史诗和爱情长诗、阿肯对唱等在群众中广为流传的民间杰作，并常常读给或讲给更多的人听。经过这样的"锻炼"以后，十七八岁时，他也开始登台参加民歌对唱——据说，其幽默的诗句在很长时间内都在人们的口头中流传。

正是在民间口头文学的哺育下，他开始了自己的创作。一九七九年他参加第四次全国文代会期间曾向来访者说：①"正如哈萨克著名诗人阿拜说的，你和学者相处，即使你自己不是学者，也要仿效他。从一九四二年开始，我就以上面提到的那些民间口头文学为样本，模仿着写一些短诗。"

初展诗锋：对民主与和平的赞颂

郝斯力汗离开家乡来到当时的新疆省会迪化（今乌鲁木齐）后，上了省警官学校的语言翻译班，开始学习汉语和本民族语文。但并未放弃对文艺创作的追求。

他开始写诗。当时哈萨克族没有文艺刊物，连哈文报纸也才每星期出两次，发表诗的机会很少。但他不灰心，努力创作，争取发表。一九四三年他发表了第一首诗：这是他创作的起步年。在这年发表的《不可虚度青春》这首哲理劝诫诗中，他规劝青年要珍惜青春、勤奋学习、积累知识，以增长才干、充实人生。诗中，他赞美青春却又告诫人们"不可让青春虚度"。他撷取了人们最熟悉的鲜活形象来进行比

① 《自传》，载《中国少数民族现代作家传略》，青海人民出版社1980年版，第290页。

喻：

你看蝴蝶最恋花簇，
总是在花丛中翩翩起舞；
它不想冬天花儿会凋谢，
只顾眼前将夏天欢度。
同样蚱蜢也是迷恋青草，
撵青的季节总是心满意足；
它不想蹦来蹦去能有多久，
贪图欢乐能给自己什么好处？
再看那些小小的蚂蚁，
一夏天都在不停地忙碌；
蚁穴中堆满了各种食物，
冬天来临也不会有什么忧愁！

这就把诗人所要阐明的道理，活泼泼地呈现在人们面前，使他的诗不是枯燥地说教，而把握了形象这个诗与文学的本质特征。值得注意的是，诗人不是一味地要青年苦读苦干，都过苦行僧的单调生活，诗结尾时写道：

要想欢乐一下也不是不行，
但必须将人生之路看清；
你的青春就像盛夏一样短暂，
把握不牢就会将幸福葬送。
站在今天要着眼于未来，
这浅显的道理要牢记心中。

作为郝斯力汗的处女作，此诗所阐述的道理说不上多么深刻卓越，但作为一个放羊娃出身的未满二十岁的青年，能这样认识青春与人生、追求欢乐与事业的辩证关系，是难能可贵的。这说明诗人当时的思想已比较成熟，并透露出他已立下了自己人生的抱负和追求！

一九四六年在警官学校毕业后，他曾担任过三区革命政府的翻译和省立师范学校的教师，还参加了当时的群众组织“哈(萨克)柯

(尔克孜)文化促进会”,积极参与该会的诗歌朗诵与戏剧演出。后来,哈萨克文的刊物《曙光》创刊,他成了该刊的编委之一。

自开始创作到一九四九年九月新疆和平解放这六七年间,是他初入社会,并积极参与社会文化活动、积极创作的时期。他写了不少短诗,其中多数是政治抒情诗,其主导思想倾向是:抒发抗日爱国、追求民主、反对封建婚姻制度的情怀。如一九四四年的《新生活》诗中就表达了赶走帝国主义,建立新中华的理想。一九四五年,他在一首纪念孙中山逝世二十周年的诗中,写出“国父死了,但他还活着”的深沉诗句;他欢呼《春天的“五一”》,大写《抗战八年》,抨击日本帝国主义的战争,赞扬中国人民团结抗战的精神和最后取得的伟大胜利;在柏林解放之时,他甚至满怀希望地相信《东京也会有柏林那样的新生》,表达了他对彻底清算法西斯侵略罪行的向往;在《敬爱的母亲》《我们的道路》《人民与英雄》等诗中,抒发了对祖国母亲——中国和中华民族的热爱,号召人民团结起来,共同前进。除数十首短诗外,他还写过一首叙事诗《谁之罪》(一九四七至一九四八),在当时的哈萨克文《新疆日报》上连载,并写了反对封建婚姻的小剧本《未实现的愿望》和《海尼》(一九四八)。这后一个剧本被当时的哈柯文化会搬上了舞台向群众演出。他的作品在当时的哈萨克人中不算少了,而且表达了时代和人民的主流情绪,明快、流畅,具有哈萨克民歌的特色,所以在社会上影响较大。

文学定位:多方探索后的理想归宿

新疆解放后,郝斯力汗一九五〇年一月被调入新疆省歌舞剧院做演员。一九五三年五月调省文化厅幻灯制片厂任副组长,一个月后,又调“西北慰问团”任翻译。这期间,还参加了电影《哈森与加米拉》的拍摄,出演了一个仗势欺压穷人、强娶美丽的贫牧女儿加米拉为妻的牧主少爷。慰问工作结束后,他于一九五五年五月调入组建两年的哈萨克文《曙光》任编辑。

郝斯力汗自一九四六年从学校毕业后,先后从事过翻译、教师、话剧演员、歌舞演员、电影演员工作,也涉及过幻灯制作。这频繁的变动不仅提高了他哈、汉两种语言文字水平,而且也亲历了多种文艺创作的实践,为他的文学创作提供了经验。新疆的解放,新中国的诞生以及党的民族政策,使他一直沐浴在阳光之中,开阔了眼界,增长了知识和才干,最终他如愿以偿地步入当时唯一的文学宝地。郝斯力汗来到这里,既组织、培养文学队伍,了解哈萨克文学发展的情况,和党的文艺政策,学习创作技巧,又可以自己创作,对于他是再理想不过的岗位了,是真正的文学归位。从此他的文学创作便进入一个更大的发展时期。

创作十年:哈萨克族文学的新起点

郝斯力汗自调入文学编辑部后,一直在这里工作、学习、生活。一九六二年九月至一九六四年五月,曾进入中央民族学院政治系进修学习,结业后仍回到这里,成了新疆作协的专业作家,直到"文革"。这十余年稳定的文学生涯,他跨越"而立"进入"不惑"之年,在人生趋向成熟之际,他的创作也进入了富有创造性、开拓性、成绩卓著、影响深远的时期。

一九五四年他就尝试写小说这种对哈萨克人来说较陌生而新颖的文学样式。他的第一篇小说叫《卡拉江的盘算》,一九五五年发表。表现的是我国婚姻法颁布后,哈萨克牧区不甘于失去一夫多妻权力的牧主卡拉江,搞阴谋诡计、陷害他人,妄图再娶美丽少女,最终被揭露,阴谋未得逞的的故事。其中对用马交换少女的买卖婚姻方式,用权力亲情"调解"矛盾,包庇恶势力的封建婚姻陋习等等牧区生活的特殊现象,进行了具体而细致的揭示:对新、旧两种力量的代表人物的不同精神面貌有对比鲜明的描绘,较好地表现了围绕新婚姻法的贯彻实施中旧人物、旧习俗与新人物、新思想道德之间的斗争。这篇小说已初步显露了郝斯力汗小说在整体构思、人物塑造、情节开展和语言风格等的思想和艺术上的一些基本特色。

一九五七年创作发表的小说《起点》,是一篇描写牧业合作化进程中，翻身牧民贾帕拉克由于思想落后、狭隘自私，且对年轻美貌、进步能干的妻子玛丽雅不放心，导致他听信了牧主舅舅的恶意挑唆，怀疑妻子与年轻的合作社领导之间有私情，竟妒火中烧、头脑发昏，忘记了翻身解放与互助合作给自己带来的好处，去破坏合作社生产工具，然后一意孤行地离开了合作社走单干回头路。最后，在真相大白后，他知道自己上当受骗，愧悔交加。这是解放初期在牧业改革过程中一场尖锐深刻的社会斗争的反映。作家选取独特的视角，以翻身牧民在前进中的摇摆为主角、主线，将合作事业的成长发展、阶级敌人的阴谋破坏和个别牧民的自私落后观念交织在一起描写，形象地提示人们：要顺利推进牧区改革，不仅要和阶级敌人、旧势力的破坏斗争，更要改造牧民自身存在的落后封建的意识习俗，抓人民内部矛盾的合理转化，这是更艰巨更复杂的工作。这种提示是深刻的，富有时代特色的；加之小说别具一格的整体构思、独特的人物形象、细致入微的心理和性格描写，牧区风光特色的展示，使他的作品取得了成功。哈萨克文发表后，很快译成汉文在当时西北较有影响的文学期刊《延河》上发表（一九五七年十二月），次年初又连续被《人民文学》《安徽文学》等全国和地方刊物选载，并译成英文、俄文向国外介绍。

著名作家茅盾先生在他综评一九五八年中国文学创作的专著评论《短篇小说的丰收和创作上的几个问题》中，将视线也投注到《起点》，并用不小的篇幅评论分析，说："这篇小说是写得好的。贾帕拉克的性格及其思想矛盾分析得很细致，写他的思想动摇也有层次"，"思想性和艺术性达到相当高的艺术水平"。①

《起点》之后，一批优秀小说的问世，奠定了他在哈萨克文学发展中的重要地位。《起点》不仅是哈萨克文学和他本人开始向小说创作发展的新起点，也是他为哈萨克现代小说创作奠定基础的高起点。

① 《茅盾文艺评论集》（上），文化艺术出版社 1981 年版，344～355 页。

小说概览:牧业改革的历史风情画卷

这十年间,郝斯力汗又陆续发表了《牧村纪事》(一九五九年)、《旗高乌云散》《两封信》(一九六○年)、《山谷巨变》(一九六一)、《猎人的道路》《聪明的姑娘》《慈爱的母亲》《欢乐的生活》(一九六二)、《斯拉木的同年》《阿吾勒的春天》(一九六三)、《回顾》(一九六四)等小说。在这些小说中,他多方面地展示了解放后哈萨克牧区在改革过程中的现实生活,并在一些篇章中,将笔触深入到解放前的哈萨克牧区中,为我们展现了哈萨克人民在巴依、伯克、国民党和宗教统治下的某些生活场景。

《牧村纪事》和《阿吾勒的春天》是写人民公社化以后,在对待集体生产和公私利益上的不同态度所表现出的牧区矛盾。两篇中都有牧区落后自私的人物明里暗里在诋毁先进人物、损害公社利益,但重点却是描述走公社化道路的先进牧民形象,通过他们的工作和斗争、改造、战胜了落后反动力量,使集体事业更加蓬勃地发展起来。

这两篇作品的成功,主要得力于人物形象塑造的成功和富于特色的牧区生活与风光习俗的展示。

先进人物形象突出。铁亚那克老牧民一心扑在饲养公社的羊群上,创造出一套养羊育羊的先进经验,双羔率和成活率的高纪录,使他成为受人尊敬的劳动模范;高度负责精神和高度吃苦耐劳品质的结合使他成为性格坚毅、富有智慧的老人;而爱畜如子、对女儿的爱怜和对晚辈的关怀,又使他成为充满爱的慈祥的老人;而他的一些行为和语言,又透露出天真诙谐的性格气质;同是一心为公、坚定走集体化道路的老牧民库肯,对自私自利行为的批判和对集体财产、对解放军的热爱,更为执着。他将自己驯养的牧马献给解放军并将自己的儿子送入解放军部队。还将风雪夜中,部队走失的产羔母驼,在濒临冻死的时刻救起,并将驼羔抱入自已温暖的家;而他对损公肥私的女人“斜风”的偷羊行为,毫不留情地揭露,对自己老伴的缺点也进行严厉训斥。这是一个刚正耿直、不殉私情的老人形象,这形象给人过分严厉、不近人情之感,但作家在描绘他解放前苦大仇深并富于反抗精神之后,使我们感到他嫉恶如仇性格的成长发展,是合乎逻辑的、可信的。这个形象,在他生活的那个特殊的历史时期和政治气氛中,在全国已经开展学雷锋运动的时期,还是具有很强的时代性的。

两个先进的年轻妇女形象写得很好:生产队长达麦特干的坚强成熟、机智活泼性格,通过她风雪之夜独自赶马车为羊群送草料,坦然拒绝一个自己不爱的男人的求婚,以及用报上的老模范先进事迹和自己的父亲开玩笑逗趣等情节表现得很活脱鲜明;而女教师卡丽阿奇的细心文静,内心深藏强烈的爱情和羞于吐露,既表现得含蓄温婉,也写得自然而纯美。

两篇中的反面形象塑造得也很生动,尤其是外号"斜风"的女人碧海莎,活灵活现,声情并出。她半夜将集体羊群中的母羊产的双羔偷走一只,硬塞给自己家的产羔黑母羊,并到处张扬说自己的羊产了双羔。在黑母羊不接受白羊羔时,她惩罚黑母羊并不断地唱着自编的歌,对母羊又威胁又乞求,诡计被人揭穿受到指责时的惊慌不安,找人求情息事以保存面子,以及她那对不到一起的斜眼"一只瞅着公社、一只瞟着单干","一只看着库肯,另一只望着双羔",最后"那只好眼睛比斜眼先流出了泪"。这些描写,把一个自私自利、自作聪明的女人的声态灵魂描绘得惟妙惟肖,入木三分。这是在我国文学画廊中独特的形象。

《猎人的道路》是另一种构思,通过老猎人巴德勒加甫带领两个年轻人去山中追猎伤害羊群的哈熊的全过程,细致地描绘了山林中的晨昏美景,惊心动魄的人熊搏斗场面,富有情趣的山野生活细节,将老猎人的机智果敢,循循善诱,年轻人的好学上进,不甘落后的心理行为,表现得活脱传神而又层次分明。这是一幅精妙的草原生活风情、风俗画。

《斯拉木的同年》通过哈萨克族一种特殊的传统习俗——同年龄的人之间说话无忌,可以不遵守尊卑间的传统礼节,互相取笑嘲讽而不得动怒变脸——这种极富民族特色的风习构思作品,塑造了两个独特的形象:一个聪明能干、有知识有正义感和科学头脑的牧区教师奴尔塔孜；一个贪婪狡诈、趋炎附势，以搞迷信活动为人治病，收刮钱财却治死人的毛拉斯拉木。他俩同乡又同年，身份不同，性格迥异，因此免不了见面时唇枪舌剑，互相嘲弄揭短。在妙语连珠的舌战中，揭示了解放前牧区伤寒流行时，斯拉木借机敛财害人，奴尔塔孜为拯救乡亲，去城里请来医生为穷人治病，却因无钱无势又有人破坏，不但没有成功，反被巴依财主支持的斯拉木诬蔑陷害，进了监狱……这篇小说，构思新颖奇巧，语言幽默生动，人物形象饱满鲜活，心理刻画准确传神，全篇充满了不温不火、趣味横生的喜剧风格，它把作家在其他小说中已经表现得很明显的喜剧风格，最集中最完整地体现了出来。对于这种风格，人民艺术家老舍在看到他的《起点》和《牧村纪事》时，就敏锐地抓住了。称郝斯力汗是"有自己风格"的作家，"他写农民，也写牧民，不论写什么，他总会精巧地用民间谚语和人民的语言，使他的笔墨既自成一格，又富有民族智慧"。①

作家曾在一篇谈创作的文章中说："迅速及时地通过文艺作品反映这个史无前例的蓬勃的时代，是我们当代作家、艺术家最崇高的责任"。他就是遵循这个原则来进行创作的。他运用毛泽东《在延安文艺座谈会上的讲话》精神和革命现实主义创作方法，追寻时代风云，用婚姻法的贯彻实施，合作化、公社化等政治大事来结构作品，设计人物情节，这使他的作品紧跟时代，迅速反映时代的前进斗争，为当时的政治路线服务，并集中地表达了那时人民群众的眼光与感情，得到了人民群众的喜爱和文艺工作者的称道，这是他取得成功的重要原因，也使他成为第一个在全国产生影响的哈萨克族小说家。但是这种创作之路，也导致他许多作品构思与结构上大同小异：落后人物与先进人物围绕某种政治运动争斗最后先进人物得胜的模式。甚至有些作品，如《旗高乌云散》《两封信》，将大办公共食堂中的矛盾斗争、破坏与反破坏作为牧区阶级斗争的核心线索，简单化、公式化，人物形象模糊，错误地赞扬了极左行为。这两篇作品，凸显和放大了其

① 老舍：《天山文采》——介绍《新疆兄弟民族小说选》，载《文艺报》1960年第9期。

他小说中已经存在的缺点和局限性。

在上述那篇文章中，作家还提出要写出“生动有个性的人物”，“描写人物的精神面貌和思想感情”，“来自群众而又经过提高的活泼优美的语言”，“到生活中群众中学习”以及学习汉语，借鉴汉族作家的创作经验等等问题，这无疑是他创作的经验之谈。他曾经翻译过赵树理、李季、贺敬之等知名作家诗人的作品，从中吸取过有益的营养，以提高自己的创作水平。他作品中人物民族心理和性格的刻划，哈萨克区牧区风情风俗的展现，诙谐而富情趣的情节细节的撷取，幽默生动的口语的运用，加之他在情节发展的不同场合运用对比、比喻、象征、烘托、铺叙、倒叙、心理描写、细节描写等艺术技巧，以及民歌、谚语、俗语的巧妙运用，使他的小说具有了现代小说的基本品性，突破了传统作品只注重情节推进的技法，为刚刚起步的哈族小说创作铺就了一块厚重的基石。

多种经营：诗歌、散文、喜剧、频频出世

郝斯力汗在着重致力于小说创作的同时，也没忘记搞“多种经营”，尤其是在有机会到新疆和祖国各地工作、学习、参观访问的时候，在一次次回家乡看到日新月异的变化的时候，他都会情不自禁地用诗歌或散文写下自己的感受与见闻。

据他自己的回忆，他写过近百首诗①，这些诗主要抒发热爱祖国、热爱社会主义新生活的政治热情。新疆维吾尔自治区成立，他有《献给各族兄弟的歌》；住到了首都，进入人民大会堂，他有《心灵的歌》《我见到了毛主席》；他称赞子弟兵《学习你，解放军同志》，赞颂工人阶级《五月啊，我向你致敬》；到延安他凝视《延安的灯光》；跨长江他写《长江颂》《大桥歌》《幸福的浪涛中》；他感叹《长白山啊松花江》，更欣赏《油城克拉玛依》的迅速成长，抒发对美丽的伊犁河、喀什河、

---

① 引自《自传》，载《中国少数民族现代作家传略》一书，吴重阳、陶立璠编，青海人民出版社1980年出版。据笔者掌握的情况分析，这个数字可能包括解放前后的诗的总数。

特克斯河、巩乃斯河的情怀……一个从小毡房里走出来的贫苦牧民的儿子，怀着赤子之心，睁大惊异的眼睛，看到社会主义祖国日新月异的变化和美丽的山川风物，是那么充满自豪，充满阳光！而且他的许多感受是独特的，用牧人的眼光和感情观照世界。在首都北京上大学，感到像“婴儿躺在母亲的怀中”般欢畅温暖，见到了毛主席“感到自己胸怀是那么窄狭，盛不了欢乐激情的波浪”，望见黄河金色的波涛“好像看见祖母在煮奶子”，瞧着黄河岸边果子挂满枝头“像哈萨克出嫁的少女前襟上缀满珠子银元”，坐着游轮漂流在长江之上，便想起“我父亲过河要乘木筏，那不过是五根木头绑成一排。他把额尔齐斯河和伊犁河，都称为不可驯服的魔怪”，想象着“倘若此刻他见我在长江漫游，一定会惊得目瞪口呆”！

这些诗都是短小的抒情诗，贯穿这些诗中的感情和心境，用他《春天》这首诗的诗句可以概括地表达：

迎着温暖的阳光，
微风吻着我的脸庞；
我的心像春天一样，
歌儿驾着春风在草原飞翔。
这灿烂辽阔的草原啊，
永远是鲜花开满，四季常青。

它表达的是少数民族人民对党、对祖国、领袖和美好山川、社会主义建设成就的喜悦之情，也是作家本人心路历程和人生足迹的真实记录，对研究作家的成长十分有用。

郝斯力汗有特写一篇，《步步高升》（一九五七），记述新疆维吾尔自治区劳模、南疆高山公路修建中爆破能手托依波勒·余赛音先进事迹的；有散文四篇：《故乡的山村》《在黎明的霞光里》《崇高的友谊》（一九六二）、《鲜花覆盖的新源》（一九六五），分别记述重回故乡山村的心情，童年时的生活片断，故乡解放前后的变化——一个新中国成立后才诞生的山林新村在春耕时节的劳动热潮，先进人物带动后进群众共同完成任务——一个兵团团场与一个牧业队互相支援帮助的民族团结故事——新源县解放前后的巨大变化。这四篇散文篇幅都不大，但从不同角度反映了新疆解放后的人民群众在党的领导下建设家园的热情与成绩。

他还写独幕剧《柯尔克拜》（一九五八）。主要人物柯尔克拜是一个农牧合作社社员，自私又爱耍小聪明，在分拣集体的棉花杂质的过程中，他设法支走妻子，偷偷在棉花中掺土增重，企图多挣工分，结果交棉过秤时被会计发现，受到批评，十分尴尬懊丧。其语言行为动作都很生动滑稽，令人笑不绝口。是一个成功的小喜剧。郝斯力汗是有写喜剧的才能的，他一九五三年写的《打碎的婚床》也是喜剧。

恶运连连：重振雄风的壮志未酬

在作家创作锋头正健的时候，国内政治形势的变化，打断了他的创作思路。先是一九六五年，他被抽调至南疆喀什地区参加社教，“文革”后被打成牛鬼蛇神，监督劳动。二十世纪七十年代初被“清除”出干部队伍，携全家老小下放呼图壁县农村落户，赶大车两年多。后虽然又回到他工作的自治区文联，仍然身心疲惫，年华虚度。直到一九七八年底复查平反后，才又重获新生。就在他平反之际，他有幸赴兰州参加中国少数民族文学的第一个盛会。会议期间，他与同行的同志谈起过去和今后的创作时，信心十足，一种欲重振雄风的兴奋。在参观刘家峡水电站时，他急就了一首诗《黄河》，并在大会的联欢晚会上，兴高采烈地登台朗诵。一九七九年他发表了这首诗和两篇小说。回到乌鲁木齐后，他以克拉玛依哈族石油工人新旧社会不同的际遇为内容的《相遇》，歌颂了新中国石油建设的成就和少数民族工人的成长。一篇是写知识分子“文革”期间苦难遭遇的《真的吗，爸爸?》。小说描述医生提留拜依在“文革”中被下放农村劳动改造时，遭受当地心怀鬼胎的队长，外号叫“黄耳朵”的欺侮。但凭着他正直的人品、诚实的劳动和热心为广大农民治病，而得到了群众和其他当权者的信任和尊敬。当原单位对他落实政策让他回去的时候，家人和当地群众都很高兴。放学回家的儿子听到这个消息，向他提出了一连串的问题:“今天我们家就要搬回去,这是真的吗,爸爸?”“你又是党员了,又要当主治医生了,这是真的吗,爸爸?”“妈妈又有工作了,这是真的吗,爸爸”?“我和弟弟又要回原来的学校上学,这是真的吗,爸爸?”这一连串的提问和父亲的肯定回答,真切地表达了落实党的干部政策在人们心中激起的喜悦,是一种长期被压抑的感情的释放,十分感人。这里揉进了作家的亲身感受。这篇小说,由于塑造了一个仗势欺人、作风蛮横、心地邪恶的生产队长的反面形象而倍受群众喜爱,它表达了人们对“四人帮”横行时期,极“左”思潮对一些基层干部的毒害和人民群众的不满。当小说被新疆人民广播电台用哈萨克语广播时,哈萨克城乡群众奔走相告,争相收听。许多农村群众称他们不满意的领导为“黄耳朵”。这篇小说在群众中的广泛影响,在郝斯力汗和哈萨克文学界是空前的,以致于有的哈萨克评论家在写评论时,把这篇小说视为作家的代表作。

这两篇小说以工人和知识分子为主人公,这是郝斯力汗创作领域的拓展,但由于当时“左”的文艺路线的影响尚未得到清除,其思想和艺术上并未有明显的突破提高。

一九七九年十月作家光荣地参加了第四届全国文学艺术界代表大会,回来后就着手写中篇小说《郁金香》。正当他要将更多更好的作品奉献给人民时,一九七九年十二月二十七日,在他连续几天写作后去参加在新疆大学召开的一个文艺聚会,在和人们交谈时,他突然脑溢血,瘫倒在地,撒手人寰,享年五十五岁。

郝斯力汗生前是中国作家协会会员,中国作协新疆分会常务理事,自治区政协委员。创作生涯达二十六年。他的英年早逝,是哈萨克文学和中国少数民族文学的一大损失。

二〇〇四年八月二十五日

为《中国少数民族作家评传》丛书而作

谈闻一多的创作与研究

爱国主义红线贯穿的诗歌

闻一多是我国“五四”运动之后著名的新诗人。他于一九二〇年开始写新诗，直到一九三一年，持续诗歌创作约十二年，出版了《红烛》（一九二三）、《死水》（一九二八）两本新诗集。这段时间，他先是在清华学校学习，后又去美国学习绘画，然后回国任教，直到他把兴趣和精力完全转移到对古代文化和文学的研究领域为止。这些诗，是他二十岁至三十二岁之间创作的结晶，是年轻的爱国诗人、“五四”热血青年忧国忧民思想感情的艺术写照。

闻一多十三岁时考上了清华学校，在那里生活九年半。他一方面接受西洋式的教育，学习英语与科学知识，一方面又热心钻研中国的历史文化、文学艺术。他尤其喜爱文学、绘画和戏剧，又经常办墙报，积极组织文学社团，是一个极其活跃的人物，其诗名、文名很早就在学友们中传诵。由于他能广泛地阅读社会科学著作、杂志，关心祖国的前途命运，关心时代发展的动向，《新青年》杂志所播下的反帝、反封建的、科学民主的革命种子，已深深地埋藏在他的心底。因此，当他一听到“五四”运动爆发的消息时，立即振奋起来。他抑制不住自己激动的心情，马上书写了岳飞的《满江红》词，张贴在学校的饭厅门口，以抒发自己“从头收拾旧山河”的爱国壮志，鼓舞大家“莫等闲，白了少年头”，立即行动起来，投入革命的激流之中。此后，他热心参加各项政治活动，批判学校的和社会的不良风气，尝试着进行社会改革；同时写诗怒斥帝国主义是“饥豹”“强狼”，痛斥军阀混战给人民带来的灾难，表现了强烈的爱国主义精神。

这种爱国精神与诗人的理想结合起来，使“五四”时期的闻一多具有高涨的救国热忱和为国献身的精神，更充满了青春的活力和澎湃的诗情。他陆续发表了一批很有特色、很有影响的新诗作。他的诗集《红烛》是他1922年夏之前所写诗歌的选集，其中大部分诗，就是在这种主导思想支配下写出来的。

《红烛》具有浓厚的象征意义，它象征着美好幸福，象征着在黑暗之中为追求美好幸福而自我牺牲的精神，象征着诗人燃烧的心、炽热的感情。这首诗充分地表现了“五四”时期爱国青年的精神风貌，他们的觉醒与奋斗。红烛的燃烧，是朝着黑暗的旧世界的：

红烛啊！
既制了，便烧着，
烧吧！烧吧！
烧破世人的梦，
烧沸世人的血——
也救出他们的灵魂，
也捣破他们的监狱！

这支小小的“红烛”，实际是点燃人们心中爱国热情与革命火种的一把火炬。

《红烛》中最优秀的诗篇，就是那些炽烈的爱国诗。这些诗，在当时起了极好的社会作用，至今仍有很强的感人力量，在我国“五四”以来的新诗史上闪耀着光彩。著名文学家朱自清评价他的诗歌创作时说：“这些集子的特色之一，是那些爱国诗。在抗战以前，他也许是唯一的爱国新诗人。”（《中国学术的大损失》）。此话说得虽不无偏颇，但也可以看出，他的诗歌创作的最大特色和他在诗歌史上的重要地位，主要来自于他的爱国主义诗篇。这类诗，集中地表现在他抒发出国留学感受的诗作中。

诗人在美国，看到了经济的高度发展，同时也看到了精神文明的极度败坏,资本主义的罪恶,人间的不平等。耳闻身受的民族歧视的痛苦,使他感到愤慨,感到孤独,他把自己比作一只失群的“孤雁”,而将美国比喻为凶悍的苍鹰、空中的霸王,他不能忍受这一切,尤其是对中国人的歧视。他曾在家书中诉说自己的不平:“一个有思想之中国青年留居美国之滋味,非笔墨所能形容……我乃有国之民,我有五千年历史与文化,我有何不若彼美人者?将谓吾人不能制杀人之枪炮,遂不若彼之光明磊落乎?”那时,他的感情像一座沉默的火山,积郁着对异国愤懑的诅咒和对祖国的无限怀念。而那时,有人崇拜西方,认为美国的月亮都比中国的圆,他们甚至把冒着滚滚黑烟的工厂烟囱美化为“黑色的牡丹”;闻一多却与之相反,在《孤雁》一诗中写道:

那里只有钢筋铁骨的机械,
喝醉了弱者的鲜血,
吐出些罪恶的黑烟,
涂污我太空,闭熄了日月,
教你飞来不知方向,
息去又没处藏身啊……

这里,诗人“痛诋西方文明”,这种感情与他热爱中国式的东方文明的感情息息相关,是他爱国思想的另一种表现形式。固然这种感情今天看来有它的偏激与不足之处,但是在当时,在英美帝国主义奴役中国人民、歧视中国人民的年代,这种感情却是宝贵的、革命的,是激发人们反帝爱国情绪的,诗中所抒发的正义感和对祖国的爱,是动人的。

这种爱国情怀,在《太阳吟》《忆菊》等诗中,得到了正面的抒发,表达得十分强烈执着,十分淋漓酣畅。

《太阳吟》用奇妙的想象,创造出一个完美的意境,表达了诗人对祖国的深切思念。他把太阳比作一只“神速的金乌”,要骑着它,每天绕地球一周,好“天天望见一次家乡”;他还将太阳比作家乡的亲人,问候“家乡此刻可都依然无恙?”但是这种种比喻似乎还不足以抒发他对祖国的深情厚爱，他干脆把太阳当作“家乡”，深情地唱道：

太阳啊，慈光普照的太阳，
往后我看见你时，就当回家一次，
我的家乡不在地下，乃在天上！

这里的家乡，并不是专指他自己的家，而是祖国的代名词，正如他自己说的，是指“中国的山川，中国的草木，中国的鸟兽，中国的屋宇——中国的人。”（一九二二年九月二十四日给吴景超的信）思念家乡，思念祖国，思念祖国的亲人，在他的诗中，是融为一体，难于分离的。

同一时期写的《忆菊》，同样表达了他爱国思乡的深情。古诗说，每逢佳节倍思亲。诗人在美国过重阳节前夕，想起了祖国家乡五彩缤纷的菊花，想起生长菊花的祖国土地和培育菊花的祖国亲人，并将自己对菊花的感情，放在古国文明的大背景中来抒发，能勾起人们对祖国的无限遐想。诗的结尾处，他写下了——

我要赞美我祖国的花
我要赞美我如花的祖国

这样脍炙人口的诗句。这样深情的爱国名句，将会伴随着诗人的英名，万古流芳！

列宁曾说：“爱国主义就是千百年来巩固起来的对自己祖国的一种最深厚的感情。”闻一多这里所抒发的确实是这种最深厚的感情，它是那么炽烈，那么富有浪漫主义色彩，那么富有感染力。然而我们不能不看到，这种爱国感情，也流露着诗人的单纯与天真，透露出他对祖国现实缺乏深切的了解，他的感情更多地局限于主观感情的、幻想的、诗的境界。实际上，那时的祖国正处在殖民地化日渐严重的黑暗腐朽的时期，人民处在水深火热之中，同美国一样充满了罪恶。直到一九二五年诗人从美国留学归来，脚踏在祖国大地上的时候，他的思想感情就不能那么超脱尘世了，他终于从自己编织的五彩缤纷的“诗境”中走出来，他用陌生惊奇的眼光审视着他自认为十分熟悉的祖国，痛心地发现了：

我来了，我喊一声，迸着血泪，

"这不是我的中华,不对！不对！"

……

我来了,不知道是一场空喜,

我会见的是噩梦,哪里是你?

那是恐怖,是噩梦挂着悬崖,

那不是你,那不是我的心爱！

——《发现》

祖国真实的面貌,打破了诗人美好的梦,在现实面前,他不再盲目礼赞歌颂了,而发出撕裂肺腑的痛苦呼喊。实际上,这是诗人爱国主义感情的另一种表现形式,更清醒了,也更现实了。诗人曾在《死水》一诗中,将那时祖国的真实形象比喻为"绝望的死水":

这是一沟绝望的死水,

清风吹不起半点漪沦,

不如多扔些破铜烂铁,

爽性泼你的剩菜残羹。

诗中描绘了死水的丑恶和死一般的沉寂,表达了他身在半封建半殖民地的中国所感受到的那种激愤之情。对丑恶极端憎恨,但一时又找不到消灭丑恶的途径,因而怀着难以忍耐的苦闷,诗的末尾写道:

这是一沟绝望的死水,

这里断不是美的所在;

不如让丑恶来开垦,

看他造出个什么世界。

把丑恶交给丑恶去开垦,是不是要丑恶永远继续下去呢？不是,这是作者对丑恶的一种诅咒。要正确理解此时的感情,必须了解诗人认识问题的思想逻辑。闻一多的好友朱自清曾说过这样的话:"这不是'恶之花'的赞颂,而是索性让丑恶早些'恶贯满盈'。绝望里才有希望。"(《闻一多全集·序》)生活中很多事物,其真实的含义必须从背面的意义上才能理解。诗人这种想问题的逻辑,在他的另一首诗中有类似的表达，然而意思却比《死水》显豁，这就是《烂果》一诗："我的肉早被黑虫子咬烂了/我睡在冷辣的青苔上/索性让烂的越加烂了/只等烂穿了我的核甲/烂破了我的监牢/我的幽闭的灵魂/便穿着豆绿的背心/笑迷迷地要跳出来了！"这首诗的感情与《死水》截然不同，但思维方式却很相近。果烂透了种子才能发芽，疮烂透了病才能痊愈，事物发展到极端才能走向它的反面，坏事才能变成好事，这就是隐藏在《死水》背后的真实含义，生活的辩证法。诗人说他那时是一座未爆发的火山，说《死水》中藏有火，我想，大概就是这个意思。这种感情，在他同一时期的另一首诗《一句话》中表达得很清楚：

有一句话说出就是祸，
有一句话能点得着火，
别看五千年没有说破，
你猜得透火山的缄默？
说不定是突然着了魔，
突然青天里一个霹雳
　　爆一声：
"咱们的中国！"

这就是面对死水一般的现实时，诗人心中所怀着的美好的愿望，也是诗人所追求的目标。

这就是他的名篇《死水》。诗人将《死水》定为这一时期诗选集的名字，说明作者是如何重视这一首诗，也说明作者对现实生活是如何认识的了。诗人的创作发展到《死水》阶段便走上了更加成熟、更加现实的阶段。这时的诗仍然是动人的爱国主义诗篇，但已从对祖国的热烈称颂转向对现实的揭露：军阀混战带给人民的苦难、农村的凄凉破败的景象，社会的黑暗腐败、人民在苦难中的挣扎哀叹，以至"三·一八"惨案，都在诗人的笔下表现了出来。而他脍炙人口的名篇《洗衣歌》，表达了他对帝国主义种族歧视的抗议和对劳动人民的同情，也在这种思想情绪中孕育诞生了。

《洗衣歌》中的生活体验，本来是他在美国留学期间时常遇到的，洗衣是居美华侨的普遍职业，但却被人瞧不起。诗人怀着深沉而强烈的激愤，痛斥帝国主义的民族歧视和资本主义血腥的铜臭味——

我洗得净悲哀的湿手帕，
我洗得白罪恶的黑汗衣，
贪心的油腻和欲火的灰，
你们家里一切的脏东西，
　　交给我洗！交给我洗！

诗中还有力地驳斥了劳动者为下贱的谬论——

你说洗衣的买卖太下贱，
肯下贱的只有唐人不成？
你们的牧师也告诉我说：
耶酥的爸爸做木匠出身，
　　你信不信？你信不信？

由此可见，《死水》中的爱国主义已经和现实，和人民群众的革命斗争结合起来了，这是诗人的进步。

众所周知，闻一多从事诗歌创作的前期，受唯美派思想的影响，曾提出过“为艺术而艺术”的口号，热心于艺术上的精益求精，追求诗意的“美”，其创作常常陷入单纯的“诗境”之中。然而后来，“现实生活时时刻刻把我从诗境拉到尘境中来”。（《给吴景超》）逐渐认识到文艺要反映时代。在纪念一九二六年“三·一八”惨案的文章《文艺与爱国》中指出：新文学运动和爱国的政治运动“合起来便能够互收效益，分开来定要两败俱伤。……我希望爱自由爱正义、爱理想的热血要流在天安门，流在铁狮子胡同，但是也要流在笔尖，流在纸上”。这不仅是他对诗人们参加反军阀政治斗争的号召，也是他对自己以往创作道路的总结，是他那时进行诗歌创作的指导思想。

在这种正确思想的指导下，他勇敢地向黑暗腐败的社会挑战，并深切地关注国家的前途、人民的命运。他在抒情诗《静夜》中表达了这种高尚的情操，不安心个人闲适的生活而要追求人民事业胜利的思想境界。诗中描绘了一幅宁静幸福的夜晚的美妙图画：灯光漂白的四壁，贤良友好的桌椅，古书的纸香袭人，孩子的鼾声甜美……一切都那么美满和谐。然而诗人绝不沉醉于这斗室的幸福，他宣布：

静夜，我不能，不能受你的贿赂，
谁希罕你这墙内尺方的和平！
我的世界还有更辽阔的边境。
这四墙既隔不断战争的喧嚣，
你有什么方法禁止我的心跳？

诗人耻于"只吟唱个人的休戚"，他已经从"小我"走向"大我"，因此他在室内仿佛听见了"四邻的呻吟"，"死神的咆哮"，看见了孤儿寡妇颤抖的身影，战壕里的痉挛，病榻上的病人……正是这种闪光的思想品格，促使他不肯与国内外反动势力同流合污。

闻一多曾说过："诗人的主要天赋是'爱'，爱他的祖国，爱他的人民"。这是夫子自道，也是他的爱国主义诗篇所由产生的诗神。这种爱，不仅促使他写下了许多光辉的诗篇，而且成为他走上革命道路的思想基础。他终于经过长期的摸索，走上了民主战士的道路，用自己的鲜血和生命，写下了一篇更加美好、更加壮丽的伟大诗篇。

学术研究中的爱国家、爱人民的立场

闻一多是著名的学者、教授、文学史家，他既懂得西欧文学，又精通中国文学。他的文学研究，主要在中国古典文学方面，自一九二八年秋他担任武汉大学文学院院长兼中文系主任开始，以后在青岛大学、清华大学、西南联合大学，他都是一面讲授中国古代文学，一面研究古典文学，他在唐诗、楚辞、诗经、神话等学术领域的研究中，有很深的造诣和丰富的著述。这种学者教授的生活，历时十五六年。

闻一多从事古典文学研究的时间那么长，即使经历过"九·一八事变""一·二九运动""七·七事变"那样的大事件，都没有把他从讲台和书斋中召唤出来；甚至有一段时间，他钻研到很少下楼出屋，被同事们戏称为"何妨一下楼主人"，这是不是说明他这时期不爱国了呢？是一个不关心祖国，不关心人民的人呢？他是不是在进行脱

离人民群众的纯学术研究呢？我认为不是。他的研究与教学，表面看来，似乎与国家前途命运无关，与人民的生计死活无关，实际上，他的研究工作同样贯穿着爱国主义精神和对政治对人民的关心。

他曾说："我爱中国，固因为他是我的祖国，而尤因他是有那种可敬爱的文化的国家。"他爱中国文化，又不满意那时的现实，找不到改变黑暗现实的途径，于是便回到古代文化中去发掘那些可敬爱的东西，寄托他的爱国情怀。应该说，这也是一种爱国的行为。

闻一多研究古文学、古文化，评价古人古事时，有他鲜明的政治立场：他把屈原评价为"人民的诗人"就是很好的例子。他评价许多古代诗人，总要看他对人民的态度如何——他在一篇《诗与批评》的论文中说：

陶渊明时代有多少人过极端苦闷的日子，但他不管，他为自己写下闲逸的诗篇。

谢灵运一样忘记社会，为自己的愉悦而玩弄文字——当我们想到那时别人的苦难，想着那幅流民图，我们实实在在觉得陶渊明和谢灵运之流是多么无心肝，多么该死！……杜甫出来了，他的笔触到广大的社会与人群，他为了这个社会和人群而共同欢乐、共同悲苦，他为社会与人群而振呼。杜甫之后有了白居易，白居易不单是把笔濡染着社会，而且他为当前的事物提出他的主张和见解。诗人从个人的圈子走出来，从小我而走向大我。

从这种精辟独到的见解中，我们不是很清楚地看出，闻一多是站在爱国的人民立场上来研究、来评价古代文学的吗？而这种评价不是能"古为今用"，帮助我们来认识现实、评价现实吗？因此，我们不能笼而统之的认为，凡钻研学问就是不好的，就是逃避现实，就是不问政治。

值得注意的事实是，正因为闻一多钻进了古代社会十几年，而且钻得认真，钻得深入，所以才促使他思想走向成熟，才使他有丰富的材料来思考今天的现实，用历史来帮助我们了解我们的时代。没有这一段的学习与思考,他的“爱国主义”立场还不会那么快地转变到人民民主的革命立场上来:他称赞田间为“时代的鼓手”,他说明“五四”运动的历史法则:“现在封建势力正在嚣张的时候,可是人民也并没有闲着,代表人民愿望,发挥人民精神,唤醒人民力量的政治文化集团也都不缺少。满天乌云,高耸的树梢上已在沙沙发响,近了,更近了,暴风雨已经来到,一场苦斗是不能避免的。至于最后的胜利,放心吧,有历史给你做保证。”他自己还说过:“经过了十几年,到现在我的‘文章’才渐渐上题,……不透彻地了解历史,也难于透彻地了解今天,预见明天。”他后期写了许多在政治上和文艺上具有独到见解、文风犀利的文艺论文和杂文,对于当前的现实解剖得十分正确有力,正得力于他了解历史。一个人的成长和成熟决不可能是直线的,一蹴而就的,他对古代文学与文化的钻研,巩固了、加深了他年轻时代的爱国热忱和革命理想,使他最终能够认清现实,学习马列主义,接受中国共产党的思想,找到改变黑暗现实的革命之路。“现在只有一条路——革命!”从而“拍案而起”,投身到民主爱国运动中来,在群众运动中,让自己的知识发出光来,最后让自己的生命发出更加灿烂的光华。

一九八六年七月为纪念李公朴、闻一多殉难四十周年而作

载《新疆盟讯》一九八六年八期

诗情诗美的赏析

——读王堡《西塞诗评》

捧在我手上的是一本精美的书，一本由著名诗人臧克家用潇洒的字体题写书名的《西塞诗评》。凝视着它那富有浓郁的祖国西塞边疆风情的封面木刻和环衬装饰画，以及作者用古朴娴熟的篆体书写的诗、词，会使你强烈地感受到编著者的精心与认真；而读完它所收录的十六篇诗评后，对该书的精美充实和编著者的精心认真有了更深的感觉。

这本书由新疆大学出版社于一九九一年岁末出版。作者王堡是一位从教四十载、桃李满天下的教授，又是一位孜孜不倦地从事诗歌研究的评论家，还是古文字学家和诗人。这位出生于苍山洱海之畔、滇西彝家山寨的学子，大学毕业后的新中国初期，就从大西南奔赴大西北，将自己的一生都奉献给新疆多民族的文学、教育事业。这本诗评是他三十多年来诗歌评论的选粹，一件精品。

书中所评的诗作，涉及面较广。远至一百多年前马克思搜集的罗马尼亚民歌《鸽子》，七十多年前我国杰出的诗人郭沫若的《凤凰涅槃》、当代著名诗人贺敬之的《西去列车的窗口》、台湾风靡一时的女诗人席慕蓉的抒情诗，近至新疆各民族优秀诗人铁依甫江·艾里耶夫、克里木·霍加、艾里坎木·艾合坦木、博格达·阿卜都拉、库尔班·阿里、夏侃·阿沃勒巴依、郭基南、东虹的诗作以及维吾尔、柯尔克孜、塔塔尔族的优秀民歌等等。其中绝大部分篇幅是评论新疆各少数民族诗歌创作和反映生活在祖国西部这块土地上的人民生活的情绪的。这些评论,不管是诗人的创作还是民歌,不管是单篇作品的赏析还是一位诗人创作的综论,都紧紧抓住诗歌艺术的灵魂——感情不放,着重阐发诗作中的"情理"如何交融、"诗美"如何产生、哲理意识和美学意趣如何纽结整合这一核心问题,而且行文常带有诗化或散文化的段落,使你读罢诗评,在领悟到诗美真谛的同时,既增长了知识,又得到了艺术享受。

王堡同志年轻时曾写过不少诗,有诗歌创作的切身感受,熟谙诗之三昧。因此他的诗评就带有自己特有的风味格调和观察诗歌的眼光角度。他不是按一般的文艺理论来套论诗歌,也不是用已有的诗歌理论去框衡被评的诗作,而是从具体的诗入手,带着感情,去领略诗歌所创造的意境韵味、所蕴含的思情哲理、所铸炼的语言文字、所表现的艺术美质。一切从实际出发,从具体的诗作入手,真切、实在,细致、深入,真知灼见,令人信服,加之其文字严谨明晰、简约凝炼,致使文章短小精悍,充实饱满,读之使人颇有兴味,受益良多。

在赏析诗美诗艺的同时,《西塞诗评》也没有忘记结合诗的评品,进行理论探讨。它理论思索的范围很广,诸如诗歌创作的时代特色、民族特色、地域特色、艺术特色以及分析诗歌的方法等等,都有多层面、多角度的论及。而这种论述,不是长篇的理论阐述、逻辑推理、详细论证,而是运用对比的方法,在不同时代、不同民族、不同地域的优秀诗歌的分析中去评述,往往一两句话就点出了实质,讲清了作者的观点。这是《西塞诗评》理论探讨的特点,这种特点是吸收了我国传统诗论简洁犀利、一语破的、深入浅出的优点,似乎在不经意中说出了道理,避免了板起面孔、刻意理论研究的架式,活泼亲切,可读性较强。

作为诗评家,王堡同志所评的诗歌,不仅有思想性政治倾向性较强、格调高昂的诗,也有思想倾向不明显却优美蕴藉、耐人寻味的诗;既有情景交融的诗,也有纯属心灵感情的诗;既有大河浪涛式的诗,也有小桥流水式的诗;既有用现实主义、浪漫主义方法创作的诗,也有按现代主义手法表观的诗。只要是好诗，都予以肯定，细细评析。在学术问题上，在坚持“二为”方向和健康审美的前提下，兼容一切有益的诗歌创造，摒弃固守一端的理论偏执。作为理论家，这种态度是正确的、好的，对读者也是负责的、有益的。

应该提及的还有两点：

一是《西塞诗评》有时不拘泥于讨论诗的艺术及理论问题，将自己的评论拓展至诗外，比如在分析爱情诗时写道：“需知，这种纯真的爱情和资产阶级所标榜的‘爱情至上’的论调，是有着本质的区别的，那就是……”这种论述，似乎与诗本身无关，但却对理解诗的感情内涵有密切的关联。这些地方正体现着评论家对马列主义世界观与方法论的坚持，对于读者，也是一种正确的引导与启示。

二是在评论诗作时，不扬长避短，好处说好，有缺陷不足也要论及。不仅对一个人的创作如此，有时对一组诗也是如此，不搞虚夸矫饰，而是实事求是，评论之意全在作品本身，不因人而一味地褒扬其诗作，也不因批评其诗艺而贬抑其为人。这种诗评作风值得提倡。

一九九二年一月

载《中国西部文学》一九九二年第六期

共产主义的教科书

——读《野火春风斗古城》

我们很满意地读完了《野火春风斗古城》这个长篇小说。这是一部扣人心弦、具有很大感染力的作品，是一九五八年出现的最优秀的文学作品之一。

这激动人心的长篇小说写的是抗日战争时期党领导下的地下斗争。党派了优秀干部杨晓冬深入到敌人的腹地——冀中一个古老的省城开辟工作，在极其艰难复杂的环境中，展开了一系列的对敌斗争，在不到半年的短时期内，就取得了巨大的胜利——配合根据地反扫荡战斗，传送情报，破坏敌人抢粮；配合城郊武工队的军事力量攻击敌人的司令部，促使伪军团长关敬陶率部起义投靠共产党；袭击了敌人的汽车，救出狱中同志，想尽一切办法掩护抗日干部。他们进行秘密的地下斗争打击敌人，也进行公开的合法斗争瓦解敌人。在监狱，在法庭，他们都是不屈的斗士、无畏的英雄。许多震撼人心的情节场面，许多共产党员的光辉形象，使我们久久不能平静。

小说的主人公是一群党的地下工作者（党员和革命群众），他们无限忠实于民族解放事业，忠实于党和人民。

杨晓冬同志本来是一个地区的团政委兼县委书记，因为工作的需要，他以失业市民的身份打入敌占区。工作是复杂的，更是危险的，但他根本就不畏惧这些。到了城市第一件工作是护送高级领导干部。工作刚开始，他对年轻而无经验的同志们不放心，亲身护送。

虽已平安地走了一段路，但他“那付牵腹挂肺的心情始终未得到松弛，他集中精力思索首长们一路安全的问题，途中碰到了敌人怎么办？”结果他不顾自己没有护身符的危险，毅然决定继续亲身护送。首长们住在一个大夫家里的夹壁墙内，可巧特务来了，要丈量房子，在这千钧一发的关头，他“豁出自己一个人的生命保护首长的安全”，挺身而出，公开和敌人周旋，以他的沉稳大胆、勇敢机智骗走了特务，赢得了胜利。

杨老太太并不是共产党员，但在她身上同样具有共产党员的高贵品质。一个五十多岁的农村老太太，为了打鬼子，在“冰天雪地，爬沟过界，舍生忘死”地为党作联络，她“豁着一身剐敢把皇帝拉下马”，“孩子敢在敌人枪尖底下挺着胸脯搞工作，当娘的还能缩脖子打退堂鼓？”她就这样参加了党的地下工作。当她被敌人逮捕并逼着讲出儿子杨晓冬的下落时，她是那样沉毅坚定，威胁利诱都不能使她动摇，她的回答既平静又坚决又响亮：“儿子是我掰着嘴养大的，我不能拿他换钱花。谁也是人生父母养的，你们出去打问打问，全世界上，哪一个当娘的肯出卖自己的亲生骨肉呢？”她儿子被捕了，在敌人面前英勇不屈，敌人对他毫无办法，这时就逼到她身上来。奸滑的汉奸特务们想哄她劝儿子投降出卖共产党。她虽看着儿子受苦，心痛如绞，却鼓励儿子：“我养你这样儿子觉得露脸”，“冬儿，我的好儿子，我不累赘你，你坚持到底吧！”而她呢？“她飞跑几步，跨过平台的栏杆，低头猛扎，从三楼顶口跳下去！”我们的革命妈妈就这样牺牲了！在为民族解放事业的斗争中，有多少革命者这样牺牲了自己啊！

在敌区，经济上的困难常常使他们不能很好地进行工作。为了这，银环可以在严寒的日子里当卖了自己身上的冬衣。她觉得“身上冰凉点，心里是暖和的”。这是怎样忘我的行动啊！共产党员就靠这种精神取得了革命的胜利，也教育了群众。银环当衣服，深深地感动了周伯伯，这个精实有火暴性子的老头儿，心里一酸，热泪盈眶了。他想：“这样有身份的姑娘，像亲人一样给自己看伤治病打绷带，还拿出钱来给自己买药，她贪图我这孤老头子什么呢？什么道理使她在数九寒天把自己的衣裳变卖了给人雪里送炭呢？没有旁的原因，她必然是共产党。在这个世界上，除了共产党就不容易找出这样好心肠的人来。”这就使他联想到其他：“怪不得老韩兄弟在了党，情愿把身家性命都搭补上，他敢情是甘心乐意啊！”通过这件事，他进一步提高了觉悟，积极地参加了地下工作，并且也会为解决经济困难，不声不响地去卖了自己的血！

不能一一列举，这样的事太多了。他们身上闪耀着共产主义光辉，是我们应该效仿的范例。

在这本书中，塑造出来的人物形象是非常成功的。拿几个地下工作者来说吧，他们的经历地位、性格年龄、思想修养是如此的不同，各有各的特色。杨晓冬是站得高看得远、成熟老练的领导干部。他有很高的组织才能，又能正确地执行党的政策，很好地发动群众教育群众。在几次极危险复杂的面对面对敌斗争中，他以勇敢机智取得了胜利。他整个身心都放在工作上，对自己的私生活毫不考虑。这是个崇高的共产主义者，一个完美的共产党员的形象。杨老太太忠厚、朴实、慈爱，又是为党出生入死工作在敌人面前坚贞不屈的革命妈妈。金环要强泼辣，有魄力有智谋。银环温情软弱但又不乏机智大胆。燕来鲁莽急躁，对敌人的仇恨怒火不可遏止。小燕儿活泼天真、细心机灵，又聪慧过人，乖巧懂事。而梁队长呢？是一个众匪敬服的武工队长、百步穿杨的神枪手。这些人物都形象鲜明，个性突出，跃然纸上，丰富多彩，给人以深刻而强烈的印象。

看看金环。这个光芒四射的共产党员形象在以往的文学作品中还没出现过。这个人，当你刚接触她时也许不喜欢她，因为虽然你不得不承认她工作有办法、勇敢大胆，但总觉得她太刚烈要强、自作主张、太辖制人了，不管是丈夫、父亲、妹妹或是梁队长、赵大夫，她都要挥之去呼之来不顺心就发脾气的；你也许会责难她说她太放纵，不是“正经”人物，但当你读完她壮烈牺牲前给妹妹的一封信后，你会顿时觉得这些责难是不正确的。崇敬的心情会油然而生，一个高大的共产党员形象就在你眼前站立起来了，你会被感动得掉下泪！她要强吗？是这样，但要强有什么不好呢？她辖制别人让别人听她使唤完全是为了革命工作，没一点从个人角度使性子的。比如对丈夫吧，一个打了半辈子光棍的长工，好容易盼得结了婚，快做爸爸了，可为了抗日她一定要他参军，不答应就闹别扭，整天给他气受。她不爱丈夫吗？不知道他的痛苦心理，不了解他盼望看到孩子的要求是合理的吗？不知道他作战有牺牲的危险吗？不，但是为民族国家的利益，她乐意牺牲个人，这你能指责吗？

她在敌人面前怎样呢？看被捕后的气概：

特务群的核心处簇拥着一匹黑马，骑在马上的人被倒剪双手。从远处看，只能看出她穿一身银灰色便衣和便衣上那洁白夺目的衣领。近些看到她挺起胸脯，拧着脖颈，满带一付傲骨嶙峋的劲儿。再近些，才看清她的蓬松长发乱披两肩。一对大而圆的眼睛，直直瞪着，像是看所看到的任何人，又像是什么也不值得一看。

这真是一尊端坐马上傲然不可屈服的神像！对敌人的仇恨和愤怒、蔑视和骄傲都全部无遗地表露出来了。

在监押审问的时候威武不屈，敌人没从她嘴里得出一点他所需要的消息，相反，利用敌人之间的矛盾猜疑，杀了一个坏蛋李歪鼻，保护了我党争取的对象关敬陶。临死时用硬骨梳刺伤敌特头子多田。

对党无限忠心，对敌人宁死不屈，利用一切可能为党工作，即使死将临头也要狠狠地打击敌人，这就是我们共产党员的崇高灵魂！

作者对生活对人都很了解熟悉，有较高的艺术修养，又能站在较高的思想角度看问题，这就使作品获得了成功。作者熟练地驾驭语言，不管什么生活场景故事情节，都写得逼真如实，也能写什么人像什么人。听听惯匪出身的高司令对他下属说的话：

“好小子呀，官顶小也是排长啦！排长排长，炮楼一躺，半个皇上……兄弟们，你们都看到了吧，要想升官发财，好好抱住我高大成的大腿，干上几年，大河有水小河不干。这是我要说的第一点。”

再听听高傲的吴省长的话：

“我虽不敢说博学多闻，对于中国的趋势，不会比你懂的少些……告诉你，跟你谈话的人，不是孤陋寡闻曳锄把出身的大老粗，他是幼读诗书、壮游宦海、北方诵经、东京留学，博得南京重庆的重视，受到‘友邦’军政各界赞扬的人……”

同样是骄纵不可一世的口气，但如此不同，个人的身份职业性格都表现出来了。再看看两人的出场：

……身体高大粗壮，面斗脑袋，黑脸盘，鹰钩鼻子，大岔嘴，茶晶眼镜遮住右边的那只瞎了的眼睛。他左右的随从人员至少有一个班，每人至少带两件武器。他把大衣一脱大嗓呼喊：“小固副官，咱们的位子在哪？”

“只听楼梯慢步声响，一个花白头发绅士样的人出现在包厢中间。他将手杖挂到左腕，右手托着礼帽，向大家点头招呼。跟在他后面的是一个身穿绛红丝绒大衣的女人，她的三姨太太。”

一文一武的性格形象多么鲜明。

这部小说善于塑造人物形象，语言自然生动，有惊心动魄的故事情节，有安然恬静的山水风光，加上许多巧妙的表现手法，其艺术成就是很高的。

小说的思想性也很高。除了共产党员身上表现出的共产主义精神外，小说对敌人的丑恶狠毒的本质也有深刻的揭露。书中写出敌人力量的强大，但同时揭露了他们自上而下充满着矛盾倾轧，表现了反动派的纸老虎形象，小说真实地描写了我党艰苦的地下斗争，有力地说明为什么我们能够取得胜利。

这些丰富的思想内容，真实地反映了党领导下抗日战争的面貌，这就是小说的巨大价值。

一九五八年冬

载《北大青年》一九五九年第一期

“找”中出文章
——小说《泥场长》的艺术特色

一篇作品，必须有崭新的艺术形象或者新颖的艺术表现，才能给读者留下难忘的印象。綦水源同志的短篇小说《泥场长》虽是歌颂一个勤勤恳恳、为人民丰衣足食而奔波劳碌在农业战线上的普通劳动者，主题并不是新鲜的，然而，由于作品独特新颖的艺术构思、灵活巧妙的艺术表现，却又使它那么新鲜、那么可爱。

小说采用的表现方法是第一人称的口述，通篇是叙述泥场长，很少直接描写泥场长，泥场长在小说里很少正面出现。我们只见“我”整天在紧张地找泥场长：过去在战争的年代，“我”在子弹缝里钻来钻去地找他，现在，部队转业了，他从营长变成了农场场长，“我”还是整天地找他。作品就跟着“我”找出一连串生动有趣的故事，“找”出一个先进而幽默的人物——泥场长来。

小说在简略地介绍了过去的情况以后，着重描写的是“三找场长”。这三次都是写“我”找场长过程中的所见所闻，三次找的情况都不一样，都相当曲折，而且在艺术上又都很巧妙。

第一次，“我”在急忙中错把机枪排的王六胡子认作泥场长了，因为王大胡子戴着和场长一样的草帽，帽顶上也写着“自己动手、丰衣足食”八个大字。场长是南泥湾生产中锻炼出来的老战士，在农场里，他依旧是自己编草帽、编筐子、做水桶、钉铁壶、纳鞋底、缝衣服……自然也用这种精神去教育和影响他周围的同志。所以，从这顶草帽和王大胡子身上，我们可以看出，场长所撒播的南泥湾精神的种子，已经在农场里生根开花了。王大胡子的思想与作风，正是泥场长思想与作风的投影。在“我”继续找的时候，发现他在猪圈里“挽起裤腿，手持铁铲”忙着呢！这时，我们不是从帽子上，从别人身上，而是从他自己的行为中，看到他为了丰衣足食，一切自己动手！

第二次找场长情况又很不一样了。“我”在打问场长去向的时候，在棉田里碰到了一个四川姑娘，她指手划脚地跟“我”说：“你别看场长腰硬手粗，摘起花来，轻巧巧的，收得又快又好。”“场长可好接近哪！”这里我们从别人咀里了解到场长性格的另一方面：是干活的好手，又善于联系群众，平易近人。但场长究竟如何呢？我们又跟着“我”找他，意外地在羊圈边发现了场长。这次，他不是在挖羊圈，而是“捋起衣袖一手握着瓦刀，一手拿起砖块，像个匠人似的在打火炉子。”他在帮助新来的老徐的爱人解决生活困难呢！老徐的爱人正感激地絮叨着：“你这位同志真好，可给俺家帮了大忙了！……眼看冬天就到了，一千个愁，一万个愁，愁这房子里的火炉子还没打起来，冬天没有火怎么过日子！”这里，我们不是从别人嘴里，而是亲眼看到场长“干起活来又快又好”“可好接近哪”！

这两次找场长，都是分两个步骤写，先虚而后实，先写别人不写场长，但都能叫人想到场长；而后才让场长在我们面前出现，并用场长的实际行动证实他和我们想到的听到的完全一样，于是场长的形象在我们面前无形中站起来了。这种先虚后实，虚实掩映的手法，是很别致的，所收到的效果也是很新鲜的。

第三次找场长是小说的高潮。那时生产遇到了严重的灾害，场长白天黑夜不在办公室，找他就特别费劲，但这一次却找得更巧妙，更别出心裁：不是先虚后实，几乎全是虚，但却以虚“代”实，虚中见实，虚写起着良好的实效。

天干欲燃，冬麦面临颗粒无收的危险，上级为此来检查工作。“我”到处找场长，几经周折，才打听到他在老坎儿井那里。“我”奔向老坎儿井，然而场长已下井了，“我”为场长的安全万分担心，“我”追着场长，也下去了。在井下，“我”经历了一段艰苦危险的道路：愈走光线愈暗淡，空气愈稀薄，愈走愈深，好像走进了地球的心脏。不小心头碰到井壁，流沙便刷刷地落下来，时时见到塌下的泥土，时时有被埋住的危险。在“我”紧张得呼吸都困难的时候，忽然传来一声山崩地塌似的巨响，我惊了一身冷汗，忙奔上前去，挽起衣服，拨开泥土找场长……这是一场惊心动魄的搏斗！也是一段精彩的心理描写！没有胆量，没有毅力，没有对人民事业的无限忠心和自我牺牲的精神，敢下井走这路吗？敢进行这场搏斗吗？“我”寻着场长的脚印前进，终于走完了这段十几里长，几百口井的地下水道，在上井后找到了场长。“我”走的这段艰难的路，不也是场长走的吗？“我”冒了这么大的生命危险，场长不同样冒这么大的危险吗？场长走到了，“我”也寻着场长的脚印、学着场长的样子走到了。写了“我”，就是写了场长。

三找泥场长占了小说的大部分篇幅，而每次找主要都是在路上，所以三次找中，虽都写场长，但都是间接的。这在艺术表现上叫烘托。适当地采用烘托手法能起到良好的艺术效果。《三国演义》中的“三顾茅庐”，关汉卿杂剧中的《单刀会》，都是成功地运用烘托手法的例子。正如我们见到天空中朝霞蒸腾，就会想到喷薄的红日，急盼着它的出来，一旦它缓缓地露出头来，我们会分外欢喜！《泥场长》巧妙地运用了这个手法，是作者的一个新探索，因而它使人感到新鲜可喜。

小说第二个优点也是在“找”中产生的。那就是善于“卖关子”，或者说，善于掌握节奏，时紧时松，时急时缓，情思起伏，文波跳荡。

第一次找场长是因有长途电话，电话员小袁找不见场长急得都要哭了，于是“我”便替她找。我去办公室，没有，去坎儿井，没有，又去冬麦地，还是没有，“我”心里多么着急啊？偏偏这时“我”和王大胡子纠缠上了，半天走不了，“我”越着急，他越不放，“我”索性就和他麻缠起来。这一段好像一支小插曲，作者让“我”忙里偷闲，从容不迫的写来，读者也就被这生动的场面吸引住了，暂时松弛了急于找场长的紧迫心情。待到“我”脱开身，马上又着急起来，找了好几处，都没找到。我失望了，以为再也找不到了，准备回告小袁，忽然有人告诉我，场长在猪场，我一下子就找到了！真是“踏破铁鞋无觅处，得来全不费功夫”，怎不分外高兴！第二、第三次找场长也富有强烈的节奏感，与第一次有异曲同工之妙，都把简单的“找”场长这件事，写得曲折宛转，跌宕有致，意趣横生，扣人心弦。这种写法，既符合生活的真实，又是艺术的提炼，为小说增色不少。

小说还有一个显著的特色，就是善于抓住人物的某一性格特征，集中笔墨，用短短的文字，就塑造出一个鲜明生动的形象。王大胡子乐观，工作干劲特别大，和场长是一样的。但表现方式亦即性格却又特别，“王大胡子有个怪脾气，越是高兴的时候，越爱揍人”。作者就抓住这一点，通过“我”错把王大胡子认作场长，他把“我”胳膊拧到背后整“我”这一段风趣的描写，写出了一个朴实、耿直、幽默，憨厚的形象。老徐的爱人是一个善良、纯朴、很少见世面的守旧的农村家庭妇女。作者就从她爱没完没了地絮叨这一性格特点出发，一再地写她称赞场长，埋怨丈夫而又原谅丈夫，甚至向场长告丈夫的状，写一封白字连篇的信，就很鲜明的突出了她的性格。这种集中而简结的塑造人物的方法，正好适合在匆匆地找人过程中去勾勒次要人物，不至于因介绍其他人物过多地浪费笔墨，使小说结构松散。

小说在象征手法的运用、描写景物、渲染气氛上都有独到之处，这里就不多谈了。再谈谈它的不足，这不足直接妨碍了小说思想意义的深化。

首先，我感到，通篇实写场长的笔墨少了。虽然“虚”在很多情况下都能体现“实”，但终究不像“实”那么能叫人抓得住，看得真，而是更多地在意想中捉摸他、体会他、感觉他。我们设想，如果每次找到场长后，加强对他的正面描写（不仅更多，更重要的是不凡），将会更好。现在小说的结尾比较含蓄、活泼，但读起来还觉仓促、不够有力。如果“我”在费了九牛二虎的劲上了井以后，立即看到场长以他特有的风度正在做着一件更艰巨、更惊心动魄、更使“我”折服的事，该会为泥场长这个形象，为小说的思想与艺术增加多少光彩！

其次，泥场长那富有特征性的习惯动作——手要弄脏了，就朝大腿两边裤子上一揩，的确是很引人注目的，特别是小说一开头就介绍他的这一特点，给人的印象很深，也有很大的诱惑力，吸引人继续往下看。但是直到最后，始终未写明他为什么有这个动作，这动作在表现泥场长的思想、性格、作风上有什么益处，有什么内在联系？这个动作虽然不能起到丑化场长的作用，但也不会起美化场长的作用，它成了脱离人物性格的纯外在的东西，无论如何，在艺术上不能说是好的。

一九六二年四月

载《新疆文学》一九六二年第六期

喜读小叙事诗《到于都鲁孜去》

我读《新疆文学》一九六二年六月号上《到于都鲁孜去》(哈拜作)这首小叙事诗,感到它的时代生活气息较浓。它选取牧民开会这个特有的生活场面,集中而有力地表现了牧民们新的精神面貌,不畏艰苦,见困难就上的高尚风格。短小,活泼,是一首新鲜朴实的好诗。

这首诗的重点是在晚间的紧急会议上,讨论是谁到于都鲁孜这最艰苦的牧场牧放牲畜的问题。最精彩的是保保汗大伯和青年后生白沙拉提等的争辩。起初是各摆自己的理由,主要是"争",争取自己去(从第四节到第八节),后来,争之不解,开始了"辩"(从第十六节到第二十五节),主要是摆别人不能去的理由,为的仍然是自己去。双方都有有力的理论根据(老人说:"个人志愿固然要照顾,最主要是对生产有利";年轻人说:"一切的经验都从实践中来,先进的经验人人都可以学习")也各有生动恰切的比喻(老人说:"青年人的干劲只能算一只翅膀,加上经验的翅膀才能并成一双,一只翅膀的鸟儿不能飞,有一对翅膀才能腾空万里。"年青人说:"阿克沙哈尔有这样丰富的经历,可知道我们哈萨克有句成语?小犊的耳朵虽然出来的早,后来长出的犄角却比它更高")。他们越争越激烈、越辩越热闹,话也越来越精短、越有力、越针锋相对("百年的松树虽然健旺,它也是嫩弱的幼苗长成"。"百年来的松柏越冷越健旺,嫩弱的柳枝怎能经得住风霜。""虽然新生的东西最有希望,它总不能离开细心的抚养","汉族老大哥说,后来者居上,那新生的东西才最有希望。")互不相让。诗人以其精炼而出色的描写确实做到把这个会渲染得紧张、生动、有趣，有声有色，读之亲切感人。这不是我们生活的真实场面吗？

这首小诗虽然叙述的是让谁去于都鲁孜的问题，但作者并不回答究竟谁去谁不去，而重在热烈的争辩。其目的，就是为了表现牧民们新的精神面貌，新的人与人的关系。诗中我们的牧民们都有很高的思想觉悟，冲天的革命干劲，同时又敬老爱幼、互相关心、共同进步。他们说自己的优点并不是抬高自己，自以为是，他们说别人的缺点并不是打击别人，轻视对方。这是我们时代、解放了十多年的新牧民的真实面影。从这首诗里，我们清楚地看到，我们的牧民是以怎样坚强的意志和决心战胜着我们前进中的困难，建设社会主义的。

但是我们也常看到另外一些作品，它们也歌颂新生活，不过总是停留在一般地表现新生活的喜悦、家乡面貌的种种变化、今昔生活的对比、牧歌式的田园风光美的描绘等上面。这些，虽然也或多或少地看出我们新中国人民生活的改变，特别是和解放前黑暗生活的巨大不同，然而却没有深刻地表现我们时代的人民的精神风貌；很少接触我们生活中人与人之间的矛盾冲突，从而表现新人是如何成长的，并有力地鞭笞旧意识残余。因而就不能有力地揭示我们生活的本质和主流，表现不出我们争取彻底解放和建设新生活的艰苦历程。

我想，文学既然是时代的镜子，我们的文学就应该充分地发挥它反映生活的作用。我们无产阶级的文学作家，应该敏锐地发现我们生活中的新思想和一切美好的事物，在前进的斗争中描写它们的成长；同时，也应该站在时代思想的最高点去观察我们生活中的一切人、一切事物，帮助人们提高思想的觉悟。时代在要求我们的作家，人民在督促我们的作家，我们殷切地希望新疆的作家们写出更多时代色彩更鲜明、生活气息更浓郁的好作品来。

一九六二年十一月

载《新疆文学》一九六三年第一期

新颖独创　别具风采

——看小歌舞剧《双送礼》和《送彩礼》

最近，在《新疆文学》第四、五期上连续读了两个小歌舞剧：解放军某部战士业余演出队集体创作、于彬执笔的《双送礼》和权宽浮的《送彩礼》。

我很喜欢这两出别具风格、意趣盎然的小歌舞剧，因为它们都能将重大的思想主题通过活泼、生动、富有浓厚生活情趣的情节，鲜明、突出地表现出来，使人感到集中、亲切、真实、可信。

先说《双送礼》。这个小戏，曾在新疆军区第四届业余文艺会演大会上演出过，得到了好评；以后，又曾改编为评剧，参加自治区一九六四年戏剧观摩会演大会，同样受到了广泛的欢迎。

戏中表现的是军民团结的主题，这是一个具有普遍意义的、在不少文艺作品中表现过的主题；因为如此，要写得好，写得新，是不容易的。《双送礼》突破了这一关，它没有落入旧套，而是新径独辟，以新颖别致的艺术构思，把军民之间团结无间的关系、人民热爱解放军的真挚情感，表现得异常动人、亲切。

剧中的公社社员买买提和吐拉洪，双双拿着礼物，准备给解放军送礼去，因为解放军不仅给他们带来了解放和幸福，而且就在最近，还帮助他们抢收了公社的麦子，抢救了遭险的孩子。对于解放军热爱人民，给人民生产上、生活上的巨大支援，他们是怀着极大的感激的，他们对解放军的感情，犹如对共产党、毛主席的感情一样深厚。

然而他们知道，解放军是为各族人民的解放事业服务的，他们的工作不是对人民的“恩赐”，自然也不要人民“感恩”，他们有严明的纪律，不会轻易收人民群众的礼物。在这种情况下，怎么办呢？不送礼不足以表达人民群众对解放军的深情厚谊；收礼，又违背解放军的纪律。这个矛盾给两位送礼的人出了难题，更给剧作者出了难题。但是《双送礼》没有正面接触这个矛盾也没有回避这个矛盾，巧妙地、合情合理地解决了它，令人信服，皆大欢喜。

《双送礼》中，解放军是虚出的，是在买买提和吐拉洪的想象中出现的。买买提和吐拉洪想象着，解放军将用什么理由拒绝收他们的礼，他们又将用什么理由说服解放军让解放军收下礼物。剧中虚出的解放军指导员的形象，是亲切而有原则、热爱人民群众而又严守纪律的，确是人民解放军的形象；然而因为它是照买买提和吐拉洪的主观愿望设想出来的，是服从两人的行动目的——送礼的需要的，因此虽严守纪律却又在一种极其特殊的情况下，收了人民群众的礼。这种解决，把人民群众热爱解放军的深厚感情淋漓尽致地表现出来了。不仅如此，从剧中我们可以看出，人民群众对解放军是非常熟悉、非常了解的，解放军的言谈举止、声音笑貌，他们模拟得挺像；解放军如何对待群众，如何和群众说话，用什么理由拒绝收群众的礼物，他们也都十分清楚。不难看出，解放军在各族人民群众中的影响是深入人心的，人民群众与解放军已如水乳交融，没有丝毫的隔阂、距离，他们彼此了解，互相帮助，血肉相连，情同手足，人民解放军真正在边疆扎了根，发了芽，开了花，结了果，和当地各族人民完全结合在一起了。有了这样的军民关系，我们边疆的社会主义建设事业，各民族人民彻底解放的事业，就有了可靠的保证。

这种处理从艺术上说也为小戏增色不少：它将两方面的戏都通过一方面来开展，显得集中而紧凑，一切都围绕着人民热爱解放军的感情来写，没有一点枝蔓和拉杂的地方，十分精炼；戏中的两人本来目标一致、行动一致，没有什么矛盾，很容易写得平直，一览无余。现在出人意料地有了“要送礼”和“不收礼”的矛盾，为了开展和解决矛盾，又生出了一个人物，生出了戏中演戏的情节和巧使计策的情节，于是戏就有了曲折，有了波澜，显得起伏跌宕，变化有致；另外，剧中出现的指导员形象，实际上是两位群众自己，指导员的思想就是两人思想的体现，也从侧面烘托了、丰富了买买提和吐拉洪幽默可爱的性格。

《双送礼》在艺术上做了新的探索。这探索是成功的、值得肯定的。

和《双送礼》一样，《送彩礼》也是一出具有幽默风趣、明朗欢畅的喜剧风格的小歌舞剧，它的主题更新鲜，人物形象也更鲜明突出，在容量较小的小歌舞剧中，能做到这样，也是难能可贵的。

《送彩礼》是这样开的戏：一个几年没有出门、对世事不大了解的老大娘，今天因为要给女儿送结婚的彩礼，来到了碱泉公社。碱泉公社原是个穷极了的地方，她带着过去的印象和瞧不起穷社的思想来到了碱泉。但碱泉这几年已经大变了，前进了，并且在某些方面已超过了自己的公社——富裕的先进的公社。这给她一个教育，改变了原先的看法，批判了自己的思想毛病，认识提高了一步。

剧中，作者歌颂着新时代人民埋头苦干、奋发图强、改天换地、变贫穷为富裕、变落后为先进的革命意志和革命干劲。虽然还没有正面展开这个过程，但我们从尼莎汗的所见所闻中看出，碱泉公社的面貌已大大不同于从前了。碱泉公社，正如我们生活中的农五师红星二场、大寨公社大寨大队一样，由于有一批兢兢业业、老老实实、埋头苦干的人在，自然条件的恶劣和贫穷落后对他们不是阻碍前进的困难，而是鼓舞前进的动力，他们穷则思变，要干，要革命，终于成了先进。这向我们显示了一个带有普遍性的道理：落后的地区和单位，如果能够树立雄心壮志，鼓足干劲、力争上游、不甘落后、埋头苦干，虚心学习先进地区和先进单位的经验，决心改变落后面貌，就有可能由落后变为先进。我们的现实生活已一而再、再而三地证实了这个道理。

剧中出现的两个人物形象都是鲜明可爱的，特别是生产大队长哈斯木，写得很成功。哈斯木更多地体现了今日农村先进基层干部的特点：他具有勇往直前、不甘落后、谦虚谨慎、不断革命的可贵品质，但更突出地表现出来的是他善于作思想工作、善于帮助落后的特点。他对待尼莎汗的思想错误和认识上的落后不急不躁。他摸清了尼莎汗整个的思想状况，找出她落后的原因所在，用一分为二的辩证方法，分析情况，既看到她的缺点，也看到她的优点，用讲道理、摆事实的处理人民内部矛盾的办法，循循善诱、有理有节地教育、帮助对方，终于使尼莎汗认清了自己的错误，并正确地批判自己的错误。这种既有严肃不苟的原则精神，又有细致深入的工作作风的干部，是我们广大农村干部思想作风的正确写照，有一定的典型性。哈斯木的这种思想作风又是和他说话幽默风趣、办事认真专注的特殊个性结合起来的。人物形象比起《双送礼》中两个农民的形象，更具有深度和厚度，更鲜明和富有立体感。在我们文学艺术作品中，着重揭示我们干部怎样做政治、思想工作的还不多，《送彩礼》虽然在这方面还不能说就做得很好很够了，但却对我们创作有所启发。

《双送礼》和《送彩礼》是两出很好的小歌舞剧。小歌舞剧由于篇幅小、人物少，不能概括广阔复杂的生活面，要求内容单纯，脉络清楚；但是正如这两出戏那样，完全可以作到：思想内容单纯而不单薄，戏剧发展清楚而不平直，丰满，深刻，有层次，有起伏。

小歌剧融戏剧、歌舞于一炉，它是戏剧百花园中一朵玲珑多姿、活泼鲜艳的小花。这朵花，是深深地根植在广大人民群众的生活土壤中的，也是深深地根植在我国民间传统戏剧艺术、特别是新疆兄弟民族歌舞艺术的土壤中的，具有很强的生命力，它应该而且可能比现在开得更好更多。我们衷心希望它今后能够和它的姊妹艺术一样，更快地成长、发展、繁荣起来。

一九六四年六月

载《新疆文学》一九六四年第八期

反法西斯战争的胜利凯歌

——南斯拉夫故事影片《瓦尔特保卫萨拉热窝》观后

《瓦尔特保卫萨拉热窝》是一部描写南斯拉夫人民在第二次世界大战中，英勇打击德国法西斯侵略者的斗争的彩色故事影片。

一列满载汽油和押运汽油的德国法西斯匪徒的火车从深山油库里开出。德军军官正得意忘形，以为他们的“劳费尔行动计划”就要实现，他们这批侵略军的装甲部队就可以顺利地撤退，逃脱南斯拉夫人民的惩罚了。突然，他们发现开车的不是自己人，惊慌中向火车司机开枪，妄图夺回机车。这时，出现了列车行进中的惊险战斗场面。英勇无畏的瓦尔特和战友苏里、吉斯边开车边对付德军，在打退敌人数次进攻以后，机智地将机车挂钩卸开，利用坡路地形和机车的惯性将列车撞毁。汽油燃烧爆炸了，侵略者葬入了一片火海之中。瓦尔特三人安全转移，胜利地完成了任务。

德军在南斯拉夫人民游击队毁灭性的打击下彻底失败，那个曾经不可一世、身负“消灭”瓦尔特游击队和实行“劳费尔行动计划”重任的盖世太保、党卫军上校冯·迪特里施被撤职了。影片末尾，他无可奈何地哀叹：“我来萨拉热窝寻找瓦尔特可是找不到……。看！这座城市，它就是瓦尔特。”

瓦尔特，这个使德国法西斯心惊肉跳、闻风丧胆的名字，是英雄的南斯拉夫人民值得骄傲的光荣称号，它不只是一个游击队长的名字，它是勇敢机智、出奇制胜的南斯拉夫游击队的代号，是不屈不挠、为了国家的独立和自由而英勇战斗的南斯拉夫的象征。

南斯拉夫人民具有反对外来侵略的光荣传统。一九四一年四月,德军侵占了南斯拉夫,法西斯的铁蹄践踏着南斯拉夫美丽的国土,希特勒的魔爪蹂躏着南斯拉夫各族人民。但是铁与血的恐怖统治并不能使南斯拉夫人民屈服,他们"宁死不做奴隶"。为了拯救陷于危难的祖国,为了保卫民族的生存,游击战火在南斯拉夫国土上燃烧起来了。不甘做奴隶的人民奋起和德意法西斯战斗。他们不畏艰险,在铁托元帅的指挥下,从侵略者手中夺取武器,迅速扩大自己的队伍,一次次地给予侵略者以重大的杀伤,并陆续从侵略者手中解放了自己的国土。影片《瓦尔特保卫萨拉热窝》就是一部表现了这种战斗生活和斗争精神的好影片,是一曲反法西斯战斗的胜利凯歌!

影片塑造了瓦尔特等游击队员们的英雄形象。它充分地表现了游击队员们勇敢顽强、奋不顾身的斗争精神,凭着这种精神,他们以一当十,以少胜多,每次都取得了胜利。同时,影片也充分地表现了游击队员们机智灵活、善于斗争的动人场面。当瓦尔特从发现有人破坏桥梁,使铁路工人无辜受害时,就警惕地感到有人冒充游击队在活动,立即设法找到了这支假游击队——非法委员会;当发现一批游击队员突然遭到敌人的杀害时,他们又正确地判断出非法委员会里一定有叛徒,并巧妙地打入该组织中侦察敌情;当他们已经发现叛徒的可疑线索,为了彻底搞清敌人的活动,他们将计就计,故意摆出个上了敌人圈套的迷魂阵,麻痹了敌人。待到一切都侦查清楚,他们以迅雷不及掩耳之势,给敌人以致命的打击,完全摧毁了非法委员会。瓦尔特和他的游击队员们不愧是智勇双全的英雄、南斯拉夫反法西斯斗争的中流砥柱。

影片中用许多生动的情节,表现游击队斗争和人民群众斗争的联系,游击队的活动在任何时候都得到广大人民群众的参加、救助和掩护。游击队员被敌人盯梢了,一批有组织的群众突然冲来,使他摆脱了特务的跟踪;游击队员受伤落入德军的魔爪,医务人员巧妙地救出了他;游击队员被敌人追击,万分危险,洋铁铺的工匠们用叮叮当当的敲击声吸引了敌人的注意力，使游击队员脱险而去……到处是人民的支持和参战，分不清谁是游击队员，谁是人民群众。影片形象地表现了游击队和人民群众之间血肉相联、鱼水相依的关系，也就明白地揭示了南斯拉夫游击战争必然胜利的根本原因。

影片着力描写了游击队员们崇高的爱国主义与自我牺牲的精神。你看，尽管德国法西斯成批成批地杀害游击战士，甚至眼见自己的亲人倒在血泊之中，但是他们不惧怕、不退缩，前仆后继，义无反顾。有时他们明知会牺牲，但是为了最终的胜利，坚持去战斗。影片中有这么一段感人肺腑的故事：游击队联络员、钟表匠谢德，得知敌人设了圈套，企图诱捕瓦尔特。但时间紧迫，已来不及通知瓦尔特了。在这危急关头，他毅然决定亲自提前赶到清真寺。他从容自若地走到清真寺，击毙了等待瓦尔特的假联络员，使后来的瓦尔特等游击队员免遭暗算，并转而杀伤了不少敌人。然而这位可敬的老游击队员不幸壮烈牺牲了！这种高度的爱国主义的自我牺牲精神，是值得人们崇敬和学习的。如今陈列在贝尔格莱德军事博物馆里就有这么一张气壮山河的游击队誓词："我们南斯拉夫人民游击队战士，拿起武器与残暴的敌人进行殊死战斗。他们掠夺我们国土，杀害我们人民。为了人民的正义与自由，我们誓将顽强不屈，不惜鲜血与生命同敌人斗争到底！"谢德这样的英雄形象就是千千万万的南斯拉夫游击队员们的集中概括和真实写照。

是啊，为了驱逐法西斯强盗、争得民族的独立和自由，南斯拉夫人民付出了重大的牺牲。看电影《瓦尔特保卫萨拉热窝》，想想南斯拉夫人民的反法西斯斗争，我们会更加具体地感受和理解南斯拉夫人民为什么那么珍惜自己独立的感情。铁托总统今年四月二十五日，曾在一个庆祝会上号召人民"必须作好准备，在必要时，去保卫我们在战争中取得的成果"。作为和南斯拉夫人民有着共同的反法西斯的历史，今天又面临着共同斗争的中国人民，我们坚决支持南斯拉夫的正义立场！

看了影片《瓦尔特保卫萨拉热窝》，不仅感到内容真实，思想鲜明,而且在艺术上也有不少值得我们学习和借鉴之处。

影片所展示的斗争是很复杂的。德国法西斯为了搞垮游击队,让德军军官康德尔冒充瓦尔特,通过未暴露身份的叛徒,联络了部分游击队员,组织了一个假游击队——非法委员会,破坏和危及了游击队的生存和斗争;而富有斗争经验的瓦尔特,识破了敌人的诡计,化名皮劳特,打入非法委员会,摸清了敌人的动态,抓住了叛徒,挽救了同志,壮大了游击队伍,使敌人遭到可耻的失败。这样曲折的斗争故事情节,由于编导者的巧妙安排,进行时激时缓,情节推进层次分明,使得整个影片既结构严谨,首尾照应,又波澜起伏,引人入胜。

影片中的人物是很多的。由于编导者能够把人物植于典型的斗争事件之中,又不时注意对人物的典型的细节描写,因而不少人物给人留下了深刻的形象。像多谋善断、勇敢机智的游击队长瓦尔特,沉着老练、忠心耿耿的老联络员谢德,热情干练、爱憎分明的游击队员吉斯以及贪生怕死、卑怯空虚的叛徒米尔娜,老奸巨滑、色厉内荏的盖世太保冯·迪特里施等等,其形象和性格都很鲜明。在一部故事情节如此复杂的影片中,能塑造出这么多生动的艺术形象,确实是不容易的。这显示了南斯拉夫电影艺术的水平。

一九七七年八月

载《新疆日报》一九七七年九月七日

铁托访华访新疆之日

《挺进报》浅析

《挺进报》这篇课文，选自革命回忆录《在烈火中永生》。全书共由十一篇短文组成，近五万字。除第一篇概括介绍“中美合作所”的情况以外，其余十篇都是从不同的角度记叙了革命先烈在狱中斗争的感人事迹。《挺进报》是书中的第七篇，课本中节选时有些小的修改。

围绕“中美合作所”的这场斗争，是以中国共产党为首的中国革命民主力量和美蒋反动派的生死搏斗的缩影，是国民党反动派在美帝国主义的支持下，残酷镇压革命力量、血腥屠杀革命人民的见证。这是一场你死我活的阶级斗争。虽然在当时这场斗争中，我党和革命力量处于不利的地位，是“阶下囚”，美蒋反动派还暂时掌握着权力，“是监狱长”，但是全国斗争形势正在起着巨大的变化。那时正是第三次国内革命战争激烈进行的时期，以毛主席为首的中国共产党指挥中国人民解放军，正在全国战场上节节胜利，美蒋反动派彻底灭亡的时间一天天接近了。他们表面上异常疯狂，貌似强大，实际上色厉内荏，即将灭亡。这一点，从《挺进报》和《在烈火中永生》中都可以清楚看出。

“中美合作所”是一九三九年建立的，坐落在四川重庆郊区歌乐山下磁器口附近的山里，全称是“中美特种技术合作所”。所谓特种技术，就是特务活动的代名词。这是美蒋在特务统治方面进行合作的首脑机构，是美蒋在中国建立的特务大本营，是镇压中国人民革命的总指挥部。“中美合作所”附设了许多专门囚禁革命者的集中营，全国各地被捕的革命者有不少被关押在这里。集中营最大的要算白公馆和渣滓洞了。解放后,这里变成了“重庆‘中美合作所’集中营美蒋罪行展览馆”,接待了全国和世界各国前来参观的人们,成为控诉美蒋反动派血腥罪行的场所。它教育了千千万万的人民,继承先烈的革命遗志,誓保红色江山永不变色,为共产主义事业奋斗终生!

教学这篇课文,要引导学生认识到,我们革命胜利来之不易,是无数革命先烈艰苦奋斗,流血牺牲换来的。要学习革命前辈一心为革命的高贵品质和敢于斗争、善于斗争的斗争艺术,同时要学好文化科学知识,掌握为革命服务的本领,为实现革命先烈的遗愿,为把我国建设成现代化的社会主义强国,为共产主义的最后胜利贡献自己的一切力量。

《挺进报》写的是一九四七年以后围绕我重庆地下党创办《挺进报》和国民党反动派所进行的一场艰苦曲折的斗争。表现了我地下党为了团结和教育人民,揭露和打击美蒋反动派,以坚韧不拔、百折不挠的革命毅力,克服前进道路上的重重困难,坚持办报的事迹。《挺进报》像扑不灭的火焰,永远燃烧,永远战斗。

全文可分三大部分。第一部分主要叙述了《挺进报》从创办到被国民党特务机关查获,主要办报人陈然被捕的经过。这是办报的第一阶段,狱外斗争阶段。第二部分记叙了陈然入狱后,在狱中党组织的领导下,继续办报的事迹。第三部分着重记叙了为保卫《挺进报》不被敌人发现而进行的一场惊心动魄的斗争。

文章一开头,介绍了创办《挺进报》的情况:交代了创办的组织、领导关系和办报人员的分工,着重介绍了革命烈士、共产党员、《挺进报》特支书记陈然同志在办报中的积极表现和重要作用。接着以下五个自然段突出地叙述了一段“突然事变”:陈然接到党组织和在敌人机构里秘密工作的同志的通知,报纸的机密已被泄露,必须尽快转移。陈然此时想的是保证报纸按时出版,他没有匆匆离去,而是坚守岗位,投入了和敌人争时间、抢速度的战斗。他希望能赶在敌人到来之前完成任务后再转移。结果被捕了,报纸也被迫暂时停止出版。

这一部分以写创办报纸和受到查封为主要线索，提到了几个人，但着重写陈然：他不仅在平时能够刻苦钻研技术，努力为革命做更多的工作，而且在突然事变发生时，能置个人生死于度外，一心想着自己肩负的责任，勤奋工作，甚至在已经意识到敌人正向他扑来时，仍然没有忘记党组织，没有忘记向约定前来接应的革命战友发出秘密的警报，保护了战友、保护了组织。这种一心为革命、舍己为人的高尚品质，十分令人敬佩。

第二部分从“敌人怕陈然传播消息”开始到“一读这些文件就感到有了力量”止，包括八个自然段。这里主要写《挺进报》又在狱中党组织的领导下，开始出版了。首先写了如何办报——要不要报头这个问题，这是为了坚持顺利地把报办下去，以防万一事变发生的重要问题。解决了这个问题后，又写如何解决消息来源问题。从赞同革命的党外民主人士那里接通了新消息的渠道。从此《挺进报》越办越好，对团结教育狱中同志坚持斗争起到了巨大的作用。这里写了未知名的狱中党组织负责人对《挺进报》的领导，写了被捕入狱十来年的革命民主人士、张学良将军的部下黄显声副军长对办报的热情支持，但主要人物仍然是陈然。他“高兴”地接受了狱中党组织交给的任务和文具，并“工整地写着消息”，表现出陈然的革命精神丝毫也没有被暂时的挫折所损伤，无论在任何艰难困苦的情况下，他都为革命而战斗。但同时，也写了陈然由于缺乏狱中斗争的经验，刻写了很不符合狱中斗争策略的报头，受到了党组织的批评。他接受了批评，并在组织的领导下，把报纸办得越来越好。

第三部分从“一个名叫宣灏的难友”开始到全文结束。这里着重叙述了狱中办报过程中出现的一次风波险情：写着最新消息的“纸条”被看守长发现，他们妄图循着这“纸条”的线索追出狱中同志和狱外地下党的联系，为此他们残酷地折磨看报人，一个非党难友宣灏。这时对《挺进报》的生存是一个危急关头，搞得不好，不仅办报要被禁止，更重要的是狱中广大共产党员、非党难友直至支持办报的黄副军长都会遭到横祸，革命力量将遭受重大损失。为了掩护报纸和党组织，拯救正在受酷刑折磨的难友，共产党员许晓轩挺身而出，他以机智沉着的斗争，赢得了胜利，使一场风波安然平息了。

在这一事件中，陈然显得更加成熟，他一方面保持着为革命勇于自我牺牲的高贵品质，同时更增加了办事深思熟虑、谨慎周到的新特点。还出现了两个新的革命者的形象：一是宣灏，他坚强无畏，宁死不屈，为了掩护报纸和党组织，甘愿忍受一切痛苦折磨。他虽然还不是一个共产党员，却同样具有坚强的革命信念和革命意志。另一个是老共产党员许晓轩，这个成熟的党的领导人。他之所以能化风波为平静，转危为安，是和他丰富的斗争经验和巧妙的斗争艺术分不开的。先前批评陈然写报头，指示陈然坚持写仿宋体的就是他。正因为他深谋远虑，早就有所准备，所以此时能从容对付敌人，不露一丝破绽，并转而使嚣张一时的敌人陷入困境，逼得敌人自己说出"那张'纸条'的事，谁也不准再提"，取得了斗争的完全胜利。

围绕《挺进报》所展开的斗争，是中国共产党为首的民主革命力量和美蒋反动派斗争的一个缩影，一个侧面。正像《挺进报》是查禁不了的一样，革命也是镇压不了的。不管经过多少艰难曲折的历程，付出多么高昂的代价，革命终将战胜反革命，革命人民必将取得最后的胜利。这是被历史证明了的颠扑不破的真理。

《挺进报》是一篇记叙文，是革命回忆录。它没有用更多的文学手法来渲染斗争的历程，描绘人物的性格，而是用明白畅晓的语言，朴素平易的写法，记叙了斗争的史实。

文章围绕《挺进报》写了很多人，很多事，情节比较复杂，时间拉得较长，地点也有转换；但由于作者很好地掌握了写记叙文的特点，把时间、地点、事件、人物以及事情的起因、经过和结果这些记叙文的基本要素都很好地组织成一个整体，交代得清清楚楚，这就使得全文有条不紊，脉络清晰，使人读后，一目了然。这是本文最突出的特点。

其次，文章在记叙的过程中，很注意突出重点，有详有略，对有典型意义的事件详细叙述，对一般情况则省略不提或一笔带过。例如，第一部分的大部分篇幅用来写陈然如何得到要他转移的通知，以及他被捕前的表现，因为这些事，是创办《挺进报》中的重大斗争回合，关系到报纸的命运问题，所以详细写；而他如何刻写、印刷就写得很简单，只写了他技术上的进步和减少工作人员的建议这两件有典型意义的事，其他一概省略。陈然被捕以后，入狱以前的情况，因与办报无关，也一概省略不提。第三部分围绕追查“纸条”事件，详细写了几个革命者的不同表现及如何智斗敌人，保护了报纸和组织的秘密不致泄露，而对敌人的活动则三言两语交代过去。这种写法，紧紧地扣住了办报这条主线，对于揭示文章的主题，避免文章冗长繁杂、记“流水账”，都起了重要的作用。

文章注意前后照应，对表现地下斗争的特点起了很好的作用。搞地下斗争，有时需要制造一些假象来掩护革命活动，但必须合情合理才能骗过敌人。适应这个特点，文章很注意情节发展的合理性，前有伏笔，后见结果。如前面提到陈然“决心学写仿宋字”，中间党组织指示陈然“必须坚持写仿宋字”，这就和后来许晓轩当着敌人追查纸条笔迹时，从容地“写了几个工整的仿宋字”相照应；因此敌人得出“笔迹相同”的结论，承认“纸条”是许晓轩写的才显得合情合理。再如第二部分狱中党组织指示陈然不许写报头，这就为后一部分把被破获的《挺进报》说成是偶然抄录的“纸条”做了伏笔，因此才能骗过敌人的耳目；在写报头上受了批评，取得了狱中斗争的经验，就为以后敌人搜查陈然的小牢房“一点线索也没找到”做了伏笔。这种首尾照应的写法是一般记叙文通用的，是为了交代清楚事件情节的发展使用的，本文把它用来表现复杂的地下斗争，用得很巧妙，很成功。

一九七八年

载一九七八年《文章选讲》

谈祖尔东的短篇小说创作

近年来,在越来越壮大的维吾尔文学创作队伍中,新秀不断涌现,好作品越来越多。几年前我们才开始熟悉的小说作家祖尔东·沙比尔就是其中之一,他带着有鲜明民族色彩和浓厚生活气息的文艺新作,迈着坚实的步子,走进了新疆多民族社会主义文艺的百花园。

"四人帮"横行文坛时,"三突出"被强令遵从,公式化、雷同化作品充塞报刊时,我们第一次看见祖尔东同志的短篇小说《巴哈尔大叔》,它以浓郁的维吾尔农村生活气息和生动丰富的语言,给我们留下了深刻的印象。比起当时许多八股气味甚浓、味同嚼蜡的作品,它不随流俗,生活气息浓郁,十分清新可爱! 今年,我们又连续看到祖尔东同志的两个短篇新作《贡献》和《康拜因》。和前一篇一样,感到它们生活气息扑面而来,在某些方面又进一步冲破了"四人帮"的创作禁区,有新的探索。

现在就这三篇作品,谈一谈读后的感想。

这三篇作品,从三个不同侧面,表现了我区工农业战线的现实斗争生活,具有鲜明的时代精神和民族特色。

《巴哈尔大叔》通过在大打粮食生产仗中的两种思想的斗争,表彰了一心为公、热爱集体、热爱社会主义的高尚品质,批评了自私自利、自发资本主义倾向,从一个侧面反映了社会主义农村存在的两条道路的斗争,具有一定的教育意义。

同是描写农村现实斗争生活的《康拜因》,却表现了完全不同的生活内容、不同的思想主题:在社会主义农业生产逐步发展的新形势下,是死守着祖传的生产方式、落后的生产工具搞农业,还是按照毛主席“农业的根本出路在于机械化”的指示办事,迅速提高劳动生产率,向农业现代化进军?在这个问题上,农村有先进与落后的斗争,我们党内也有正确路线和“四人帮”修正主义路线的斗争。《康拜因》抓住了这个富有现实意义的主题,通过人们对待“康拜因”联合收割机的不同态度表现出来,批判了反对机械化、现代化的落后思想,歌颂了为农业机械化热心奋斗的朝气蓬勃、风华正茂的青年一代。

《贡献》别开境界。它围绕某县农机厂为支援农业第一线,在进行冷焊实验中两种思想、两条道路的斗争,从一个侧面反映了党内十一次路线斗争在基层的表现,热情歌颂了老老实实与工农结合,在科学实验中埋头苦干,做出突出贡献的革命知识分子,严厉批判了投机钻营,欺世盗名,靠阴谋诡计、陷害好人爬上去的资产阶级野心家、反革命两面派式的人物。

这三篇作品,内容不同,但都是从三大革命运动中选择题材,以阶级斗争、路线斗争为线索展开描写。它所表现的主题是重大的,是千百万读者所关心的。作者不但敏锐地抓住了具有现实意义的主题,而且在艺术表现上也是有特色的,因而作品就具有鲜明的时代精神和吸引读者的力量。

文学是通过艺术形象来反映现实生活、表现主题的,而人物是文学描写的中心,尤其是小说创作的中心。祖尔东同志的这三篇小说,好就好在为我们塑造了几个很有特色的人物形象。

老贫农巴哈尔身上概括了维吾尔农民一心为公、爱社如家、勤劳朴实的优秀品质,又表现了农村先进分子敢于和善于与不良倾向、坏人坏事作斗争,坚持社会主义方向的革命精神。这种精神品质是通过一系列富有维吾尔农村生活特色的情节和具有个性化的语言表现出来的。小说一开始就通过巴哈尔在初春的早晨,一边哼着歌,一边打套绳的行动和几句与老伴开玩笑的话,表现出了他公而忘私、开朗活跃、幽默风趣的性格,之后,又通过他敢于冒着风险驱车进山找肥源的行动，和他对小伙子说的“没路，咱俩人开嘛！”的对话，进一步表现他的性格：不服老，有一股年轻人的闯劲。作品还通过他对哈迪尔的批评教育，展示他走社会主义道路的无比坚定和对资本主义倾向毫不含糊的斗争精神，而这种斗争精神又带有他个性的色彩：满怀阶级情谊的循循善诱、言传身教和调查处理问题的实事求是、稳妥周到。因此，小说中巴哈尔的形象，既有一般老贫农、农村先进分子的共性，又有他自己的个性。

《贡献》中的阿里木江和晓赫莱提，塑造得很成功。这是两个思想、作风截然相反，因为对比着刻划，更显得性格鲜明的形象。

阿里木江是一个自觉与工农结合的革命知识分子，他主动要求下放农机厂搞技术研究和坚持用经济实用的焊条进行冷焊实验，说明他和工农的心贴得很紧。他对工作勤勤恳恳，埋头苦干，夜以继日，全副身心。当小说描写到他以自己的家为实验场，让自己的孩子当助手，把家具当工具搞实验，并且瞒着老婆，每月多交二三十元电费时，谁不为他公而忘私、刻苦钻研的献身精神感动呢？然而作者并没有把他写成一个理想的完人。他为人正直，光明磊落，却未脱书生气。他热心于科学实验，却缺少阶级斗争的经验，尤其缺少对假左真右的两面派的警惕，因而糊里糊涂地被晓赫莱提整了几年。后来他虽然明白了晓赫莱提的所作所为，并当面揭了晓赫莱提的老底和丑恶行径，但他仍然用自己的善良和好心与晓赫莱提打交道，以至在参加“焊接经验交流会”的问题上，让晓赫莱提钻了他的空子，干出窃名盗誉的事来。当事情揭露后，他的态度是鲜明的，憎恶而鄙视，但却又不愿站出来积极地揭露和斗争，而是冷眼相看，等待历史去做出公正的判决。……这些地方，又暴露了他作为一个正直的知识分子的弱点。这就是小说为我们塑造出的在“四人帮”横行时期知识分子的形象。这个形象确实具有一定的典型性，正是我国大多数革命知识分子精神面貌、品质和遭遇的真实写照。

晓赫莱提是那种在“四人帮”的教唆下恶习加剧，野心膨胀，年轻轻的就学会了钻营、撒谎、搞阴谋诡计、踩着别人肩膀向上爬的家伙。

但是他表面上又不是一个穷凶极恶、青面獠牙的形象。作者按照生活的本来面目，在揭露他的丑恶本质时，没有忘记写他虚伪的表面。作品一开头，他就用谦恭、亲切的口气对阿里木江说："你是我的老师，我有什么对不起你的地方，请多加原谅。我知道，你是个宽宏大量的人。毛主席不是说过么：'一个篱笆三个桩，一个好汉三个帮'。今后，还要你帮助，阿里木江大哥！"寥寥几句，既恭维了老师，又做了"检讨"，既不忘引用毛主席的只言片语为自己的错误开脱，又装着很有度量、很虚心的姿态。多么周到而又圆滑！谁能想到，他就是背后栽赃陷害阿里木江的人呢？此时，他是否真的决心改邪归正了呢？他嘴上说"我一定全力协助你"，"心里又燃起嫉恨的火焰"，他要变换手法，寻找新的"出路"。后来，阿里木江焊接实验成功后，他果然又耍了新的花招，欺骗外人，将功劳记在自己的账上，并且还编一套名正言顺的理由为自己遮掩。真是活生生的两面派和骗子手的形象。在现实生活中，像晓赫莱提这样由于喝饱了"四人帮"的"狼奶"而变得十分险恶而又狡猾的家伙，是不乏其人的。作者在他身上概括了"四人帮"及其爪牙的许多特点，是具有一定深度的反面人物形象。

《康拜因》中的胡西达尔这个农村女孩子，虽然不幸有一个自私自利、钱迷心窍、愚蠢无知的哥哥当自己的家长，又不幸在自己成长的年代里受到了"四人帮"愚民政策和"读书无用论"的害，连中学都没上完就长大了。然而，她毕竟是在人民公社的环境中、在党的阳光照耀下长大的。她本质好，热爱劳动而且善于劳动，单纯好胜，积极向上，与哥哥发家致富、保守落后的思想作风格格不入。这使她终于摆脱了无知，从哥哥的控制下解放出来，从对康拜因的疑惧惶惑而变为了解热爱，从只知劳动到渴望学习和懂得祖国的前途、命运，为祖国四个现代化贡献力量。这是多么大的变化！这个变化正是粉碎"四人帮"带来的。胡西达尔这个形象虽然还不够丰满，所包含的社会意义挖掘得还不够深，但对今天曾受"读书无用论"之害的年轻人，是有教育意义的。

其他如《贡献》中的老练、机智，"不怕泡蘑菇"的贾玛里"老骆驼”,《康拜因》中单纯热情、热心农业机械化事业、富有理想的农业技术员纳迪尔,极端自私、目光短浅、整天只打个人小算盘的“牛皮钱褡子”伊代木等人,也都写得很活,给人较深的印象。

文学是语言的艺术。祖尔东同志的这三篇小说,语言是很好的,尤其是描写农村生活和农民的语言,十分形象生动,具有鲜明的民族特色和浓郁的生活气息。

作者很注意从生活中提炼富有表现力的语言,特别是善于运用人民群众口语中经常爱用的比喻,这就极大地增强了小说语言的表现力。例如:岁月在他手上留下了层层厚茧,在他的额头刻下了深深的皱纹。然而,正像冬天的冰雪下面会萌发出春季的禾苗一样,新时代的雨露冲刷了旧社会的苦难斑痕。大叔的胡须虽然纯白似银,却是满面泛着红光,像熟透了的杏子一样饱满丰润,又像棉株上的红花白絮,鲜明夺目。这段对巴哈尔命运和肖像的描写,把一个翻身解放、当家作主而又勤劳俭朴的老贫农的形象,描写得多么鲜明细致,栩栩如生。所用的比喻都是与农民的生活紧密相连的事物,符合人物的身份,而且渗透着作者对人物的热爱与赞美。对于年轻而又能干的姑娘,运用的比喻就不同了:形容她勤劳早起是“和云雀一起下了地”,形容她劳动敏捷而又忙碌“像花丛中灵巧翻飞的蝴蝶”,她的“脸膛像桃子般闪着红光”,她的眼睛“像羚羊一样机灵”。对于批判人物的比喻,本身就带着批判和戏谑的味道。伊代木由于贪财劳累,他的声音如“扯裂干木柴般沙哑”,他的笑脸“像干瘪的南瓜壳”,晓赫莱提妒火中烧的时候,“好像坐在火炭上,又像在身上浇了硫酸,全身烧得疼痛难忍”。

由于作者善用比喻,使得小说的语言如珍珠镶嵌一般,处处闪光,增强了作品的艺术美。

注意人物语言的个性化,这是小说语言的另一特色。具有高度社会主义觉悟的巴哈尔,讲的是如何维护国家和集体的利益,如何积极参加集体劳动,不谋私利,而且常常说得幽默风趣,令人发笑而又启人深思。伊代木就不同了,你听他埋怨妹妹的话:“听到有利的事,耳朵就变聋了”。他口不离钱、工分、烧柴、喂牲口，甚至在别人都为联合收割机的巨大威力而赞叹欢呼的时刻，他竟然命令妹妹：“去，把你嫂子叫来，把这家伙尾巴里淌下的麦秸收拾到家里去。”把一个自私自利、整天想着发家致富的人物的性格表现得真是惟妙惟肖！

读了这三篇小说，我们感到，祖尔东同志的创作路子是正确的，艺术上也有一定的水平。他在“三突出”横行之时，没有邯郸学步；“四人帮”粉碎后，又能探索着冲破写作禁区，根据三大斗争的实际和自己熟悉的生活，大胆创作。他的作品有两个方面很值得注意。首先，既能从现实生活出发，又能表现较新的主题，较紧密地配合当前的斗争形势；而且每一篇都有新的追求，表现了不同的生活内容，因而每篇都能给人一些新鲜的东西。其次，他的作品充满了对社会主义新生事物、先进力量、光明面的热情歌颂，用赞颂的语调展示工农业战线欣欣向荣、蒸蒸日上的美好图景，描绘富有独特色彩的维吾尔地区的风俗人情、自然风光；对于落后乃至反动势力的描写，又总是带着辛辣讽刺与嘲弄的笔调，使人感到他们十分可笑，与整个社会很不协调，是个暂时的现象。因此，作品就给人以明朗、欢快的感觉，激发人们对生活的热爱与赞美。也许这就是从这三篇作品中表现出来的创作特色和艺术风格吧！

但是，任何事物都是一分为二的，对这三篇小说也不例外。作品中两种思想、两种势力的斗争，交锋不够，往往一开始提出问题，以后只有先进对落后的批判，而很少见落后力量的反击、抵抗。斗争没有反复，也就不可能迸发出更深的思想火花，使作品主题沿着故事情节的开展、推进，一步步深化。特别是《巴哈尔大叔》与《康拜因》两篇，先进力量的胜利是太轻易了。与此相联系的，是有些情节和细节的深刻意义没有很好的表现出来，不能起到表现和深化主题的作用，因而显得不典型，枝蔓较多，剪裁不精。作者大概也感到他的艺术描写还不足以充分地揭示他要表现的主题，因而不得不用一些非艺术的说教，直接地表明自己的政治观点，点明主题，这就显得生硬而不协调。比如《巴哈尔大叔》中，让老贫农巴哈尔去讲学习理论的重要性，讲“商品交换是怎样产生资本主义”，就很不符合人物的身份和性格。再如《康拜因》最后说伊代木愚蠢、落后是“四人帮”的毒害造成的。但小说没有通过艺术描写自然显示出来，因而显得生硬。如此等等，三篇都有，可以说是作品比较明显的缺点吧。

鲁迅先生曾谈到他的创作体会时说：“选材要严，开掘要深”。这方面很值得祖尔东同志深思和借鉴。愿祖尔东同志加强生活实践和创作实践，百尺竿头，更进一步，不断地突破自己的创作水平！

一九七八年八月

载《新疆文艺》一九七八年十期

理论探讨篇

以宽阔的视野
论述文学理论中的
一些重要命题
提出了具有独特见解的主张
引起了文学界的关注
关于民族文学划分的论述
在国内较早的
对民族文学的 ABC 等核心问题
有比较详细而理性的分析研究
引领了我国刚刚兴起的
少数民族文学理论界
持续多年的探讨争鸣

试论民族文学的划分

什么是民族文学？怎样划分某一民族的文学？乍一听，似乎好笑，这不是简单而又明白的事情吗？其实并非如此，要回答清楚这个问题，是相当困难的，其中的矛盾现象很多。要能合理地、前后一致地解决这些矛盾现象，科学地概括和回答问题，还是要颇费一番功夫的；要下一个定义，就更难了。

首先，通用的“民族文学”这个词就不确切，需要正名或正义。本来，它应该是一个概括的、对所有民族的文学都适用的一个通称，不指那一个具体的民族的文学，正如人是张三、李四、王五……的通称，花是牡丹、芍药、菊花……的通称一样，在我国，汉族文学、蒙古族文学、维吾尔族文学，回族文学，白族文学、壮族文学等等，都应该是民族文学。然而，我们的习惯用法，民族文学是指汉族文学以外的其它各少数民族文学。这种用法，与它本来的含义是不同的，应该说，是不科学的。我们认为，如果从它文字少、称呼起来比较简便着眼，口头上继续使用未尝不可。但在行之书面的时候，最好不要使用，而应规范化、科学化。本文就是在它本来的意义上使用这个词的。

一、区分文学作品的民族归属问题

怎样划分某一民族的文学？按照什么标准来区分某一民族的文学？

关于划分民间文学的民族归属问题，一般说：凡是确属在某一个民族的人民群众中流传的文学创作，就是这一民族的民间文学，如果这个民间文学已经过搜集、整理、翻译、发表的，不管搜集，整理者是哪一个民族的人，也不管是用哪一种文字发表的，只要作品基本上保存了民间文学的原貌，忠实于原作，就可以认为是这一民族的文学。这就是说，区分民间文学的民族归属，不是看搜集、整理者的族别，而是依它流传于某一民族人民群众中而定。如果一个或一种民间创作，既流传于这一民族，又流传于那一民族，如新疆"阿凡提的故事"那样，那也可以认为是两个或两个以上的民族所共有。这是由民间文学的口头性决定的。

至于作家的创作，情况就比较复杂了，所涉及的问题比较多。然而，从社会生活的实践中，从人民群众的通常理解中，我们可以这样归纳：出身于某一民族的作家，反映本民族人民的生活和思想感情，运用本民族人民所习用的语言文字创作出的文学作品，就是这一民族的文学。比如诗人铁依甫江·艾里耶夫，出身于维吾尔族，抒写的是维吾尔人民的生活与感情，使用的也是维吾尔语言文字，他的作品，无疑是属于维吾尔族文学；同样，哈萨克族作家郝斯力汗，用哈萨克语言文字创作的，反映哈萨克人民生活的作品，自然是哈萨克族文学。

如果这种理解和归纳是正确的话，那么，根据这种认识，可以把它分解为区分某一民族文学的三因素，即：作家的民族出身，作品所反映的民族生活，作品所使用的语言文字。但是，是不是三个因素俱全才算某一民族文学？只具备其中一个因素或两个因素行不行？三个因素中，哪个因素是主要的、决定的因素？哪个因素是次要的、补充的因素？

现在分别考察三个因素，并分析其中一些矛盾的复杂情况。

关于作家的民族出身问题

我们认为，在三个因素中，作家的民族出身是最重要的、决定的因素，是判定作品是否为某一民族的文学的主要条件。即是说，出身于某一民族的作家的作品，就是这一民族的文学。这是最易为广大群众所理解和接受的公式，甚至被认为是理所当然的、毫无疑问的公式。按照这一公式去处理作品,绝大多数情况是合适的、令人信服的。比如,蒙古族作家的作品就是蒙古族文学,维吾尔族作家的作品就是维吾尔族文学,彝族作家的作品就是彝族文学,等等。

但是,也有人提出一些例外、争议,致使承认这一公式的人张口结舌,怀疑这种概括是否科学,能不能成立?比如,历史上出身于蒙古族的作家蒲松龄、当代出身于蒙古族的作家李准、出身于满族的作家老舍、欧阳山,他们到底是蒙古族作家、满族作家还是汉族作家?他们的作品是蒙古族文学、满族文学还是汉族文学?一般人,并不了解他们出身于某一少数民族,而想当然的以为他们是汉族,并且根据他们使用汉语文创作,反映的是汉族生活,其作品的影响又主要在汉族人民中,因此,把他们的作品也视为汉族文学。这种自然形成的看法,往往是很难改变的。当人们知道他们出身于某一少数民族后,仍然不愿意承认他们是少数民族作家;即使勉强承认他们是某一民族的作家,比如,承认蒲松龄、李准是蒙古族作家,承认老舍、欧阳山是满族作家;但是,如根据上述的公式,把他们的作品划归蒙古族文学、满族文学,许多人就不能同意了。这是为什么?这种不同意之中,有无道理?是不是说,民族出身不是判定其作品民族归属的主要条件?主要条件是作品所反映的生活或使用的语言文字?

关于作品所反映的民族生活问题

作品所反映的民族生活,能不能作为判定作品民族归属的主要条件?我们认为,这是一个条件,但只是附属的条件,而不是决定的条件,因为别一民族的作家写这一民族生活的现象是很多的。在民族之间有,在国家之间也有。如果主要根据作品所反映的生活,把蒲松龄、老舍、欧阳山、李准的作品划为汉族文学,那么,同样可以根据这一条,把汉族作家王玉胡、赵燕翼、高缨、张长弓等人的作品划为他们所反映的那一少数民族文学,即维吾尔族文学、哈萨克族文学、藏族文学、彝族文学、蒙古族文学等等。但这样划,一般人是不能接受的,认为这些汉族作家的作品,只能是汉族文学的一部分,而不能是少数民族文学的一部分。这就产生了一个针锋相对、自相矛盾的情况:少数民族出身的作家写汉族生活的是汉族文学,汉族出身的作家写少数民族生活的也是汉族文学,这怎么自圆其说呢?这种矛盾,不就是对以反映生活为划分作品民族归属为主要条件的否定吗?可以作为佐证的还有某些少数民族作家反映另一少数民族生活的情况,如土家族诗人汪承栋,因为长期工作在西藏,其作品多是反映藏族人民的生活。我们能把他的作品划归藏族文学吗?不能,应当定为土家族文学才算合适、合理。

如果不以作家的民族出身,而以作品反映的民族生活为主要条件来区分,那么,还会出现违反常识的判断:一个作家与他的作品分属不同的民族,一个作家的作品分属几个民族。如,王玉胡是新疆反映少数民族生活有成就的汉族作家,他的作品,一部分是反映维吾尔族生活的(如电影《绿洲凯歌》《黄沙绿浪》等),属维吾尔族文学,一部分作品是反映哈萨克族生活的(如电影《哈森与加米拉》),属哈萨克族文学,一部分作品是反映汉族生活的(如《沙漠里的战斗》),属汉族文学;同样地,老舍的作品,一部分是汉族文学(小说《骆驼祥子》、话剧《龙须沟》等大部分作品),一部分是满族文学(小说《正红旗下》、话剧《茶馆》等少数作品)。很显然,这种分法是荒谬的,说明作家出身与作品归属不统一的分法是不科学的。以作品所反映的民族生活为主要条件来区分文学的民族归属是不科学的。只有以作家的民族出身为准,将老舍的作品划归满族文学,将王玉胡的作品划归汉族文学才比较合适。

还有相反的情况可以证明以作家出身为标准来划分是正确的:英国大剧作家莎士比亚,不少著作取材于丹麦(如《哈姆莱特》)和意大利(如《威尼斯商人》《罗密欧与朱丽叶》《奥赛罗》)的故事,然而,他的作品谁也不认为是丹麦文学、意大利文学,而认定是英国文学;同样,在俄国,普希金、莱蒙托夫写了高加索的诗;列夫·托尔斯泰、果戈里写了些乌克兰哥萨克的小说,但是在俄国文学史中,人们都认为这些作品是俄罗斯文学,从来不把它们划归少数民族文学。这种事例,在许多国家之间存在,它有力地证明,作家的民族出身是判定他的作品民族归属的决定条件。只有在出身这一决定条件的前提下，反映生活、题材这一因素才能显示出它的重要性。

关于作品所使用的语言文字问题

作品所使用的语言文字，本来是形成某一民族文学的重要标志。因为使用本民族的语言文字，能更真实生动地描写本民族人民的生活斗争，刻划本民族人民的性格心理，更易于为本民族人民所了解和接受。在各民族文学的历史发展中，它的重要性充分显示出来了。

但是，从历史文化发展的总趋势看，由于各民族文化发展的不平衡，由于各民族间的交往越来越频繁与密切，这一民族的作家用那一民族的语言文字写作的情况越来越多，特别是一个国家中，经济文化发展缓慢的少数民族作家越来越多的人使用这个国家的主体民族——人口较多、经济文化较发达的民族的语言文字进行创作。在我国，由于历史上各民族不平等现象的实际存在，特别是解放后社会主义民族关系的发展，少数民族作家使用汉语汉文创作的情况，比较普遍。目前我国五十五个少数民族中，使用本民族语言文字进行文学创作的只有蒙古族、维吾尔族、朝鲜族、哈萨克族等几个民族（就这几个民族中也有越来越多的作家使用汉语汉文创作），大多数少数民族都使用汉语汉文创作，我们不能因为他们使用的是汉族语文就否认他们的作品是少数民族文学，如蒙古族作家玛拉沁夫、彝族作家李乔、白族诗人晓雪、壮族作家陆地、回族作家哈宽贵等，他们都使用汉文创作，我们能把他们的作品划归汉族文学而排斥于蒙古族、彝族、白族、壮族、回族的文学之外吗？不能，因为他们出身于少数民族，长期生活在本民族人民中间，其作品反映的是本民族的生活，为本民族人民所承认，接受和熟知。因此，只能将他们的作品划归他们所出身的民族的文学。

在少数民族作家中，除去使用汉语文字创作的以外，由于种种原因，使用别一少数民族文字进行文学创作的现象也是很多的。如在新疆，有十三个民族，多数少数民族因为没有或无法使用本民族语言文字进行创作，不得不借用维吾尔文或哈萨克文创作。如柯尔克孜、塔吉克、乌孜别克、塔塔尔、锡伯等许多民族的作者就是如此。我们不能因此说他们的作品是维吾尔族文学、哈萨克族文学,而应该认定是作家出身的那一民族的文学,即柯尔克孜族文学、塔吉克族文学、乌孜别克族文学、塔塔尔族文学、锡伯族文学。

如果以语言文字为标准划分文学归属,那么主要不是使用汉语汉文而使用世界语创作的天津诗人苏阿芒,他的作品就应该改变族别国籍;不是汉族文学和中国文学,而成了哪一民族、哪一国家也不属于的"世界文学"了。这显然是不行的。

由此可见,作品所使用的语言文字,在划分文学的民族归属问题上,不能是决定的条件,只是次要的、从属的条件。

考察了以上不同的情况之后,我们可以得出比较正确的、比较合乎实际情况的概括结论:作家出身于某一民族是判定其作品是某个民族文学的决定因素,作品所反映的生活和使用的语言,是构成某一民族文学的重要因素,但在区分文学的民族归属上,只是次要的、补充的因素,不是主要的、决定的因素。换句话说,在区分作品的民族归属上,我们主张"唯出身论",因为这样简单明了,比较合适,也比较合理。这样区分,有利于贯彻党的民族政策,有利于少数民族作家的成长和文学创作的发展、提高,有利于生活在别一民族地区的作家反映当地的民族生活,有利于各民族文学之间的交流、学习、取长补短、共同提高。

二、与此相关的两个问题

看了上文,有人可能想,是有道理。但仍有疑问:这里讨论的是文学作品的民族归属问题,应该主要从文学本身着眼,这样以作家的民族出身为决定条件来论述问题,是不是忽视、贬低了文学本身的特点,否认和降低了作品内容和形式的重要性呢?是不是没有考虑文学作品在群众中的影响这个重要问题呢?

现在就这些问题来进一步阐述我们的意见。

民族特色和民族区分两个概念，不应混淆

我们认为，就文学本身而言，文学作品中所反映的生活和所使用的语言文字，是形成某一民族文学特色的重要因素，但是，文学作品通过内容和形式表现出来的民族特点，和文学的民族区分，虽然也有互相联系的一面，但毕竟是两个不同的概念，不能混为一谈，因而也就不存在忽视和贬低文学的民族特色问题。

一个民族的文学，它的民族特色，是通过众多的本民族的文学作品，特别是具有代表性的优秀作品所显示出来的一种特色，是这一民族文学所特有的，不同于别一民族文学的特点。民族特色主要是由民族生活与民族性格决定的。因此，真正反映本民族人民的生活和传统的作品，都会具有本民族文学的特色。

但是，有些民族作家的作品，由于种种原因，反映出本民族文学的特色较少，或者完全没有本民族文学的特色，而受别一民族文学的影响较深，类似于别一民族文学的特色，这样的作品，我们认为只能说不具有本民族文学的特色，或者说丰富与发展了本民族文学的特色，而不能否认它是这一民族的文学。比如元代维吾尔族散曲家贯云石的作品，使用的是汉族语文和汉族文学样式，反映的生活和思想感情与汉族曲家无异——他与汉族曲家徐再思的创作并列，合称为《酸甜乐府》就是明证。而同他之前与之后的、使用古维吾尔语文创作的维吾尔古典诗人的作品截然不同，我们只能说，贯云石的作品缺乏维吾尔族文学的传统特色（实际上维吾尔族文学创作的传统主要在贯云石以后才发展形成起来的），受汉族文学影响极深，而不应否认他的作品是维吾尔文学的一部分；与此相反，汉族作家王蒙，由于长期生活在维吾尔人民之中，懂得他们的语言、历史、文学及人物的性格、心理、兴趣、爱好等等，因而在他一部分反映新疆维吾尔人民生活题材的作品中，如《书记、队长、母猫与半截筷子的故事》《买买提处长轶事》《这边风景》等作品中，却富有较为浓厚的维吾尔文学的民族特色与风格特点。对于这些作品，我们只能说是受维吾尔文学影响很深的、富有维吾尔文学特色的汉族文学，而不能认为是维吾尔族文学。

文学的民族特色，往往随着时代的演进，这一民族生活和文学创作的发展变化而发展变化，绝不会一成不变，僵死固定；就是在同一时期，由于每个作家的经历、思想、能力、描写对象、表现手法、创作风格的不同，也会显示出千变万化、千姿百态的情况，绝不可能完全相同，一刀切，一个样；而且，由于文学的民族特色是由生活这一根本条件决定的，所以不仅本民族作家能够取得这一民族文学的特色，别一民族出身的作家，经过努力，也会不同程度地表现出这一民族文学的某些特色；甚至可以因为对生活的反映非常“地道”，而具有鲜明的民族特色，与这一民族的优秀作家的作品无异。而文学的民族归属，划分一个民族文学范围的标准，却不能随着民族生活和民族文学特色的变化而迅速变化，而具有较为稳定的客观因素。它的变化，主要是随着民族之间的融合的演进，民族特性和民族界限的逐渐消失而缓慢变化。因此，我们讨论区分民族文学归属的标准和讨论文学的民族特色不是一回事，因而也不存在什么忽视、贬低民族特色，不存在忽视和贬低文学本身的内容与形式的问题。

作品的影响不是划分民族归属的决定条件

有的人提出，像蒲松龄、老舍、李准等这一类作家，虽然出身少数民族，但不能算少数民族作家，更不能将他们的作品算作少数民族文学。原因是他们的作品在本民族人民中影响不大或没有影响；相反，倒是在汉族人民中影响很大。因此，应该划为汉族作家、汉族文学。

根据这种意见和分法，作品的客观影响主要在哪个民族，则应划为哪个民族的文学，也就是说，作品的影响范围是划分其民族归属的主要条件。这种意见，乍一听，有一定道理；但仔细分析起来，则觉不然。因为作品在一个民族中影响的大小，不仅有其本身的因素，也有客观的因素。

就其本身来说，作家出身于本民族、作品反映本民族生活和使用本民族语言文字，都会引起本民族人民思想感情的共鸣，容易为本民族人民所了解，而加强其作品在这一民族人民中的影响。但是不具有这些因素的作品，如果经过翻译、介绍，仍然可以在这一民族人民中产生很大的影响。高尔基的作品属于俄罗斯文学，但它对苏联各少数民族人民与文学的影响是巨大的。苏联文学史家斯柯守烈夫称高尔基是“可以无条件地被称为苏联各民族艺术文学之父”；同样，以鲁迅为代表的我国“五四”以来的优秀作品，在我国各少数民族人民中影响也是很大的，它直接哺育和促进了各少数民族现代文学的发展。而《阿凡提的故事》这一新疆维吾尔、哈萨克等民族的民间文学，由于大量翻译介绍传播，为汉族人民所熟悉和喜爱，在一定程度上影响和促进了汉族讽刺文学的创作。这就使我们联想到我国文学史上一些看似复杂、实则简单的问题：

南北朝时期被斛律金用汉文翻译、保存下来的北方游牧民族的民歌：“敕勒川，阴山下，天似穹庐，笼盖四野；天苍苍，野茫茫，风吹草低见牛羊。”两千年来，在汉族人民中流传，被写进中国文学史。而古维吾尔语文文献中没有此民歌的记录，在维吾尔人民中并无影响。然而，当我们的文学史家考证出它是维吾尔人在鄂尔浑河流域生活时的一首民歌时，维吾尔族人民仍然把这首民歌视为自己民族最初的文学创作，承认它。这就说明，所谓影响，主要是要了解，不了解就不会有影响，了解了就会有影响。本民族作家反映别一民族生活的作品，不了解固然不会有影响。本民族作家反映本民族生活的作品，如果不了解，也谈不上有什么影响。再如前面已经提到过的贯云石，已被文学史家承认为维吾尔族曲家，但他的作品维吾尔人民尚不熟悉，也就是说，在维吾尔族中至今没有影响。但是，就因此把他的作品排斥于维吾尔文学之外吗？如果经过翻译、介绍，使当今的维吾尔人民知道，在元代，我们民族中还有人用汉族的语文和文学样式写过散曲，为祖国的文学发展做出过一点贡献，那么维吾尔人民未必会不承认他们有这样的作家和这样的文学。事实上，现在人们已经把他的作品当作维吾尔族文学的一部分研究了。唐代维吾尔人坎曼尔用汉语文写诗，情况和贯云石完全一样，同样应该承认是维吾尔文学。

其实，蒲松龄、老舍、李准等人的情况和贯云石完全一样。既然人们能承认后者是少数民族作家（原因是早就知道他出身于少数民族），既然后者的作品根据其主要影响范围在汉族群众中定为汉族文学被视为勉强、不妥，那么前者为什么就要根据其在汉族群众中的影响，定为汉族文学，而且觉得合适，不勉强，没有什么不妥呢？这种同样情况、两种分法的做法，恰恰证明：根据作品的影响范围划定作品的民族归属是不正确的、不合适的，这种理论是不能成立的。

其次，从实践上讲，这样划分也不公平、不合理。汉族是我国的主体民族，它的经济文化的发展，一般地说，比各少数民族要发达些，文化传统较悠久丰富，作家队伍与水平也较宏大与雄厚。因此，各少数民族出身的作家，学习和使用汉语汉文创作，这是一个历史现象，历史趋势，是少数民族作家开阔眼界，增长知识，提高艺术修养，攀登创作高峰的途径之一。我们在鼓励少数民族作家使用本民族语言文字进行文学创作的同时，也不应制止或否定用汉语文创作。如果我们否认出身于少数民族的作家用汉族语文创作的作品是少数民族文学，那势必在实际上削弱了少数民族的创作队伍，减少了少数民族文学创作的成就，否认了每一个少数民族文学的多样性和他们在各民族文学交流中所做出的贡献。时代在前进，我们的事业也在发展。随着祖国“四化”建设的推进，随着各民族文化交流的日益增进，各少数民族的一切，也会慢慢起变化。我们应该创造一切条件，使少数民族与汉族之间，各少数民族之间的实际不平等逐渐消灭。因此，少数民族出身的作家，不管他们写什么，怎么写，用什么语言文字写，只要能创造出优秀的文学作品，我们都应该肯定，鼓励，并且毫不动摇地承认他们的作品是少数民族文学，而不应该相反。

三、加强少数民族文学研究刻不容缓

我们中华民族，自古以来是在各民族的合作与争斗之中发展、融合而成的，至今仍有五十六个民族存在。我们中国文学史，也浸透了各民族文化的墨迹，是各民族人民共同写成的，每个民族都程度不同地为发展我国丰富多彩的文学贡献了自己的智慧与劳动。但是，由于历代统治阶级实行民族压迫和民族隔离政策、大汉族主义、地方民族主义、民族隔阂、民族间实际存在的不平等情况、文化落后等等，妨碍了人们对少数民族文学进行科学的研究并给予合理公平的评价。致使我们至今对各少数民族文学理论上的问题，像民族文学划分这样 ABC 的问题，都没有科学的解释和较为合理一致的看法；致使少数民族文学不能写进中国文学史，或者即使客观上已经写进了，但是并没有从少数民族文学的角度进行研究分析，而把他们混同于汉族作家与汉族文学，致使人们根本不知道在我国文学历史上，还有少数民族的作家与文学。这就势必忽视和抹煞了少数民族在整个中国文学发展中应有的地位与作用。这说明，我们的少数民族文学研究（包括史与论）十分薄弱，它大大地落后于客观形势的发展。不迅速改变这种情况，势必妨碍我们同心同德地向四个现代化的目标进军，不利于当今各族人民向文学高峰攀登。

迅速组织、锻炼和培养少数民族文学研究人才，特别是少数民族出身的文学研究人才，刻不容缓，愿少数民族文学研究工作多出成果，快出成果，迅速改变目前的落后状况。

一九八〇年五月一稿于北京
一九八〇年九月二稿于乌鲁木齐
载《新疆大学学报》一九八二年二期
收入《少数民族文学论集》（第二集）
（中国民间文艺出版社 1985 年出版）

小议民族特色

我们在阅读一个民族的文学作品时，常常感到有一种特殊的、与众不同的“味儿”在，这种特殊的“味儿”，往往是它取得成功的重要因素，也是吸引人们阅读它、欣赏它，从而广为流传、长久流传的重要原因。这应该说，就是文学的民族特色吧！

在我们祖国的文学百花园中，需要各个民族开放出独具色香的新花；各民族的文学创作，应该努力使自己具有更浓厚的民族特色。文学创作实践告诉我们：越是具有民族特色和民族独创性的作品，越会为全国人民乃至世界人民所接受、所珍爱，越具有全国意义和世界意义。

文学的民族特色不是凭空捏造出来的，它是一个民族的社会生活、历史传统和民族精神、民族特性在文学上的反映。一个民族越是具有不同于别一民族的民族特性，它的文学作品就可能越具有更鲜明的民族特色。

文学作品的民族特色，不仅表现在内容上，即它所反映的社会生活、斗争，它的特殊环境，也表现在活动于这个生活环境中，具有特殊的心理状态、特殊性格气质的人物形象上；同时，不可避免地也必然表现在受历史环境、生产与生活方式制约而发展起来的，为本民族人民群众所喜闻乐见的文学表现形式、艺术手法上。总之，文学的民族特色是一个民族文学的内容与形式、思想与艺术完整结合中所显示出来的一种特色。不能简单地把民族特色理解为民族形式的特点、表现手法的特点，也不能仅仅从作品所反映的生活内容方面去探求民族特色。

因此，一个作家要使自己的创作具有鲜明的民族特色，不外乎从两个方面入手：一是要深深地植根于本民族人民生活的土壤中，了解和熟悉本民族的现实和历史，它的经济和政治的沿革，生产与生活方式的递变，生活环境与风光习俗的演进，以及人民的心理、性格、趣味、爱好，从中获得创作的源泉；同时，又要努力学习本民族的文学传统，寻找自己创作的借鉴，继承和发扬本民族文学的艺术特色。只要一个作家具备了这两个条件，他就能够写出为本民族人民所喜闻乐见的具有民族特色的作品来。

但是，在很长一段时间内，阻碍人们创作出具有民族特色的作品，并不在作家不具备上述两个条件，而在于创作思想上的某些禁锢或片面的理解。因此，端正创作思想，在目前有特殊的意义。不解决这个创作思想问题，实际创作中的民族特色就出不来或不能充分地表现出来。

我们各民族的文学创作，究竟应立足于写“同”还是立足于写“异”？我认为应是后者。许多年来，我们强调共同性，忽视特殊性。在对待民族文学创作上，也往往强调共同的内容多，忽视和否定了各民族特殊的生活内容。各民族在党的领导下，共同走社会主义道路，现在又同朝四化目标奋进。但是，由于每个民族的历史、基础不同，他们在走社会主义道路，奔四化的途中，所遇到的情况也不可能一样，必然千差万别，千变万化，必然带着本民族的特殊性。我们文学创作，应该努力捕捉和表现这个特殊性。这样做了，只可能丰富我们文学的社会主义内容，而不会相反。另外，今天并肩携手走在社会主义大道上的各族人民，他们是怎样走到这条道上来的？他们各有自己的历史，能不能表现他们历史上不同的斗争经历，不同的命运，不同的历史脚步呢？即不仅表现在中国共产党领导下的斗争，也表现党领导之前的近代的、古代的斗争。我认为，不仅应该，而且十分必要。然而，在选材问题上，我们过去存在着很多禁区，可供作家们写作的历史题材极少。今天，我们应该批判极左路线，要解放思想，打开禁区。我们的少数民族作家，不仅应该在现实生活中取材，也应该在本民族的历史生活中取材。各少数民族作家完全可以写自己民族的历史人物、历史事件，选取那些最能表现本民族历史命运，最能代表本民族的英雄人物的题材进行创作。这样做，不仅能帮助本民族人民了解自己的历史，总结历史斗争的经验教训，发扬本民族的优秀传统，而且也可以增进各民族之间的相互了解。只要作家运用马列主义的历史唯物主义观点去分析和表现本民族的历史，这种创作，只会有利于人民同心同德的携手合作，走社会主义道路，而不会相反。

如果我们在实际上解决了这两个思想问题，那么就会促进少数民族文学更快的发展，也必然大大增强少数民族文学创作的民族特色。

自然，在解决了这个问题之后，也不能不注意解决创作中存在的另外一些问题。比如说，如何使民族特色与时代精神统一起来，使时代精神寓于民族特色之中？我觉得，作家要在深入生活和观察研究生活上下功夫。将时代精神与民族特色结合起来，民族特色就会成为永远新鲜流畅的活水，保持其永不衰微、永不褪色的艺术魅力，就会随着生活的发展而不断发展、创新。其结果，一个民族文学的新传统（包括新形式）将会应运而生。这就是民族文学的发展。

一九八〇年五月于北京

载《光明日报》一九八〇年七月三十日

祝少数民族文学鲜花盛开

在党的亲切关怀下,《新疆民族文学》已经创刊了!

这是一个专门翻译介绍新疆各少数民族文学的汉文刊物。创办这样的刊物,是各族人民久已期待的心愿,是新疆各民族文学事业中的一件大喜事。

这个刊物,将是我国社会主义文学大花园中的一个花圃,她将种植着生长在天山南北广阔的草原、沃野、雪山、盆地之中的各色花卉。这些花卉,是新疆各族人民用心血浇灌的花朵,她姿态独具,色香各异,是值得驻足观赏的。

新疆,这块古来称为西域的地方,如今聚居着十多个少数民族。这些民族,世世代代在这片土地上劳动生息,为缔造我们伟大的祖国都做出了各自的贡献;各族人民也用自己的聪明才智创造出了具有鲜明的民族特色的文化传统和文学艺术作品。其中某些文学样式的发展如长篇叙事诗与英雄史诗等,是我国多民族文学艺术宝库中的一份珍贵财富,对我国各民族文化的互相交流,互相影响,也曾起过一定的作用。这些民族文学中的巨著,不仅世代哺育着本民族文学的成长,受到人民群众的喜爱,而且为全国和世界的学者所瞩目,在古代东方文化中享有很高的声誉。

新中国成立后,新疆各少数民族文学开创了一个崭新的局面,其发展之迅速,成绩之巨大,是史无前例的。文学创作得到了很大发展:作家队伍或从无到有,或从小到大,不断成长,形成一支可观的队伍;传统的文学得到了进一步发扬,一些不曾有过的文学样式,也逐渐发展起来;具有鲜明的时代精神和民族特色的好的作品不断涌现。同时,文学遗产也得到了初步的发掘和整理。文学事业呈现出生气勃勃、欣欣向荣的繁荣景象。然而在“四人帮”制造的十年浩劫期间,各少数民族文学受到了空前的摧残与践踏。值得庆幸的是作家队伍并没有被摧垮,文学作品也无法扫荡,他们是扎根在人民心灵中的劲草,野火烧不尽,春风吹又生。当祖国度过了寒冷的冬日,迎来明媚的春色的时候,新疆各少数民族文学又开始复苏、发展,作家队伍比以前更壮大,新的创作不断涌现,其中长篇巨制也日渐增多;为了继承和发展各民族文学传统,文学工作者越来越重视文学遗产,特别是民间文学的搜集、整理、发表。现在,新疆各少数民族作家和文学工作者,正用辛勤的劳动,创造着更加丰美的果实,向时代奉献,向人民奉献!

周扬同志在一九八〇年七月召开的全国少数民族文学创作会议上的讲话中,曾经强调,为了发展少数民族文学,壮大少数民族文学队伍,有必要按照需要和可能出版介绍和传播各民族的文艺书刊,一方面发表自己的作品,交流创作经验和研究成果,另一方面在各少数民族文学之间,以及少数民族文学和汉族文学之间,进行互相翻译介绍的工作,这是建设我国多民族的社会主义文学所不可缺少的。周扬同志的讲话,对于发展我国多民族的文学事业,具有重要的指导意义。

面对着新疆各少数民族文学发展的喜人形势,和在少数民族文学书刊园地不断扩大的情况下,越来越迫切地要求我们加强少数民族文学的翻译、介绍工作,以促进各民族社会主义文学的交流与发展,增进全国各族人民对新疆各少数民族文学的了解。在这方面,虽曾做过大量的工作,但仍不能满足今天的需要,《新疆民族文学》的创刊,将解决这个矛盾。

为了完成这一光荣的任务,我们《新疆民族文学》将坚定不移地坚持文艺为人民服务、为社会主义服务的方向,积极宣传三中全会的路线和四项基本原则,贯彻党的民族政策和“百花齐放、百家争鸣”的方针，团结和培养各民族的文学创作队伍和翻译队伍，为发展多民族的社会主义文学事业，为加强民族间的文艺交流和民族团结，做出自己应有的贡献。

《新疆民族文学》是一种大型文学季刊，她将主要发表新疆各少数民族作家和作者创作的各种文学作品，也将不断地介绍和发表这些民族的民间文学、古典文学以及尚未翻译、介绍的现代和当代优秀创作，刊登有关这些民族文学的评论、研究、介绍文章；鼓励各种题材、体裁、形式、风格的作品鲜花竞放和各种学术见解的有益争论。

目前，我国各族人民正在党的指引下，为把我国建设成为具有高度的物质文明和高度的社会主义精神文明的伟大祖国而努力奋斗。文学创作是建设精神文明的重要工作，作家是人类灵魂的工程师，担负着塑造社会主义心灵美的一代新人的任务。这任务是高尚的，也是艰巨的。我们的作家要努力与人民、与时代相结合，创作出具有强烈的时代精神和鲜明的民族特色，深刻的思想内容和优美的艺术形式相结合的文学作品，才能不辜负时代和人民对我们的期望。

祝我国多民族的社会主义文学事业繁荣昌盛！

祝新疆各少数民族文学鲜花盛开！

一九八一年四月于乌鲁木齐

载《新疆民族文学》一九八一年创刊号

《新疆少数民族短篇小说集》前言

记得，在全国人民热烈庆祝建国十周年之际，上海文艺出版社曾专门出版了一本《新疆兄弟民族小说选》，向全国人民介绍了新疆各少数民族创作的第一批成果。此后二十多年，新疆各少数民族的小说创作，也和全国的文艺创作、和祖国的命运一样，经历了几度的风雨，时而发展，时而遭劫。而今，当祖国迎来第二个春天，党的十一届三中全会的阳光雨露照耀天山南北、滋润广阔的山川沃野之后，新疆各少数民族的小说创作又开始复苏并蓬勃生长起来了。新疆人民出版社的同志采英撷华，从散发在不同刊物杂志中的大量短篇新作中，选取了一组较好的作品，又适当增加建国后十七年各少数民族中的优秀作品，编辑成这本书，奉献在广大读者面前。这本书，在很大程度上反映了近几年新疆少数民族短篇小说创作的兴旺与丰收，同时又在一定程度上体现了它的历史发展的脉络。因此，它对于我们了解新疆各少数民族人民富有特色的生活和文学，是必不可少的读物。

《新疆少数民族短篇小说集》展现在我们面前的，是富有时代精神和民族特色的丰富多彩的生活剪影，是富有民族秉赋和个性特征的栩栩如生的人物形象。编者根据作品所反映的生活内容，将小说分编为三组：第一组十四篇，反映的是粉碎“四人帮”后社会主义革命和社会主义建设新时期的生活；第二组六篇，是新中国成立后五十至六十年代的生活，第三组二篇，是解放前封建剥削制度下的生活。从这三组作品中，我们可以窥见新疆各少数民族不同历史时期的生活状况之一斑——他们在旧社会的阶级压迫与反抗，人民的苦难与挣扎;解放后在走上社会主义道路中的斗争与欢乐,人与人之间(包括民族与民族之间)的无私诚挚的友好关系,在不断清除“四人帮”极左路线的流毒中,各条战线的人民向祖国“四化”道路迈进的矫健身影、新的精神风貌和高尚道德情操的重新确立。

小说集中的二十二篇作品,虽然思想与艺术水平参差不齐,但在选择题材、开掘主题、人物塑造、艺术构思等方面,都有自己的独到之处。比如:同是描写党纠正极左的农村经济政策给农民带来的巨大变化,《尼牙孜老汉的杏》立足于当前,写得明快而诙谐,有浓厚的维吾尔文学色彩;《先后》则着眼于历史发展,严峻而令人深思,具有回族生活特色。同是批评受极左思潮毒害的人,《刀朗青年》把主人公放在富有浓郁的民族生活特色和乡土气息的农村生活环境里,通过他受到生活和周围人物的捉弄,对他进行了善意地嘲笑,最后让他转变了;而《在接待室里》则把主人公放在一个具有当代政治生活特色的人民来访接待室里,通过本人的夸夸其谈、自我解剖,对他进行了辛辣的嘲笑、有力的鞭笞。同是歌颂合作化道路优越性的优秀篇章,《锻炼》着重在改造懒惰的农民,人物形象刻画得细致而典型,充满了生活情趣和革命友谊;《起点》却着眼于批判单干思想和反对集体化道路的行为,对那场运动的描写有较高的艺术概括力。同是写解放前阶级压迫生活的,《斯拉木的同年》着重描写对待宗教迷信的两种截然不同的态度,爱憎分明,幽默风趣,有浓厚的喜剧风味;《遗恨》塑造了一个对主人具有封建愚忠思想的奴仆形象,描绘了他如何不知死活地为主人卖命,最后在悔恨中惨死的真实情景。故事惊心动魄,描写细致动人,结构严谨,立意含蓄,有深切的悲剧气氛。《神仙老人》描写在阶级压迫下一对恋人的悲惨遭遇,抒情与传奇色彩较浓,夹歌诗韵文于散文描述之中,熔民间故事与现代小说创作艺术于一炉,有独特的艺术个性和明显的浪漫主义色彩。而《努尔曼老汉与猎狗巴力斯》对“四人帮”爪牙在牧区的横行与危害有深刻而真实的揭露,又有较鲜明的哈萨克牧区生活特色,使它赢得了广大读者的好评,并获得全国优秀文学创作奖。

新疆各少数民族短篇小说创作所取得的成绩,是难能可贵的。新疆各少数民族过去的创作,基本上是韵文体,散文创作兴起较晚,二十世纪三十年代才开始出现。抗日战争时期,散文、戏剧创作一度活跃,之后,又慢慢有人尝试写小说。维吾尔族老作家祖农·哈迪尔就是最早运用小说体裁进行创作的人。但是真正出现小说创作的崛起,还是在新中国成立之后。建国后,从事小说创作的人已不是个别民族的个别人,而有较多的民族较多的人了;作品也逐渐摆脱讲故事的窠臼,出现了描写现实生活、刻画人物形象的作品。中华人民共和国成立后的十年,在基本空白的小说创作园地上获得了可喜的收成,出现了一批引人注目的短篇小说创作,本书中所收的《锻炼》、《起点》就是二十世纪五十年代小说创作的代表作,具有鲜明的时代感和民族特色。六十年代初期,小说创作继续发展,《斯拉木的同年》就是这时的优秀之作。近几年,小说创作发展很快,不仅短篇小说如雨后春笋般生长,中、长篇小说也相继诞生了。从事小说创作的队伍大大扩展,他们大都是七十年代、甚至八十年代才开始创作的中青年作者。他们的作品,不仅生活视野扩大了,把笔触伸向我们现实生活的各个领域,而且敢于接触现实生活中实际存在的矛盾,把歌颂各种各样的新的先进人物和揭露我们生活中一些不正常的思想行为结合起来,艺术描写真实可信。即使是描写历史题材,也敢于从生活实际出发,进行艺术加工,构思新颖。收在这个集子里的大部分作品(十六篇)是这一时期的创作。这些作品,虽然还没有出现超越前人的优秀力作,但同六十年代的作品相比,无论在创作题材的开拓、人物形象的多样、思想深度的开掘方面,还是在表现技巧的提高,创作思想的解放等方面,都有明显的进步。它们显示了这一代小说创作水平的提高、而且已经出现了创作甚丰、影响较大的小说作者。因此我们满怀着希望,也许在不久的将来会出现小说创作的新突破,会有一批具有高度思想和艺术力量的优秀作品出世!我们期待着这一天早日到来。

一九八一年九月二十四日于乌鲁木齐

学一点少数民族文学

学一点少数民族文学，对于我们从事文学工作的同志来说，是十分必要和重要的。少数民族文学有许多重要特色，独具丽质。少数民族文学，有利于文学的深造、理论的提高。同时学习少数民族文学将对促进祖国统一、民族团结及各民族文学的交流与发展有重要作用。因此，我们生活在边疆少数民族地区的文学工作者，无论是从事创作、理论还是编辑工作的，都应该学一点少数民族文学。具体说，有下面四方面理由。

一、正确认识少数民族对祖国文化事业的贡献，消除和弥补历代对少数民族文学的歧视或忽视

我国现有五十五个少数民族。他们在祖国的建设和发展中，历来起着重要的作用，是绝对不能忽视的力量。斯大林同志曾说："每一个民族，不论其大小，都有它自己的本质上的特点，都只属于该民族而为其他民族所没有的特殊性。这些特点便是每一个民族对世界文化共同宝库的贡献，补充了它，丰富了它。在这个意义上，一切民族，不论大小，都处于同等的地位，每一个民族都是和其他任何民族同样重要的。"①这种论断，不仅从政治上、文化上讲是如此，从文学的实际情况来看，也是如此。正确认识少数民族在文化、文学各领域的实际贡献，有助于消除民族间的隔阂，有助于消除历代统治阶级制造

① 《在欢迎芬兰政府代表团的午宴上的讲话》，1948年4月13日《消息报》。

和遗留下来的在政治、思想上对少数民族的歧视，实现各民族的团结友爱。高尔基在《苏联各族人民的创作》一文中曾经说："语言艺术——文学——能促进人们之间的相互了解……不同部族的人们，对于彼此的心理——灵魂——知道得越清楚，他们向既定的伟大目标前进的步伐就会越一致，越迅速，越顺利。"文学是促进民族了解的最好媒介，学习各民族文学，是促进各民族团结和友谊的最好的手段之一。遗憾的是，我们过去的文化史、文学史，不讲少数民族的文化、文学，即使讲到，也都融合于汉族文学之中了，没有从多民族的角度去研究和阐述这个问题，这不能不说是历代文学研究和文学史编著中的一大缺陷。

其实，中国文学史上的文学创作，一开始就是由多民族文学组合、交融而成的。在汉代以远、秦始皇统一中国之前，文学便是多民族的。我国最早的诗歌总集《诗经》，主要是北方黄河流域华夏族的民歌，稍后的《楚辞》产生于南方荆楚之地，那里的人民并不都是华夏族，主要是苗族，还有其他民族，是当时的少数民族，其文化主要是巫文化，这种巫文化与华夏文化的结合，便产生了以楚辞为代表的楚文化。因而屈原的《离骚》《九歌》及其他楚辞作品的风格与《诗经》迥然不同。春秋战国时的诸子散文中，《庄子》就明显地受了南方楚文化的影响，因此在风格、气质上，不同于《孔子》《孟子》《墨子》等其他各家。在《孟子》中，有楚人向北方学习的记载："陈良，楚产也。悦周公、仲尼之道，北学于中国。"①可见那时南北方不同民族的人民是互相学习、取长补短的。而作为汉代文学的正宗"赋"和乐府，正是在先秦的《诗经》和《楚辞》的基础上发展起来的。这就说明，汉族文化是古代各民族共同创造的。

汉代以前如此，汉代以后又何尝不是呢？魏晋南北朝时期，许多很好的北朝民歌，已经写进历代文学史中的，就是北方少数民族的民歌：如《琅琊王歌》《折杨柳歌》《敕勒歌》等等。《敕勒歌》是北齐名将

---

① 孟子（卷五）滕文公上。

斛律金所唱的敕勒民歌。敕勒是当时居住在漠北的一部分游牧部落的名称,又称高车、丁零,即以后的维吾尔族。这首诗,脍炙人口,已经写进维吾尔文学史。至于中国文学史上的著名作家,如元代散曲家贯云石是维吾尔族,元代诗人萨都剌是回族,清代词人纳兰性德是满族,清代小说家蒲松龄是蒙古族,曹雪芹是满族,当代作家老舍也是满族。他们对中国文学的贡献是有口皆碑的。但过去并未从多民族的角度阐述这个问题,而是把他们混同于汉族作家,把他们的作品融合在汉族文学之中了。这无形中使人忘记了我国历史上少数民族对祖国文学的巨大贡献,使人忽略了中国文学史是由中国各民族共同创造的这一历史事实。

高尔基曾在苏联第一次作家代表大会上的报告中说:"我认为必须指出,苏维埃的文学不仅是俄罗斯语言的文学,它乃是全苏联的文学。……我们没有漠视少数民族的文学创作的权利。虽然我们比他们的人多。艺术的价值不是用量而是用质来测度的。"①因此,真正的社会主义文学,必须消除对少数民族文学的漠视,改变历代统治者和文学史家的错误做法,弥补历来对少数民族文学的忽视,写出包括各民族的、不同文字创作的文学的历史,真正的中华民族的文学史。

解放后,文学研究界已经注意到这个问题,并着手进行工作了。一九五八年七月十七日,中共中央宣传部在北京召开的"全国民间文学工作者大会",座谈了编写少数民族文学史或文学概况的问题,使这一工作开始进入有计划、有组织领导的阶段。一九六一年三月,中国科学院文学研究所召开少数民族文学史讨论会时,已编出了少数民族文学史十种,文学概况十四种。一九六六年前,《蒙古族文学史》《白族文学史》《傣族文学史》《壮族文学史》等等都印出了初稿。当时新疆由于各方面的原因,没有行动起来,一九七九年中国科学院文学研究所制订了"全国少数民族文学概况编写计划",召集了全国少数民族文学史编写工作座谈会,推动了这一工作的进行。以后新疆

① 见《苏联的文学》一文,引自《文学论文选》人民文学出版社1958年版,第352页。

在全国有关部门的组织和督促之下,组织人力写出了维吾尔、哈萨克、锡伯、塔吉克、乌孜别克、俄罗斯等六个民族的文学概况,现在《中国少数民族文学》已经正式出版。编写文学史,这是一件艰巨而又细致的研究工作,需要很多人力和很长时间,也许,一代还不能完成,需要两三代才能完成。但这是一件必须完成的工作。

我们要完成真正意义上的中国文学史,必须摸清中国各少数民族文学发展的情况;必须有一批优秀的文学翻译人才,将少数民族语言文字的文学作品,准确、通畅、优美地译成汉文;而且要有一批真正有研究的文学专家去撰写少数民族的文学史。只有这样,我们才能写出符合我国文学发展实际的、多民族的中华民族文学史来,恢复少数民族文学应有的历史地位。

二、了解我国各民族文学交流的实际情况,促进少数民族文学与汉族文学更快发展

文学交流是促进文学发展的客观规律,这是为古今中外大量的文学实践所证明了的。毋庸置疑,这一规律,也在中国各民族文学之间发生着,起着作用。历史上如此,现在仍在继续。

首先是汉族文学影响着少数民族文学的产生和发展。这是公认的事实,最明显的莫过于文字的运用。一些少数民族最早的文字记载或文学创作,是借用汉字完成的,如朝鲜族在公元五世纪前,是借用汉字书写的,六世纪出现了用“吏读”创作的文学作品(吏读,是用汉字音义记读朝鲜语的文字形式),直到一四四四年创造出朝鲜文为止。壮族最早的书面文学出现在唐代,是用汉字写的,以后不断有壮人用汉文写诗作赋。白族在公元七世纪,唐代南诏国时期,曾借用汉字写作,直到十世纪才产生用汉字记白族语言的“白文”。土家族的书面文学开始于明清时期,用的是汉文。其他许多民族,如回族、满族等等,都是运用汉字汉语进行文学创作的。

新疆的维吾尔族,所操语言属突厥语系,其语言与文字自来与汉语文不同,但是其文化受汉文化的影响仍然是很明显的。维吾尔文学的滥觞——鄂尔浑、叶尼塞时期的碑铭(六~八世纪),都用汉文和突厥如尼文两种文字书写,其中《阙特勤碑》就是唐玄宗用汉文亲书;《暾欲谷碑》的开头说:“余贤明暾欲谷,深受中国文化之薰沐,因突厥当时属唐也。”①明白地记载了受汉唐文化影响的史实。碑铭文学产生在我国唐代维吾尔人居住在漠北地区的时期。其实,同时或稍后,汉文化对当时生活在新疆的维吾尔人民的影响,同样是很深的。《坎曼尔诗签》中有自题诗三首,其中《忆学字》曰:“古来汉人为吾师,为人学字不倦疲。吾祖学字十余载,吾父学字十二载,今吾学之十三载。李杜诗坛吾欣赏,讫今皆通习为之。”三首诗的后面落款是“纥坎曼尔元和十年。”纥即回纥,维吾尔族在当时的称谓,元和十年,即公元八一五年。诗签的另一部分抄的是唐代诗人白居易的《卖炭翁》,是元和十五年,即公元八二〇年。这两个诗签面对面地粘贴在一起,而其背面,都书写有阿拉伯文或古维吾尔文②。这说明,一千多年前的新疆,维吾尔人不仅使用着维吾尔文,而且世代努力学习汉文,并用汉文和汉族诗体写作。十世纪时,高昌维吾尔汗国时期的著名回鹘学者僧古萨里,曾用维吾尔诗歌的七音节挽歌体,翻译了汉文七言偈诵。高昌汗国时期的许多佛教经文,都是从汉文译去的。十世纪时,中原的印刷术就传至高昌回鹘地区,十世纪下半期,那里还使用了唐开元七年的历书(公元 719 年),节气与内地相同。在吐鲁番发现的一种粟特文史书残卷,有粟特语七曜日名称和十二生肖的名称,并有甲乙丙丁的汉字译音,显然是汉文翻译过去的。③ 古代如此,现代和当代更是如此。维吾尔族现代革命文学的开拓者,著名爱国主义诗人黎·穆塔里甫就努力向鲁迅、茅盾等汉族作家学习。他曾用木刻雕制鲁迅头像,向维吾尔人宣传鲁迅的革命精神,称赞“鲁迅是了不起的文学家,是我们的高尔基”。在他的文学论文中,多次提到

---

① 译文见李国香编著的《维吾尔文学史》第三章。西北民族学院汉语系研究所,1982 年编印。

② 引自郭沫若文《“坎曼尔诗签”诗探》,载《新疆考古三十年》第 392 ~ 395 页。

③ 参见《新疆简史》第五章有关论述。

要学习鲁迅的阿 Q、茅盾的吴荪甫的艺术典型。[①] 当代维吾尔族诗人、文学翻译家克里木·霍加也说:“我开始学习写诗,还是用汉文写的。”[②]“我们年轻的少数民族作家和诗人,必须把汉族文学作为自己经常汲取营养的园地,(在这一点上,我们不要学那吃进泥土又排出土粒的蚯蚓,应该学那博采百花而酿蜜的蜜蜂);必须把汉族作家和诗人拜为自己的最亲密的师傅(在这一点上,我们不要学那春天飞来、冬天飞去的候鸟,应该学那灯蛾,即使被烧死,也要飞向那盏明灯)。……积极地、认真地学习汉语和汉文。”[③]

其次,各少数民族文学也不断地影响着汉族文学,促进着汉族文学的丰富和发展。比如,在我国南北朝时期,汉族诗坛形式主义泛滥,宣扬玄学哲理的玄言诗、脱离人世现实的游仙诗、描绘声色艳情的宫体诗以及游戏诗等,充塞诗坛,齐梁文人的丽靡诗风,使汉族诗歌走向了死胡同;就连南朝的民歌也多写爱情,题材狭窄,有不少糟粕。然而那时的北朝民歌,反映了当时频繁的战乱和人民的勇武精神,刚健质朴,内容充实,为文坛吹进了一股健康清新的空气,推动了汉族诗歌的发展,孕育着隋唐诗的兴起。又如唐代诗人的作品中,有很多内容是来自少数民族的生活。那些“边塞诗”自不必说,“胡人”“胡地”的生活描写,使人们感受到少数民族地区特殊的生活情趣和风光景色;有的作品描绘了少数民族的歌舞、乐器,给人以新颖、动人的艺术享受;有的甚至揉合进少数民族的神话、传说,使作品带上了神奇浪漫的色彩,如岑参的《热海行》的“侧闻阴山胡儿语,西头热海水如煮……”,李白的《蜀道难》中“蚕丛及鱼凫,开国何茫然,尔来四万八千岁,不与秦塞通人烟……”的诗句就是“西域”传说和巴蜀神话的记录,有的甚至借用少数民族文艺形式进行创作,如唐诗人刘禹锡被贬官在巴山蜀水之间,他用极大的心思去学习民歌,写了著名的民歌体诗《竹枝词》,如“杨柳青青江水平,闻郎江上踏歌声。东边日出

① 引自托乎提·巴克《鲁迅著作在新疆》,载《新疆民族文学》1982 年第 2 期。
② 引自克里木·霍加自传,见徐州师范学院编《中国现代作家传略》第二辑。
③ 引自克里木·霍加《殷切的希望》,载《新疆日报》1962 年 5 月 30 日。

西边雨,道是无情却有情。”“山桃红花满上头,蜀江春水拍山流。花红易衰似郎意,水流无限似侬愁”等都是流传千古的佳作。《竹枝词》本是古代巴人唱的一种歌谣,是与音乐、舞蹈结合在一起的,因伴奏的短笛是竹枝制成,因而得名。而巴人则是现今我国土家族的祖先。成书于明代的我国著名神话小说《西游记》,吸收了大量西域少数民族神话故事,这是人所共知的事实;而汉族戏剧的发展,也是和吸收少数民族艺术经验直接相关的。在汉族文学发展史中,戏剧起源于唐代,形成于宋代,成熟于金元时期,元代是戏剧繁荣昌盛的时代。元人杂剧开创了我国文学发展史上的一个新时代,而元杂剧的成熟和繁荣,是受“金院本”直接影响的结果。女真人创建的金国,比同时代的宋朝,戏剧要发达得多。从一九五八年在山西发现的金代舞台模型来看,当时的舞台设置相当完备,角色众多,行当较全,分工明确,表现艺术相当成熟。女真人是现今满族人的祖先。因此可以说,我国汉族戏剧的发展和繁荣,有满族人民的巨大历史功绩在内。直到当代,解放三十五年来,我国出现了一大批反映少数民族生活的作家和作品,他们都受到了少数民族生活与文学的很大影响,有的作品甚至就是少数民族文学的改编和再创作。这些作品的出现,大大丰富了汉族文学,促进了汉族文学的发展与繁荣。

中国的汉族与各少数民族,都有她自己的优长,他们在文学上的贡献,促进了多民族文学的不断丰富发展,造就了中国文学的繁荣,为祖国创造了辉煌灿烂的精神文明。

三、考查中外文学交流情况,促进比较文学研究的重要领域

我国各少数民族,多居住在祖国的边疆,是我国与邻国及世界各国交往的孔道口岸,自然也承担着进行中外文化交流的任务。就拿新疆来说,它是我国通向欧亚的古丝绸之路上最重要的路段,是我国的中原文化、古希腊文化、印度文化和阿拉伯文化这古代四大文明汇流交融之地。在这里,世界三大宗教都留下了历史的印迹:在八世纪伊斯兰教传入新疆地区以前和以后一段时间,佛教(及其支派喇嘛

教)、景教(基督教在东方的一支)、摩尼教、祆教、萨满教等都在不同时期,为不同民族所信仰,这儿的语言丰富多样,突厥·蒙古·通古斯语系、汉藏语系、印欧语系、含姆·塞姆语系的多种语言,在此共存;历史上,生活在这块土地上的人民,使用过汉文、突厥如尼文、回鹘文、察哈台文,摩尼文、吐火罗文、粟特文、婆罗米文、波斯文、阿拉伯文、叙利亚文、希腊文等。这种纷繁复杂的情况,使新疆这块土地上的文化和文学出现了异彩纷呈的多种特色,学习和探讨这些文学的历史发展源流及其特色,是研究中外文化交流的极宝贵的得天独厚的园地。我国著名的学者季羡林就说过:"新疆对比较文学研究具备许多地区没有的条件"。①

新疆与中亚一些苏联的少数民族加盟共和国毗邻,而且有着历史的和现实的民族亲缘关系,他们之间的文学交往与影响,是极其明显的,尤其是在列宁领导的十月革命胜利之后,直至二十世纪六十年代初,这种交流的速度、深度和范围都更加扩大。苏俄各民族文学与新疆各少数民数文学的交流与影响,值得深入探讨比较。

新疆各少数民族文学与阿拉伯、波斯文学有着悠久的密切关系。且不说塔吉克族,因为塔吉克族的语言属印欧语系波斯语族,其古代文学与波斯文学几乎无法分开。单就属突厥语系的维吾尔、哈萨克等族的文学传统看,其关系也是很密切的。维吾尔古代文学从哈拉汗国时期到察合台文学时期,都贯穿着阿拉伯、波斯文学的巨大影响。十一世纪的《突厥语大辞典》是为促进阿拉伯人学习突厥语而编著、用阿拉伯文注释的;同时代的巨著、维吾尔族第一部长诗《福乐智慧》,采用的是波斯文学中的"阿鲁孜韵律",而自此,这种韵律贯穿维吾尔诗歌的古今,变成了维吾尔诗歌的基本韵律;维吾尔古典诗体,也多来自阿拉伯、波斯文学;千百年来,诗人们热衷于用阿拉伯波斯语写作,以显示自己文学修养之高深,波斯阿拉伯文学甚至在相当一个历史时期,成为维吾尔族从事文学教育的课本。这种现象,为我们

---

① 引自《新疆与比较文学研究》一文,载《新疆社会科学》,1981年创刊号第38页。

研究中外文学交流与比较,提供了丰富广阔的天地。

作家文学如此,民间文学同样如此。众所周知,新疆各少数民族中,机智人物故事十分发达。《阿凡提的故事》等等在人民群众中流传甚广,数百年来,家喻户晓。而这一文学样式的发达,固然与维吾尔等民族的性格有关,也不能不说与阿拉伯、波斯文学的影响有关。我国的阿凡提故事,有不少与土耳其的《霍加·纳斯列丁的笑话》十分相似,或者说出于同源。戈宝权同志写了不少这方面的文章,进行比较。在伊朗,流传着《波斯趣闻》,也是阿凡提趣事式的短小、诙谐的笑话,只是没有一个固定的主人公（如阿凡提)罢了。这种相似,是由于经济生活、宗教信仰的近似和地域接近等多种因素促成的,值得深入探讨。

著名的何拉伯民间故事集《一千零一夜》(即《天方夜谭》)的连环结构形式和许多故事情节,和哈萨克、维吾尔、塔吉克等民族的民闻文学十分相像。

比如,哈萨克族有一套长诗群《巴合提亚尔的四十支系》,这是由四十首长诗组成的。这组诗的开头,叙述一个国王非常信任的管库官巴合提亚尔,一次被众大臣们灌醉后,持刀进入国王的寝宫,大臣们借机诽谤管库官,要求国王杀了他。国王采纳了大臣们的意见。管库官酒醒后,不承认自己有杀害国王的动机,他给国王讲自己的经历和冤屈,引国王听,以延缓刑期。共讲了四十个。待讲完后,临刑前,一个商人闻讯赶来,叙述了管库官的身世。原来他是国王早年被迫遗弃的儿子。国王决定不杀他,并惩治了诬陷他的大臣。这个故事结构,就近似于《一千零一夜》中宰相的女儿山鲁佐德为拯救天下妇女不被国王害死,自愿嫁给山鲁亚尔国王,每夜给他讲一个故事的情形。哈萨克族还有《鹦鹉的故事》《四十个大臣的故事》也是类似的结构。《鹦鹉的故事》是说两个商人要外出经商,他令他的鹦鹉每天晚上给他的妻子讲一个故事,连讲了四十天,防止了妻子变心外遇事件的发生。《四十个大臣的故事》说王妃诬陷王子,要国王杀他。四十个大臣为王子辩护,轮番讲王子(好)的故事给国王听,以延缓刑期，而王妃为了促使尽快地施刑，又讲王子的（坏）故事。这个故事由一正一反八十个小寓言故事组成。据说，新疆卫拉特蒙古族的古典文学、托忒蒙古文《神灵之墓》也是这种结构形式的故事书。

新疆少数民族民间故事的情节也和《一千零一夜》中的许多故事情节十分相似。比如，塔吉克族故事《四十个魔鬼与宰相的女儿》中，宰相的女儿发现在自己家作客的商人是小魔鬼，便乘人不注意时，用烈性的毒汁把箱中的魔鬼变成焦炭，后来又在婚礼中一刀斩死了新郎——小魔鬼。这个情节就极类似《一千零一夜》中《阿里巴巴与四十大盗》中女奴马尔基娜半夜起来，把商人的油烧得滚烫，浇死装在坛子里准备起事的三十七个强盗，最后，又在家庭舞会上刺死客人——强盗头子的情节。哈萨克故事《巴合提拜比官》与《一千零一夜》的渔夫与魔鬼的故事相似。类似的例子是很多的。《一千零一夜》是中古时期中亚各地民间故事的汇集。而中亚的相当一部分土地，那时曾在中国的统辖之下，因此，这批故事不可能不与中国新疆各少数民族的民间文学有千丝万缕的联系。《一千零一夜》里的《阿拉丁的神灯》中，阿拉丁是中国都城的裁缝穆司塔发之子，其神灯藏在中国的一个城市的郊外。这些迹象表明，中国的新疆和中亚阿拉伯世界之间的历史渊源和交往，都反映在人民创造的文化之中来了。

新疆各少数民族文学与西欧一些国家的文学也有着一些亲缘关系，这是很有趣的现象。比如哈萨克族有一首叙事诗《流浪汉的故事》[①]，这是在阿勒泰地区哈巴河县搜集的，是由一位老年牧民演唱的。故事叙述一个饥饿的流浪汉，浪游到一个湖边，找到一只渡船，要求过湖。船夫答应了，但索取的报酬是，要他割下一磅腿上的肉。流浪汉急于过湖，被迫答应。但上岸后，要求船夫宽免，船夫不答应，流浪汉就逃，船夫就追。后来遇到了一位圣人木沙乌兰。圣人听了两人的申诉后，对船夫说：

---

① 载《新疆文学》1980年8期。

你应该从他腿上割一磅肉，
好将你的渡钱如数讨还。
但是你只能用刀割一次，
不能多一点，也不能少一点，
如果多割了你要用自己的肉赔偿，
如果少割了你要用自己的肉补全。

这个故事，这些情节，与英国大剧作家莎士比亚的《威尼斯商人》中，鲍西亚审案时，让安东尼奥赔商人夏洛克的肉的情节，多么相似！这种相似，是偶然的巧合，还是有必然的内在联系，是值得深入研究的。据说，莎士比亚的许多剧作的故事取材于意大利，而阿拉伯的许多古老传说也在中世纪阿拉伯文学鼎盛时期，传向欧洲，传入意大利。这可能就是哈萨克故事与莎士比亚戏剧情节有某些相似的渊源。莎士比亚的名剧《罗密欧与朱丽叶》与中亚各国，包括新疆各少数民族中的叙事长诗《莱丽与麦吉侬》《帕尔哈德与西琳》等，也有某些相似之处，同样可以做比较研究。

《阿凡提的故事》中，有一则《饭香与钱响》①说的是饭馆老板因穷人闻了他的饭香而向穷人要"饭钱"，阿凡提抱打不平，摇自己的钱袋让老板听钱响，算作替穷人付饭钱。这一基本情节，在不少我们看来毫无联系的各国、各族文学中出现。比如朝鲜族民间故事《肉味儿与钱响儿》，②菲律宾作家卡洛斯·布洛山的小说《父亲上法庭》等篇的基本情节也是这样③。我不知道这中间有没有必然的联系，有没有相互的影响。我想，即使没有，但在不同民族、不同国家中，都产生类似的情节，这本身就是值得深思的，至少在产生故事的社会生活和人民群众的思想感情方面，有天然相通的地方。也就是说，即使不能做影响研究，也可以做平行研究，以揭示文学的某些内部规律。

---

① 载《阿凡提的故事》，新疆人民出版社 1978 年版。
② 载《金德顺故事集》，上海文艺出版社 1983 年版。
③ 载《外国儿童短篇小说》一书。

四、改变我国少数民族文学研究被外国人垄断的落后局面，为祖国争光

过去，由于历代对少数民族文化和文学的漠视，也由于一些少数民族文化和文学处在不同程度的落后状态，因此，我们对少数民族文学研究处于极端落后的状态。一些外国学者，早就注意到我国的少数民族文学了，包括一些帝国主义间谍，他们利用各种机会，从我国盗走了一批十分珍贵的资料，在国外刊布、研究。他们的研究工作走在了我们前面。例如柯尔克孜族史诗《玛纳斯》，这部被称为柯尔克孜社会与文学百科全书式的长篇巨著，有二十多万行，是我国民间文学的珍宝，在柯尔克孜人民中世代流传，然而却长期不为我国人民所知。但是在国外，十六世纪波斯文的《史集》一书就提到了。一八六一年沙皇俄国间谍、哈萨克贵族军官乔坎·瓦里汉诺夫在《准噶尔概论》一书中就介绍了史诗的主要情节，并且发表了史诗第一部中的《阔克托依祭典》一节。这是他在一八五八年化装成商人潜入我国新疆南部从事军事、政治、经济、文化间谍活动时了解搜集到的。俄国突厥语学家拉德洛夫在他一八八五年出版的《北部突厥部落的民间文学典范》中，收进 12454 行。以后俄国、匈牙利和苏联都陆续刊布了长诗的片断。一九三七年苏联吉尔吉斯斯坦有计划地搜集了长诗的一、二、三部，十三种变体，一万行诗，并陆续整理出版。此后，史诗有俄、德、英、法、土耳其、哈萨克、乌孜别克、塔吉克等多种文字的译本，都是根据苏联出版的《玛纳斯》进行翻译和研究的①。然而，《玛纳斯》在我国柯尔克孜族中流传得更广泛，也更完整，共八部，描写了玛纳斯祖孙八代的历史功绩。这是一份值得自豪的民族文艺遗产。但是我们直到一九六〇年才开始搜集、整理、研究，现虽在加紧工作，成立了专门的班子，但尚未完成搜集、整理的全部工作，研究工作也没有在较大的范围内展开。如果我们有更多的同志矢志于这部巨著的整理、翻译、研究工作，我们将会较快地摆脱落后局面，迎头赶上

① 参见胡振华文：《柯族英雄史诗（玛纳斯）及其研究简况》。

去,超过国外的水平。

维吾尔族第一部古典长诗《福乐智慧》,是在粉碎“四人帮”后的最近几年才开始翻译、研究的。《福乐智慧》在国际上有三种抄本:维也纳本(藏维也纳同立图书馆),费尔干本(藏乌孜别克斯坦科学院)、开罗本(藏埃及开罗地温图书馆)。匈牙利、俄国、土耳其人早就开始研究了,而我们现在是根据土耳其的校勘本来翻译和研究的,至今尚未出版全文的汉文译本,研究工作也有待于深入展开。

这说明,在少数民族文学研究方面,我们是落后的。这是旧社会造成的。我们应该承认落后,正视现实,并决心尽快赶上去,改变落后状态。中华民族是有古老文化传统的民族,历史上有很长时期,经济、技术和文化曾属于世界先进行列。由于近代国内政治的腐败和帝国主义的侵略,我们落后了,但是现在,在党的领导下,我们正朝着四个现代化的目标奋进。大凡有一点爱国之心的人们,都不会甘于在任何方面落后。因此,在少数民族文学研究领域,我们也有义不容辞的责任,改变目前的落后状况,在研究自己民族的文学方面,走在世界的最前列,为中国人民争气,为祖国争光!

一九八四年一月乌鲁木齐

载《创作通讯》一九八五第一期

为兄弟民族优秀作家编书

我已在新疆的文学编辑岗位上渡过了二十多个春秋，对于新疆各少数民族的文学创作情况及不少作家、诗人，都有一定的了解。我为兄弟民族文学事业的发展而欢欣，为兄弟民族作家的成长而兴奋。我想，作为一个长期工作在少数民族地区的汉族文艺工作者，应该而且有责任为发展兄弟民族的文艺事业尽一份力量，为祖同各民族文化交流与共同发展、为各民族的团结与友谊做一点有益的工作。编选兄弟民族作家、诗人的作品，向全国人民系统地介绍他们的创作，就是我这种努力的一部分。

最近出版的《克里木·霍加诗选》和去年出版的《郝斯力汗小说散文选》，是我前两年利用业余时间编选的。这两本书的作者，一个是维吾尔族当代著名诗人兼文学翻译家，一个是哈萨克族当代以小说创作著称的作家。他们的作品不仅在本民族中有较大的影响，而且被视为全国少数民族中优秀的诗人、作家。两人都有相当长的创作历史，在二十世纪五十年代和六十年代，他们的作品已陆续翻译成汉文发表在全国和自治区的报刊上，引起各族读者的注目，有的作品还译成多种外文介绍到国外。尤其是克里木·霍加，近几年的创作愈臻精美成熟，引起了文学评论界的重视，纷纷撰写评沦研究文章。然而遗憾的是，始终没有出过一本汉文作品集，致使人们难于较全面准确地了解他们的创作情况。我想，这两本书的出版，将会弥补这个缺陷，填补这个空白。

编选这两个选集，我遵循这样几个原则：

一、选优集粹

努力将受广大群众喜爱的,产生过较大影响的,一般读者和评论界公认的好作品,也就是作家创作中思想与艺术质量较高,具有时代精神和民族特色的优秀作品,编选进来。这是我编选的主要指导思想。比如克里木·霍加那些思想深刻、构思精妙的哲理抒情短诗《柔巴依》,那畅诉祖国第二次解放后维吾尔人民的心声,感情真挚强烈的长篇抒情诗《春之歌》,那倾吐在“愚昧”的年代,诗人决不沉沦或随波逐流,坚守高尚品格的《与心谈心》,那透视人生社会,精辟警策,富有深刻哲理和强烈讽刺意味的《致诗人》《投枪集》《南海拾零》等等,以及郝斯力汗的优秀小说《斯拉木的同年》《起点》《牧村纪事》《阿吾勒的春天》等,都尽收集中,有些末泽成汉文发表的优秀作品,也专门为此书翻译过来,如《诗选》中的《致××》《回答》等就是。读了这些作品,将会给人们的思想以启迪和艺术美的享受,从而领略新疆少数民族文学独具的风采韵味。

二、顾及全局

将作者创作道路中具有重要意义的作品编选进来,以利于读者对作家的创作有一个全面的了解,也为文学研究工作者提供一些难于找见的重要资料,如克里木·霍加发表的第一首诗《采花的姑娘》和郝斯力汗的第一篇小说《卡拉江的盘算》就是基于这种考虑选入的,一些不同题材、不同形式和带有明显时代局限的作品的入选,原因也是如此。

三、评介引导

撰写前言后记,全面而又扼要地介绍作者的生平、创作道路、创作特色及其在文学史上的重要情况,帮助广大读者了解诗人作家本人及其创作概况。将编选作品和评论研究结合起来,我想,比单纯地编选作品,对读者更有益更方便得多。应该特别提及的是,《克里木霍加诗选》的序言是请我国著名诗人、克里木·霍加的诗友张志民同志撰写的。序中回忆了两人之间的友谊交往,评论了克里木·霍加诗歌的特点与发展,热情真挚,精辟而又中肯,是篇言简意赅、极有价值的好序言。

由于我对他们对作品研究的不深，编选得肯定有不少缺点与疏漏，恳请读者与专家们指正。

一九八四年三月

载《新疆书讯》一九八四年四月一日

开拓借鉴之路　提高作家素质

古今中外，世界上哪一位大作家不是知识渊博、文化丰厚的学问家呢？王蒙同志曾针对当代作家知识文化素养较为欠缺的问题，提出了“作家学者化”的建议。我想，这个建议对于当代少数民族作家，也是同样适用的。

少数民族作家，尤其是中青年作家，是我们时代创作的主力与未来，他们本身素养的高低，往往决定着这个民族文学创作水平的高低。因而，提高作家的素质，就成为提高少数民族文学创作水平的重要环节。

少数民族作家中，许多人自小受本民族民间口头文学的哺育，这给他们的创作输送了一生都会受益的营养，他们创作的起步往往从学习民间文学开始。民间文学是培育少数民族作家的摇篮。

然而，仅仅熟悉民间文学，特别是仅仅熟悉本民族的民间文学，对于一个作家来说，是远远不够的。民间文学反映的多是过去时代的生活，其思维方式、表现手法及其道德是非观念，都比较单纯朴素，它不能适应表现当代复杂的社会和人生，需要更多地学习作家的文学创作经验。

在我国，有一些少数民族有自己独特的文化和文学创作传统，更多的少数民族却缺少自己的文学创作之流，也没有用本民族文字记载的文化遗产，或者虽有记载，却因文字的变化而难于直接阅读吸收，因而他们又缺少了一个使自己在创作道路上茁壮成长的营养库。

文学是人学，从事文学创作，要了解人，了解社会，了解我们变革的时代和生活在这个时代中各种人的思想感情。然而，要能把握住这些，并不是如弯腰拾物那么简单容易，它需要作家的眼光和智慧，而这眼光和智慧的获得，全赖于作家的修养、才能、素质。只有用人类文明宝库中一切有用的知识不断地充实自己，才能不断地提高和丰富自己的创作素质。

在学习和继承人类智慧结晶的问题上，任何人都是需要付出巨大努力并克服无数障碍的。但对于少数民族作家来说，还存在着另一种障碍，那就是语言文字的障碍，他们需要学习当今世界比较通用的语言文字，才能更好地打开通往人类文明宝库的宽广之路。一个少数民族的作家，单单懂得本民族的语言文字，他所获得的知识量，信息量是不够的，如果能够学会另一大民族的语言文字，尤其是我国主体民族的汉语言文字，就会给他打开一个新的天地，能获得许多本民族所没有的知识和信息，就会大大开阔自己的知识领域和创作视野，就会更及时地了解世界文学、我国文学发展的新变化，新趋向，丰富自己观察生活，表现生活的能力，从而达到在继承本民族文学传统的基础上，有所发展，有所革新，有所突破。

五四时期，鲁迅、郭沫若、茅盾、巴金、老舍等作家，由于他们精通外语，善于吸收和借鉴外国作家的经验和世界上先进的思想，开创了中国现代文学的新时期，取得了辉煌的成绩。中国是一个具有古老文明的国家，汉语言文字是记载这种文明的巨大宝库，使用汉语言文字的作家尚且如此努力地学习外语，以便直接有效地吸收人类文明的最新成就，我们少数民族作家，自然也应该努力这样做。

苏联当代作家钦吉斯·艾特玛托夫，出生于少数民族——吉尔吉斯族，是当代世界知名的大作家，他的经验是值得研究和借鉴的。他既懂得和使用本民族语言文字，又懂得和使用俄罗斯语言文字。他曾反复地总结自己的创作经验，论述少数民族作家要借助大民族的语言文字，才能走上世界文坛的道理。这些论述，既具有实践意义，也具有理论价值，决不是狭隘的经验之谈。

近年来，在开放和改革的时代生活中，我国的新事物层出不穷，新创作不断涌现,文学理论发展得也很快,文学观念有更大的演进与更新,人民群众对文艺的要求和以前大不一样了。在迅速变革的社会和文学面前,我们的一些少数民族作家,由于种种原因,对这种变化,了解不够,因而他们的创作常常赶不上时代和群众的审美要求,与我国当代文学创作水平拉下了一段距离。要改变这种状况,当然有许多工作要作,加强翻译是其中的措施之一。然而,翻译力量的增强毕竟是有限的,尤其是对于人口较少的少数民族,翻译工作永远也不会那么及时,那么全面。与此相反,许多较有成就、水平较高的少数民族作家,他们多是不仅懂得本民族语言文字,了解和熟悉本民族生活和文学传统,而且懂得汉语(或外语),利用汉语(或外语)这个通向更广阔世界的工具,获得更大更快的提高。如果不是用狭隘的民族眼光,而是用广阔的科学眼光来观察和对待这个论题,那么我们可以说,学习大民族的语言文字,尤其是汉语言文字,开拓借鉴之路,对我国少数民族作家的迅速成长,是相当重要的。

在学习汉语的问题上,维吾尔族著名诗人、文学翻译家克里木·霍加有很深切的体会,他曾在一篇文章《殷切的希望》中说:"我们年轻的少数民族作家和诗人,必须把汉族文学作为自己经常吸取营养的园地。"还进一步强调:"我希望所有的民族作家和诗人,都能积极地,认真地学习汉语和汉文,设法尽早地恢复'胃口的健康',拔掉接在腋下的'管子',用自己的嘴巴和牙齿津津有味地咀嚼出'食物'的精味来。"讲得多么好啊!他所说的拔掉接在腋下的管子,就是指靠别人的译文来了解汉族文学,而主张用自己的嘴巴和牙齿,即直接阅读汉文作品,体会作品的味道,更直接地吸收营养。

这是打破少数民族作家及其创作封闭状态的一条可行之路。当然,还有其他路可走。

一九八六年四月于北京

载《民族文学》一九八六年二期

生活启示录

——民族文学札记三则

创作要有中壮年

我发现不少人对年轻和年老是偏爱的。他们希望自己或是青春永驻，华年如金；或是白发苍苍，尽享天年。哈萨克族青年作家艾克拜尔·米吉提的小说《哦，十五岁的哈丽黛哟》就从某一特定的角度反映了这种社会现象和社会心理。耐人寻味的是，有些人的青春期无限止地延长，一到了中年壮年，立刻就变成“六十岁”的老人，要人称他爷爷奶奶了。他的生命超越了人生的中壮年时期。这种现象，虽然不能说是十分普遍的，但也不是个别的、极少的现象。这是一种奇特而又带有幽默情趣的社会心理状态，是不是阿凡提故乡的“特产”呢？

由此我想到了文艺。一些从事文艺创作的同志，他们往往初出茅庐，身手不凡，写出很好的作品，引起各方面的重视。但遗憾的是，其中不少人，取得一点成绩后，就沾沾自喜，觉得自己是大作家大艺术家了，热衷于各种头衔，登报纸，上电视，极力往“社会名流”“知名人士”堆里挤，而在文艺创作上，却浅尝辄止，不愿下大力气，创作出更高水平的力作，对于批评者，只愿听赞歌，不喜闻批评，甚至用“友谊”“人情”向评论家讨赞扬。往往以后，他虽不乏新作，但多是平平庸庸，似新实旧，每况愈下。他们的创作，常常从青少年时期，一下子就跨入老年时期，从而完成了自己创作的一生。

珍惜青春韶华，愿意自己青春年少，或者干脆以老者姿态出现在年轻人面前,这种心理与作法虽有些滑稽,但它于事业无碍,无可厚非。然而,从事文艺创作,决不应该只停留在“青少年时期”,没有提高,没有突破,没有更多更好的新作,没有可以留给世人的宝贵、成熟的精神财富,就慢慢地走向衰老,而应该尽量地缩短其“青少年时期”,在创作上狠下功夫,使自己快一点走向成熟,走向旺盛,走向创作的“中年”和“壮年”,以攀登自己的、民族的乃至人类的文艺创作的高峰。这一时期,保持得越长越好,越晚点走向“老年”“暮年”越好。

人生是避不开中壮年的。不管你愿意不愿意,中壮年必然到来。而创作则不然,创作的高峰与兴旺成熟期,是不会自然到来的,它是作家艺术家呕心沥血、艰苦奋斗的结果。古人云:“书山有路勤为径,学海无涯苦作舟。”创作何尝不是如此?没有长期地、勤奋地深入生活、观察社会、研究人生、学习借鉴,不想在“勤”与“苦”上下功夫,只想凭一点点才气写作,走捷径,那么创作的高峰是攀不上去的,成就的大海是渡不过去的,创作的中壮年也不会出现。他的创作真的会从“青少年”自然而然地步入衰败的“老年”。

创作需要中壮年,希望更多的作家艺术家迎来自己创作的中壮年。

假如是文艺聚会……

新疆各少数民族以热情好客闻名于世。且不说牧区宰羊、宰马、宰骆驼敬待客人的习俗,单以现今城市市民来说,请客也是极普遍、极频繁的事。结婚、订婚、孩子出生、作割礼、家人去世等等都要请客,而且这些请客常常不是几个人,而是数十、数百甚至上千人。遇到大规模的聚宴,车来人往,热闹非凡,也极排场阔气。人们常常喜爱攀比自夸,以自己家的宾客盈门而骄傲。这是不是热情好客的历史民俗在当今城市的发展衍变呢?

这种好客之风在文艺界、知识界也不例外。我们的作家艺术家们,他们经常是很忙的,除了忙于工作和创作外,还忙于请客作客。一个人,几乎每个礼拜都要收到一张甚至几张请柬。一到星期天,主要任务就是赴宴,有的人要在一天之内赴几家宴。不去是不礼貌的,怕辜负了朋友的一片盛情，在欢宴的美酒佳肴中谈笑风生，不知不觉度过一个晨昏，乃人生一大乐事。

由此，我又想到了文艺事业。如果这频频进行的请客与作客，不是吃喝闲话，而是文艺聚会，文艺界的朋友同行们，不拘形式地经常聚在一起，谈文艺，讲创作，交流文艺信息动态，交换创作心得体会，切磋技艺，评品新作，乃至纵谈古今中外，历史哲学，一切有益的知识文化，放眼更广阔纵深的精神领域，开阔人们的思路，促进人们思考、探索，那么我们的文艺事业，就会比现在更兴旺，我们的创作水平就会比现在更高，我们就会有更多的好作品问世。

新疆地处偏远，文艺信息闭塞，文艺思想保守，这自然妨碍了文艺创作的提高、突破。据我所知，在全国性的各类文学创作评奖中，新疆少数民族的获奖作品是寥寥无几的。而人数极少，又缺乏本民族作家文学传统的鄂温克族却能出现像乌热尔图那样在全国“三连冠”作家，对于这一现象不应该值得我们深思么？

民族的传统，民间的习俗，常常随经济文化生活的变化而增添新的内容。热情好客的传统是应该保持和发扬的，然而在今天，它不是也在变吗？好客的牧民们仍然热情地待客，但同时也懂得了讲究经济效益，以前那种白吃白拿的现象减少了；城市又何尝不能变呢？在四化建设事业极端繁忙的当今，我们确实应该将更多人的更多精力用在“四化”事业上，用在文艺工作和文艺创作上。当前，一种作家、艺术家自行组织的聚会形式文艺沙龙十分活跃，这种不拘形式的文艺聚会、座谈会、谈心会有助于活跃文艺思想，交流信息，假如我们把每个星期、每个月的请客与作客，能够变成这样的文艺聚会，该有多好。

吃海蟹与横向借鉴

维吾尔族的烤羊肉，是一种色香味俱佳的风味小吃，不仅维吾尔人喜欢，其它民族，包括汉族人也都喜欢它。过去，出差旅游到新疆的人，都以品尝一下烤羊肉为快事、乐事；如今，这种富有新疆民族风味的小吃，也随着党的开放与搞活经济的政策，从天山走下来，驻足在北京街头，上海里弄……人们围着烤肉摊,好奇地观赏着、询问着、品尝着、称赞着。

久居天山南北,大漠腹地的新疆人,如今有机会来到东海之滨的旅游休养胜地北戴河,也怀着极大兴趣,品尝那里的海鲜,对肥美的海螃蟹,兴趣更浓。当我们围聚一起仔细剥开那一身红色的蟹甲,品味着洁白鲜嫩的蟹肉,澄黄浓香的蟹黄时,我们满意了,不仅饱了口福,也得到了精神上的满足。

然而,同伙中却有人对它望而生畏,不愿吃,不敢吃。遗憾!我想,它虽然和烤羊肉滋味不同、形象各异,然而同样是美味佳肴,古今中外,有多少人对它的鲜美称赞不绝。

鲁迅曾说,第一个吃螃蟹的人是勇敢的人。螃蟹外形狰狞可怕,初食者确要有点勇气。然而,如今明明知道它富有营养,又有绝妙的滋味,只因未吃过或不习惯,就不敢尝一尝,那么,固守着这种心理习惯,连尝试一下的愿望都没有,我们又将如何接受一切传统以外的美味,吸收自己没有的好东西呢?又如何接受新的事物,发展壮大自己呢?世上的无数事物,都有它的特殊之处,从内容到形式都各自不同,这是个性,是它存在的价值。正如海螃蟹肉的鲜美是和它那貌似可怕的八爪二螯结合在一起的,不是赤裸裸的纯净的蟹肉,而是完整的蟹形包裹着,要吃到它,需要细心的剥开,否则就吃不上,这就是它的个性。人们并不因它有难剥的外壳而弃食它,相反,倒更生出非食不可的吸引力。其实,新疆的烤羊肉,也有它独特的炮制与进食方式:在特制的铁炉上,在通红的炭火上烧烤着被铁钎穿串的肉块,撒上别有风味的“孜然”等佐料,然后在车来人往的闹市中,众目睽睽之下,偏着头,横着咬食铁钎上的羊肉,这就是中外闻名的吃烤羊肉串!这种吃法,在许多中外人士看来都很不习惯,甚至怀疑它是否卫生,然而这并不影响它的声誉,人们还照样吃它。而如果我们单取它的内容——羊肉,与黄瓜,白菜或其他什么一般的蔬菜一起炒,那么它就会失去风味,成为很平常的食物了。

自然,对生活习惯我们不应多作议论,每个人,每个民族的生活习惯,只要它无碍世人都应得到尊重。但是,问题在于精神,要像对待新事物一样去对待你所不习惯的好事情。没有这种精神,还谈什么借鉴、吸收,还那来的创新？

搞文艺创作，不就很需要吸收借鉴吗？鲁迅对于我们中国的文化传统是饱学之士，具有丰富的历史文化知识，然而他却又是借鉴了外国的文艺才写出许多不朽之作的。许多杰出的作家，如郭沫若、茅盾、巴金、老舍，不都是如此吗？他们不仅纵向继承，而且能横向借鉴，没有两者的结合就不会有他们的成就和对我国的文艺的创新突破。新疆少数民族的文学创作，由于语言、翻译等种种局限，对全国的创作了解较少，文艺信息较闭塞，创作思路不够开阔活跃，因而近年来创作虽有很大的发展，但创新突破的力作极少，在全国各族创作的比较中，总也拿不出优秀的杰作来。

原因肯定是很多的，但是积极吸收、勇于借鉴的精神却是最重要的，要像接受新事物那样，满腔热情地去研究和接受世界上一切优秀的文化，独特的文艺，不要固守在自己已经习惯了的小圈子里不敢迈出一步，像拒绝吃螃蟹一样，拒绝接受一切自己不熟悉的东西。

螃蟹是横行的。在以往的岁月中，人们对横向行走形成了一种特定的憎恶的心理，“看你横行到几时”成了人人会用的口号；然而敌人的横行与螃蟹之间的联系毕竟只是艺术的比喻与联想，并不是本质如此。如今在开放的时代，各项工作要上去，要突破，很重要的是“横向联系”；那么，我们今天要作好工作，要提高创作水准，是不是很需要一点螃蟹横行的精神呢？我以为是需要的。

一九八六年五月北戴河

载《创作通讯》一九八七年一期

民族文学理论建设二题

立足少数民族文学 超脱少数民族文学

我们通常用“民族文学”这个较为简略、含义也比较宽泛的称呼来代替“少数民族文学”这个含义明确、范围比较狭窄的称呼。这种称呼，已为大多数人所接受、所理解，比如，一看《民族文学》《民族文学研究》，就知道是专门刊登少数民族文学创作和研究少数民族文学论文的刊物。

但是，将“少数民族文学”称为“民族文学”，从理论上说是不准确的，也是不科学的。因此，在研讨理论、概括规律时，就不应该也不可能把“民族文学”这一概念只局限于少数民族文学范畴，而应在它本来意义上使用，在它本来意义上即一切民族的文学范畴中去进行。

我的《试论民族文学的划分》①一文中，这样解释“民族文学”：

> 它应该是一个概括的、对所有民族文学都适用的一个通称，不指那一个具体的民族的文学，正如“人”是张三、李四、王五……的通称，“花”是牡丹、芍药、菊花……的通称一样；在我国，汉族文学、蒙古族文学、维吾尔族文学、回族文学、白族文学、壮族文学等等，都应该是民族文学。

这里，民族文学是一个理论概念，不是具体的某一族文学的概念，也

① 系笔者参加1981年中国少数民族文学学会在北京召开的第一次少数民族文学研讨会论文，后收入该学会编辑的、由民间文艺出版社出版的《少数民族文学论集》第二集及笔者的评论集《民族文学漫评》。

不是相对于汉族文学的中国少数民族文学的概念。从这个意义上说，我们还可以对上述引文进行补充：

> ……在世界范围内，汉族文学、俄罗斯文学、波斯文学、印度文学以及英、美、法、德、意、日文学以及阿拉伯文学、南亚文学、北欧文学乃至欧洲文学、亚、非、拉文学等等，也都是民族文学，是各大洲、各国家、各地区中的各民族文学，是世界上各民族文学不同层次、不同范围内概括的称呼，世界上的一切民族的文学，都是民族文学。由世界上各民族的文学组合为一个理论上的概念：世界文学。因此，我们的"民族文学"也是相对于"世界文学"的称谓。

既然如此，我们所要探讨的"民族文学理论"就应该在这种意义上，在这种范畴内概括出来的理论。

自然，民族文学理论是从研究我国少数民族文学中提出的，是在我国社会主义时期各民族文学得到初步发展，需要有正确的理论指导使其更快发展繁荣要求的时候起步的。在世界各国，包括我国，似乎还没有专门的系统的论述，更没有形成一个科学体系。因此，我们研究民族文学理论，就不能不立足于我国的少数民族文学，不能不从少数民族文学的实际出发去观察、提出和论证问题。但是，也不能不看到，我国少数民族数量较多，文学发展又相对后进，加上语言文字的阻隔，人们对它们的了解熟悉受到很大的局限，要较多、较全面地了解它们需要时间，需要条件，也有一定的过程，短时期内不易掌握。因此，完全依据少数民族文学发展中的现象来概括和说明问题，就带有较大的难度，短时期内还难造就出一批这样的专业理论人才。况且，我们所探究的民族文学理论中所包含的许多重要内容，如民族文学的形成，文学的民族特色，各民族文学的交流等等，在世界各国，包括我国已有的文学理论著作中，在马列主义经典作家的有关著述中，都有所论述。近年来，我国研究少数民族文学及民族文学理论的学者中，不都广泛地引述马克思、恩格斯、列宁、斯大林、毛泽东以及鲁迅、王国维、别林斯基、果戈里、普列汉诺夫、高尔基、艾特玛托夫乃至伏尔泰、歌德、丹纳、马尔克斯……的话来论述民族文学的理论命题吗？而他们的论述不都是从世界各国各民族，包括我国文学中提炼出来的吗？这就说明，我国少数民族文学和世界各民族的文学所遇到的问题，所存在的规律，是相通的、相似的，中国少数民族文学理论也就是我们这里所说的"民族文学理论"。因此我们的视野就不能也不应该局限于我国的少数民族文学。只有以自有人类以来世界各民族文学实际，包括我国少数民族文学实际为考察对象，提出和论述问题，只有从已有的文艺理论遗产中抽绎出有关民族文学的点滴、零散的论述，加以现代的解释、演绎、补充和系统化，我们的民族文学理论才能更快地建设起来。如果能够这样做，那么我们的理论探索将从我国少数民族文学出发，走向全国，走向世界，就可能和我国从事文艺理论研究、古典文学研究、现当代文学研究、外国文学研究的专家乃至民族学家、人类学家、宗教学家、民俗学家、历史学家、地理学家以及其他社会科学、自然科学家找到共同感兴趣的话题，和他们对话或合作，也能够和世界各国的各学科的专家对话、合作，吸引他们参加到这项理论工程建设中来。这样不仅我们的研究对象、范围大大扩展了，而且研究队伍也会扩大，我们的民族文学理论建设肯定能加快步伐。

正如"民族学"不是仅仅以研究中国的少数民族而是以世界各民族为研究对象一样，民族文学理论只有既立足于研究我国少数民族文学，又放眼于世界各民族文学，才能有长足的发展。

瞄准理论视角　探索理论体系

要建设民族文学理论这门学科，最重要的是弄清民族文学理论所应研究的角度：它不是研究各民族文学的发展状况，也不是研究其民间文学与作家文学的现状，那样它将变成一个或众多民族的文学发展史或民间文学概论、文学创作概论；它应该从各民族文学现象中进行理论升华，对各民族文学实践进行理论概括，找出其中隐藏的、固有的规律。但是，这种理论研究，如果只是从各民族文学，特别是少数民族文学中去探讨一些传统的命题，诸如文学与生活的关系，文学创作的内容和形式，文学的鉴赏与评论等等的一般规律，那么我们的研究也就失去了其重要意义，因为这样的理论早就建设成一门科学体系了，（自然它还在不断的发展、丰富、更新），如我国出版的《文学的基本原理》就是努力用马克思主义观点总结我国和世界各国文学实践的文学理论，它吸收了古今中外许多文学理论家的研究成果，建构了自己的理论体系。类似的文学理论著作，我国和世界各国还有很多。如果我们也这样做，那不过给这门学科增添一些新的实例，扩大它包容的范围而已，顶多也只会做一些零星的补充。民族文学理论应该是一个独特的不同于现有文学理论的新的学科。

我国有句古诗："横看成岭侧成峰"，诗中包含着哲理，讲的是角度，同样是看山，从不同的角度（横或侧）去观察，就会产生不同的效果（成岭、成峰）。

目前世界上除从上述传统角度进行研究的外，还有许多新的文学（文艺）理论体系和美学体系，诸如：比较文学、文艺心理学、文艺社会学、文艺风格学、文艺人类学、文学语义学、文学主体论、接受美学……等等。这些学科大大丰富了、深化了文艺理论宝库，扩大了其研究领域。它们虽然也都以文学（文艺）为研究对象，但却有观照文艺的特殊角度，即从比较、心理、社会、风格、人类、语言、创作者、接受者……的角度来观察、剖析、归纳文学现象。我们的民族文学理论，要能够成为一门新的学科，而不至于跟随在以往的文学理论后面充当随从的角色，就应该选择自己的角度，我认为，那就是"民族"或"民族学"的角度。

有了理论视角，并没有解决全部问题，更困难的是用这视角来观察对象，把文学的"峰峰岭岭"都收在我们"民族"的眼底，并按照"民族"的尺子，选择和确定它的命题、范畴，找出规律，又按其规律排列组合成一个有机的整体、科学的体系。

建设民族文学理论新学科的工作，就是按"民族"的眼光观察、选择文学现象，找出其中的规律，并按规律排列组合的工作。用哲学的话说，也就是“意识主体”与“意识对象”结合融汇的过程和结果。没有意识的主体，就发现不了意识的对象。因此在探索建设体系的过程中，意识主体的建设，也就是观察、寻找并进行排列组合的“人”是最重要的，他需要有广泛的我国各少数民族文学、汉族文学及世界各民族文学知识，需要有较深的文学理论修养和民族学修养，还要有宗教学、人类学、民俗学及历史、地理、自然等等学科的知识，以及理论发现、理论概括、理论阐释的水平，有了这些条件，他的观察就会产生结果，就会不断地发现他所需要的东西。

美国诗人斯蒂文森有一首诗，对我们建构新体系有一定启示意义：

我把一只坛子放在田纳西，
它是圆的，置在山巅，
它使凌乱的荒野围着山峰排列，
于是荒野向坛子涌起，
匍匐四周，不再荒莽。

——《坛子的轶事》。

这首诗的独特意象使我们认识到一个哲理：客观世界是一个广大的荒原，杂乱不成体系；但是，如果我们这个主观世界能够从某种目的出发，设定一个中心，我就可以找到一个属于自己的体系，这个中心就是坛子，就是我——有强烈欲望、有既定目的要发现客观并构筑我的体系的人。

我们民族文学理论的坛子就是“民族”，也就是具有民族眼光和多学科知识修养的“人”，有了这样的人（一个人或一批人），以这样的人为中心（我和坛子）我们就能在莽莽的世界各民族文学的“荒野”中，进行建构民族文学理论体系的工作，使原来并不能说明民族文学理论的文学现象（凌乱的荒野），经过我们的选择、确定（围着山峰排列、涌起），变成能够论证民族文学规律的材料（不再荒莽）。而原来并不属于荒莽的原野，即古今中外已经具有民族文学理论色彩的点滴、散乱的论述，也会围绕我们的坛子旋转、涌起、排列，为我们所用。

站在置放坛子的山头观察荒野，我这里初步认识到：民族文学理论应该是研究各民族文学的异同及其产生原因和发展规律的科学。它应该探究：民族文学的含义及界定原则，民族的产生、发展与这一民族文学的关系，民族文学的特点及其在内容和形式上的表现，各民族文学之间的异同及其产生原因，各民族文学在生成发展过程中如何与其他民族文学发生交流及交流后的变化等等。这些问题，有的在过去的文艺理论著作中有些论述，如《文学的基本原理》一书就有两节谈到《文学发展中各民族文学的相互影响》和《文学的民族特点》，但比较简略，没有深入系统地生发开去，许多重要问题并没有涉及。这副重担，就历史地落到"民族文学理论"的肩上了。

建设一个新的学科体系，是一个难度很大的工作，需要许多人较长时期的探索、积累，但最终还是需要有人进行系统化，我们需要有开创系统的勇气和学识。

新时期以来，不少从事少数民族文学研究的学者，从不同角度接触和论述了民族文学的理论问题，尤其是对"民族文学界说"的讨论和文学的民族特点的探讨，都取得了明显的成绩，这为我们系统化准备了一定的条件。我想，通过这次会议的讨论交流，集思广益，一定会扩展、丰富我们的思路，促成民族文学理论体系更快地建构起来，民族文学理论专著更快诞生。

一九九一年八月于乌鲁木齐

载内蒙古《民族文艺报》一九九一年第五期

学习周总理的民主作风

反复阅读周总理一九六一年六月十九日《在文艺工作座谈会和故事片创作会议上的讲话》，是多么高兴和激动啊！我们的国家需要民主，我们的人民需要民主，我们的文艺也需要民主！二十多年正反两方面的经验教训，使人民深切地认识到这一点。周总理的讲话讲到人民的心坎里了，讲到文艺工作的根本上去了。周总理的讲话是根据他领导革命文艺事业的实践经验讲的，是根据文艺工作的特点讲的，也是针对当时存在的“左倾干扰破坏”讲的。周总理说：“我们要造成民主空气，要改变文艺界的作风。”“民主作风必须从我们这些人做起，要允许批评，允许发表不同的意见。”

读着周总理这闪烁着光辉的讲话，我们想起了周总理的艺术民主作风。他从来是言行一致，严格按照他所说的去做。这两年，我读到过许多缅怀周总理丰功伟绩的文章，其中有不少都谈到他的民主作风，给我的感受是很深的。我们敬爱的周总理是我国无产阶级文艺事业的好领导，是实行艺术民主的模范。

周总理虽然谦虚地说他对文艺“懂得少”，实际他是个内行。他年轻时就写诗、作文、演戏、唱歌、讲演、编报，既当作家，又当编辑，既当演员，又当导演，既当群众，又当领导。后来虽然他专门从事革命斗争和党与国家的领导工作，日理万机，却几十年如一日地关心和领导革命文化工作。他的领导，是按照艺术规律的领导，决不是随心所欲，一人说了算，包办一切，代替一切。他曾说：“党委要领导一切，不要包办一切。”“党委要和专家、内行、群众商量着办事。”他主张领导要从政治上领导，对具体业务“要干涉少些”，放手让文艺工作者去搞，充分发挥他们的积极性和创造性。解放初期在他亲自签发的政务院关于戏曲改革工作的指示中就强调：“进行改革主要的应当依靠广大艺人的通力合作，依靠他们共同审定、修改和编写剧本，并依靠报纸刊物适当地展开戏曲批评，一般地不应当依靠行政命令和禁演的办法。……必须防止在戏曲改革工作上的急躁情绪，和由此而来的粗暴手段。”这种思想和作风，是周总理始终如一地遵循着的，这正是党的群众路线在领导文艺工作中的体现。周总理对于不按艺术规律办事，专靠主观主义和行政命令的做法，是反对的。他反对人人写诗、人人画画，“每县出一个郭沫若”、搞“最后听江青的”文阀、戏霸的恶劣作风十分气愤。曾当着许多文艺工作者的面，严厉驳斥江青说：“我们不是靠一个人，是靠无产阶级集体主义”。他严肃告诫某些专横跋扈的领导人“不要学西楚霸王项羽，如果那个想当霸王，必须要别姬的”。由于周总理十分注意按照艺术规律领导文艺工作，所以他从来就是热情培育和支持一切门类的文艺之花，不管那种艺术形式，也不管什么题材、风格，只要于人民有利、政治上进步、思想上健康、艺术上有独创之处，他都珍视，创造一切条件让其发展；而决不以个人的好恶为转移，妄加褒贬，模范地执行了毛主席提出的“百花齐放，百家争鸣”的方针；在对待文艺工作者的政治与业务问题上，既强调要关心政治，积极投入革命运动，深入工农兵，改造思想，不厌其烦地勉励广大文艺工作者活到老，学到老，改造到老；同时，又反对片面强调政治、忽视业务的错误倾向，曾指出“业务的实践对知识分子的改造也有重大作用”。要求人们重视文艺工作的特殊性，要钻研业务，要勤学苦练基本功，要下功夫摸些规律出来，不断提高为人民服务的真本领。

周总理之所以能够做到按艺术规律领导文艺工作，除去他懂得艺术发展规律，善于走群众路线外，还和他能够正确地认识文艺工作者的劳动有关，这是周总理能够实行艺术民主的重要思想基础。周总理尊重作家、艺术家，称他们为“灵魂的工程师”“精神劳动者”“工人阶级的一员”。对文艺工作者的劳动成果，他总是给予充分的肯定。他高度赞扬鲁迅、郭沫若的革命精神和创造性劳动，就是一个突出的例子。在他领导文艺工作的几十年中，他接触过成千上万的文艺工作者。对于这些人，不管是知名的，不知名的，年老的，年轻的，他都平等相待，和蔼可亲；推心置腹，循循善诱；不是以领导者自居，而是以朋友相见。他曾说自己是“文艺界的一个朋友”，他还要求其他领导文艺工作的人和文艺工作者交朋友。他经常邀请文艺界的朋友一起座谈，了解情况，请他们到家里做客、吃饭，也应邀参加文艺团体的联欢会，和广大文艺工作者一起唱歌、跳舞、祝酒、欢笑、比赛；并经常挥动双臂指挥大家高唱革命歌曲，他关心文艺界朋友的家庭、子女，探视他们的病情伤势，解决他们的困难，鼓励他们前进。他被称为文艺工作者的良师益友。几十年中，周总理不知看过多少文艺演出。看完之后，他总要充分地肯定别人的成绩，也坦率地贡献出自己的意见，供人家修改时“参考”。有时为了帮助剧本或演出改好，他多次看，多次提意见，甚至参与创作。他经常接见作家、艺术家，和他们一起照相，还常常把最好的节目推荐给毛主席看，这被视为对艺术劳动的最大的尊重和鼓励。他对不尊重艺术劳动、随意否定别人创作的恶劣作风十分反感。文化大革命中，他曾多次质问江青及“四人帮”，为什么不让演××戏××电影，说，“群众喜欢嘛，要一分为二地分析作品嘛。”他还曾多次发现《沙家浜》等戏中扮演反面人物的演员不出来谢幕，照相也不敢往前站，了解到是“四人帮”下的令。周总理总是驳斥了这种不懂艺术、不尊重艺术劳动的荒谬做法，总是把演反面角色的演员叫到前面来谢幕、照相，一视同仁。

周总理也批评文艺工作者的错误思想和不好的艺术倾向，但他是从实际出发，从党的利益出发的，而且也是民主的，是耐心细致、以理服人的，是启发教育、循循善诱的。比如他曾感到著名电影导演郑君里同志工作中有唯美主义倾向，为了帮助导演认识这个问题，他找来郑君里导演的所有影片，进行认真细致地分析研究，然后再找本人谈。谈过之后，还怕本人思想不通，天不亮就去看望郑君里，再做思想工作。再如，他看老舍写的戏《春华秋实》，感到有些毛病。为了慎重起见，他找来演员，经过细心的观察和调查后，才把意见告诉老舍。同时专门邀请老舍和导演，和他们谈党对民族资产阶级的政策，帮助他们提高认识，改得更好，同时鼓励老舍，要放开胆子写，不要唯恐出毛病，连自己独特的风格和幽默的手法也藏了起来。而当有些同志对此剧批评得过火了的时候，周总理又在一次文艺界聚会上谈起这个剧本，肯定了老舍这一大胆尝试和艺术上的成就，并请张光年同志写了一篇公正的、实事求是的评论。对待艺术问题如此，即使对待思想问题，也是如此，决不搞“五子登科”。例如，有一个年轻的川剧女演员，曾一度滋长了骄傲情绪。在剧团出国演出前，本团领导打算不让她出国演出。总理知道了，制止了这种作法。总理特别关心这个演员，教育她，使她提高了觉悟，很快改正了缺点，为人民演出得更好了。对于一些并非错误思想，只是持不同意见的人和事，周总理决不强加于人，而是尊重别人的意见。“比如何其芳同志曾在回忆周总理的文章中谈到第二次文代会后，周总理曾想调他到国务院作文教参事工作，派一人找他谈话，他怕不能胜任，不愿去。周总理并不勉强。后来，周总理见到他，问起此事，他说明了理由，总理只是笑了一笑，就谈起别的事来了”。这样的领导作风，多么难能可贵啊！

更为难能可贵的是，周总理身为党的副主席、国家总理，却时时不忘谦虚、谨慎，常常进行自我批评，而且要求别人批评。他每次给别人的创作和演出提完意见，总要说，“我的意见只供大家参考，不一定对。”“也许我有些保守”等等。不能认为这是一般的客套话，没有高度民主作风的领导，是不会说出这样的话的。一旦他发现了自己提出的要求在实践中效果不好，就认真地进行自我批评。关于要求一年内拍八十部艺术性纪录片的问题就是明显的例子。

周总理是伟大的无产阶级革命家，人民衷心爱戴的领袖，他高尚的革命品质将和他的伟大功勋一起，永远活在人民心中，他在领导文艺工作中的高度民主作风，也将为广大文艺工作者所效法。

一九七九年一月

载《新疆文艺》一九七九年第三期

向人民奉献更好的文艺鲜花[①]

本刊编辑部为了促进我区文学创作，于一九七八年底决定举办《向建国三十周年献礼》征文创作活动。一年来，经过广大专业与业余文学创作者的共同努力，这一活动已结出了丰硕的果实。本刊编辑部不断收到来自全疆各地的大量应征稿件，并从中选取较为优秀之作九十余件，刊登于一九七九年的《新疆文艺》上。

不久前，我们又召开了征文评选委员会议，来自自治区各文艺部门及各专州、市文艺期刊编辑部的作家、诗人、文学评论家及文学编辑二十余人，在认真阅读已发表的征文作品和群众意见的基础上，对征文进行了深入细致的评选讨论。评出获得一等奖作品五件，二等奖作品十件，三等奖作品十二件。

我们为一年来自治区文学园地所开放的朵朵新花而高兴！我们向获奖作品的作者祝贺！我们希望，在向四化进军中，自治区的广大文学作者，向人民不断地奉献出更多更好的文艺鲜花，为繁荣自治区和全国社会主义新时期的文艺事业作出更大的贡献！

这次评选，是对一年来自治区文学创作的一次检阅和总结。通过评选讨论，参加会议的同志们感到，新疆地区的文学创作，特别是短篇小说创作，有明显的进步。广大作者思想逐渐解放，越来越多的作品摆脱了"四人帮"文艺禁律的束缚，勇于探索，大胆创新，在反映现实生活的真实程度上，在题材领域的开拓和主题的深化上，在风格

---

① 笔者为《新疆文艺》撰写的本刊评论员文章。时任该刊评论编辑。

特色的表现和艺术技巧的探求上,比以前的创作都有很大的发展与提高。诗歌创作虽然比前两年尚未有明显的突破,但仍有不少优秀之作,不足的是报告文学与散文创作数量较少,质量也不够高。

如今,时代的列车已载着我们驰进二十世纪八十年代,祖国在向四个现代化挺进途中,回顾我们的过去,展望时代所赋予我们的光荣历史使命,怎么能不心潮澎湃,倍加振奋呢!邓小平同志代表中共中央、国务院在第四次全国文代会上的祝辞中,要求文艺工作者"力求把最好的精神食粮贡献给人民",希望"文艺工作者中间有越来越多的同志成为名副其实的人类灵魂工程师"。怎样才能实现这个要求呢?根据我们自治区文学创作的现状和这次评选中所感到的问题,我们认为:

首先要继续解放思想。通过这次征文评选,我们深切地感到,许多优秀作品的出现都是思想解放的产物。例如《将军的故事》中,塑造了一个动人的、富有独特个性而又有政治远见卓识的党的高级领导人形象。这位将军,早在特权思想逐渐滋长,人们把对领导的"特殊照顾"视为理所当然的时候,他就坚决抵制了这种不正之风;早在我们党还没有公开承认二十世纪五十年代后期政治斗争中的错误的时候,他就在实际工作中纠正了这个错误所造成的不良后果。这样的作品,如果没有摆脱极左路线的束缚,是不可能出现的。《防疫》把县委书记作为批判和讽刺的对象,塑造了一个对于保官保命是那样竭尽心力,而对人民群众的疾苦又是那样漠不关心,却口口声声称自己是人民的"父母官"的官僚主义者形象。没有摆脱"党的某个领导人就代表党"这一流行的错误观念的羁绊,没有一定的政治胆略,这种作品能够诞生吗?又如《淡绿色的窗帘》,如果作者没有冲破传统观念和封建思想束缚的勇气,是不敢描写那种特殊环境中的特殊人物的。

文学创作是一种精神劳动,作品是思想的结晶。没有思想就没有文学,没有对社会问题的深刻观察与思考,就没有好的文学产生。因此,文学创作的繁荣必须依赖思想解放运动的深入发展,作家必须有对一切社会问题思考和发言的权力。正是近年来思想解放运动带来了一九七九年文艺创作的大丰收。但是文艺界的思想解放只是开了头,远远没有“过了头”。“四人帮”极左路线给文艺创作设置的种种禁区并没有完全打开,阻碍四化的旧的思想作风和习惯势力,也未在文艺创作中得到充分的揭露。我们新疆的创作,比起先进的省区,还有很大的差距。因此,要继续解放思想,要抛弃一切不适应实现祖国四个现代化的思想和习惯。用四化的需要和实践来检验我们的思想,有利于四化的,就是正确的,就应该赞扬和发展,不利于四化的,就是错误的,就应该批判和抛弃。

思想解放运动是一场政治的和思想的大革命,决不可能一帆风顺。一定要和阻碍思想解放的势力作斗争。要坚定不移地贯彻党的“百花齐放,百家争鸣”的方针,这是思想解放运动的重要保证。我们的同志,特别是各级领导人,要尊重作家的劳动,要按照文艺规律领导文艺,不要对文艺创作横加干涉,不要以自己的好恶与偏爱作为衡量作品的标准,特别不要用“四人帮”那一套文化专制主义去对待文艺创作和思想解放运动。那种利用手中的权力,采取行政手段,对文艺战线上冲锋陷阵的闯将进行打击和迫害的悲剧再也不能重演了!

其次,要坚持从生活出发,为人民立言。我们的文艺是为最广大的人民群众服务的。为人民就要来自人民,代表人民。“人民是文艺工作者的母亲”,人民群众的生活是文艺创作取之不尽、用之不竭的唯一源泉,人民群众的意志和愿望,是衡量作家艺术良心的准绳。一个有出息的作家,必须永远植根于人民群众生活的土壤中,想人民之所想,急人民之所急,爱人民之所爱,恨人民之所恨,决不能在人民的欢乐面前无动于衷,决不要在人民的疾苦面前闭上眼睛。要为人民立言,要敢于说真话,敢于说出人民要说的话。在这方面,我们评选出的一些优秀作品,就是这样做的,因此使人感到真实、新颖、深刻、有力。例如,《难忘难记》通过真实而生动的描写,提醒那些重新当权的“局长”们,不要好了疮疤忘了疼,又开始欣赏和重用那些善于溜须拍马、投己所好的变色龙了。须知,正是这样的人,在极左路线冲决而来之时，最善于干那些无中生有，落井下石，把好人搞臭，助坏人为虐的勾当了。再如《落霞》，通过赵霞解放初期和文化大革命后两种截然不同的对事业、对人生的态度以及思想、感情、性格的具体描写，给我们展示了时代的阴晴风雨在人民心灵深处的投影，展示了“四人帮”十年肆虐给人民制造的难以愈合的创伤，为人民舒出了憋闷在胸中多年的一口恶气，向“四人帮”发出了强烈的悲愤的控诉。《土雨》真实地描写了朴实、善良的农民对这些年来盛行的不正之风——利用支农向农民勒索农副产品的抵制与屈从，让我们清楚地看到这股不正之风对党、对国家、对人民所造成的危害是多么严重深广，多么令人痛心！

从生活出发，为人民立言，就必须大胆地如实地描写人民内部矛盾，干预生活，回答人民最关心的社会问题。这方面，过去有一种无形的禁令束缚着人们的创作思想：写矛盾，只能是敌我矛盾，只能违背生活的真实去捏造一个捣乱破坏的地富反坏右。其实，社会上的阶 级关系早已发生了变化，尤其是今天，在奔向四化的征途中，阻力更多的来自人民内部那些思想僵化半僵化、至今还热衷于搞现代迷信的人，那些搞无政府主义、极端个人主义和绝对平均主义的人；那些具有官僚主义习气、封建特权观念、小生产者狭隘眼光、思想因循守旧的人。我们的文学创作，在歌颂新长征中的英雄人物的时候，也要批评这些人，即人民中间在某些问题上处于中间状态的人物、落后人物，甚至是反面人物，教育他们，鞭策他们，描写出为我们事业而斗争的复杂性和艰巨性，刻划人物的复杂性格，帮助人民群众认识生活，辨别美丑正误，从而更脚踏实地地、更有效地、也更信心百倍地为我们崇高的目标而奋斗！

与此相联系的，要能作到从生活出发，为人民立言，作家要有为真理而献身的胆略和气概，要有不怕打击迫害的思想准备。我们的党为作家写作创造了广阔的天地，“双百”方针已经写进了宪法，保护着作家的创作自由，但是，真理有时并不能被人们一下子接受。即使为大多数人所拥护，但触犯了某些人的利益时，也可能会动用一些手段，在力所能及的范围内，对作者施加压力、施行报复的。《人妖之间》《乔厂长上任记》《将军，不能这样做》尽管赢得了全国绝大多数读者的热烈称赞，不也受到了来自极少数人的压力和恐吓吗？要能顶得住高压，要相信党，相信人民，要有真理必胜、人民必胜的坚强信念。有了这种精神和信念，在为人民说话时，就理直气壮，无所顾忌，就会说到人民的心坎上，说到问题的要害处。

第三，要努力学习，不断丰富和提高自己的思想水平和艺术修养。

在这次评选中，得奖作品的作者，除少数是文化大革命之前就从事文学创作的中年作者之外，大多数是二十世纪七十年代或者是粉碎“四人帮”之后，甚至是一九七九年才开始写作的青年作者，是文学创作中的新人。这是一个可喜的现象，它充分说明，我们青年人，思想敏锐，善于思考，勇于战斗。他们的前途是无限的。要爱护他们，引导他们，使他们迅速地成长起来。这就需要他们保持与人民与生活的紧密联系，不断地从人民母亲那里吸取乳汁养料，使自己健康生长，也需要他们很好地向人类的知识宝库学习。历史上伟大的作家都是具有极其丰富知识的人，他们在吸收了前人智慧的基础上，攀登到了时代的文学高峰。我们要造就一大批无产阶级的杰出的作家，开创社会主义新时期文艺繁荣兴旺的局面，没有一大批既有深刻的思想、丰富的生活经验，又有高度的文化素养的作家，是不行的。因此，要善于学习，尤其是青年作者，要尽可能学到更多的中外古今的文学知识和科学文化知识，来充实自己，提高自己。为创作水平的提高打下丰厚坚实的基础。

文学刊物是培育文艺鲜花和造就作家队伍的重要园地，青年业余作者、文学创作上的新兵，尤其需要刊物的帮助和扶持。要繁荣我们的文艺，没有源源不断的青年作家的成长是不可想象的。艺术质量面前人人平等，压制新生力量是不能允许的。我们《新疆文学》这块园地，将更加精心、更加勤奋地培养文学新苗。我们将和广大的老、中、青作家一起，团结起来，努力奋斗，向人民奉献更多更好的文艺鲜花！

漫谈西部文艺的多民族性

我们大西北地区的文艺，经过长期的默默的奋斗和渐进的成长，在创造出相当可观的文艺成果、具备相当厚实的创作基础之后，在党中央“开发大西北、开发新疆”的新的战斗号令的鼓舞下，情思飞动，精神奋发，如马奋蹄，如鹰展翅，迫切地要求“腾飞”了；并且亮出了一面深得西北乃至全国文艺界赞同的“西部文艺”的旗帜。热心于创造出具有西部特点的文学、电影、戏剧等文艺作品；热心于从理论上探讨西部文艺的含义及所具备的特质，这表明了大西北文艺的觉醒，大西北文艺的奋争。这将是我们大西北文艺走向繁荣、成熟的序幕，是大西北文艺向全国乃至全世界献出独具色彩的优异硕果的前奏曲！

对“西部文艺”一词的理解

有人提出“西部文艺”这个提法有些不妥，应该称“西北文艺”。其说法是有道理的。但是我认为：“西部文艺”这个“西”并不是严格的指我国地理位置上的西，即包括西北五省区和西南四省区的西，而是单指我国的西北，或更确切一些说，是我国行政区划中西北的大部分。以新疆为核心，包括甘、青、宁和陕西的一部分，这个西，是我国人民传统意识的西，是历史上自张骞“凿空”以来所开辟的我国疆土“西域”的西，是古“西出阳关无故人”的诗句所传达出的我国人民长期形成的心理习惯中的西，是自长安西行的“丝绸之路”的西，是当今仍在使用的“西行剪影”“西去列车的窗口”中所描绘的西。总之，今天的西部是历史上形成,如今仍然通用的传统意识、传统地理概念中的地区,是与“西域”相应的至今仍属我国领土的地区。因此,不用“西北文艺”而用“西部文艺”这个概念,并没有什么不妥;相反,既具有二十世纪八十年代新的时代感,又有历史心理的连续感,而且隐含着与美国西部文学的比较,应该说是合适的。

西部文艺的两个基本特点

西部文艺,诞生在我国西部这片神奇的、已开发待开发的地区,这片多民族聚居的广袤土地上,自会有自己独具的秉性和品格。对这一问题,人们有许多阐述,众说纷纭,都有其道理。但我认为:开发性和多民族性,应该是其最重要的、最基本的两个特点。

关于西部文艺的开发性,人们有较多的论述,也有较为一致的看法,西部文艺的提出,就是在开发大西北战略口号提出后才产生的,因此它先天地就与“开发”联在一起,融为一体。此外,新疆的《绿洲》文学在刊名前冠以“中国西部开发文学”的定语。几年来,热心于提倡“开发者文学”的原《新疆文学》今更名为《中国西部文学》,就很说明问题。后者在更名时有“为了……更加旗帜鲜明地倡导西部开发者文学,突出地反映开发新疆、开发大西北的崭新的时代生活”等语,更明确地阐述了西部文学与开发文学的承续关系。有人撰文阐释“中国西部文学”与“开发者文学”的关系时说:二者是内在的统一、前者包括后者,主要是后者。后者是前者的主体、核心,也很能说明问题。因此,西部文艺的基本特征包含着开发性,这是毋庸置疑的。

多民族性是否与开发性一样重要、一样是西部文艺的最基本的特征呢?从现在看到的研讨西部文艺的文章中看,除个别的谈到外,大部分没涉及这个问题,或没提到应有的地位予以重视;被称为我国第一部“西部电影”的《人生》,也是纯粹的汉族人写汉族生活,而改刊的《中国西部文学》中又专设了“兄弟民族文学之页”与“海外人士看新疆”“外国文学作品”等专栏并立;加之,热心于撰文提倡西部文学、西部文艺的,几乎都是汉族,这就给人造成一种印象,似乎西部文艺即汉族文艺，或更确切些说，是西部地区的汉族文艺。反映西部地区生活的汉族文艺，这是人们的错觉吗？但愿它是错觉。但愿这种错觉是出于对问题的探讨未及展开、未及深入造成的。我认为应该弥补这个不足，把人们已经开始形成的错觉纠正过来。

多民族的西部社会

中国西部文艺不可能只是汉族文艺，更不可能只是反映汉族生活的文艺；恰恰相反，它必然地是多民族的文艺，是反映多民族生活的文艺，是多民族作家、艺术家所创造的文艺。

中国的西部是一个多民族聚居和交往的地区：现在的西北五省区，除我国的主体民族汉族外，有十九个少数民族世代生息在这片土地上，其中有两个自治区、十三个自治州、十八个自治县，计一千一百多万人，是我国重要的多民族地区。这个地区自古就是多民族杂居共处之地，历史上曾经出现的西方“戎狄之国”，西域数十个“城邦”小国和大大小小的“汗国”以及已经消亡或转化、融合为现今民族的戎、氐、羌、匈奴、柔然、铁勒、突厥等等，大都生息辗转在这片土地上。因此，不管从现实和历史的角度看，中国西部都是多民族的西部，是多民族共同开发、缔造的西部，是多民族之间在交往、争斗、互助、融合中结成一个难于分割的有机整体，更紧密地统一在祖国怀抱中的西部。这是我国西部地区的根本特点。西部社会生活和人的精神风貌都是从这一根本特点中生发出来的，甚至西部的自然环境、山光水色也无不染上这一色彩。这是西部社会的基调、底色，是我们认识我国西部的基本出发点，反映西部生活的文艺作品，不可能离开这块土地和这种现实而成为纯汉族的文艺。

表现多民族生活的文艺

事实上，在许多有影响、被公认为有西部特色的文艺作品中，其选材和表现的生活内容都具有多民族性。一九七九年获全国优秀短篇小说奖的《努尔曼老汉和猎狗巴力斯》，一九八一年获全国优秀故事片奖的《响导》，近几年在国内外都赢得很高声誉的舞剧《丝路花雨》，一九八四年获全国优秀报告文学奖的《塞外传奇》，以至五六十年代的著名长诗《复仇的火焰》等等，无不如此。这说明，具有西部特点的多民族生活，是西部文艺肥沃的土壤，只要我们的创作能深深地植根在这片土壤中，就能结出具有独创的个性和闪射着异彩的文艺硕果来，就能使我们的西部文艺屹立于我国优秀文艺之林乃至世界文艺之林。

自然，在表现多民族的关系时，我们应该作更全面、更真实地把握，不应该回避各族间真实的、现实的关系，而作片面地、孤立地描写。如只表现生活上的互相关心、危难中的互相救助之类的"民族团结"的故事，而不能把这种故事放在更大更广阔的社会历史背景中。在阶级斗争、民族斗争乃至一些涉外斗争的重大事变中，在实现四化大业、消除民族之间实际存在的不平等状况而展开的壮丽事业中，去表现各民族之间的有团结合作、有互相吸收融合，也有矛盾斗争、血洒沃土的错综复杂的关系。我国自古以来，在这片土地上，历代汉族与各少数民族、统治民族（有汉族也有少数民族）与被统治民族的关系，都不是简单的征服与被征服、掠夺与被掠夺、奴役与奴役的关系。一方面有争战、征讨、臣服纳贡，一方面又有和亲、合作、友好往来；而在社会主义中国，各民族之间的关系是一种新型的民族平等、团结合作的关系，是先进民族帮助后进民族，共同走上社会主义繁荣昌盛之路的关系。自然，这中间也不是没有矛盾、没有误会，甚至流血杀戮之事。我们的文艺作品，要真实典型地描写这种关系在现实生活中的具体表现，才能揭示出多民族的西部社会的特色。

值得注意的是：过去我们的作家艺术家，在反映多民族生活方面存在着顾虑，小心地划着危险区，对许多问题不敢触及，这是"左"的政治和文艺禁锢的反映，是人们只敢创作正面歌颂民族团结故事的社会的、创作心理上的原因。这种创作禁忌，应该在西部文艺这面时代旗帜的指引下予以突破，只有突破了这个禁区，人们才可能在这个广阔的天地里自由驰骋，深入开掘，写出真实感人、有血有肉、具有艺术生命力的作品来。上举的优秀作品，在描写和处理多民族关系上所取得的成绩和经验，是值得肯定和借鉴的。

多民族的创作队伍

不仅反映的西部生活是多民族的，西部的作家艺术家队伍，即文学艺术的创作队伍，也是由多民族组成的。以新疆为例，现有的八个文艺协会中，有全国会员 461 人，其中汉族 212 人，各少数民族 249 人；分会会员 2 669 人。其中汉族 1 330 人，各少数民族 1 339 人（1985 年 4 月统计）。这个数字表明：汉族文学艺术家的数量还占不到各民族文艺家总数的一半，其他省区的情况自然不会和新疆一样，但由多民族组成这一点则是无疑的。它表明，在这片土地上，文艺创作活动是汉族和各少数民族共同进行的。如果我们西部文艺的旗帜仅仅是汉族文艺家们举着，甚至是少数汉族文艺家举着，不把数量更多的各民族文艺家们吸引到这面旗帜下来，那么我们的队伍将是单薄的、孱弱的、孤立的，难于汇成浩浩荡荡、威武雄壮的大军，在表现西部社会生活特色方面也必然是不全面、不深入、不准确的，难于做到丰富深刻、绚丽多姿。

自然，就目前的现实情况看，或者是由于民族的习惯不同、语言文字不同，或者是地域的局限与隔离，我们西部各民族、各地区的作家、艺术家及其创作，往往呈现着一个个民族创作圈、地区创作圈。在这些创作圈里，只写我这个圈子里的人和事，不写或很少写别一民族别一地区。甚至有些人，对别一民族、别一地区乃至整个世界缺少了解，在这些创作圈子之间，虽不乏交流，但终究有限。基本上保持独立的，甚至从某种意义上说也是封闭的状态，其创作思想、写作水平、欣赏习惯……相距较大，难于打成一片，取长补短，互相补充，形成一个整体。这种情况的存在与保持，对于我们各民族、各地区的文艺，即西部文艺的发展和提高十分不利。这种情况的存在，固然有上述客观的历史的原因，但是也表现了我们思想认识不足、创作视点不高、视野不宽等主观的缺陷。我想,如果我们各民族、各地区的作家艺术家,既能扎根于本民族、本地区,熟悉它、把握它、表现它,又能从本民族、本地区走出来,放眼更广阔的世界,站在更高的角度去观察和表现西部社会的时代生活,表现西部社会多民族生活的特点,吸收多民族的营养来哺育自己、丰富自己、壮大自己,那么,我们西部文艺就会逐步打破彼此隔绝的状态,有一个大的突破,走向开放、走向成熟,就会出现超越民族和地区界限的大作家、大艺术家,出现我们中华民族的、我们当今时代的大手笔!我想,西部文艺这面时代文艺的旗帜,是有利于改变这种状况、实现这种理想的。

提倡多种风格流派的竞放

西部文艺既然是多民族的文艺,是多民族文艺家创作的反映多民族生活的文艺,那么它必须是丰富多样的,它应该在体现西部精神、表现西部特色的大前提下,允许、鼓励多种风格、多种流派的竞争、竞放,而不应该只是片面地、过分地强调、尊崇某种风格流派而贬低、排斥另一些风格流派;我们要表现阳刚之美、粗犷之美,要写冰山、大漠、狂风、野马,但也需要表现阴柔之美,婉约之美,写小桥流水、绿叶红花。因为这种互相对立的两种境界都包含在我们的西部生活中,它们互相补充、互相映照,构成我们今天的现实生活,也都能体现出我们的西部精神,我们的时代精神;我们应该写西部的大自然、更应该写西部的社会、西部的人。脱离开人与社会的大自然,即使写得很好,也是不够的,也是片面的,也是难于扎根在广大人民群众中的,顶多只能在少数爱好者中欣赏。中国的西部是一个社会,它具备着一个社会所必然具有的丰富与多样,对立与统一;中国的西部社会又是一个不同于其他地区的多民族的社会,甚至还是处在复杂微妙的国际关系、国际交往中的社会。因此它必然具有更加丰富、更加多样的特色,而体现西部社会在开发前进中的西部精神,也决不会是单色调的。因此,我们把西部文艺创作中所要表现的西部精神、西部特色规定得过分狭窄,把西部人的精神气质和性格特点规定得过分单一，那是不符合生活的真实的，是不利于动员和鼓励各民族的、各种风格派流的作家艺术家根据生活去进行艺术创造的，那就免不了对现实生活作片面的甚至是歪曲的反映。

要促进文艺的繁荣，必须要有兼容并包、兼收众美的气魄，有允许百花齐放、群莺齐唱的气度。没有各种风格流派的诗歌的齐放，能有我国文学史上的“盛唐气象”吗？没有各种色、香、形各异的花卉的聚集，能建成万紫千红的百花园吗？西部文艺应该是一个百花园，西部文艺应该成为造就盛唐气象的文艺。

一九八五年七月十六日

载《中国西部文学》一九八五年十一期

通俗文学的品格

近年来，不少人视通俗文学为庸俗文学，甚至当作黄色文学。这种看法当然不准确、也不科学，但有的通俗文学作品确实比严肃文学有更多庸俗低级的情趣。

通俗文学有没有独立存在的价值："黄色"这种毒菌为什么爱寄生在通俗文学身上？通俗文学能不能提高品格？这是人们普遍关心也是文学界想要探讨的问题。

通俗文学的特点与价值

什么是通俗文学？目前尚无定义。一般认为，它是随着近代商品经济的发展和城市市民阶层的兴起而发展起来的主要供人民群众阅读的文学，有人称大众文学，它属于个体创作的作家文学范畴，但又不同于通常所说的作家文学。它在内涵上有多层意义，因而也具有多种特色：

一、从读者对象看具有广泛的群众性。近年来通俗文学作品与刊物常常发行几十万份甚至上百万份，这是与其相对应的纯文学、精英文学、文人文学所望尘莫及的。在这些读者群中，毋庸讳言，大多数是文化层次和艺术修养偏低的群众，当然也不乏文化层次与艺术修养较高的读者。

二、从作品所反映的思想内容看，通俗文学具有理想化的特色。它的故事内容与人际关系都是按照人们的主观意愿和世人普遍能够接受的理想道德观念处理的，歌颂美好，鞭挞丑恶；赞颂忠良，剪除奸佞；表彰正义、惩治邪恶；向往自由，反对专制。它投合人们的本性却与世事的真实情况有很大的距离。所以有人把武侠小说称为“成人童话”，把琼瑶的言情小说称为“爱情童话”。

三、从作品的艺术表现倾向看，通俗文学具有较明显的普及性。它往往叙事简洁、通俗易懂，运用人们已经习惯了的表现手法，有完整的故事，而且情节紧张曲折，引人入胜，这与纯文学、艺术文学、探索文学的含蓄高雅、淡化情节、注重人物形象的塑造、心理描写，多种多样新的表现技巧乃至晦涩难懂等等情况形成鲜明的对照。通俗文学反映了一种传统的稳定的审美习惯，为一般读者所喜闻乐见。

四、从作品所表现的感情看，大都是性爱、情爱、竞争、报复等等与人类的生理需求、生存需求、安全需求相关的，而较少如严肃文学所表现和人类的发展需求、自我实现需求相联系的感情。人们所公认的通俗文学三大题材类型“武侠”“言情”“公案”很典型地表现了这种倾向。因此可以说，通俗文学的感情侧重于表现人类初级的基本感情需求。

五、从作品所担负的功能看，通俗文学具有较强的娱乐性、消遣性。人们希望从作品中得到的是愉快与满足，而不想有更多的对社会与人生的思考。因此它内容比较浅显，不像严肃文学肩负着巨大的社会历史使命和文艺的教育、认识、审美功能，因而具有较丰富的社会内容和较深刻的思想内涵。

通俗文学由于具有既不同于民间口头创作（民间文学），也不同于纯文学、严肃文学的独特的个性，因而形成了无法替代的文学种类。

通俗文学应注重品格

通俗文学虽然在我国古代已经萌生，被称为“引车卖浆者流”的文学，但主要还是到本世纪才得以发展。辛亥革命后，“五四”运动前和二十世纪四十年代曾两度崛起。近年来，随着我国改革开放政策的实施和商品经济的迅速发展，又如雨后春笋般生长起来。这本来是一件好事,反映了我国文艺事业的初步繁荣和多文化格局的形成,也满足了广大读者的文化娱乐需求。

然而由于近年来资产阶级自由化思潮的泛滥,社会生活中和文艺创作中的庸俗化倾向也在发展。西方性解放思潮及弗洛依德的“精神分析美学”的输入,犹如助燃的邪火,激活了人们性追求的欲望,形形色色的性混乱及嫖娼卖淫等丑恶现象,严重地败坏着我国的社会风气。与此同时,文学作品中的爱情也从含蓄优美的感情与心理的描写,逐渐走向赤裸裸的性欲展示,使文学作品乃至整个文化艺术制品中充斥着“黄色”。而在文学作品进入商品流通过程后,又出现了“越是黄色越走俏,越是下流越畅销”的倾向。那些利欲熏心的文人和书商们,看准了这个行情,更起劲地添加黄色佐料,以捞取更多的金钱。这就是文学作品中黄色泛滥的社会原因。而通俗文学由于它自身的弱点和局限,则更容易吸附黄色污秽。

通俗文学的局限主要表现在它生产和消费过程中,有“三低”现象:它的作者队伍中虽然不乏优秀者,但从整体上说,比严肃文学、纯文学作家队伍在思想艺术修养方面要低,它所表现在作品中的感情层次与审美境界比严肃文学作品中的要低,它的读者中的多数,文化程度、艺术修养、审美情趣都此严肃文学、纯文学的读者要低。这“三低”现象导致通俗文学的内容与格调,从总体上说,比严肃文学、纯文学要低。

弄清通俗文学的这“三低”,也就找到了提高通俗文学品格的钥匙。然而治理“三低”现象却不能采取行政手段,只能做更艰难、更细致的思想工作,即提高编创者的思想水平与业务素质。

提高编创者(自然也包括一些此类外国作品的翻译者)的社会责任感是首要问题。据今春《人民日报》载文披露,一位办得很红火的通俗文学期刊的编辑,带着歉疚的心情给报社写信,说自已厌倦了“两眼盯着印数和利润的生活”,渴望摆脱这“正不压邪的环境”。而《今古传奇》《中国故事》《中华传奇》《千古风流》四家通俗文学刊物的编辑们,则振臂疾呼,向同行们发出了“自珍、自尊、自爱、自强”的呼声，建议坚决剔除“毒害青少年身心健康的描绘”，把发表“有利于陶冶情操的优秀文学作品作为编刊追求的目标”。这些体现着社会良心的声音使我们看到：只要编创者们提高了社会责任感，不以赚钱为目的，将文学作品的社会效益放在第一位，具有严肃的事业追求，通俗文学品格的提高是大有希望的。

提高通俗文学作家的思想艺术修养是提高通俗文学品格的重要方面。通俗文学作家应该和严肃文学作家一样深入生活，研究新时代、新人物、新问题，以严肃的态度进行创新。改变自己的粗疏浅陋，以自己创作水平的提高去引导广大通俗文学读者，使他们逐渐提高艺术欣赏水平和审美情趣。那么，通俗文学完全可以提高自己的品格。

一九八九年十二月

载《新疆日报》一九八九年十二月三十一日

要批判，也要歌颂

——我观报告文学

近年来报告文学十分兴旺发达，异军突起，气势磅礴，大大超越了小说、诗歌对广大读者的吸引力和影响力，也大大超越了报告文学应有的社会功能，而起到了超常的社会轰动效应。这是在我国改革开放的现实、尤其是商品经济迅猛发展的现实中产生的，也是报告文学家投身现实、反映现实和干预现实并企图改造现实的结果。

一大批为人们乐于称道的报告文学的产生，显示着报告文学的繁荣，报告文学内容的极大开拓和表现形式上的丰富创新，也使报告文学这一文体本身得到了发展。这是毋庸置疑的，是应给予充分肯定的。

然而近年来的报告文学从一开始就隐藏着某种不易为人们觉察的特殊的缘由，一种在发展的过程中逐渐显露出的病态，却又长久地为人们所忽视，或更准确地说，没有被正确地认识。它像一剂“吗啡”，刺激着报告文学和一些报告文学作家，也刺激着相当一批读者，使报告文学呈现出某种“病态的兴旺”，使某些报告文学作家与某些读者呈现出病态的亢奋。

这剂吗啡是什么？特殊的缘由是什么？

为了弄清它，让我们先弄清两个与此相关的重要问题，这两个问题弄清了，答案就自然而然地显示出来了。

报告文学不应仅仅是批判

报告文学是年轻的文学体裁,它的兴起,是和近百年来新闻事业的发展,和人类解放运动,特别是无产阶级的革命斗争密切相关的。在它产生和发展的过程中,曾产生了一批名著,如高尔基的《在美国》、约翰·里特的《震撼世界的十日》、尤利乌斯·伏契克的《绞刑架下的报告》等等;而围绕我国的民族民主解放运动的发展,也诞生了一些中外名著:基希的《秘密的中国》、斯诺的《西行漫记》、夏衍的《包身工》、方志敏的《狱中纪实》等等。这些报告文学的力作,为报告文学这种新兴的文学样式创造了基本的品格、基本特征:一方面是它的新闻性、真实性;一方面是它的革命性、战斗性。这种革命性、战斗性的表现,不仅在于它对旧世界旧事物的批判,更集中地表现在对新生的前进的美好的革命的世界与事物的歌颂上。这些作品中所表达的爱憎是鲜明的、强烈的,没有丝毫的模棱两可、含糊不清,也没有纯客观的报导和主观感情的困惑游移。

近年来异军突起的报告文学,尤其是那些在全国引起较广泛"社会轰动效应"的报告文学,几乎都是"社会问题报告文学"。在连篇累牍的"报告"中,目不暇接地传达给人们的都是"问题",重大的、尖锐的,令人忧心顿足、扼腕嗟叹的"社会问题"。正如一位颇有名气的文学评论家所概括列举的:"翻开各种新出的文学期刊,总有新鲜而富有刺激力的题目跳入眼睑,从自然方面的大水、大火、地震、干旱、伐木、飘流、撞车、空难、爆炸、甲肝,到社会领域的企业改革、官本位、物价、职称、裁军、教育、体育、出国、探亲、性爱、纳妾,再上溯到历史上的大浩劫、大悲剧、大事件、大人物……""恶、贪欲、金钱所搅起的精神困惑和道德失重大量进入作品"。

在我们实行改革开放的大变革时期,在商品经济大潮和西方文明的冲击下,我们的社会主义社会在迅速发展中出现了许多复杂的前所未有的社会现象,也有沉渣泛起,死灰复燃,但其主流仍然是朝气蓬勃的令人鼓舞的美好事物,社会主义事业仍然在艰难中前进。虽然有阴暗腐败丑恶罪愆,而且比以前更为严重,但毕竟是前进中的正在治理正待克服的“问题”。作为迅速反映现实生活、对人们认识当前社会有较大影响力的报告文学,有理由也有责任全面地反映这个变革的时代,增强人们改革与前进的信心,克服前进中的障碍,早日实现我们祖国“四化”的宏伟目标。然而,我们某些导引着当今报告文学发展趋向的报告文学家与评论家们,却不愿意考虑这样的问题,甚至对群众中和文艺界的不同意见嗤之以鼻,不屑一顾,而热衷于推波助澜地制造更大的社会问题报告文学的冲击波,以加强“整体性的社会批判和文化批判”。他们对于歌颂美好的事物是不感兴趣的。一位也颇有名气的文学批评家曾在一篇文章中写道:“……社会问题报告文学对环境的监视就不仅仅是一种对社会变化的多方面的了解,而更多地转向舆论监督,变成一种以揭露社会黑暗和批判社会腐败为主要职能的工具。……报告文学承担歌颂的功能完全是对自己职能的一种背叛。”

报告文学只能用于批判,而不能用于歌颂,这种理论确实惊世骇俗,然而却令人难以苟同。如果不是对我们的社会主义社会、我们的改革开放持完全否定的态度,那么为什么只批判它的积弊而不歌颂它的成就呢?为什么只鞭笞它的败类而不颂扬它的英雄呢?诚然,我们需要批判一切腐朽黑暗。马克思主义的本质就是批判的。不允许批判的社会不是一个好的社会,能容许批判的社会才是健康的有希望的社会,但是,我们也同时需要歌颂那些新生与光明。马列主义者从来都是对革命的社会主义的事业和英雄行为进行满腔热情的歌颂。不歌颂美好与光明的人未必是一个心智健全的人,歌颂社会主义欣欣向荣的光辉业绩正是社会主义歌颂者的正常心态。我们所生活其中的当前的社会,尽管问题成山、麻烦成山,但却是我们千百万人近百年来前仆后继、流血牺牲换来的最好的社会,受到了广大人民群众的拥护,也为我国人民带来了前所未有的越来越大的利益。目前,它纠正了“左”的也正在纠正右的政策偏差和工作中的失误,比任何时候都更充满生机充满活力充满希望。它不可能是完美的社会,但决不是只应批判的腐败没落的社会。我们的文艺,我们的报告文学为什么要片面地发展和扩大它的批判功能而不允许歌颂呢？我们的报告文学有着"歌颂革命"的光荣传统，不仅在它诞生初期如前面所列举的那些名著如此，我国从抗日战争时期的第一次报告文学高潮，到中华人民共和国成立后的五六十年代，直至八十年代初期我国第二个报告文学高潮中，许多优秀的报告文学作品都是"歌颂型"的，无疑，歌颂是报告文学的优良传统。近年的报告文学突破了这一传统，增强了其批判功能，这本来是好事，使它的功能更全面更有战斗力与生命力了，但如果因此而否定或禁止报告文学的歌颂功能，那不是走向了极端，走向了反面了吗？它让人民群众看到的是满目黑暗而没有光明美好，这样它除去涣散人心，让人们丧失生活的勇气和前进的信心，又能起到什么样的社会效果呢？这样的报告文学才真正是对报告文学职能的背叛！

社会问题报告文学的"反思"

近年来以社会问题报告文学为标志的报告文学的丰收，被人们称为我国报告文学的第三次高潮。这种报告文学最主要的特点有二：

其一，是写中国的社会病态。不仅有对某一社会问题的密集的信息资料，而且有对这一社会问题的宏观思考和议论。它以新闻性、社会性、政论性、批判性见长，这就使它不同于以前主要写一人一事的作品，它以作家的社会思考与分析为轴心，集束、结构起一大批有关反映此类社会问题的事件与人物。事件与人物多数时候只是作为例证来说明作家的观点的。

其二，它和以前的报告文学不同之处还在于它对一些具体的人与事缺少鲜明强烈的爱憎感情和褒贬态度，而更多客观冷静的披露，热心于多角度、全方位地表现复杂的社会现象和是非评判。他们以"社会良知"的身份，以社会问题报告文学做工具，对当代中国的社会病态进行历史的文化的批判，以对广大人民群众进行新的"启蒙"，即"民族灵魂的发现与重铸"。这一特点早已为评论家们发现了："一种不同于前一时期报告文学的新的形态正在出现,它是'中性'的,表现为困惑与悖论的形式。它不复是以前那种急渲、呐喊、歌颂或鞭挞,而是带着宽容的揭示。"另有一位报告文学作家也自我解剖地说明了自己写作时的心情:"遇到这种具体事件时,我一方面同情他,另一方面又非常憎恶。从社会发展趋势看,这是一种堕落。我的心情是矛盾的,所写也反映出社会矛盾引起的矛盾心态。"

第一个特点使这类作品呈现出比任何文学作品和任何其他类型的报告文学都更政治化、学术化。这些作家,尤其是最具代表性的作家,他们是自觉地用报告文学这一形式来干预生活、参与政治的,他们与其说是写报告文学,不如说是写社会调查报告或政论文。一位文学评论家说得很明白:"我们处在一个需要集中力量逐步地、彻底地解决政治脱离经济甚至对立于经济这一根本体制的时代,文学家有责任参与其事","敏锐地、果敢地参与现实政治斗争,以直接的方式推动中国的政治、经济、文化体制改革,这已经构成当代报告文学的一个本质性的属性"。

第二个特点使这类作品传达出与我们数年来党和人民所遵奉的基本不同的是非标准、价值观念、道德规范和理想追求。一位报告文学家很坦率地说出了这种观点:"报告文学中所提供的观念,与传统的认识是对立的……《河殇》所提供的历史画面和现实画面,有多少是观众所根本不知道的?观众欢迎它,完全是因为它对这些画面做出了新的解释。"

问题很明白,他们写作这些社会问题报告文学,目的是为了进行"社会批判"和"文化批判",即"反思"。然而遗憾的是他们用以反思的思想武器,不是马克思主义,而是形形色色的西方资产阶级的学术观点与政治观点。我国的现实与历史,经过他们的"观点"的"审视",不是让我们认清了以往在革命和建设中的真正的失误,我们需要纠正也完全可以纠正的不足,以增强人们对社会主义、对改革前途的信心与决心;而是恰恰相反,引起了人们对我们社会制度更大的不满与怀疑。一位报告文学作家说:"现在我们想把西方的自由经济引进来，而又要保留原来的政治制度、意识形态，结果只能是我们的经济改革遇到了重重困难。所以往前走就要撞政治制度这堵墙，这堵墙一撞开，好多大戏还在后头。”这位作家以为他是在为党和人民谋划改革的妙方，殊不知他已完全背离了我们党所要坚持的“四项基本原则”，一旦撞开了我国《宪法》中明文规定的“社会主义”这个政治制度，随之而来的不就是“全盘西化”即资本主义化吗？这能是社会主义的改革吗？这种“反思”的社会效果，已经走向反思者主观愿望的反面，成为一种错误的有害的社会舆论。这是我们不愿意看到，然而又不能不痛心地看到的事实！

西部仍在做正面文章

中国第三次报告文学的高潮早已漫溢到天山脚下，新疆毫无例外地卷入了这股汹涌而浩荡的“中国潮”，出现了新疆历史上前所未有的报告文学的丰收，出现了思想、艺术、题材等多方面的突破。然而毕竟离主潮头较远，又立足在一块与内地一些省区不完全相同的现实土地上，其创作思想与那批弄潮的“精英”们有相当大的差距，因而赞歌依然是这儿的主调。就以《中国西部文学》近两年在“中国潮”和“丝路新貌”征文专栏上所发表的报告文学看，新疆绝大部分作者仍在作正面文章。

这股“中国潮”的排头浪是《希望所在》。它记述了一九八七年夏天因自然灾害阻断交通而滞留新疆哈密车站的万名旅客五昼夜的实况，谱写了一曲我国二十世纪八十年代共产主义的凯歌。作品尖锐地描绘了“滞留”带来的严重问题，然而也详尽而生动地记述了哈密人民在党组织的带领下，全力以赴、忘我无私地支援救助旅客，从而化怨怒为喜悦、变危急为胜利的动人事迹，将改革开放时代同时也是商品经济迅速发展带来的一些人价值观念颠倒和信仰危机滋生的时代中闪耀着共产主义光辉的“哈密精神”集中鲜明地表现了出来。作者既有朴素的事实记述，也有激越的感情抒发与富有哲理的议论，使一件具体事件的报告升华为一种精神的歌颂。《希望所在》为这股西部报告文学的浪潮带来了希望的浪花。以后发表的许多“报告”，不管是写重大的民族纠纷事件、严重的疾病流行，还是写商品经济大潮对新疆少数民族习俗与生活方式的冲击，也不管是写一个地区摸索出一条由穷变富的道路，一个企业的艰难创业历程，不管是宏观的集合式的综合扫描，还是一人一事的详细记述，都能在揭示出困难、问题、矛盾、危急中写出人民群众的奋斗、干劲、前进与希望，而且能从这一切中做深入的思索，引导人们向更深邃、更广阔、更高远的层次上去观察、审视这些现象。正像《安危所系》中所记述的“高旭事件”，虽然是严重的民族纠纷事件，然而在真实的记述中，却让人们看到许多动人的民族友爱的事实和各族人民群众顾大局、识大体，以国家民族利益为重的宽大胸怀，摆脱了狭隘的民族眼光与个人利益的束缚，使我们体味到，各族群众永远是要团结要友谊的，只要依靠人民、沟通人民，民族地区将永远安定团结。

这类作品的内涵，完全不同于以前报告文学对好人好事泛泛赞颂，它们要复杂得多、深刻得多，也是多味道、多色彩的。然而从总的思想倾向和艺术情绪看，它们仍然是颂歌。自然，有相当一部分报告文学，尤其是反映丝路新貌的作品，由于急于报告成绩，描绘新貌，往往写得过实过细，对事件的罗列较多较具体，对人物的记述相对较少，而且不够生动细致，同时往往缺少更高远的视角和画龙点睛的思想升华，显得就事论事、一览无余，缺少思想的深邃与艺术的韵味。

我想，我们虽然面对的时代和事件不同，但我们的报告文学正如整个文学艺术一样，仍然肩负着为人民服务、为社会主义服务的社会责任，我们的作家永远不应忘记这个光荣的责任。我们应该有锐利的眼光去发现现实生活中的一切，包括光明与黑暗、美好与丑恶、新生与腐败，应该用犀利的刀笔来解剖它，批判黑暗、丑恶、腐败，颂扬光明、美好、新生，以帮助人民更好地认识现实，鼓舞人民为社会主义事业奋斗的精神，而不是涣散他们的精神和斗志，引起对我们社会的怀疑与失望。

尽管有极少数文艺界的“精英们”不喜欢歌颂，然而我却始终认为:报告文学及整个文艺创作,不仅要批判,也要歌颂!

注:本文所引的一些评论家、作家的话,分别见《光明日报》一九八八年九月二十三日、十二月二日及《报告文学》月刊一九八九年三期有关文章。笔者写此文意在阐述思想理论观点,并不想针对具体人。因此恕不一一列出文章及作家评论家的名字。

一九八九年十月

载《中国西部文学》一九九〇年第一期

人民需要艺术　艺术更需要人民

——学习邓小平关于艺术与人民的论述

文艺与人民群众的关系是社会主义文艺事业、马列主义文艺理论的最基本的命题。这一命题联系着许多文艺的重要原则，内涵十分丰富。诸如:文艺为人民服务、为社会主义服务的方向，文艺创作的人民性、时代性及创作的源泉，作家艺术家的社会责任感和使命感，深入生活反映现实以及向人民学习、向民间文艺学习，提高自身的思想艺术修养等等。所有这些问题汇集为社会主义文艺理论、文艺路线的核心内容。它们的确都是老问题，甚至是常识性问题，然而，近年来由于资产阶级自由化思想的泛滥，文艺界的许多人，不愿提或不敢提这些问题了，有的人甚至用西方资产阶级现代派的文艺理论作武器，从根本上反对提这些问题，致使文艺理论思想极度混乱，文艺方向在一定程度上偏离了社会主义轨道，文艺事业与人民群众的关系一度疏远了、淡漠了，它的生命力也大大的衰退了。文艺思想的混乱和整个思想理论界的混乱与倒错是一致的、同步的，与对党的联系群众的优良传统的破坏是紧密相连的。

最近，党的十三届六中全会做出了《加强党同人民群众联系的决定》，这对实现社会稳定、推进改革开放的社会主义建设事业具有重要意义，更是恢复党的优良传统、改变党风和社会风气的根本措施。它对文艺工作同样具有重大意义，是我们总结近年来文艺工作中的经验教训、端正文艺方向、清除文艺领域资产阶级自由化影响，繁荣社会主义文艺的关键环节。因此,加强文艺与人民群众的血肉联系,不仅是政治的需要,更是文艺本身建设的需要,它是落实党在文艺领域“一手抓整顿,一手抓繁荣”方针的重要保证,是解决文艺工作中许多重要问题的突破口。

邓小平同志在全国第四次文代会上的祝辞中,对文艺与人民的关系有一段十分精辟的论述:“由谁来教育文艺工作者,给他们以营养呢? 马克思主义的回答是:人民。人民是文艺工作者的母亲。一切进步的文艺工作者的艺术生命,就在于他们同人民之间的血肉联系,忘记、忽略或是割断这种联系,艺术生命就会枯竭。人民需要艺术,艺术更需要人民。自觉地在人民的生活中汲取题材、主题、情节、语言、诗情和画意,用人民创造历史的奋发精神来哺育自己,这就是我们社会主义文艺事业兴旺发达的根本道路。”

人民需要艺术,艺术更需要人民。这种高度概括、高度凝练的语言,十分科学准确地表达了自古以来就存在着的人类现象和文艺现象。

人民需要艺术

千百年来,人类学家、社会学家们用浩繁的文字探索人的秘密、人的需要,他们共同证明,人不仅有物质需要,也有精神需要、艺术需要。马克思说“人们首先必须吃喝住穿,然后才能从事政治、科学、艺术、宗教等等”就是从一个侧面论述这种需要的。鲁迅把人的需要分为三个不同的层次:“一要生存,二要温饱,三要发展”,处在高层次的“发展”就蕴含着对艺术的需要。保加利亚著名伦理学家基里尔·瓦西列夫分析得更细致、更切实。他在《情爱论》中认为:人除去与动物一样有生物需求(饥渴、性欲本能、自卫等)外,还有更为复杂的、在社会发展的过程中产生的“新的、高级的与当时文化水平相适应的个体需求”,即“认识需求——求知欲望,解决复杂科学课题的欲望,审美需求——对美的直观的渴望、对某种水平的艺术的需求,道德需求——对高尚品德的追求,等等”。

千百年来，文艺理论家、作家艺术家们也用浩繁的文字探讨着艺术的起源、艺术的功能等问题。不管是艺术起源方面的“劳动说”“游戏说”“摹仿说”“神话说”“美欲说”“休息说”“宗教崇拜说”“感情传达说”，还是艺术功能方面的教育作用、认识作用、审美作用、娱乐作用、交际作用，等等，所有这些理论，都从不同的角度论述了人——人民由于自身的需要，通过各种社会实践活动逐渐创造了艺术，并在日常生活中，从艺术作品中接受思想政治伦理道德的教育，从中认识世界、启迪智慧、陶冶性情、消遣娱乐、调剂精神，以更充沛的精力投入新的工作。

大量的科学成果从不同的侧面证实：人民需要艺术。

人民群众在长期的历史发展中，为了满足自身对艺术的需求，创造了丰富多彩、神奇美好的民间口头文学与民间艺术，世世代代在人民中间流传自娱，以消解人民精神的饥渴，并在流传过程中不断提高作家的艺术水平、人民的创造能力和欣赏水平。然而由于历史的文化的种种原因，他们——劳动人民的创作受到了限制，而有条件受到更高文化教育、有更多时间与精力从事艺术创作的上层富裕阶级的人们，多数却又不懂得为人民创作，他们的作品往往不能为劳动人民所了解、接受。这是一个历史的矛盾，这种矛盾在无产阶级、社会主义文艺出现之前是不可能得到很好解决的，只有到人民革命的时期才企图从根本上解决人民需要艺术的问题。所以无产阶级革命家列宁用最激动人心的清晰的语言呼吁：“我们的工人和农民理应享受比马戏更好的东西，他们有权利享受真正伟大的艺术。”（蔡特金：《回忆列宁》）

人民对艺术的需要是永恒的，而且愈来愈多样化、复杂化、高档化。这就促进了以“为人民服务”为宗旨的革命的、社会主义的作家艺术家们，有责任有义务创造出更加精致美好、更加丰富多彩的艺术作品，满足人民不断增长、不断提高的艺术需求。

艺术更需要人民

这一命题有着更为丰富更为充足的理论依据——

首先,艺术创作的对象是社会生活中的人民群众,而社会生活又是艺术创作的唯一源泉。这一文艺的基本原理是被古今中外的艺术理论反复论及的:希腊最早的文艺理论家亚里斯多德是主张艺术创作"摹仿说"的,他所认定的摹仿对象是"行动中的人"(《诗学·诗艺》);法国伟大的现实主义作家巴尔扎克创作了《人间喜剧》,描绘了整整一个时代的法国生活,他说:"我要写的作品必须从三方面着笔:男人、女人和事物,也就是人物和他们的思想的物质表现。总之,就是人与生活,因为生活是我们的衣服。"(《人间喜剧·前言》);我国著名作家巴金说他主要的一位老师是生活,生活中的感受使他成为作家。他提出了人们熟知的口号"创作要上去,作家要下去。"(《迎接社会主义文艺的春天》)

社会生活——人的生活,这就是历来艺术家们谈及艺术创作源泉时使用的语言。这种语言在无产阶级革命家、社会主义理论家的口中变成了"人民生活",毛泽东同志在谈到这个问题时讲得最集中最圆满:"一切种类的文学艺术的源泉究竟从何而来的呢?作为观念形态的作品,都是一定的社会生活在人类头脑中的反映的产物,革命的文艺,则是人民生活在革命作家头脑中反映的产物。人民生活中本来存在着文学艺术原料的矿藏……它是一切文学艺术的取之不尽、用之不竭的唯一的源泉"。而"人民"一词的含义,根据列宁的说法是指"那些能够把革命进行到底的确定的成分联为一体的"。(《社会民主党在民主革命中的两种策略》)人民在不同的社会历史时期其成分是不完全相同的。

因此,对于革命者、社会主义者来说,社会生活、人类生活主要的是人民生活,人民是创造历史的主人,也是社会的主体力量、绝大多数。作为社会主义的文学艺术家,要了解社会必须深入人民群众的生活之中,了解人民的思想感情、趣味爱好及其生活状况,才能感受时代精神,对社会的发展、人与人的关系取得真知灼见,才能真实地准确地表现人民和人民的生活，才能创造出有价值的、为人民喜闻乐见的作品。人民生活——这是我们时代作家、艺术家创作的基础和起点。

其次，艺术家创作时必须向民间文艺学习，以取得更多的营养和借鉴。

人民的创作是植根于人民生活并得到人民喜爱的。那些长期流传不衰的作品都是极富艺术生命力的优秀之作。因此古人早就认识到“真诗乃在民间”（王叔武），“穷苦[①]之言易好也”（韩愈），“盖世所传诗者，多出于古穷人之辞也”（《欧阳修》）。因此作家艺术家只要能重视向民间艺术学习，就会取得较大的成绩，乃至促使创作巨变。鲁迅说：“在不识字的大众里，是一向就有作家的……旧文学衰颓时，因为摄取民间文学或外国文学而起一个新的转变，这例子是常见于文学史上的”（《门外文谈》）。高尔基也说：“密尔顿、但丁、密茨凯维支、歌德和席勒的名望登峰造极之日，正是他们受到集体创作的鼓舞，从无比深刻、无限多彩、有力而睿智的民间诗歌这个源泉中汲取灵感的时候”（《个性的毁灭》）。

这一切都充分说明：劳动人民创作的艺术是作家艺术家创作的极好营养、极好借鉴，它常常是哺育作家艺术家的摇篮。人民创造的艺术不仅提高作家艺术家的思想艺术水平，而且常常是新的文学艺术形式创造的基础，中外文学发展史上每种新的形式的出现，几乎都是在萌芽的具有雏形的民间艺术的基础上经作家艺术家改造提高的结果。

其三，艺术创作需要得到人民群众的承认和欣赏，才有价值，才有存在的意义。马克思曾说“人民历来就是作家‘够资格’和‘不够资格’的唯一判断者”（《第六届莱茵省议会的辩论》）。现在有人说，读者是上帝、观众是上帝，也是从艺术作品必须得到读者、观众的批准

---

① 此处所言“穷苦”“穷”有双重含意，一是物质生活穷困的下层人民，二是处在穷困、矛盾、激愤、不满中的作家。（引者注）

这一意义上说的。人民群众是艺术创作的权威裁判者,无人民也就无文艺。

而为了使作品得到人民群众的承认和欣赏,一方面,作家艺术家必须努力用人民创造历史的奋发精神来哺育自己,使自己的思想感情、是非爱憎与人民群众血肉相连、息息相通,以使自己成为"够资格"为人民服务的作家艺术家。一方面,艺术作品必须真实地表现人民群众的感情愿望要求与审美情趣,努力采取人民所喜闻乐见、所易于接受的形式创作。这样才能使自己的创作在较大的程度上获得人民群众的承认和欣赏。

近几年来,我国文学理论界热心探讨文学主体性的问题。按照这种理论,所谓主体,对于整个文学过程来说,包括三种意义:一是作为创作主体的作家,二是作为对象主体的人,三是作为接受主体的读者。我这里不想对这一理论进行研究评价。但这里所说的三种主体:作家、人、读者,我理解在社会主义建设时期,其基本的大多数,都是人民群众。当然,从主体论的严格意义上讲,至少"对象主体"和"接受主体"二者是人民群众,人民群众是主要的描写对象又是主要的消费对象。我们的创作"取之于民,用之于民",艺术更需要人民的论断是完全正确的,是颠扑不破的真理。

中外文学中的无数事实反复证明:艺术与艺术家一旦保持与人民群众的血肉联系,从中吸收营养,哺育自己,就能使创作兴旺发达,否则,忽略与割断与人民的联系,创作就会枯竭衰退,就会遭到人民的唾弃。艺术冷淡人民,人民更冷淡艺术。这就是历史的辩证法,艺术的辩证法。这种辩证法,在近十年我国新时期的文艺实践中再一次得到了验证。

加强艺术与人民的血肉联系

在党的十一届三中全会和第四次全国文代会之后,在党的"解放思想,实事求是"精神的指引下,调整与改善了党对文艺工作的政策,文艺工作摆脱了"左"倾路线的十年禁锢,释放出了巨大的能量,各种文艺部门都涌现出一批受人民热烈欢迎的好作品,在群众中产生了巨大的影响,出现了一次次强烈的“社会轰动效应”,多年搁笔的中老年作家艺术家佳作叠出,青年作家艺术家如群星般升起,文艺刊物书籍的发行量十倍百倍的增长,达到历史上从未有过的高峰。文艺出现了空前的繁荣,被人们称为“第二个春天”。这种景象的出现正是艺术与人民保持血肉联系所结的硕果。因为十年动乱期间被压制遭迫害的文艺工作者和接受再教育的年轻知识分子较长期地生活在基层,与工农兵群众打成一片,甘苦与共,休戚相关,了解人民的思想感情和艺术需要,因而他们创作出来的作品,能够充分地表现时代与人民的意向,想人民之所想,急人民之所急,爱人民之所爱,恨人民之所恨。这样的作品,自然会受到人民群众的喜爱。因此这第二个春天正是文艺与人民紧密结合的春天。

然而就在这春天里,文艺工作者却滋长了脱离群众的倾向。一些人错误地理解改革开放的政策,把党对文艺的领导、马列主义文艺思想的指导、深入生活联系人民的优秀传统等等一套繁荣社会主义文艺的路线政策,视为保守、僵化、极‘左’路线,弃之若敝履;同时,毫无选择、毫无批判地照搬西方现代派的一套,新观点层出不穷,按照这些新观念炮制的新作品如潮水般涌来。而许多新观念新创作正是针锋相对地否定文艺与人民的密切关系,努力“淡化”“疏远”与人民的关系,甚至叫嚷“文学要与社会与人民离婚”!结果,文艺创作虽多,却“失去了轰动效应”,花样虽不断翻新,也只“各领风骚三五天”。人民不感兴趣,创作越来越在不断缩小的“文艺沙龙”中孤芳自赏;文艺期刊数量不少,却订户锐减,直到“生存不下去了”的呼喊在全国四起,出版界也是“出版高峰、销售低谷”。近年来,除纪实文学和通俗文学得到了畸型发展之外,文艺确实如人们担忧的“陷入了危机”,“走入了低谷”。然而危机和低谷只是表象,其实质是文艺脱离了人民,脱离了时代。因此要重整文艺、繁荣文艺,仍然必须从加强文艺与人民群众的血肉联系入手。要做到这一点,有许多工作要作,但总结我国文艺创作正反两方面的经验教训,以提高人们的认识是必不可少的。这其中,当然也包括澄清被资产阶级自由化思潮搅乱了的一些理论是非。应该批判在文艺与人民关系问题上的种种谬论。

谬论之一,是针对文艺为人民服务,为社会主义服务而提出的"为艺术而艺术"论。这种理论,反对提文艺为谁服务的问题,在他们看来,文艺是无功利的、无目的的,不为任何人任何事物服务,只为艺术本身。它不允许"具有除它本身之外的其他目的",也不允许"具有除了在读者心中唤起绝对美感之外的其他任务"。因此他们的创作"不屑于表现自我感情世界之外的丰功伟绩"。

这种貌似高洁的纯审美、非功利的艺术理论十分荒谬、十分虚伪,它完全否定了艺术作为一种社会意识形态的阶级性和倾向性,完全抹杀了艺术的社会服务功能。任何时代的任何艺术都是属于一定的阶级一定路线的,"为艺术的艺术、超阶级的艺术、与政治并行或独立的艺术,实际上是不存在的",任何时代的任何阶级都要求艺术为自己的利益服务,而反对有损于本阶级利益的艺术,为艺术本身服务的艺术也是不存在的。我们反对'左'的把艺术绑在政治战车上,片面强调为政治服务、为政策服务而忽视艺术审美作用的倾向,但是决不允许借口纠正左的提法走向另一极端,把艺术引向脱离人民、脱离时代、置身于当前伟大的变革潮流之外。

问题的实质在于,这种超阶级的艺术观表达了一种隐藏在艺术背后的政治态度,即与当今政治路线的敌对。"为艺术而艺术"不是什么新鲜货色,是从西方资产阶级文艺理论中搬过来的。二十世纪二十年代,俄国著名的马克思主义文艺理论家普列汉诺夫就指出:"艺术家和对艺术创作有浓厚兴趣的人们的为艺术而艺术的倾向,是在他们与周围的社会环境之间的无法解决的不协调的基础上产生的"(《艺术与社会生活》),也就是说,由于对当时的社会、文艺不满才采取了为艺术而艺术的态度。那么今天我们社会主义时期的文艺,已明确的制订了"为人民服务、为社会主义服务"的方向,在这种情况下提出为艺术而艺术,很显然是对文艺的社会主义方向的抵制。这种主张在二十世纪三十年代的我国曾经出现过,那是针对当时已经出现的革命文艺——普罗文艺提出的，是那些反对革命的"第三种人"提出来的。鲁迅曾无情地批判过这种主张："为艺术而艺术在发生时，是对于一种社会的成规的革命，但待到新兴的战斗的艺术出现之际，还拿这老招牌来明明暗暗阻碍它的发展，那就成为反动，且不只是资产阶级的帮闲者了"（《又论第三种人》）。事实证明，近年来标榜不为什么人服务只为艺术的人，恰恰是大搞资产阶级自由化的人。他们违背自己的宣言，热衷于利用文艺制造反社会主义的舆论。

谬论之二，自我表现论。这种理论认为："艺术是绝对的自我表现"，是"绝对个体的心灵世界的呈现"，是"个人精神的漫游"，甚至说"我创作就是我的梦，梦完了就什么都没有了"。这种理论把自我表现看成创作的目的、创作的源泉，而完全丢弃了创作反映现实生活的任务和为人民服务的宗旨。它片面强调创作只要有"自我"就够了，反对反映客观现实、反对深入人民群众的生活。这是割断艺术与生活与时代与人民 群众联系、窒息艺术创作的理论。

马列主义历来认为，艺术创作既不是主观唯心的"自我表现"，也不是客观世界的机械反映、简单再现，而是客观世界与主观心灵的结合与统一，是能动地反映。在创作过程中，必须张扬作家艺术家的"主体意识""创造意识"，如邓小平同志说的："这种复杂的精神劳动，非常需要文艺家发挥个人的创造精神"。艺术创作不能无我，不能无主体意识，但这个"我"必须是这个时代的人民思想情绪的代表，而不能脱离时代、脱离人民，甚至违背人民的情绪意愿。"小我"必须和"大我"统一，"小我"体现"大我"、代表"大我"。只有这种主体意识反映出来的现实，才会与人民感情共振，才会是受人民欢迎的艺术。不然封闭的"自我"只能表现狭窄的个人主义的心灵，不会与人民群众的感情相通，表现不了时代的主旋律和社会主义的主流本质。事实上，近几年那些"自我表现"论者，只热衷于琐细的个人感受、非理性的生理心理感觉、病态苍白缺乏社会意义的情绪，把腐朽当神奇、卑下当高雅、淫秽当时髦、丑恶当新鲜，导致创作的衰退没落和人民对这种艺术的冷淡。

高尔基曾经在一封关于写作的信中说："您必须写作，多多写作，但是您同样必须更接近生活，直到利用生活的提示、形象、画面、利用生活的颤动，它的血和肉。不要把自己集中在自己身上，而要把全世界集中在自己身上"（《给阿·基·谢胡米英》）。这段话，不仅可以理解为对"自我表现"论者的劝告，也可理解为对这种理论的否定。

谬论之三，提倡贵族文艺，颂扬贵族精神。

这种理论认为："文学本来就不是大众的。为了民族精神从贫困中解脱出来，文学现在非常需要有一种贵族意识"。甚至认为"反对精神贵族……不允许出现精神上富有的人，这是很奇怪的"

这种理论的提倡者确实把自己放在精神贵族的位子上说话：他们把"贵族"与"大众"对立起来，似乎大众就是精神的贫困者，而贵族就是精神的富有者。暂不论他们如何歪曲"贵族"这个词的本来含意，将"高高在上，享受特权"偷换成"富有"，犯了常识性错误；即使按他们的意思把精神贵族当作精神富有来解释，也是不符合实际的。一些自命精神贵族的人，他们自视艺术修养高，自命"先锋"、"精英"，热衷于从事"文学自身"的探索，脱离民族、人民，跟在西方现代派文艺后面学步，一味地表现空虚病态，感觉梦幻，没有开阔的视野，没有时代的歌吟，没有民族的灵魂，没有人民的呼声。这种只在"小沙龙"里自我欣赏的贵族文艺，是人民群众和我们的时代不需要的没有多少价值也没有前途的，他们一点也不富有而真正是文学的贫困。

我们的文艺早就打破了贵族文艺的狭窄天地走向人民了。列宁早就宣布无产阶级文艺不是为饱食终日的贵妇人服务，不是为百无聊赖，胖得发愁的几万上等人服务，而是为千千万万劳动人民服务。我国的革命文艺从一开始就举起了反对贵族文学的旗帜，当年陈独秀就喊出"推倒雕琢的阿谀的贵族文学，建设平易的抒情的国民文学"的口号。反对贵族文学、建设大众文学是一场革命，是一种历史的进步。连身为贵族阶级的有识之士如俄国的普希金、中国的曹雪芹都视贵族如粪土，深刻无情地揭露贵族的腐败，从而走向人民，成为人民的代言人，连出身封建士大夫阶级的李白、白居易都懂得"安能摧眉折腰事权贵,使我不得开心颜”,懂得“但伤民病痛,不识时忌讳”,而今天生活在二十世纪末、社会主义中国的作家,竟然鄙视人民群众、鄙视大众艺术,妄图开历史的倒车,精神贫乏空虚、混乱倒错以至如此,真是令人惊奇!

谬论之四,否定深入生活、深入工农兵群众生活的提法。这种主张认为:在现实社会中处处有生活,作家艺术家时刻都在生活之中,不必专门提深入生活问题;认为只要研究人就够了,没有必要专门去深入研究工农兵,甚至认为,古人外国人不深入生活,照样写出好作品。

这种看法是自毛泽东同志在延安文艺座谈会讲话中提出“到群众中去,到工农兵群众中去”的号召后一直存在的,也一直是我国文艺战线两种思想交战的重要方面。

所谓深入生活,主要指深入工农兵群众革命和建设的斗争生活,这是由社会主义的文艺方向路线所要求所规定的,也是马列主义文艺思想在我国的发展、创造。

生活是无处不在的,但各处的生活是不同的,人是到处都有的,但不同的人对人的看法是有差别的。在从事革命和社会主义建设的国度里,只有作为革命和建设主力的人民的生活、工农兵的生活才能更典型、更直接、更全面地反映我们时代的精神、时代的主流、时代的本质,也只有工农兵的斗争生活更波澜壮阔、更丰富多彩、更富有民族的底蕴。不深入工农兵生活,不了解工农兵对社会事物和各种人的看法,何以创作出堪称社会主义的文艺?一切怀疑、抵制深入生活的提法,其根源就在对待这个问题的认识和态度与党的、人民的认识和态度迥然不同。

古人、外国人对深入生活的确没有如我们这么明确的认识,也没有如我们提得这么响亮,但不等于他们不懂得熟悉生活了解人的重要,更不等于他们不深入生活、不了解生活中的人与事,他们是深入他们那个时代的生活、熟悉和了解他们所要表现的人和事的。巴尔扎克有句名言:“从来小说家就是自己同时代人的秘书”。他这个“秘书”研究了整个法国社会，并且“企图写出整个社会的历史”（《人间喜剧·前言》）；福克纳深入观察并吃透了他的那一块“只有邮票那样大小”的地方上的人与事；马尔克斯深入研究了他在《百年孤独》中描绘的那个“马孔多镇”；杜甫没有亲自经受过安史之乱，不会写出他那些脍炙人口的现实主义诗篇；李白没有行万里路，饱览祖国的山水风土民情，写不出他那千古流芳的名篇名句；曹雪芹把他的贵族之家的人人事事研究得如此深入如此细致……所有这一切都说明，他们也在深入生活，也在研究各种人。我们提出“深入生活”只不过是总结文艺创作历史的实际情况并根据革命的社会主义文艺的特殊任务提出来的，只是要求在工农兵斗争生活中去观察和研究一切人罢了。

加强文艺与人民群众的血肉联系，不仅是思想理论问题，也是具体实践问题。我们期待着在加强联系中，二十世纪九十年代的中国社会主义文艺出现第三个绚烂壮观的春天！

一九九〇年四月下旬

载《绿洲》一九九〇年四期

民族文学概览

全景式的扫描和研究
新疆各少数民族文学
的发展和现状
深挚的感情
宽阔的视野
理性的思考
历史的考察和分寸的把握
使它们成为当代
少数民族文学评论
和文学史写作的重要参考

新疆少数民族文学漫步

新疆素有"歌舞之乡"之称。聚居在天山南北的维吾尔、哈萨克、回、蒙古、柯尔克孜、锡伯、塔吉克、乌孜别克、塔塔尔等少数民族，能歌善舞，具有浓郁民族色彩的歌舞艺术，赢得了全国各族人民的称赞。然而，新疆不仅是歌舞之乡，还是一个万紫千红的文学花园。

一

提起新疆少数民族文学，人们会立即想到那异彩纷呈的民间文学，那幽默风趣、脍炙人口的《阿凡提的故事》。是的，新疆各少数民族民间文学异常丰富，每一个民族都有自己特有的神话、传说、寓言、故事、民歌、民间叙事诗、英雄史诗以及格言、谚语、谜语等等文学宝藏。这些民间文学是一个海洋，是我们探求这些民族的历史发展、经济生活、文化源流以及风俗习惯、民族性格的宝库。比如维吾尔族的《乌古斯可汗的传说》《英雄艾里·库尔班》，哈萨克族的《依尔·托斯蒂克》《英雄坎德巴依》等神话传说，就反映了民族的起源和民族的远古生活的一些影子，具有很大的文学价值和历史价值，那浩如烟海的民歌，特别是各种习俗歌，对了解这些民族人民的生活和心理特征有极大的作用。如果说，这些民间文学创作，是各个民族都有的，没有什么值得特别提及的话，那么，这里还可以举出两种在许多民族中不十分发展和突出的作品，这就是新疆各少数民族民间文学中最引人注目、在全国影响最大的两类作品：一是幽默风趣、短小精悍的笑话;二是内容深广、规模宏大的英雄史诗和长篇叙事诗。

笑话在新疆许多少数民族中流传很广,极受欢迎。不仅有全国人民熟知的《阿凡提的故事》(又名《纳斯尔丁阿凡提的故事》)还有《毛拉则丁的故事》《赛莱依恰坎的故事》《考加·纳斯尔的故事》《阿勒达尔·科沙的故事》《吉林谢的故事》等等。这类故事,都是以一个聪明机智、善于斗争、性格幽默、语言诙谐的主人公命名的。传说这些主人公都是历史上的真人,其故事也是真事。这种说法或许有它一定的根据,但是从整个故事来看,我们认为它不可能是历史上真人真事的照搬,而是广大人民群众集体创作的结晶。在此类故事中,主人公的名字不变、性格特点也基本不变,但身分地位却千变万化,从最基层的各种劳动人民,到王宫中的显贵大臣、三教九流、七十二行,他无不为之。然而他绝大多数时候都是站在劳动人民一边,巧妙地揭露形形色色的统治者、压迫者的丑恶与暴行,替贫苦的劳动人民伸张正义。它反映了在封建社会被压迫人民群众揭露和反抗统治者、压迫者的巧妙的斗争艺术。这些故事,既有深刻的现实主义精神,又有浓厚的浪漫主义色彩,既从某一特定的角度反映了那个时代的社会生活,又从一个方面展现了这些民族的性格特点、趣味爱好,是一些闪耀着奇光异彩的艺术珍品。这些凝聚着人民群众聪明才智的富有强大生命力的笑话,数百年来在人民群众中流传、加工、充实、发展,越传越广,尤其是《阿凡提的故事》,跨越民族界限,成为几个少数民族所共有。《考加·纳斯尔的故事》就是《阿凡提的故事》在哈萨克族民间文学中的别名。解放后,经过翻译介绍,它受到全国各族人民的喜爱。近年来,它变成了一种崭新的文学样式,讽刺文学体裁,不断有《阿凡提的故事新编》被各族人民(包括汉族)创作出来。近年来出现的艾萨木丁新创作的笑话,就是其中最突出的代表。

少数民族中英雄史诗和长篇叙事诗蕴藏丰富,是我国少数民族文学的一个重要特点,新疆各少数民族也不例外,特别是历史上以游牧为主的哈萨克族、柯尔克孜族、蒙古族更为突出。例如哈萨克族,这类长诗就不下二百首,《考孜库尔帕西与巴彦苏鲁》《阿勒帕梅斯》

等叙事诗，在哈萨克人民中流传极广，可惜有许多至今未得搜集整理发表，而翻译成汉文的只有《阿尔卡勒克》和在民间故事基础上由作家改编、创作的《萨里哈与萨曼》两首。柯尔克孜族的英雄史诗《玛纳斯》和蒙古族的英雄史诗（长篇说唱文学）《江格尔传》是这两个民族民间文学中的奇珍异宝，也是可以列为世界文学宝库中的我国优秀的少数民族文学巨著。前者主要叙述英雄玛纳斯祖孙六代统一零散部落，驱逐异族侵略奴役，平定内乱，改革政治，降伏妖魔，振兴民族，使人民过上安定幸福生活的英雄业绩。其中有惊心动魄的战争，尖锐复杂的政治斗争，优美动人的爱情，奇异迷人的神话传说，引人入胜的风俗人情……史诗规模宏伟，计有六部，二十万行；后者是蒙古族三大巨著之一。它主要叙述孤儿江格尔联合他的战友洪古尔等众多英雄谋士，降妖伏魔，保卫美好家园，为人民造福的英雄业绩。主要流传在新疆蒙古族（卫拉特部落）聚居的地区。已搜集出版的有二十八章，约二万行，是夹有散文的诗体。这两首史诗，虽然出于不同的民族，内容形式、人物故事等等都完全不同，但都有近似的主题和艺术特色，有着强烈的英雄主义与浪漫主义色彩。这两部巨著，以它们深广的社会历史内容，鲜明的民族风格特色，惊心动魄、可歌可泣的斗争故事，令人尊敬、造化民族的英雄形象，吸引着、哺育着一代代人民，成为本民族人民不可或缺的生活、历史与文学的教科书。在新疆的蒙古族群众中，还有《格斯尔王传》英雄史诗的流传。如果能够很好地搜集整理出来，将又是一笔重大的文学财富，对丰富蒙古族史诗和研究藏族史诗《格萨尔》，都有很大的意义。

二

许多人常常有这样的看法，以为我国少数民族解放前只有民间口头文学，没有作家书面文学，其实这个看法是错误的，至少是不符合许多少数民族的文学实际的。拿新疆来说，维吾尔、蒙古、哈萨克、乌孜别克、锡伯等族，解放前都有自己的书面文学，都有自己的作家。特别是维吾尔族，书面文学和作家出现较早。

产生于十一世纪六七十年代“黑汗王朝”时期的两部巨著《突厥语大辞典》和长诗《福乐智慧》，是维吾尔文学中最早的代表作。前者是语言学著作，作者麻赫穆德·喀什噶里在研究突厥语时，收录了那时用突厥语写的二百多首诗歌和二百多条谚语。这些诗歌（多是民歌）和谚语、箴言，虽然短小，甚至只是片断，但从它保存下来的战歌、猎歌、挽歌、恋歌、酒歌、春歌、赞歌等诗的内容看，还是反映了较广的社会生活面，可以说是当时和更早一些时期维吾尔文学的宝贵集成。后者是诗人玉素甫·哈斯·哈吉甫用突厥语写的长诗，有一万三千多行。作者用四个象征性的人物和简单的故事情节贯穿全诗，通过人物对话，表达了作者对政治、经济、军事、文化、天文、地理、哲学、艺术、道德……以及社会上各行各业等一系列社会问题的看法，中心是向统治者国王献计献策，帮助他治理好国家，以使人民安居乐业，国家繁荣兴旺。这是一部当时的思想文化和文学的集大成之作。这两部作品，就像我国文学发展史上的《诗经》和屈原的《离骚》一样，奠定了维吾尔文学的基础，影响和哺育着维吾尔古典文学的发展。

在以后的许多世纪中，不断出现了许多成就较高、影响较大的著名诗人和诗作，显示了维吾尔书面文学发展的足迹：十二世纪末，诗人艾合买提·尤格纳吉创作的长诗《真理的礼品》，是一部类似《福乐智慧》的训诫诗。它和《福乐智慧》一样，虽不乏生动形象的语言，但主要是思想的论述，着重论及知识、语言、智慧、美德的宝贵价值，其思想力量大于文学力量。十四世纪的诗人玉素甫·赛喀克的抒情短诗和诗人鲁特菲的抒情短诗及长诗《花儿与春天》，已不是训诫诗了，他们以丰富的联想和形象，抒发诗人深沉、缠绵的情思，有较强的艺术感染力。到十五世纪，诗人艾里希尔·纳瓦依写了大量的抒情短诗和五部叙事长诗。他的抒情短诗语言精美、格律严整，运用民间流传的故事改编创作的爱情叙事诗，在用诗歌形式反映社会生活方面，在以后维吾尔文学发展史上，都起了极其重要的作用，是当时察哈台文学的一个高峰。到了十七世纪末期，出现了诗人赫尔克提的抒情长诗《爱苦相依》；接着，十八世纪又有诗人则力力的抒情诗和长诗

《游记》、诗人诺比提的抒情诗相继诞生。这三位抒情诗人的抒情诗作,冲破了长期以来宗教政权对人们思想的严重束缚,开创了一个文学创作再度繁荣的新局面。他们的抒情诗,既无政治的说教,也无对神明的歌颂,而是以爱情诗的形式,抒发普通人们在爱的追求中个人的情思和喜怒哀乐的感情,这些诗中所表达的爱情是那么缠绵炽烈,情调是那么婉约动人,而且词采华美,反复吟咏,有很强的艺术感染力。到十九世纪,阿不都热衣木·那扎尔继承了前人诗歌创作的优秀传统,写出了《爱情长诗集》和长诗《救命的珍珠》等名著。他的爱情长诗集包括《热碧亚——赛丁》《莱丽——麦吉侬》、《帕尔哈德——西琳》等许多叙事诗。这些诗,有的根据现实生活,有的根据民间故事敷写而成。这些诗,广泛而深刻地反映了封建社会各阶级人们的生活面貌,反映了阶级的压迫与反抗,人民的理想与追求,塑造了许多成功的艺术形象,至今仍活在维吾尔人民群众之中。那扎尔是继纳瓦依之后最著名的诗人,他的创作将维吾尔文学推进到一个新的高度,一个多产的和成熟的诗的高峰。那扎尔之后,有很多诗人与诗作,但远不如那扎尔的成就,比较有代表性的是毛拉夏克尔的反映乌什农民起义、反抗清朝统治的《胜利书》等和毛拉毕拉里的许多著作。

这些诗人与诗作,构成了维吾尔古典文学到近代文学的历史长河。这是一条诗歌创作的长河。在这条长河中,不管是抒情短诗,还是叙事长诗,都出现了大量优秀的作品,反映了他们所产生的时代的精神风貌和社会生活,形成了具有浓厚的民族特色的维吾尔文学传统。其他少数民族,如蒙古族,在十七世纪就出现了大量用托忒文(新疆蒙文)翻译的梵文、藏文、蒙古文的古典文学作品;哈萨克族,从十九世纪末,也开始了作家的创作。

到二十世纪三十年代,中国共产党在新疆各民族中积极展开革命活动时期,各少数民族的现代文学也在我国"五四"以来的现代革命文学和苏联革命文学的影响下,在老作家茅盾等人的直接帮助下产生了。这时期的创作,不少民族中都出现了一批年轻的诗人、作家和许多有群众影响的作品。他们的创作多是围绕群众的抗日爱国运动和以后反对国民党统治的斗争中发展起来的，不仅诗歌创作活跃，而且话剧创作、散文小说创作也很活跃。其中最突出的、影响最大的是维吾尔族的爱国诗人黎·穆塔里甫。他的著名诗篇《中国》《我青春的花朵就会开放》《给岁月的答复》《当突破黑暗、留下足迹的时候》、长诗《爱与恨》等等，以饱满的战斗激情，深刻的革命思想，火辣辣的诗句，抒发了他深挚而强烈的爱国情怀，具有很强的政治鼓动力和艺术感染力，在当时的斗争中，起了积极的作用。他后来由于反对国民党的统治而遭到杀害。这使他不仅以一位优秀的诗人、维吾尔现代文学的奠基人受到人们的热爱，而且以一位爱国主义战士、革命烈士受到人民的尊敬与纪念。在维吾尔现代文学中，享有崇高的声誉。

三

新中国的诞生，翻开了新疆各少数民族文学新的划时代的一页。党的领导的实现，民族政策和文艺政策的实施，如阳光雨露，洒落在新疆这块肥壤沃土中，使各民族文学得到了蓬勃的发展，民间文学得到了搜集、整理、出版，古典文学得到了翻译、介绍、研究，作家的创作也雨后春笋般地生长起来，形成了一支可观的少数民族文学创作队伍。几个人口较多的少数民族，也创办起了用本民族文字出版的文学月刊。

天山南北辽阔的农村牧场，是诗的沃野，歌的摇篮。各民族都在丰厚的传统诗歌的基础上，在现实生活的土壤中，产生了大量的新民歌。这些民歌，都以热烈欢快的情绪，明朗健康的调子，歌颂党、歌颂领袖、歌颂祖国、歌颂社会主义的新生活，歌颂民族友谊与团结，歌颂劳动与爱情，充分地反映了解放后社会主义祖国的欣欣向荣和人民群众新的精神风貌，反映了这一时期人民的真实感情；与这些民歌相辉映的，是一大批各族诗人的出现。不仅过去具有诗人创作传统的民族如此，一些从未出现过作家诗人的民族，如柯尔克孜族也涌现了自己的诗人，并在二十世纪五十年代就编选出诗集《第一次的歌》。

这一大批诗人中，有解放前就从事创作的，但绝大多数是解放后成长起来的中青年诗人，最突出的有：维吾尔族的尼米希依提、铁衣甫江·艾里耶夫、阿不力孜·纳孜尔、克里木·霍加、艾里坎木·艾合坦木及哈萨克族的库尔班阿里、锡伯族的郭基南等人。他们不仅是本民族诗人中的佼佼者，而且在全国都有一定的影响。他们的诗歌创作风格各异，不仅富有我们时代的鲜明特色，而且带着浓厚的本民族文化传统的色彩。尼米希依提是一个受人尊敬的老诗人，爱国的宗教人士，解放前就写过很多好诗。解放后他那些抒发对祖国眷恋之情的诗篇，特别是他作为伊斯兰教代表团成员出国朝觐途中所写的《怀念你，我的祖国》等诗，深沉执着，反复吟咏，有涤荡肺腑、催人泪下的巨大感染力。他的诗具有浓厚的维吾尔传统文学的特点，而又表现了新的生活和思想感情，在传统诗歌向现代诗歌过渡中，他是承先启后的重要诗人。艾里坎木·艾合坦木也是解放前就取得了创作成就的老诗人，他那抒发人民获得解放的欢乐情绪的诗章，明快简约，刚劲有力，跳动着时代的脉搏。他在维吾尔民歌的基础上，自创一种特殊的诗歌形式，很好地适应他作品内容的需要，有着自己独特的创作风格。铁衣甫江·艾里耶夫是当代维吾尔族中最有代表性的诗人，他的诗作很多，文化革命前就出过四个诗集。粉碎四人帮后，又写了一百多首诗，又出了第五个诗选集。他既有风格优美抒情、构思精巧细致的《唱不完的歌》一类的爱情诗，又有如奔腾的江水、喷射的火焰般感情浓烈的《祖国，我生命的土壤》《老战士的忠告》等政治抒情诗；既有深思低吟、富有哲理性的短诗《柔巴依》，也有触及时弊、勇于探索生活的《报告谜之死》一类的政治讽刺诗。他既能熟练地运用民歌体创作，又能严格地按照维吾尔古典格律诗的要求创作。他在古典诗和民歌的基础上自由创造，写出了许多脍炙人口、被人民群众长期传诵、传唱的佳作。

阿不力孜·纳孜尔在二十世纪四十年代三区革命时期就开始了诗歌创作，热情地歌颂人民革命。中华人民共和国成立后，他写了不少歌颂土地改革和抗美援朝的抒情诗。他因为长期从事新闻工作，多年搁笔，作品虽不甚多，但诗作严谨、精致、形象生动，如抒发抗美援朝、保家卫国豪情的诗《黄河之浪》，发表之后，影响颇大。如今他又拿起笔创作了。去年，他的诗集《花季》也已出版。克里木·霍加是一位成绩卓著的文学翻译家，又是诗人。他因为精通汉语汉文，其诗作带有明显的汉族现代诗歌的影响，很讲究构思与意境，诗的形象鲜明，语言精美。他那些歌颂祖国、党和领袖的抒情短诗《柔巴依》给人深切难忘的印象。近年来，诗风有所变化，维吾尔族传统诗歌的色彩越来越浓，兼有维、汉两家诗歌之长，《春的赞歌》等抒情诗的诞生，标志着他诗歌创作进入一个思想艺术更加深刻完美、诗风更臻于成熟的新阶段。库尔班阿里那些表现哈萨克人民解放后喜悦自豪感情的《从小毡房走向全世界》《牧人之歌》等等，带着哈萨克草原的芳香，浸透着哈萨克族人民关心祖国命运，关心世界大事的感情；郭基南这位锡伯族诗人、作家兼学者，在解放前抗日战争时期，就写了不少有一定影响的作品，不仅写诗，还写剧本、小说。他有较深的汉族古典文学修养，他的诗优雅古朴，精炼和谐，不少诗，如《伊犁春色》等诗作，如一幅幅意境幽远、清丽明朗的边疆山水画。

小说创作在新疆各少数民族中，二十世纪四十年代就已开始，但尚缺少成功的代表作。解放以后，得到了长足的发展，不仅出现了众多的短篇，而且开始了中篇和长篇创作。四十年代就开始以写散文小说见长的维吾尔族老作家祖农·哈的尔，那时的小说如《当精疲力尽的时候》，就有明显的特色。到了五十年代，他以农业合作化为题材的小说《锻炼》，在小说创作技巧上又有很大的前进，在概括现实生活的深度上、人物个性的塑造上、心理描写和细节描写的细致生动上，都是较成功的。它的鲜明的时代特色和浓厚的民族特色使它成为维吾尔当代小说创作的优秀篇章；哈萨克族作家郝斯力汗在五六十年代写了不少小说，他的《起点》《牧村纪事》《斯拉木的同年》等描写哈萨克人民解放前后的生活、富有浓厚的草原牧区特色的优秀短篇，为我们塑造了具有哈萨克特有气质和精神风貌的人物形象，再现了解放前后哈萨克社会生活的许多侧面，受到了各族人民的欢迎，并被作为我国当代文学中的优秀作品翻译成英、俄等文字介绍到国外。那时，出现了一批很有特色的小说作家，如维吾尔族的艾尔西丁·塔提力克，哈萨克族的哈吉乌买尔、热合满吐拉，蒙古族的奥扎巴特，乌孜别克族的秀库尔·亚尔昆等等。然而风云变幻使他们从此销声匿迹，不然将是一支多么可观的队伍啊！克尤木·吐尔迪和祖尔东·萨比尔是维吾尔族小说创作的后起之秀，中年作家。他们主要是六七十年代从事小说创作的，都写过不少较好的短篇，如祖尔东一九八〇年创作的短篇小说《欠债户》，在概括生活的深度和广度上，在情节的提炼和人物塑造上，都达到了较高的水平，是一篇不可多得的力作，具有震撼人心和发人深省的艺术力量。两人近年来又用较多的精力从事长篇小说创作。克尤木的《柯孜勒山下》是维吾尔族第一部正式出版的长篇小说，他的《战斗的年代》（三部曲）已经出版了两部，祖尔东的长篇《阿勃腊勒的风》也已出版。同样，中年作家居玛拜·比拉勒和贾合甫·米扎尔汗是哈萨克族小说创作的后起之秀。他们主要从事中长篇创作，后者的《理想之路》描写哈萨克人民历史前进的足迹和他们走向社会主义的理想的实现，是哈萨克族第一部正式出版的长篇小说。回族作家白练，十几年来，陆续发表了十多篇小说，描绘了新疆回族人民在社会主义前进道路上的种种生活斗争，具有明显的回族特色，是一个生活和艺术都有潜力和水平的作家。柯尔克孜族的艾斯别克，维吾尔族的艾海提·吐尔迪、卡哈尔、马力克、阿里木江等，近年来都写了不少有一定水平的短篇，引起人们注目。而哈萨克族青年作者艾克拜尔·米吉提刚踏上文学创作道路就引起了人们的广泛重视和关怀，他的处女作《努尔曼老汉和猎狗巴力斯》在一九七九年《新疆文艺》上发表后，获得了一九七九年全国优秀短篇小说创作奖。自此以后，两年多来，他又发表了十几篇小说，在时代特色和民族特色上都有值得称道的地方，是一个很有希望的新生力量。

新疆各少数民族的小说创作，虽然不如诗歌创作那么成熟，但是由于反映现实生活容量大，易于展现各族人民独特的人物性格、生活习俗、环境氛围,具有鲜明的民族特色和很强的艺术吸引力。现在多年搁笔的老作家又开始创作了,新的力量也不断出现。今后,随着祖国安定团结局面的不断发展,人们思想的进一步解放,作家创作水平的提高,小说创作一定会有更大更快的发展。

其他文学样式,在新疆各少数民族中也都有创作,祖农·哈的尔的话剧《蕴倩姆》和《喜事》(一九五六年获全国话剧创作奖)是影响很大的作品;维吾尔族歌剧《艾里甫与赛乃木》与哈萨克族歌剧《萨里哈与萨曼》都是由受本族人民喜爱的叙事长诗改编的,极受群众欢迎。哈萨克族作者阿吾力汗·哈力的散文《珍珠》在众多的散文、报告文学中闪耀着异彩,过去很少人问津的电影文学剧本,近年来也有不少人开始尝试。

新疆有十二个少数民族,他们的文学合在一起,确实堪称丰富多彩。漫步在这个文学长廊中,犹如莫高窟中观壁画,天安门前看焰火,真是目不暇接,美不胜收。可惜在这篇短文里只能描绘出一个粗略的轮廓。过去,将新疆各少数民族文学翻译介绍给汉族和全国各族人民的工作,做出了很大的成绩,促进了各民族文化的交流和发展,但少数民族文学的发展和丰富的文学遗产,要求我们更多地翻译、介绍它,《新疆民族文学》汉文大型季刊的诞生,将承担起这个光荣的任务。

如今,新疆各少数民族文学发展的情况是中华人民共和国成立三十余年来最好的形势。随着对“四人帮”极左文艺路线的不断清除,党的少数民族政策的进一步落实,新疆少数民族文学之马,已昂首奔驰了。草原是广阔的,天气也晴朗,大显身手,大有作为的时机已到。祝兄弟民族文学创作丰收,祝我国少数民族文学事业繁荣兴旺!

一九八〇年五月北京二招初稿

一九八一年五月乌鲁木齐二稿

载《新疆民族文学》一九八一年创刊号

爱国同怀赤子之心

——维吾尔族歌颂祖国的诗歌漫笔

一

维吾尔族有几句谚语，表达了人民群众对待祖国的感情态度：一曰，与其在异国当皇帝，不如在故乡当鞋底；一曰，金丝鸟笼装饰得虽好，夜莺爱的还是荆棘丛林；一曰，狐狸要是冲着自己的巢穴吠叫，它就会变成癞皮狗！

这就是说，千百年来，人民群众把热爱祖国、故土，一心建设自己家园的感情视为崇高的感情，而鄙薄那种贪图异国的荣华富贵而背叛祖国的人，把那种损害祖国利益的人视为不齿于人类的癞皮狗。这些话，形象生动，比喻贴切，富有生活气息，不愧为颂扬爱国主义的警词佳句，无怪乎千百年来人民口耳相传，视为箴言了。

这种感情，在诗歌创作中表现得更为鲜明突出。我以为，维吾尔族是具有爱国主义诗歌创作传统的，尤其是现代新文学诞生以后，这种传统表现得更加鲜明、强烈、突出，是一股强大的诗流，许多诗人的许多诗作，都从不同角度抒发了诗人的爱国主义情怀，表达了在当时的政治形势下人民群众对待祖国的时代感情，产生了巨大的社会作用，为人民所喜爱、所传颂。

二

列宁曾说：“爱国主义就是千百年来巩固起来的对自己祖国的一

种最深厚的感情。”维吾尔族人民对祖国的感情，在历史上曾表现在一些诗人的诗作中。十八世纪的诗人古穆纳木，曾用对比的手法，深情热烈地歌颂了自己的故土喀什噶尔：

莫道鲁克纳、穆萨拉的碧水芳草，
喀什的花坛胜过天园的美景，
她那每株小草都像玫瑰般芳香，
苏来曼帝国比起她好似荆棘丛。①

被中世纪著名的波斯诗人哈菲斯盛赞为天园美景般的伊朗游览胜地鲁克纳和穆萨拉，在诗人的眼里，远不如喀什的花坛美好灿烂；而以富豪繁荣著称的古苏来曼（又译所罗门）帝国，在诗人眼中，与喀什相比，就好像荆棘丛。诗人对自己的国土喀什的感情，是何等的深沉执着！数百年来，信仰伊斯兰教民族的人民，把去麦加朝觐视为人生的最大荣耀，而诗人却发出了——

喀什噶尔啊，上天恩惠之所钟，
那座座圣墓是有情人的指路灯，
何须到天房朝觐，我的圣地在喀什噶尔，
故乡的尘土好似灵药，能给我眼睛增添光明。

这种对祖国土地的热爱，远远胜过伊斯兰教徒对天方圣地的感情，比对圣地的感情更真实淳朴、美好动人！

这样的诗，是诗人爱国主义深情的直接而集中的抒发，是优秀的爱国主义诗作。因此，特别引人注目。实际上，从不同的角度，以不同的方式表达出来的爱国主义诗作，是不胜枚举的。十二世纪喀喇汗王朝时期伟大的思想家、诗人玉素甫·哈斯·哈吉甫，他凝聚自己心血才智创作出来的杰出的哲理训诫长诗《福乐智慧》，献给了当时的君主，诗中告诉君主如何使国家兴旺发达，使人民安居乐业，过上幸福的生活，这不就是诗人爱国之情的表露吗？

十五世纪的伟大诗人艾里希尔·纳瓦依，曾在一首《柔巴依》中

① 引自《中国少数民族文学作品选》第二分册“维吾尔族”部分，上海文艺出版社1981年版。

抒发了离开自己故土的痛苦感情,表达了他的爱国之思:

飘泊异乡的人得不到欢欣,
谁会对流浪人体恤怜悯?
即使金丝笼里盛开着玫瑰,
夜莺也宁愿在荆棘丛中嘤鸣。①

这形象的比喻,把人民的爱国感情表达得何等深切感人,它的富有哲理意味的概括,具有启人深思的力量,能使一切有爱国之情的人感同身受,久久萦绕胸际,难于忘怀。

十八世纪的著名诗人翟梨里,不堪忍受外敌对于祖国故土的侵凌,一度被迫出走,流落他乡。他的忧国忧民之情,思念故土之痛,驰骋于笔端,在许多诗中,都表达了他对祖国的挚爱怀念:

心烦意乱,像琴板上缺了丝弦,
坐立难安,只因远离祖国的门边。②

他对祖国的思念之情,像游子思念自己的亲人那样缠绵哀婉,睹物伤情,有种动人的艺术力量。十九世纪的诗人毛拉毕拉勒,怀着爱国主义的深情义愤,写了一首讽刺长诗《长毛子玉素甫汗》③,揭露一个流窜到新疆来的外国骗子,以"圣裔"做招牌,欺骗、勒索穆斯林,干着残害人民群众的罪恶勾当,也写出了这个骗子真实的可耻的下场,是一首别开生面的爱国诗作。同一时期的另一位诗人赛依提·穆罕默德的叙事长诗《苦难记历》,真实地描述了沙俄帝国主义明火执仗地煽动、裹胁不明真相的百姓,逃离祖国,前往异国契莱地区的罪恶行径,和百姓们不愿离别故土家园的痛苦矛盾心情,艺术地再现了发生在同治年间的重大历史事件,其爱国主义感情,流溢于诗行之中:

啊,痛心,命运硬要我们离乡流浪,
我们有家,为何去陌生的契莱地方?

---

① 引文见《新疆民族文学》1981年2期《纳瓦依抒情诗十首》。
② 引文见李国香编《维吾尔文学史》第206页"翟梨里的诗"第19首和第293页。
③ 引文见《民族文学》1983年3期。

惧怕残暴，却怎忍房屋倒塌田园荒，

颓垣断壁，日夜在郁忧，苦苦惆怅。①

自然，每一个历史时期，每一个人所表达的爱国主义感情的具体内容，是千差万别的，但由于都是对祖国的热爱之情，因而能够给不同时期，甚至是不同民族的爱国人民以感情上的共鸣，成为进行爱国主义传统教育的生动教材。维吾尔文学史上的爱国主义诗篇，是值得我们珍视的。

三

维吾尔新文学的诗章，是在我国抗日救亡运动中掀开的，其中影响最大、成就最高的，莫过于黎·穆塔里甫。穆塔里甫被人们称作爱国主义诗人，这是对他的诗作总的倾向和诗人短短一生中的爱国行动的极好概括。他的大部分作品，都从不同角度抒发了抗日战争时期革命人民抗日爱国的激情和誓死保卫祖国的坚强意志。尤其是《中国》《爱与恨》《给岁月的答复》等诗，脍炙人口，广为传颂。穆塔里甫诗歌的爱国主义感情，具有那个时代的鲜明特色，是紧紧地和抗日战争、和祖国的独立解放事业联系在一起的，是和战斗的行动，和实现崇高的理想结合在一起的。因此，他所抒发的爱国主义感情是昂扬奋发、壮怀激烈的，是慷慨悲壮、大义凛然的，和历史上某些诗人惓惓诚挚的思念，愤懑不平的幽怨不同：

写吧！

写那战斗的起点——

东北、芦沟桥；

写吧！

写那英勇的爱国志士——

年轻强悍的战斗员；

写吧！

---

① 引文见李国香编《维吾尔文学史》第206页“翟梨里的诗”第19首和第293页。

写那些猛虎——
意志坚强的游击队;
写吧!
写那屹立在后方的——
美丽富饶的新疆。

中国!
你瞧,
我们就是这样驰骋在你的土地上。
每一分钟都在保卫着你,
争取你的未来!
在世界上
要建立起
唯一的、崭新的、独立的新中国!
在你的土地上,
我们要竖立起
永久飘扬的
始终不倒的
解放的旗帜!

——一九三八年《中国》①

长诗《爱与恨》中,"父亲"的感情具有那个时代革命人民的典型的爱国感情。当他教训了从前线逃回家来的儿子时说道:

我——你这个老爹,
已经加入了游击队。
祖国,就是我的命脉,
它比啥都亲,比啥都贵!

---

① 文中所引穆塔里甫诗均见《黎·穆塔里甫诗文选》,新疆人民出版社 1982 年出版。

在我这衰老的残年，
我要为我的祖国而死！
为她的未来和安全，
愿献出我最后的一口气！

——一九四三年《爱与恨》

穆塔里甫是这样写诗的，也是这样行动的。他全身心地投入到自己所追求的事业中，不仅献出了用心血和才华谱写的爱国诗篇，而且献出了自己的鲜血和生命！穆塔里甫是维吾尔人民爱国主义者的杰出代表，如今，他已成了爱国主义的象征，人民永远把他和他的诗篇记在心中，载入史册。

穆塔里甫的爱国主义诗作，使维吾尔文学的爱国主义传统得到了发扬光大。此后，维吾尔诗人们几乎无一例外地都用自己最诚挚、最纯洁的感情谱写着爱国主义诗章，爱国主义成为维吾尔现代和当代诗歌中的重要内容之一。

四

曾一度在阿克苏与穆塔里甫一起进行革命活动的老诗人尼米希依提，一生中写过不少歌颂祖国的感人诗篇。他那热爱祖国的赤诚的感情，像一团火焰，在他的诗中燃烧。从二十世纪四十年代的《伟大的祖国》《可爱的祖国》《黎明的礼赞》，到五十年代的《无尽的想念》《我日夜思念着北京》，到六十年代的《执行祖国的命令》，直到十年动乱、诗人遭到诬陷迫害时的《柔巴依》，这些献给祖国的优秀诗篇，激荡着火一样的爱国感情，使我们感受到诗人的爱情、命运始终和祖国休戚与共，生死相依，心贴着祖国跳荡，不管祖国的天空是朗朗乾坤还是乌云蔽日，也不管自己的命运是顺利还是坎坷，他的爱国之心从不动摇，对祖国的眷恋之情，无丝毫衰减，永远是那样的炽烈、浓重，倾诉不尽，喷吐不完！

在乌云压顶，血水流淌，日寇的铁蹄蹂躏祖国土地的年代，诗人唱出——

伟大的祖国，我的爱母，
你的一切都在人民手中，
胜利一定属于伟大的人民，
祖国！您像睡狮猛醒！

——1942 年《伟大的祖国》

祖国，您像屹立着的一座雄伟的山峰，
我情愿用自己的生命来保卫您的尊严。

——1947 年《可爱的中国》

尼米希依提有颗坚强的心，
用血水去浇灌含苞待放的花蕊……

——1947 年《黎明的礼赞》

和穆塔里甫一样，歌颂祖国的伟大与尊严、觉醒与怒吼，呼吁祖国的自由与解放，发出用生命保卫祖国的誓言。这时，诗人像一个坚强的卫士。

当祖国阳光普照，获得了新生时，诗人对祖国的挚爱之情，又像儿女对待生身母亲一样，那么眷恋，那么亲昵，一旦离开她，即使是暂时的离别，就产生了无尽的思念，对母亲有滔滔不断、倾诉不尽的忠言蜜语。一九五六年七月，诗人随中国伊斯兰朝觐团前往麦加，这本是实现诗人多年的夙愿，他是十分高兴的，然而，当他“高飞在云层”时，心却留在祖国的身边——

我脐带的血滴落在你的土地上，
抚育我成人你经受了多少苦难，
从来也没有离开过你一步，
我一直依偎在你的身边，
暂别中我觉得你比什么都珍贵，
让我亲吻你的土地吧，我的母亲。

当他在异国每每感受到国际友人们对中国的礼遇时，当他看到资本主义社会劳动人民的不幸生活时，他为祖国感到骄傲自豪，更觉得祖国的伟大、可爱，更急切地渴望回到祖国的怀抱——

从这儿我们要到开罗，
激动的诗句跳出心窝，
快把你的孩子叫回去吧，
百花盛开的祖国，我要立即回到你的身边；①

昔日，古穆纳木不愿去麦加朝圣，大赞祖国的喀什比麦加更美好，今日的尼米希依提高兴地去麦加朝圣了，却更感到祖国的伟大与美好，怀着迫不及待的心情欲回祖国。两人的行动不同，想法不一，爱国之情却十分一致，息息相通。

尼米希依提晚年的遭遇十分悲惨。在他无端地遭受林彪、"四人帮"的政治迫害，生命垂危之际，他仍念念不忘自己的祖国。在他死后发现的丨五首遗诗中，有好几首就是抒发他的祖国之思的：

图蒂亚是世界上最神圣的土，
擦上它可以治愈病残的眼目，
但是对于我，还有比图蒂亚更神圣的，
那就是我们的中华——伟大祖国的疆土！

珍玉珠宝，黄金钻翠，
是世界上最贵重的东西，
但跟生我育我的祖国相比，
堆积如山的珍宝却显得轻飘飘的。

一个一生热恋着祖国的人，至死仍思念着祖国，这是诗人的坚定信念，是他的精神支柱。正是靠着这些，他能够在黑暗中渴盼着光明，困境中增长了勇气，能够顽强地生活下去，直到生命的最后一息：

富有的人拚命地聚敛黄金，
并以此沾沾自喜。
我写作，用笔歌颂我的祖国，我的人民，

① 以上引文均见《尼米希依提诗选》，新疆人民出版社 1981 年出版。

对于我来说，贵于一切的是诗句，不是黄金。①

诗人对祖国的忠贞、对诗歌的热爱，是至死不渝的，就像那喷涌不尽的山泉，永远流淌，又像那绵绵的春蚕，到死丝方尽。他那颗赤诚的心，直到生命的最后一瞬，都在为祖国跳动。

尼米希依提的爱国主义形象和他杰出的爱国诗篇，将长留人民的记忆之中。

五

二十世纪六十年代初期，国内外的形势都发生了巨大的动荡，外来的颠覆阴谋活动，一时破坏了新疆安定团结的局面，搅扰着新疆各族人民的心。形势向人们提出了纷纭复杂、千奇百怪的问题，但归根结蒂是对祖国的感情态度问题。这是时代的考验。一切正直爱国的人民，都怀着对异国颠覆者的无比愤恨，表达了对我们伟大祖国——社会主义的中华人民共和国的无限忠诚与热爱。也就在那乌云翻滚、激烈动荡的时期，在维吾尔等新疆各少数民族中，涌现出一大批歌颂祖国的诗。这些诗是诗人们严峻思考后的政治宣言，是对祖国忠心的表白，对异国阴谋制造者的痛击。铁依甫江·艾里耶夫的政治抒情诗《祖国，我生命的土壤》是其中最有代表性的一首献给祖国的好诗。

在这首诗写作前，诗人同样处在这一动荡的漩涡之中。在这巨大的是非曲直面前，诗人的思绪如潮汐般翻滚，他抵御了来自各方面的蛊惑引诱，清醒地意识到“我跟北京同属一个祖国”，他在一首《柔巴依》中写出了经过严峻思考后的答卷：

纵使艾沙圣人的圣迹确属事实，
而且他在天堂为我留下了位置，
那天堂的享乐也与地狱无异，
因为舍弃祖国对我更胜于死。

---

① 以上三首引自《新疆文学》1980 年 1 期《柔巴依十五首》。

而他思考的经过，他的感情的搏动，却集中而充分地抒写在《祖国，我生命的土壤》中了。

这首诗中，诗人完全运用维吾尔人的思考方式，用维吾尔人习用的传统的形象比喻，独特的生动语言，用维吾尔人惯用的古典诗体“格则勒”，来抒发自己波浪翻卷的感情。诗一开头就是两句深情的、韵味浓重、形象独特的比喻，使整首诗起句不凡、紧扣人心：

祖国——我生命的土壤，你是生我育我的母亲，

你的儿子眷恋着你，犹如灯蛾之迷恋光明。

外国民间故事中的大力士安泰，大地是他力量的源泉，他只要立足大地，就有无穷无尽的力量，一旦离开大地，他就失去了力量，失去了一切。而我们的诗人在这里把祖国比喻为生命的土壤，一旦离开了这个土壤，就会失去生命。祖国母亲对于我们的诗人比大地母亲对于安泰更加重要，更加珍贵。他对祖国的深情厚爱，对祖国的眷恋挚诚，就像儿子依偎母亲，灯蛾扑向光明一样，毫无保留，一片赤诚，葬身烈火，在所不辞。这样两句诗，把他对祖国的感情，一开头就抒写得十分强烈。正是基于这种感情，他热爱祖国的事业，也热爱祖国的山山水水，对祖国的山水无比珍视：

祖国的每一粒砂土，对于我都是无比珍贵的图蒂亚，

跋涉在她的戈壁滩上，我也会感到处处有花丛和绿荫。

祖国的每一滴水都胜似甘露、醍醐，能使我沉醉，

我毫不企羡麦加的圣水，那怕它真的能延年祛病。

图蒂亚是维吾尔民间传说中具有奇特疗效的圣土，抹一点在眼上，能使盲人复明，在维吾尔人民心目中，它是极其珍贵的；麦加的圣水，在信仰伊斯兰教人的心目中，是一种能够延年祛病的圣水，每个朝觐者都把它作为神圣的礼品，带回家乡送人。而诗人在这里，把祖国的土、祖国的水比喻得比圣土圣水更加宝贵，这就把他对祖国的崇高感情表达得极其饱满强烈。诗人对祖国的感情，使他能超脱对荣华富贵、物质享受的向往与追求：

到异国即使王袍加身，我也觉得通体不适，
　　局促拘谨，
在祖国纵然衣衫褴褛，我也感到熨贴自在，
　　欢畅舒心。

爱国主义具有一种巨大的无形的向心力和凝聚力，能使人们经受各种艰难困苦、生命攸关的考验，抵御形形色色的威胁利诱、精神腐蚀，这首诗，包括这两句诗，也鲜明地表现了这种力量，和这种力量所锻炼、培育出来的高尚的道德修养、美好情操。这种道德情操，比起那些为追求个人物质利益，不惜丧失人格、国格，甚至背弃祖国的人，是多么崇高，多么伟岸！它无比鲜明地比照出那些势利小人的低俗的人格、卑微的灵魂！诗人这样表述，并不是满足于安贫守拙，他要用自己的劳动、智慧，全部的力量来建设自己的祖国，使祖国变得更加美好。诗的最后，用昂奋的诗句，请战和誓词似的诗情，抒发了这种战斗的豪情壮志：

母亲啊，快把重担驮在我的背上吧，我是
　　专供您役使的骏马，
我甘愿为您负载驰驱，即使是驮上一座
　　层峦叠嶂的山岭。

祖国，有了你才有我，没有你哪会有我的生命，
因为，我同你——伟大的祖国，共有一条命，
　　共有一颗心！①

这首诗，产生在那动乱的年月，抒发了时代的爱国之情，感情强烈浓重，酣畅恣肆，像滚滚奔流的江河，一泻千里，像对天盟誓的情侣，生死不渝，至今读之，仍深深地为这种爱国主义激情所震动。这首诗，确实不愧为一首爱国主义的杰出诗篇。

① 以上引文均见《铁依甫江诗选》，人民文学出版社 1982 年出版。

六

二十世纪六十年代前期和七十年代后期，克里木·霍加写了不少歌颂祖国的好诗。他的诗许多都采用“柔巴依”这种短小的诗体，将自己的爱国主义深情凝聚在具体可感的形象之中传达出来，意境新巧，诗意盎然，且富有哲理韵味，能给人以深切的启迪。

绿色的春天，是我祖国永恒的年龄，
红色的夏天，是她无穷无尽的爱情，
金色的秋天，是她不倦劳动的结晶，
银色的冬天，是她射向敌人的箭群。①

四句诗，用四季来比喻，既符合自然的面貌，又给祖国赋予了不同的形象，写得是那样的多姿多彩，生机勃勃，使人感受到祖国是那样的可爱、美好，富有青春的活力和坚强的战斗力。这样的祖国，谁能不从心底里由衷地热爱与赞美呢？这样描绘祖国的形象，新颖别致，富有创造性和感染力。

在诗人的笔下，祖国有时是一个勤劳质朴、平凡美好的形象：

浓露为你的彩裙渲染了金色的花边，
寒霜为你的前额留下了殷红的痣点，
祖国啊，你是一个质朴坚强的农村妇女，
此刻满襟兜着丰收的硕果从田野归还。

有时又是伟大庄严、气魄宏伟的形象：

伟大的国土宛如慈和严峻的母亲，
长江是血脉，泰山是赤胆，湖泊是眼睛，
那不落的太阳是对儿女爱的海洋，
阳光下，我看到祖祖辈辈奋战的形影。

不管是什么样的形象，都使人感到祖国像一个母亲，用爱哺育着儿女，护卫着儿女，而做为祖国的儿女，感到生活在祖国的土地上，是那

---

① 此首及以下几首克里木·霍加的诗，见《诗刊》1964年10期、1963年3期、1978年10期，《人民文学》1963年10期、《民族文学》1981年2期。

样的充实、美好、舒适、放心，因而也就激发出无穷的力量、奋战的勇气、胜利的希望。

诗人写诗，有时是通过各种形象，借喻比譬，最后点明歌颂祖国的主旨。如上面所列举的诗，它们形象鲜明，诗意明晰，能给人以鼓舞、以启示；有的诗却通过托物言志的表现手法，不点出“祖国”的字样，却使人感受到在歌颂祖国，这样的诗含蓄委婉，深切动人：

有人问：夜莺啊，夜深了你为何不睡，
你的歌声为何那样的令人陶醉？
夜莺道：因为我已经飞出了囚笼，
谁叫这瑰丽的花园打开了我的心扉！

有人问：花儿啊，你为何如此娇艳？
你的清香使我的心神那样的舒展，
花儿道：我的一切都来自这块土地，
没有它，我只不过是一株枯萎的草秆。

以“夜莺”“花儿”隐喻歌手或人民，以“花园”“土地”喻指祖国，诗中通过维吾尔人民喜爱的形象，寄寓着对祖国深挚的感情，通过问答的表现手法，十分生动活泼地表述了人民群众获得自由解放、摆脱囚笼禁锢的欢悦感，抒发了自己健康成长的幸福感与自豪感。这样的诗能给人更多的联想和回味。

和其它热爱祖国的诗人一样，克里木·霍加不仅抒发对祖国的挚爱，歌颂祖国的美好，而且深切关心祖国的前途和命运。在许多诗中表达了建设和保卫祖国的责任感。写于粉碎“四人帮”之后的抒情长诗《春之歌》，抒发了人民欢呼祖国迎来了第二个春天的巨大喜悦，祝愿“祖国的四季春色永驻”。在《明天》一诗中，他看到海南岛的庄稼人还扶犁耕地时，思绪纷飞，浮想联翩，最后写道：

我确信我们不会只扶着木犁走向明天，
永远裹着那件长不及膝的破袄，
总有一天能达到理想的海岸，

仓廪府库中将会堆满耀眼的珠玑珍宝！

为了建设好祖国的明天，诗人表达了自己的誓愿：

当我辞别人间，我将与泥土融为一体，
我丝毫也不感到惶恐和忧虑，
因为在砖窑中我又会获得新的生命，
祖国啊．那时我仍将自己奉献给你！

不仅生前贡献自己的智慧和力量，死后还要为祖国的明天效劳，鞠躬尽瘁，死而“不”已。在这首诗中，把人民群众对祖国的爱情表述得是何等深切动人，淋漓尽致！

七

维吾尔族是有创作长篇叙事诗的传统的，历史上有不少诗人，运用民间传说故事，结合现实生活的感受，创作出许多叙事诗，为人民群众所喜爱与传颂。这一传统，至今仍在继续。粉碎“四人帮”后，乌铁库尔创作的长诗《关于一位伟大母亲的传说》①就是其中之一。这首诗，叙述一位母亲如何对待自己的儿子的故事，告诉人们要永远忠于祖国、永远不能背叛祖国，从而表达了深沉的爱国主义感情。

长诗塑造了两个形象：母亲和儿子。母亲是伟大的，令人崇敬的形象。她是深爱自己的儿子的，她为了实现儿子的心愿，情愿献出自己“滚烫的心”作为儿子“祈福的祭品”；但当儿子背叛祖国、被敌国派遣来攻打祖国，使祖国遭到巨大损失牺牲时，她又挺身而出，愤怒地把刀刺进了儿子的胸膛，结束了儿子罪恶的生命。母亲有伟大的爱，她爱儿子，为此可以牺牲自己的生命；但更爱祖国，不容祖国的荣誉受到玷污，为了祖国的利益，她恨透了背叛祖国的儿子，并亲手将儿子杀死。这是一种崇高的爱，自我牺牲的爱，英雄的爱。从她的行动中，我们感受到：在母亲的心目中，祖国的利益高于一切，为了祖国，她可以牺牲一切！儿子是卑鄙可耻的逆子叛徒形象。他为了满足自

① 发表于《新疆文学》1979年12期。

己的私欲，竟然丧失了理智与人伦，置“天之昭示”于不顾，动手杀死自己的母亲，取出母亲的心脏；为了逃避对他这一弥天大罪的惩罚，他背叛了自己的祖国，而且心甘情愿地为敌国效劳，领兵攻打自己的家园。这样的无耻之徒，禽兽不如。诗中通过利用他的敌国国王的密谕和生活在祖国高岗上的狼的斥骂，谴责了他的叛国行为。国王说：

等那胜利到手的时刻，
你就立即替我除掉这个祸根。
神不知鬼不觉地从背后给他一箭，
让他不出声就一命归阴。
他既能把灾难带给自己的祖国，
又怎能指望他对我们耿耿忠心。

狼是这样诅咒他的：

呸，世间竟有你这样的恶棍、混蛋，
亏你还长着一付人鼻子人眼！
我们豺狼也不会把敌人
引向自己的巢穴，
即使饥肠辘辘，
也绝不啖食自己的同伴。
你这永该唾骂的禽兽，
难道这就是你那人性的表现！

这首长诗，是一个传说、寓言，它的情节可以说是荒诞离奇的，但也是惊心动魄的，然而它所寄寓的道理、感情，却是真切的、深刻的。我们的祖国，虽然经过十年浩劫，但是绝大多数人民，仍像母亲那样热爱自己的祖国，我们的祖国，也仍像母亲那样疼爱自己的儿女，这是亿万人民共同的感情意愿，共同的行为道德。然而，也有极少数人丧失了对祖国的感情和社会主义信念，背叛祖国，干出了损害祖国利益的事情。长诗要我们警惕叛徒，对那些背叛祖国、损害祖国的无耻之徒，要用自己的斗争，清除掉这些败类，永葆伟大祖国的尊严与安全。从这个意义上讲，长诗虽是传说，但却有着极其强烈的现实意义。

歌颂祖国的诗，以前多是抒情诗作，像《关于一位伟大母亲的传说》这样的叙事长诗，通过人物形象和动人故事来表现爱国主义主题，过去还未见，这是值得赞许的，它不仅正面歌颂爱国者，而且严厉鞭笞叛国者，在这以前的作品中，也是少见的。加之，作品所选的故事情节的典型神奇、震撼人心，那种现实主义与浪漫主义交织使用的表现手法，艺术描写时而用墨如泼，大力渲染，时而惜墨如金，含蓄简洁，让深刻的主题思想通过形象、事件本身体现出来，而不是通过诗人主观的议论硬塞给读者。所有这些，使这首长诗，在思想性和艺术性方面达到了较好的结合。这是一首优秀的爱国主义长诗，值得一读。

八

维吾尔族有句脍炙人口的名谚：没有经过严冬的百灵鸟，不知道春天的可贵。经过十年动乱的考验，人们更加感到重新获得解放的祖国的可爱。我们的祖国，在新的党中央的带领下，向四个现代化进军，祖国的面貌日新月异，人民生活蒸蒸日上，前途似锦，催人奋发。这样的现实，激发了多少诗人歌唱祖国的创作灵感，谱写了多少情深似海的爱国主义诗篇！

近年来，维吾尔族歌颂祖国的诗篇不断涌现，单是歌唱春天的诗，就不胜枚举。这些诗，无一篇不是 怀着胜利的喜悦，热情歌颂我们伟大祖国的。阿不都许库尔的题为《祖国与春天》①的诗，就是这种思想感情和艺术构思的典型表现。诗中以强烈的对比抒发诗人对祖国的感情：

忍耐啊忍耐，我的心田像久旱的土地龟裂了，
你姗姗来迟，焦灼已把我的心儿揉碎。
盼不到你清新的晨风，我的呼吸几乎窒息，

① 发表于《新疆文学》1980年8期。

带露的花枝哪去了?玫瑰园已瓦砾成堆。

极目翘望,我濒于双目失明的境地,

乌黑的鬓发,临风的玉树,过早地繁霜满缀。

这是在十年动乱中诗人对祖国前途忧心如焚感情的真实写照,它寄托着深沉的爱和不灭的希望,急切、痛苦、渴盼的心情表现得十分充分。一旦“春天”来到祖国大地,诗人便“舒展开紧蹙十年的双眉”,以无法抑制的喜悦唱道:

一年一度的春光,曾经有过千回万回,

但哪一个春天能比今朝还弥足珍贵!

诗人将祖国比喻成“鹅黄嫩紫,枝枝妍媚”的花坛,将自己比喻为“惓惓深情”,围绕花坛翩飞的夜莺,“如痴如醉”地为祖国而“终宵歌吟低回”。但是:

千歌万曲,又何能容纳我对你火似的眷恋,

我每个细胞、每滴血液都满含你的辛勤劳瘁!

这首诗所抒发的爱国主义感情,因为有两种形势下的两种心境的具象描绘,显得真实凝重,深沉有力,具有动人心弦的艺术力量。

在维吾尔文学中,自古以来诗人们喜欢将夜莺和灯蛾作为热恋着的情人的形象来描写,继而发展为眷恋祖国、矢志不渝的爱国者形象。因此,在古今歌颂祖国的诗篇中,夜莺的不倦的歌唱,灯蛾的投向光明烈火,都是抒情主人公的爱国情怀的象征性的表述,《祖国与春天》中的夜莺如此,吐尔逊买合买提的《迷恋的灯蛾》①也是如此:

多情的夜莺,不分昼夜,千啼百啭,

我也要日日夜夜,唱出对你的眷恋,

对敌人,我是雷是电,早准备好了枪弹,

对于你,我是迷恋的灯蛾,因为你给我带来了春天。

在许多爱国主义诗篇中,对祖国的爱,常常表现为对生我养我的祖国土地、祖国山水的爱,描绘江山多娇,寄托对祖国的一片深情,这

① 发表于《新疆文学》1980年2期。

种感情，这种构思，是常见的，出现过许多优秀的爱国主义文学艺术作品。艾勒坎木·艾合坦木的抒情诗《月夜》①就是这样的优秀之作。诗人面对祖国第二个春天来临后，迅速涤荡污浊、一派生机勃勃的景象，思潮起伏，夜不能寐，“起而振衣信步”，观赏月夜下祖国的江山，流连徘徊，诗情荡漾，写下了月夜迷人的美景。此诗如一杯葡萄美酒，醇香甘洌，令人心醉。在尽情地描绘美景之后，笔锋突然一转。

啊，山岗，原野，杂花，丛树，
月色，水声，丘陵，小溪……
无不蕴含着脉脉的柔情蜜意，
这就是我永远看不够的祖国土地。

点出了全诗的主旨：“我永远看不够的祖国土地”，何等朴实，又何等多情。整首诗，景美如画，情浓似酒，把人们带到一个眷恋祖国的抒情氛围之中，令人陶醉。

许多诗人，用最美好的语言，赞颂祖国，将自己的全部才智，全部俊美，视为祖国的赐予，这其中，自然有不少形象、用词雷同的，但也有不少富有新意、饱蕴着感情的诗句。阿·穆罕默德伊明的《祖国与爱情》②中这样歌颂祖国：

祖国是我思维的源泉、想象的动力，
有了你，我才迸发出永不枯竭的才能。
……
没有你，花儿不再芬芳，青草不再吐绿。

麦合买提江·沙的克在《唱给我的母亲》③中写道：

站在祖国的花荫下，
才能显出自己身影的美好。

这些饱含着感情的诗句，将个人的命运和祖国的命运紧紧地联结在一起，使人感到诗意回荡，余味无穷。年轻诗人阿尔斯兰的《祖

① 发表于《新疆文学》1981年1期。
② 发表于《新疆文学》1981年11期。
③ 发表于《碧玉集》，新疆人民出版社1979年出版。

国颂》①中所抒发的爱国之情,更加强烈动人,形象也更加富有民族特色:

祖国啊,我吻着匕首宣誓,让高山作证,
不,你自己考验我吧,考验我的忠心。
如果你的花瓣上哪怕沾上一丝灰尘,
我就化为轻风细雨把它拂去、洗净!

啊,阿尔斯兰,你的愿望是在激战中捐躯,
在祖国的怀抱中,用故乡的土培成你的坟!

自古至今,维吾尔族的爱国主义诗作,如江河滚滚,滔滔不绝,名篇佳作,不时闪现。而每当祖国发生一次重大事件(新老沙皇侵华、日本帝国主义侵略我国等)、一个重大转折(新中国的诞生,粉碎"四人帮"等等),爱国主义诗作就会大批涌现,形成一个热潮。这正说明,人民群众的心底蕴藏着对祖国永恒的深情,不仅在平时,自然地不断地流泄倾吐;一旦有某种强烈的因素触动,就会猝然爆发,四处喷涌。古代如此,现代当代更是如此;维吾尔族如此,其他民族也是如此。"千古英雄,爱国同怀赤子之心",歌颂祖国的诗,爱国主义的作品,是这种爱国赤子之心的艺术写照,它是我们文艺传统中的瑰宝,祖国人民珍贵的精神财富,不仅在过去它起着团结人民,教育人民的作用,今后在社会主义精神文明建设之中,它仍将起着有益的作用。

一九八三年九月于乌鲁木齐

载《新疆民族文学》一九八三年四期

① 发表于《碧玉集》,新疆人民出版社 1979 年出版。

发展中的哈萨克族文学

哈萨克族是一个以畜牧业生产为主的少数民族，是我国多民族大家庭中一个重要的成员。千百年来，他们的祖先逐水草而居，游牧在巴尔喀什湖以南和阿尔泰天山之间广阔的地区。解放初期，我国的哈萨克族有五十万人，主要分布在新疆的伊犁、塔城、阿勒泰和木垒、巴里坤等北疆地区，甘肃的阿克赛和青海的海西也有少数哈萨克人居住。在党的光辉的民族政策的哺育下，哈萨克族地区都先后实现了区域自治，日益发展，到了二十世纪七十年代，人口已增至七十多万。

在这种游牧和草原生活中发育、生长起来的哈萨克族文学，具有自己独特的民族风格和民族传统，在中华民族的百花园中，这是一株别具色香的鲜花。

解放前，哈萨克文学中主要是民间口头文学的创作和流传。

经过长期流传加工的神话故事，如《依尔吐斯提克》《英雄坎德巴依》《三个姑娘》等，是哈萨克人民原始社会生活的曲折反映，表现了哈萨克人民的祖先战胜种种自然灾害和邪恶势力，发展民族、发展生产的艰难而惊心动魄的斗争。这些神话，将自然力加以形象化、人格化，情节奇丽曲折，动人心弦，英雄人物不屈不挠、英勇顽强，具有催人奋发、鼓舞斗志的力量，表现了人民丰富的想象力和艺术创造力，具有浓厚的浪漫主义色彩。在长期流传的过程中，《依尔吐斯提克》这个传播最广、最为群众喜闻乐见的神话，还被改编成叙事诗。

哈萨克族许多世纪以来，处在游牧封建制度的统治下，阶级的对抗与民族的斗争都是很尖锐的。为了民族的生存和发展,他们经常抗御外族的侵扰和统治;在本民族的部落与部落之间,在部落内部统治者与被统治者之间,在家族之中对待爱情、婚姻和其他生活问题上,都经常发生各种矛盾和斗争。这些斗争(包括战争)中的许多重要英雄人物和重大事件,被人们改编成故事传唱,形成了一首首英雄史诗和叙事诗(包括爱情叙事诗)。这类长诗很多。据熟悉哈萨克民间文学的同志的粗略估计,有二百余首。这些长诗,反映了哈萨克人民社会生活的各个方面,是了解哈萨克古代社会的经济生产、历史文化、风俗习惯的重要资料,更是哈萨克文学中一笔重要的财富。如《考孜库尔帕西与巴彦苏鲁》《阿勒帕梅斯》《卡布朗德》《英雄塔尔恩》《英雄哈木巴尔》《姑娘吉别克》《阿衣曼与绍勒潘》《阿尔卡勒克》以及《幸福的四十根树枝》等等。其中有些长诗流传时间很长、流传范围很广、深受哈萨克人民群众喜爱。例如产生于十世纪之前的爱情叙事诗《考孜库尔帕西与巴彦苏鲁》就是很有代表性的一首。它叙述两个牧人朋友为他们没有孩子而苦恼、祈求。在一次共同的打猎途中,他们发誓将来生了孩子,一定要结为亲眷。以后,两家果然生了一男一女,即考孜库尔帕西与巴彦苏鲁。然而考孜的父亲在孩子出生前就去世了,两家逐渐贫富分化,巴彦的父亲成了巴依,嫌考孜家穷,又是孤儿,就撕毁婚约,逃避远方,四处游牧。巴彦长大后,十分美貌,吸引了许多年轻人前来求婚。巴彦的父亲骗得九十九个向女儿求婚的青年供自己役使,却将女儿许给一个富有的求婚者,并将这人变成自己的管家。考孜长大后,了解了真情,四处追寻巴彦,终于在牧民的帮助下,瞒着巴依和管家,与巴彦恋爱。事情被巴依发现后,考孜库尔帕西与管家决斗身亡,巴彦苏鲁也在逼婚中自杀。长诗约三万行,有十几种变体。它反映了哈萨克族从氏族制度向奴隶制度过渡时期的社会状况和阶级矛盾,是一曲歌颂纯真爱情、争取婚姻自由的赞歌,也是反抗阶级压迫、谴责背信弃义行为的正义之歌。

有许多民间故事,表现了劳动人民与封建统治者——皇帝、官吏、牧主、巴依斗争的事迹,如《吉林谢的故事》《阿勒达尔科沙的故事》《考加纳斯尔的故事》以及《猎人之子》《冬不拉奇》《聪明的人》、《机智的孩子》等等。这些故事,大多数都讲述劳动牧民用智慧和团结战胜封建统治阶级的种种压迫剥削的动人事迹。故事中,闪耀着劳动人民智慧的光华和对统治阶级的轻蔑与憎恨。每一个故事,总是把劳动人民的聪明、机智、善良、友爱和统治阶级的愚蠢、狡猾、残暴、贪婪对比得十分鲜明突出。在幽默的故事中,人民总是胜利者,代表着真理和正义,统治者最终总要失败、服输。这类作品,反映了处于受统治地位的劳动人民的理想与爱憎,既有强烈的现实主义精神,又有浓厚的浪漫主义气息,而且集中地反映了哈萨克文学的一个重要特色:幽默而风趣。

到了近代,随着外国资本主义的入侵,一些善于投机敲诈的商人,无情地剥削掠夺劳动人民的财产。这一时期产生的不少民间故事中,如《阿勒达尔科沙与商队老板》、《阿格衣夏》等,给这些欺压盘剥人民的商人以应有的惩罚,表达了人民对商业剥削的不满与反抗。这一时期也产生了一些反映满清统治者欺压哈萨克人民的文学作品。

在民间口头文学中,民歌是重要的组成部分。谚语说:"歌和马是哈萨克人的翅膀。"歌唱是哈萨克人民不可缺少的精神食粮。在长期的劳动和斗争中,人民群众创造了大量的民歌(包括史诗、叙事诗等长歌和各种短小的歌,这里讲的主要是短歌):有歌唱部落和民族英雄的颂歌,有歌唱家乡的草原山水、牛羊马驼的歌,有表达男女之恋的情歌,还有幽默风趣的谎言歌、寓言歌、绕口令等。人民生活中的喜庆婚丧大事,都要唱习俗歌,如为初生儿唱的"祝贺歌""摇篮歌",为姑娘唱的"劝嫁歌""出嫁歌""挑面纱歌"以及姑娘出嫁时自己吟唱的"怨嫁歌""告别歌",丧葬时唱的"哀悼歌",离别亲人、故土或遭遇不幸时唱的"哀歌"等等。

人民热爱歌唱,也热爱自己的"阿肯"——哈萨克人民中擅长弹唱的民间歌手、游唱诗人。他们怀抱民族乐器"冬不拉",边弹边唱,极受群众欢迎。在哈萨克人民喜庆佳节中,总要邀集一些阿肯来弹唱。这些阿肯,是人民群众中涌现出来的富有创作才能的诗人,能随时创作出受人民喜爱的新诗歌，又是民族文艺遗产的继承者，经常为群众演唱历史上的歌。许多古代的英雄史诗和叙事诗，就是通过他们才一代代传下来，保存至今的。优秀的阿肯还是人民群众的代言人，他们的歌唱出了人民的心声。在旧社会，他们常用弹唱揭露统治者和牧主巴依，为人民伸张正义；在新社会，也用弹唱配合当时的政治工作，发挥文艺的宣传教育作用。如老阿肯司马古勒，解放初期，就曾利用自己的弹唱，促使叛匪谢尔德曼倒戈起义，很好地配合了剿灭乌斯满匪帮的斗争。

哈萨克族的民间文学，许多世纪以来，一直停留在口头文学阶段。虽然十九世纪，国外有人搜集出版过一些英雄史诗与叙事诗；但在国内，由于劳动人民长期处在贫困之中，没有文化，少数上层统治者与宗教人士通晓文字，却不重视民间文学工作（只有极个别知识分子做过点滴收集工作）。因此，民间文学不能通过文字记载下来，广为传播。直到解放后，民间文学才得到了新生。在党的民族政策和文艺路线的指引下，革命文艺工作者开始了大量的搜集整理、翻译介绍工作，产生了大量的新的民歌、故事、谚语等民间文学。这些新的民间文学，都用热情的语言、明朗欢快的调子，歌颂党，歌颂领袖、歌颂祖国、歌颂人民公社和农牧业劳动丰收、歌颂民族团结、歌颂英雄模范人物，批判反动人物和不良倾向，继承和发展了民间文学的优秀传统。如，在《天山》《延河》等文学杂志刊登的大量民歌的基础上编辑、出版的《我的冬不拉》，就是一本很有价值，有较高思想、艺术水平的哈萨克族民歌集，受到了各族文艺工作者和人民群众的欢迎。然而民间文学工作还存在着很大的问题。二十世纪六十年代以来，由于林彪、“四人帮”极左路线的干扰破坏，十几年来，人们停止了民间文学的搜集整理工作，所以直到如今，大量传统的叙事诗和民间故事以及各地各时代著名阿肯的创作，仍未能很好地搜集、整理起来，许多珍贵的民间文学作品已经失传或濒于失传，亟需我们赶快抢救。

哈萨克族作家文学的创作开始于十九世纪末期。那时，有少数知识分子如艾色提·乃曼拜，从丰富的民间文学中汲取营养，从事创作。他写短诗歌词,又会作曲,他是诗人,又是歌手,能弹奏冬不拉演唱,也参加对唱,可以说是一个新型的阿肯。他的诗歌很受群众喜爱,他不仅写作短小的诗歌,还根据民间故事创作改编了《木马》等几首叙事长诗,开创了哈萨克书面文学的先河。与他同时的阿哈提、奴苏甫拜克等人,也把民间故事传说(包括一些宗教传说)改编成叙事诗,并创作了许多短小的诗与歌。到本世纪二十年代末,诗人赫孜尔曾将民间故事改编为叙事诗《萨里哈与萨曼》,这是一首爱情悲歌,表现了广大贫苦牧民(所谓黑骨头)和上层统治者(所谓白骨头)之间的阶级对立。这首诗改编得十分成功,极受群众欢迎,在哈萨克人民聚居的各地广为流传,几乎是家喻户晓。

二十世纪三十年代以来,中国共产党抗日统一战线工作在全疆的巨大影响,为哈萨克族现代文学的发展创造了条件。那时,有不少青年知识分子,在苏联十月革命和我国"五四"运动进步思想的影响下,特别是哈萨克伟大诗人阿拜的诗歌创作的熏陶下,开始了文学创作活动。当时几种创办的哈萨克文的报纸上经常刊登文学作品,诗歌较多,小说、散文、特写、话剧、文学评论等文学样式也相继问世了,哈萨克文学出现了新的发展生机。如最早从事散文写作的奴尔塔扎、从事诗歌创作的诗人唐加勒克、阿斯哈尔和稍后一些的倪合买提(他不仅从事小说、剧本的创作,而且搞文学评论,历史研究和文学翻译等)就是有代表性的几位作家。但是,好景不长,随着新疆政治局势的动乱和黑暗,中国共产党在新疆工作的暂时中断,文艺创作的活跃局面未能持续多久又逐渐走向沉寂。

解放后,哈萨克文学才得到了长足的发展。报纸和出版部门不断刊登和出版哈萨克的文学创作。从一九五三年开始,哈萨克文的文学杂志也创刊了。诗歌创作大量涌现,出现了库尔班阿里、乌买尔哈孜、玛哈坦等一大批诗人,《从小毡房走向全世界》等许多长短诗作和诗集不断问世,原属民间文学的阿肯的歌,解放后也逐渐成为哈萨克诗歌创作的重要组成部分了。阿肯弹唱会这种哈萨克人民喜闻乐见的文艺聚会,成了富有民族特色的诗歌创作会与演唱会。每年各地举行的阿肯弹唱会都有成批的新诗歌产生出来，其中有些优秀之作都被及时地记录整理成书面文学发表了。司马古勒、苏里唐·马吉提等是享有盛名的阿肯。在新的时代，民间文学和作家文学，书面文学的界限在逐渐缩小、消失。这是哈萨克文学发展的一个新趋向，是创作逐渐繁荣和现代化的一个表现。

散文、戏剧创作，在哈萨克文学发展史上是一个新兴的样式，不像诗歌创作那样富有深厚的传统，源远流长。但是，令人高兴的是，这种种文学样式，尤其是小说创作，解放后有很大的发展，出现了不少短篇小说，也出现了中篇小说创作。哈吉乌买尔、热合曼吐拉、郝斯力汗、孔盖等是比较有代表性的小说作家。哈吉乌买尔的中篇小说《在幸福的道路上》是二十世纪五十年代创作出版的，表现了解放后的哈萨克族农牧民在合作化道路上的斗争，在哈萨克群众中有很大的影响，个别章节也曾翻译成汉文发表过。郝斯力汗解放前后都写过不少诗歌，也写散文、独幕剧，更多地写小说。他的优秀短篇小说《起点》《牧村纪事》《斯拉木的同年》等被《人民文学》陆续转载后，赢得了国内各族人民的好评。《起点》这部表现哈萨克牧区合作化时期阶级斗争和人民内部矛盾的小说，人物形象鲜明而有个性，语言富有民族特色，心理描写深入细致，是哈萨克族当代文学的代表作，也被视为我国建国三十年来的优秀短篇小说创作之一，曾被译成英文、俄文介绍到国外。

二十世纪六十年代以来，蓬勃发展的哈萨克文学，遭到了林彪、“四人帮”极左路线的摧残，陷入停滞状态。如今，又是一个大地回春、万物复苏的美好时光，在不断清除极左路线的流毒中，哈萨克文学又新生了。文学创作队伍扩大了，不仅那些长期从事创作的老作家写出了新的作品（如郝斯力汗的小说《真的吗，爸爸?》、孔盖的中篇小说《相斗》、玛哈坦的长诗《冬不拉》等），而且多年搁笔的老作家又开始创作了（如倪合买提的长诗《燕子姑娘》），创作时间不长的中青年作者也写出了很好的作品，（如小说《命运》的作者居玛拜·比拉勒，短篇小说《奴尔曼老汉与猎狗巴力斯》的作者艾克拜尔·米吉提、散文《珍珠》的作者阿吾力汗等等)。中长篇小说的写作也越来越多。过去尚无人问津的电影文学剧本、歌剧也诞生了,民间文学的搜集、整理和文学研究工作也开始了。解放前就开始的文学翻译工作,对哈萨克现代和当代文学的形成和发展起过不小的作用,如今更是大量的、有计划的译介汉族和国内外优秀的文学作品,为哈族文学不断输送营养,提供借鉴。值得一提的一个新情况是,有一些长期受汉族文化熏陶的青年作者,可以直接阅读汉族文学和运用汉文写作,上面提到的艾克拜尔·米吉提、阿吾力汗就是。他们创作的成绩,引人注目,表现了哈萨克文学发展中的一种新趋向。

总之,解放后的哈萨克文学,欣欣向荣,突飞猛进,各种文学体裁已基本俱全,其内容也越来越深入广阔。可以说,新中国的解放,掀开了哈萨克文学发展史上划时代的一页。今后,随着全国和新疆政治形势的不断好转,随着文艺生产力的不断解放和扩大,哈萨克文学的发展将和全国文艺事业的发展一样,是前途灿烂的,一个万紫千红、百花争艳的文艺春天是指日可待的,哈萨克文学"从小毡房走向全世界",跃登世界文学之林也是可以预期的。

作者自注:本文在修改过程中,曾得到哈萨克族作家倪合买提(汉名倪华德)的帮助。在此谨表谢意。

一九七九年十月

载《新疆文艺》一九七九年十二期

哈萨克文学中的幽默与讽刺

长期生活在新疆的人，大概都有这个感受，我们的民族朋友，是乐观开朗、幽默风趣的。哈萨克人也不例外。他们爱开玩笑，爱说俏皮话。如果有一群人聚在一起谈天说地，那么，你去听吧，总是妙语横生，趣事不断。

在哈萨克文学中，幽默是它的一个重要特色，幽默与讽刺文学是哈萨克文学的重要组成部分，同时，也是重要的传统源流。不管是古代文学，还是当代文学，幽默讽刺之作，犹如盛夏的葡萄，一串串，一株株，晶莹璀灿，美味香甜，给人以精神上的愉悦和思想上的教育。我想，这就是哈萨克人民的民族性格在文学作品中的反映吧！

多种式样的幽默讽刺之作

哈萨克文学中，幽默与讽刺文学样式很多，充分显示了幽默讽刺文学之发达，在各民族文学中，它是引人注目的。

特别是那些以机智的主人公命名的民间故事，或者叫笑话，如霍加纳斯尔的故事、阿勒达尔科沙的故事、吉林谢的故事等。霍加纳斯尔的故事，就是在新疆许多少数民族中和中亚一带流传很广的纳斯尔丁阿凡提的故事：阿勒达尔科沙和吉林谢的故事是哈萨克族中流传的笑话故事，和阿凡提的故事类似，但一般篇幅稍长，故事的情节、人物与环境的描写也不像阿凡提故事那么简略，较为细致、复杂，而且往往有两个以上的故事联结在一起，有一个完整统一的构思和事态的起伏发展，因而故事中的主人公形象丰满，所反映的社会生活面较宽。

这类故事的基本主题是表现劳动人民与剥削者、压迫者之间的阶级斗争。机智人物在许多故事中都是以劳动者的身份出现的，他们总是站在劳动人民和正义一边，通过幽默风趣的语言和滑稽可笑的行动，针锋相对地揭露和嘲讽了人民的敌人，那些贪婪、残暴、愚蠢、无知的有钱有势的人：汗王、牧主、巴依、高利贷者以至魔鬼等等，使这些欺侮、愚弄劳动人民的坏家伙，搬起石头砸了自己的脚，受到了惩罚和愚弄。故事总是以机智人物的胜利和他的对手的失败而告终，表现了劳动人民的感情和愿望——像贪色的汗王企图霸占吉林谢美貌的妻子，而对吉林谢使出了种种诡计，以及吉林谢同其妻子卡拉莎施巧设妙计，挫败汗王阴谋的故事，愚蠢的国王要吉林谢向草团问话以及吉林谢借草团之口责骂国王愚蠢的故事（《聪明的吉林谢》），阿勒达尔科沙到百尔买斯家做客，迫使吝啬的巴依不得不忍痛以好饭食招待他的故事，以及他骗得商队老板的牛群和钱财的故事（《到财主家作客》《阿勒达尔科沙与商队老板》），霍加纳斯尔向巴依借锅还锅、让掌柜的听钱的声音等故事（《死了的锅》《饭的味道和钱的声音》），就是很有代表性的几则。

这些机智人物的性格是很幽默的，他们的语言诙谐犀利，有很强的战斗力；他们的行动貌似荒唐滑稽，实则蕴寓着反抗的智慧。这类故事虽然不像阿凡提的故事数量那么多，但确实是一些思想深刻、艺术精湛的文学珍品，极受人民群众的欢迎。

正如有人考证说阿凡提是历史上的真人一样，据说，阿勒达尔科沙和吉林谢也是真有其人的，他们都生活在十五世纪阿孜江别克汗在位的时期。是否如此，有待今后进一步考证研究。但是，不管他们是不是历史上的真人，这些故事都不可能是历史上真人真事的原样照搬，而是人民群众的集体创作，是人民智慧的结晶。值得注意的是，“阿勒达尔”在哈萨克语中是“骗子”的意思，但因为科沙骗的都是官吏、巴依、商人、魔鬼，所以“骗子”在这里没有丝毫的贬义，相反，倒是聪明能干的代名词，受人称赞和歌颂。

在哈萨克民间动物故事中，也不乏幽默与讽刺之作。它们往往以寓言式的故事，用动物之间的关系来说明人世间的道理。比如《公鹿、老虎和狐狸》与《狮子、狼和狐狸》就是这种故事中两种类型的代表作。

《公鹿、老虎和狐狸》中，叙述一个善良弱小的公鹿，面临可能被老虎吃掉的危险，急中生智、镇定自若，采用心理战术，利用老虎不懂鹿角和鹿身上的花斑这个弱点，声言鹿角是用作撕老虎皮的，身上的花斑是吃老虎后长出来的记号，吃多少老虎就长出多少个斑点，致使老虎心虚胆怯，慌忙逃走，并使挑唆老虎来吃公鹿的狐狸遭到被虎记恨吃掉的下场。故事歌颂了一个善于随机应变，用智谋战胜比自己强大的敌人的弱小者，讽刺了貌似强大、实则愚蠢的强权者，惩治了助纣为虐的帮凶。全篇充满睿智的幽默感，使人忍俊不禁。

《狮子、狼和狐狸》，叙述狮子、狼和狐狸联合捕获了一批猎物后，在分配猎物时，狮子让狼分配。狼将猎物分成三份，最大的一份给狮子，狼自认为很公正，不想却被狮子用利爪狠狠地抓了一通；狮子又让狐狸来分配，狐狸转而用卑微、谄媚的态度，将全部猎物分给狮子三次享用，博得了狮子的赞赏。故事结尾狮子很惊奇地问狐狸：“你从哪儿学来了这种公平的分配方法？”狐狸答道：“我是从您抓狼的两腋学来的。”这则故事，把狮子的专横霸道、狼的愚蠢无能、狐狸的狡猾善变写得鲜明而生动，十分幽默，具有极强的讽刺力量。

在哈萨克族民间诗歌中，有两种很富于幽默情趣的样式，一是拗口令，一是谎言歌。

拗口令是将发音相近的词语，巧妙地组织在一起，表达一个完整而滑稽的内容，逗人发笑。这种形式在汉族等许多民族中都有。

谎言歌是哈萨克民间文学中独有的文学样式，在其他民族中还未曾见过。这种歌采用诗的形式与韵律，运用极度夸张的表现手法，描绘出一种与人们的生活常识大相径庭的现象和事物，引起人们捧腹大笑，为人们的生活增添乐趣，为喜庆佳节增添热闹欢快的气氛。

如一首谎言歌里有这样两段：

为了炼油我把跳蚤杀，
十个羊肚子也没装下，
光皮呵，就做了十八条马肚带，
我说谎话你可别见怪，
这可是真事，鲇鱼从蛇洞里钻出来。

一天我搬家，
雇了六个蚂蚁来把行李拉，
没有绳子只好用沙子打，
别的是瞎话，这可是实话，
小小的蚂蚁慢慢地爬，
从伊犁去阿尔泰一天就到啦！

这一类歌还是不少的，哈萨克人民老幼皆知，很喜爱这种看似荒唐的"谎言"，它表现了人民群众的聪明才智，丰富的想象力和杰出的文学创造力。

谎言式的作品在民间故事中也有。人民用谎言这种形式，表彰劳动人民的智慧与勇敢、批判统治阶级愚蠢与残暴、刁钻与怪癖，如《孤儿的八十句谎言和四十首谎言歌》就是如此。这是一个散韵文结合，故事中有歌和诗的富有哈萨克民间文学传统特色的佳作，在哈萨克人民中流传很广，是谎言故事、谎言歌的代表作。它叙述一个凶残无道的国王，下了一个十分荒唐的命令：谁能一口气说八十句谎言并唱出四十首谎歌，中间不夹一句真话，就让他一辈子享不完荣华富贵，否则，就杀死他。为此国主残害了许多无辜百姓的生命。而穷苦的孤儿为了拯救百姓，击败国王，以其高度的智慧与勇敢灵活的斗争艺术，说出了八十句谎言，唱出了四十首谎歌，使国王瞠目结舌，逼得国王不得不实现自己的诺言：从此不敢再如此放肆地欺压人民了。这个故事中的四十首谎歌，集谎言歌之大成，有些不光使用夸张的手法，也使用颠倒的手法，来描写和叙述生活中的事物，引人发笑：

她用蛛丝织了一张厚厚的地毯，
见到那张地毯人人都喜欢；
我用它换回来五百只大羊，
请相信，这绝不是我信口胡言。
——这是夸张法。

年岁越大我的知识越见少啦，
我的家产也发展到了有一只旱獭；
今年我老婆已整整二十周岁，
二十五年前我们结婚就在她家。
——这是颠倒法。

有时还用拟人化的手法来描写动物之间的关系，使人联想起人世间的不平与丑恶现象，而带有浓厚的讽刺意味：

蛤蟆把姑娘嫁给了蝴蝶，
苍蝇当傧相奔忙不迭；
它们宰杀了一只肥大的蚂蚁，
举办盛大的喜宴将客人酬谢。

哈萨克民间文学中幽默与讽刺的传统，在当今作家和民间文学创作中，得到了继承和发展。在不少小说、戏剧和诗歌创作中，幽默与讽刺渗透在人物形象、故事情节、语言对话和整个作品的构思之中，显示出浓郁的生活气息和民族特色。

小说方面，昆盖·穆卡江乌勒的《朋友》（原名《继承者》）和郝斯力汗的《斯拉木的同年》是其中佼佼者。《朋友》描写一对自称兄弟的朋友，整天在一起回忆父辈们友好相处的"动人"事迹，并表白要向父辈那样，互相帮助，永远友好下去。然而在一次结伴行猎，猎鹰抓住一只狐狸的时候，却不顾情面地互相争夺，各说狐狸是自己的猎鹰抓住的。长时间地打闹撕扯，毫不相让。当一位老猎人建议他们，如果是自己的猎鹰抓住的，就应该按猎人的规矩，将狐狸送给对方时，他们又拚命推让，都说狐狸不是自己的猎鹰抓的，争执不下，又开始撕打。作者用生动而细致的笔触惟妙惟肖地刻划了两个贪财如命、口是心非、无情无义、各怀鬼胎的"假朋友"的丑恶嘴脸。《斯拉木的同年》,利用同年龄的人之间"说话无忌",可以任意取笑对方这一哈萨克族习惯来构思作品,展开了一场在解放之前哈萨克牧区围绕宗教迷信问题所进行的尖锐、激烈、有血有泪、别开生面的阶级斗争,成功地塑造了两个哈萨克民族中富有个性的人物形象:即有知识文化、思想进步、富有正义感,同情和维护劳动人民,性格幽默风趣,语言辛辣尖刻的牧区教师奴尔塔孜(解放后当了生产队长)和愚蠢无知、蛮横欺诈、对穷人傲慢无礼、对富人趋炎附势的毛拉斯拉木。小说中两人经常斗口舌战,互不相让,因而通篇妙语不断,趣话连篇,情节也波澜起伏,扣人心弦。在轻松逗趣的故事中,表现深刻的主题,概括了较为丰富的社会生活,篇幅又不长,这是难能可贵的。在哈萨克幽默与讽刺文学中,这是一篇思想性、艺术性都较高的优秀创作。

诗歌创作中,不仅出现了较多的寓言诗,如《狗的友谊》《狼和猫》等,以动物喻人讽刺一些不合理的社会现象外,还有直接用于批评的讽刺诗,如牧民阿不都拉创作的《给懒惰的老汉》就是这方面的成功之作:

我们社里有一个老汉,
一听说劳动就心惊胆寒,
"哎,我的膝盖肿,腰又酸,
浑身没有一丝儿力气……"

他哭丧着脸围着社长转,
嗡嗡叫着像一头马蝇:
"天哪,为什么总叫我,
碰上这种倒霉的事情!"

他有一匹瘸腿马,
走一步,哼三哼。
他整天骑着它串帐篷,

东家喝两碗甜奶茶，
西家吃几块酥油饼。
晚上回到自己的家，
肚皮胀得像支起来的帐篷。
他又跟着队长喊：
“哎呀、哎呀，
我的胃口痛！”

一个哈萨克懒汉的形象描绘得多么生动鲜明，滑稽可笑。其批评讽刺之意很明白地蕴寓在富有民族个性的形象之中。

戏剧创作方面，郝斯力汗的独幕话剧《柯尔克拜》和热合曼吐拉的多幕剧《秘密婚约》都是具有浓厚的幽默情趣的喜剧。戏剧在哈萨克文学中是一个新兴的形式，它一出现就能够创造出妙趣横生的喜剧作品来，可见哈萨克文学中幽默和讽刺的传统是极其深厚的，幽默与讽刺之作是哈萨克人民所喜闻乐见的。

幽默与讽刺的产生、特点及其他

在哈萨克文学如此丰富的幽默与讽刺作品中，幽默与讽刺力量是怎样产生的？有什么特点？

据我们了解，有以下几种情况：

第一，用正面人物的机智行动和诙谐语言，将反面人物的丑恶本质对比出来，揭露出来，从而产生出幽默感和讽刺的力量，促使人们发笑。例如，有一则《吉林谢的故事》说，皇帝在打猎途中，企图愚弄一下吉林谢，就命令吉林谢去问一团被风吹得飞滚着的草，“从哪儿来？到哪儿去？住在哪儿？”问不清，就要受到重重的惩罚。聪明的吉林谢并未被皇帝刁难住。他骑马飞奔过去，赶上了那团草。于是一场滑稽戏展现在皇帝的面前：

皇帝看着吉林谢对着那团乱草咕嘟了几句，一会儿又显着很生气的样子，跳下马来，用马鞭子把那团乱草狠狠地抽了几下，然后骑上马跑回来了，对皇帝说：“陛下，我问过了,可是它回答的,可真不像人话呀。它说:‘你简直是个大笨蛋。我从哪儿来的,只有风知道,要到哪儿去,住哪儿?这只有山沟知道,你怎么连这个都不明白,还能算个人吗?’它这么一说,可把我气坏了,因为这是陛下——您的命令嘛!它竟敢这样大胆;为了替您报仇,所以我奋不顾身地跳下马来,用鞭子狠狠地抽了它一顿。”

故事中,吉林谢的行为和语言是滑稽可笑的,但这种可笑,恰好是聪明机智的一种表现:巧妙地揭露了皇帝的愚蠢无知和穷极无聊。他假草团之口责骂皇帝的话,不仅痛快淋漓,一语中的,而且合情合理,无懈可击,道出了人民的心里话。再如,霍加纳斯尔的故事《吝啬的巴依养瘦狗》中说,巴依让霍加纳斯尔给他找一条瘦猎狗来,霍加给他找来一条又肥又大像驴一样的狗。巴依生气地说:“这样肥的狗能打猎吗?”霍加答道:“这样肥的狗,要让您养,我保证一个星期就会变瘦的。”这里,霍加的行动是可笑的(牵来驴一样的大肥狗),他的话尤其可笑,因为他一语道破了真实——巴依的吝啬,极其简洁有力又极其生动形象,巴依虽十分难堪却无可奈何,这就引人发笑。许多民间故事以及小说《斯拉木的同年》等都是属于这种情况。

这类作品很多,它表现了哈萨克幽默与讽刺文学的重要特色和重要倾向:将歌颂与暴露揉合在一个完整的故事中,互为对比,互相映衬,形成强烈的喜剧效果:对正面形象聪明才智的幽默的描写,正是对反面人物丑恶本质的暴露与讽刺,对前者的描写越充分,越幽默,对后者的暴露与讽刺得也就越有力。

第二,让反面形象直接表演自己的丑行,用他自己的行动和语言来揭露和批判自己,从而产生强烈的幽默与讽刺的力量。例如,有一首寓言诗《狗的友谊》(作者:阿赫特哈孜)就是这样写的:有两条狗喜欢吃饱了躺在草地上闲谈。它们说:

同类之间应该和睦相处,
把友情看得比生命还宝贵。
我们就是六天没有吃到东西,

得到一点食物也不该只顾自己。

它们还具体地批判了“为了一根骨头就打得头破血流”的行为，表示“我们应当和平友爱，称兄道弟，像一对最好的朋友紧紧相依。”正在它们拥抱接吻的时候，有人扔来一根骨头。于是这一对朋友就都“红着眼”一齐扑向骨头，一时间“亲密的接吻变成撕咬和怒吼”了！上面提到的小说《朋友》的构思与《狗的友谊》十分相似。他们的行动（争夺骨头和争夺狐狸）本身就是可笑的，尤其在他们表白过要彼此友好以后，这种行动就显得更加丑恶，更加可笑。正如自己打自己的嘴巴一样，自己揭露自己，自己否定自己。这种表现手法讽刺的效果是很强的。

这类作品在哈萨克族寓言故事、寓言诗中很多。与前一类作品不同的是，它只有暴露和讽刺的形象，而没有歌颂的形象。

自然，这种表现手法，不一定都是暴露与讽刺敌人或坏人，也可以用来讽刺有缺点、错误的自己人，即不仅可以表现敌我矛盾，也可以用以表现人民内部矛盾。如郝斯力汗的独幕话剧《柯尔克拜》中，让那个自私自利、爱占公家便宜的农民柯尔克拜，在舞台上正面表演他如何连哄带骗地支使走自己的妻子和公社干部，如何将公社的棉籽从二十斤拣成了二十一斤（本来要挑去棉籽中的沙土石子，他却乘人不在时掺进了沙土石子），并让他说出滑稽可笑、自以为正确的话，从而产生很强的讽刺力量和喜剧效果。但因为柯尔克拜毕竟只是有些缺点错误，不是坏人。因此，体现在情节和语言中的错误也是掌握分寸，留有余地的，讽刺是善意的，内含着热情与希望，与《狗的友谊》《朋友》中那种一无可取、令人憎恶的丑行大不相同。前面援引的《给懒惰的老汉》也属这一类。

第三，用极端夸张、故意颠倒等手法，描写出一种在日常生活中根本不可能发生的，从人的生活经验看来十分荒唐，越出常规常情的事物，引起幽默的笑声。像《孤儿的八十句谎言和四十首谎言歌》中，孤儿给皇帝讲：

我从来不会说谎，只能告诉您一些我亲身的经历。还在我母亲的肚里时，我已经把父亲的六千匹马放了六年。后来，我用给父亲放马得来的工钱，娶了老婆，生了孩子。我的大孩子，整整比我大二十五岁。在另一首《谎言歌》里有这么一段：

就是杀了我，我也不敢说谎话，
有个大湖在枯树上安了家，
我亲眼看见个女孩子来提水，
被青蛙一角就给顶死啦！

未出生的孩子也放了六年马，刚出世的孩子就娶老婆，生孩子，而且孩子比自己大二十五岁；湖在枯树上安家，青蛙长角并且能顶死女孩。这是越出常识的怪现象，是根本不会发生的，这里，却让它们出人意料地发生了，而且故事和歌中的人物还指天划地地发誓说他不敢说谎，而他实际上明明白白地在说谎。这一切，都是很荒唐的，所以很可笑。说得越荒唐，就越滑稽，也就越可笑。这种情况是单纯的幽默，不带任何讽刺的意味，和前面所述两种情况都不相同。因为，一般地说，它或者不表现社会生活内容，不写人，只写自然界与动物界；即使写人，写社会生活，也是漫画化的手法，像哈哈镜中的人物一样，只提供一些笑料。

从以上三种情况看，由于描写的对象不同，所产生的感情色彩——艺术效果也就不同：有的以幽默为主，有的以讽刺为主，有的幽默讽刺兼而有之。但是，不管哪种情况，它们的主要手段是笑，是揭出人物、事物的可笑之处。因此，可以说，幽默与讽刺文学的最大特点是引人发笑。

这种笑是怎样产生的呢？从上引的众多作品可以看出，它是揭示社会生活中事物内部矛盾的结果，也就是揭示出事物表现出来的情况（外表、表象）和其实际情况（内涵、实质）之间不一致、不相称，因而显示出极不合理、极不协调的结果。所以，只要我们注意揭示矛盾——矛盾的可笑之处，就会写出具有幽默与讽刺特色的文学作品来。

在人民群众的生活斗争中，幽默与讽刺具有它特殊的作用：因为它不仅能够为人们生活增添乐趣，减轻疲劳与烦恼，而且它能够直接或间接地表达人们对社会现象的态度，对美好事物的歌颂；特别是对丑恶事物的批判与匡正。德国作家雪莱曾经说过："要救治一切道德上的缺陷和病症，最实际、最特效的良剂，是把它们在可笑的形式中，展示于大众面前。"正因为幽默与讽刺有这样的作用，因而它同时又能帮助人们识别是非、美丑、善恶，增长智慧与才干，起到教育人民、提高人民的特殊作用。

幽默与讽刺文学，是文学百花园中一棵奇异而受人喜爱的花朵，在哈萨克文学中，尤其如此。因此，挖掘它，总结它，为在四化建设中的人民群众提供更多的精神食粮，为创造出新的幽默与讽刺文学提供更丰富的经验，是十分必要的。这个工作做得还不够，我们希望文学翻译工作者和文学研究工作者能多做做这个工作。

一九八一年二月

载《边塞》一九八一年第二期

锡伯族的当代文学

锡伯族,目前全国约有八万多人,主要分布在新疆西部察布查尔锡伯自治县和辽宁、吉林、黑龙江三省的部分地区。锡伯族有自己的语言文字,属阿尔泰语系满一通古斯语族满语支。锡伯文现在只在新疆的锡伯族人民中通行。新疆的锡伯族是二百多年前清朝时期从东北的沈阳西迁至新疆屯垦戍边的锡伯官兵的后代,是我国锡伯族的重要一支,有二万八千人左右。他们更多地继承和发展了本民族的优秀传统,并拥有自己本民族的作家文学。

二十世纪五十年代,锡伯族群众文化生活十分活跃,产生了歌颂新生活的新民歌和歌舞戏剧节目,还翻译了《白毛女》《钦差大臣》等汉族与外国文艺名著,还出现了农村油印的文学刊物。后来,由于实现了锡伯文字的铅印,文学创作发表条件得到改善;随着新疆人民出版社和新疆教育出版社锡伯编辑室的建立,锡伯文学也可以编辑出版图书了。这大大促进了锡伯当代文学的发展,出现了一批很有时代生活特点的创作,出版了一些优秀的诗歌集和民间文学集。党的十一届三中全会以后,在十年动乱中一度受到摧残的锡伯族文学,开始得到更大的发展。

锡伯族的当代文学,除民间口头创作外,主要由两部分组成:一是在民间文学基础上加工创作的文学,二是根据现实生活创作的文学。

锡伯族作家不少人生活在民间,他们熟悉本民族的民间文学,并对之怀着深厚的感情,乐于对民间文学进行再创作,其最有代表性的是民间诗人管兴才(一九〇八~一九六三年)。管兴才姓管尔佳氏，锡伯营正红旗人。他精通汉、满、蒙古、藏等文字。还会说维吾尔、哈萨克语，学识渊博。四十年代后期管兴才开始文学创作，解放后的一九五三年至一九五四年间，他曾组织锡伯族的文化人自筹资金创办刊物《文化动力》，刊登文学作品，译介汉族文化。管兴才最有代表性的创作是《打猎歌》和《西迁之歌》。《打猎歌》是一首民歌体的四节短诗，表现了锡伯族人最喜爱的狩猎生活情景和狩猎人的高昂情绪。因为表达得淋漓酣畅，集中精炼，深受锡伯人民的喜爱。《西迁之歌》是一首五百多行的叙事诗，反映的是二百多年前锡伯族人民被清朝统治者派遣，从东北迁徙至遥远的西部边陲伊犁的悲壮历程及以后在边疆艰苦创业、屯垦戍边的可歌可泣的生活。这首诗是在此类民歌的基础上整理创作的。长诗用哀婉的深情，描绘了锡伯人民挥泪告别故乡亲人、依依难舍的动人场面，描述了西迁途中与定居后在艰难困苦中建树的功勋，是一首爱国主义和英雄主义的颂歌，具有史诗的价值。由于《西迁之歌》反映了本民族的重大历史，表达了锡伯人的民族感情以及他们顽强拼搏、奋发图强的精神和具有远见卓识、热爱祖国、勇于牺牲的高贵品质；加之长诗感情质朴深沉，语言生动流畅，韵律严谨和谐，具有浓厚的锡伯民歌特色，因而家喻户晓、广为流传，是对本民族人民进行历史传统教育的教材。这首长诗在诗人逝世近二十年后的一九八一年获得全国第一届少数民族文学创作评奖诗歌一等奖。

郭基南是锡伯族中最有成就的作家。他一九二三年出生于察布查尔县，姓郭若罗氏，自幼受民间文学的陶冶熏染。一九四〇年他来到乌鲁木齐，就学于茅盾在新疆主办的“文干班”，初次接触了我国的革命文艺，懂得了“文艺为人生”的道理，从此开始了自己的文艺创作生涯。他用锡伯文和汉文写作了大量的诗歌、小说、散文、报告文学和话剧作品，如今又开始了电影文学创作。解放后，郭基南曾担任过察布查尔锡伯自治县的县长，一九六二年调自治区文联工作，成为锡伯族第一个专业作家。粉碎“四人帮”后，曾担任过维吾尔文刊物《文学译丛》和汉文刊物《新疆民族文学》的主编、作协新疆分会副主席等职,系中国作家协会会员。

郭基南在解放前就写过许多诗歌、话剧和杂文。其中话剧《满天星》和《在太行山下》曾在新疆各地上演,在团结锡伯人民和全疆人民抗日与反对国民党反动派的斗争中起过积极的作用。解放后,他怀着满腔热情,创作了《飘扬吧,五星红旗》《我永远跟党走》等充满真情实感、表达时代与人民心声的抒情诗作。粉碎"四人帮"后,他焕发了青春的诗情,写出了《春咏》《心之歌》《大连散记》等诗,表达了获得第二次解放的喜悦与沉思。

郭基南是一位富有政治热情的诗人。用诗歌战斗,用诗歌抒发人民对新生活的热情——这是贯穿郭基南数十年诗歌创作的一条生命线。这条生命线赋予他抒写不完的创作灵感,赋予他的诗作一种明朗、健康、单纯、热情的基调和同人民息息相通、脉搏共振的时代感情;自然,他的一些作品也缺少更加深沉、更加撼动人心的艺术力量,显得感情浮泛、诗味不足。郭基南的创作中比较有代表性的优秀作品,还是那些描绘田园山水美景,抒发劳动人民朴素感情的诗作,如《伊犁春色》《草原晨曲》《早安,金色的伊犁河谷》《草原是欢乐的琴》等。

《伊犁春色》是他一九六二年创作的组诗。它以优美朴雅的文笔和整齐和谐的音韵,描绘了伊犁河两岸美好如画的景色和农牧渔家欢乐的劳动生活,情景交融,诗意盎然。如其中的《春到河谷》:

一夜春风过,遍地冰雪消,
　　晓露润河谷,明媚春光飘。
两岸草原宽,处处换新装,
　　羔犊戏溪边,骏马拉犁忙。
盈耳渔歌来,撒网在河湾,
　　轻波吞笑语,馈送鱼一船。
飞来一群燕,恋歌绕三圈,
　　呢喃情自啼,报春到河谷。

全诗对春到伊犁河谷给农、牧、渔业带来的勃勃生机描绘得颇有声色，它能给人以美的享受，并激发人们对边疆社会主义土地上的劳动生活的由衷喜爱。正如王国维说的"一切景语皆情语"，《春到河谷》的诗情尽在"景语"中。

组诗《伊犁河谷》是用汉语写的，通篇是五言四句体，段落多少不拘，押韵但不严谨，整齐而不呆板；它不是格律诗，而是自由体，能够自由地描写与抒发，使整组诗兼有民歌与古典诗歌的韵味。有的诗段如《杏花烟雨》中的"风吹烟云起，山村挂竹帘，云雨浓酣处，柳绿花正艳"，简直是一帧绝妙的山村烟雨图。

除郭基南外，锡伯族还有不少老中青三代诗人作家。哈拜（姓哈拉尔氏，本名哈焕章，新疆塔城人）由于长期生活工作在哈萨克族地区，对哈萨克族生活十分熟悉，其作品多取材于哈萨克族人民的当代生活。他写了很多诗，如《唱吧，阿肯》《小毡房，你好》等，都是既有生活又有诗情的佳作。他还创作了电影文学剧本《牧道新歌》，为锡伯族文艺创作引进了新的艺术形式。近年来，他多从事文学翻译与研究工作，出版了《阿拜诗选》、论阿拜创作的文章及其他哈萨克民间文学译作。他任《民族文学研究》主编期间，继续为我国少数民族文学的发展做多方面的贡献。高凤阁（姓高士吉瓦）出生于黑龙江双城县一个农民家庭。十九岁时参加了本地半农半艺的长影戏小班子，走乡串屯为农民演出，并开始了快板、小曲的创作。新中国成立后，写诗和小说。一九五八年发表的短篇小说《垫道》，茅盾在《短篇小说的丰收和创作上的几个问题》一文中给予了较高的评价，认为充满"时代的气氛""富于风趣"。随后他又发表了小说《小管天》《一条麻袋》等受到读者的重视。在锡伯族诗人中还有：玫善二十世纪五十年代初曾出版了诗集《除夕》；玲夫则是解放初期活跃于新疆诗坛的一位年轻诗人，一九六二年去世，留下长篇叙事诗《华连顺和墨尔根芝》（新疆人民出版社出版）和《一棵沙枣树》；佘吐肯的《我是锡伯人民的歌手》《世世代代铭记毛主席的恩情》等亦在群众中有广泛的影响。另外，老作家乌扎拉·舒慕通以民间传说为题材创作的中篇小说《莲花的故事》和反映新疆三区革命的长篇小说《杭鲜保的故事》为锡伯文学的小说创作做了新的开拓。党的十一届三中全会以后，锡伯文学领域又陆续出现了一批年轻的诗人作家，他们能够紧跟时代文学的前进步伐，思想活跃，观察和表现生活的角度新颖多样。他们的创作展现了新时期文学的姿容，为锡伯文学输送了新的血液。

除创作外，文学翻译在锡伯人民的文化和文学生活中占有重要位置，是锡伯文学创作不可或缺的养料，如长篇说唱诗《三国之歌》就是在我国古典名著《三国演义》锡伯文译本的影响下创作形成的。锡伯人自幼习用几种语言，翻译是作家成长和提高的重要途径。中外的许多文学名著，尤其是汉文作品，都源源不断地译成锡伯文。即使在十年浩劫期间，还有人不顾个人安危，自费翻译印刷《红楼梦》《水浒传》等巨著。许多年来，锡伯族人民通过文学翻译，从我国以汉族为主的各民族文化宝库及世界文化宝库中吸吮着精神的乳汁，丰富和提高着本民族文化与文学的水平。在这方面做出了重大贡献的是中国作家协会会员、文学翻译家忠禄。他也曾创作过短篇小说《节日里》等作品，并在发掘整理锡伯民族文学传统、研究评介锡伯现、当代文学方面做出了积极而有效的努力。

一九八六年

载《新疆师范大学学报》一九八七年第三期

新疆当代多民族文学扫描

新疆当代多民族文学之页是在新疆和平解放的欢呼声中掀开的。随中国人民解放军进疆的汉族文学工作者和刚刚获得解放的原新疆各民族文学工作者会聚合流，一支多民族的文学队伍初步形成。这支队伍，在党的领导下，一方面认真学习毛泽东文艺思想，认真执行党的文艺政策和民族政策，积极投身于剿匪反霸、土地改革、开荒造田等火热的斗争生活，一方面积极进行反映新生活的文学创作。在新疆维吾尔自治区成立之际，文学事业经过新生活阳光的沐浴，欣欣向荣地发展起来了。今天，在全疆各族人民欢庆自治区成立四十周年的日子里，我们回顾四十多年所走过的风雨路程，不能不为当代多民族文学的辉煌成就感到高兴，也不能不为处在困境中的当今文学现状忧虑，并努力探索文学再造辉煌的新的路径。

新疆多民族的当代文学，经历了两度相对繁荣的时期：建国后的十七年和改革开放的新时期。一大批各民族作家和优秀作品诞生了，这些优秀之作不断走出新疆，走向全国，走向世界；同时，我国与世界文学中的优秀之作，也不断被译成民族文字，成为新疆少数民族人民享有的精神财富。

十七年的文学创作，在诗歌、小说、散文等方面都留下了一批经过历史的汰选将为人们长远铭记的优秀作品。

小说：赛福鼎的《吐尔地阿洪的喜悦》，祖农·哈迪尔的《锻炼》，郝斯力汗的《起点》《牧村纪事》，权宽浮的《牧场雪莲花》，周非的《多浪河边》，邓普的《军队的女儿》《老猎人的见证》等等。

诗歌：艾里坎木的《天亮了》，铁依甫江的《唱不完的歌》《祖国，我生命的土壤》，克里木·霍加的《柔巴依》，库尔班阿里的《从小毡房走向全世界》，郭基南的《伊犁春色》等等。

散文、报告文学、革命回忆录：刘萧元的《克拉玛依散记》，王玉胡的《哈萨克民间诗人司马古勒》以及老将军们的《出塞曲》《塔里木行》《飘动的篝火》《刘亚生》《李狄三》《藏北轻骑兵》等等。

在文学阵地的建设上也从无到有，逐渐扩大。除各种文字的报纸都设有文艺副刊外，自治区还先后创办了《塔里木》（维吾尔文，一九五一年）、《曙光》（哈萨克文，一九五三年）、《天山》（汉文，一九五六年，后改为《新疆文学》）。新疆人民出版社各种文字的编辑部都出版了大量文学作品。在培养造就文学创作队伍，繁荣文学事业上起到了重要的作用。

正是在文学创作和文学事业开始发展的基础上，一九五七年五月中国作家协会新疆分会正式成立。这是我国成立较早的作协分会之一，也是新疆最早成立的文艺协会。

至于新时期的文学，因其逐步摆脱了“左”的文艺路线的束缚而有更快更大的发展，呈现出壮阔多彩的文学态势。

先看阵地的扩大：恢复了“文革”中停刊的《塔里木》《新疆文学》（后改为《中国西部文学》）、《曙光》《启明星》与《文学译丛》，又创办了《柯尔克孜文学》（柯文）、《新疆民族文学》（汉文，后改为《民族作家》）、《边塞》等刊，还创办了一批地州市级文学刊物，兵团还有《绿洲》《绿风》。阵地的扩大是文学创作力量迅速增长的表现。再看作家队伍的扩大：作为十七年间创作主力的老作家进入新时期后，都陆续创作出一些有影响的作品；二十世纪六十年代或文革期间初出茅庐的一大批作家这时已步入中年，成为文学各领域成绩斐然的中坚力量，其佼佼者的创作成果无论在数量、质量及影响范围都超过了前辈作家；而在新时期才开始学步的文学青年，也逐渐显露锋芒，成为一支十分活跃的生力军。文学队伍真正形成为一支多梯队的大军。据统计，一九五七年作协分会成立时，有会员八十四人，其中少数民族五十八人，占近百分之七十；一九八〇年召开第三次作代会时有会员二百九十七人，一九八九年作协四代会时七百四十五人，目前（一九九五年）已达一千一百四十五人，比开始时增加十三四倍。其中少数民族会员八百零八人，占百分之七十强。已成为全国作家协会会员的有一百三十六人，其中少数民族会员八十七人，占百分之六十四，充分体现了创作力量的迅速增长。

至于创作本身，则更加纷繁多样。由于获得了创作自由，作家们可以自由地吸收新时期以来来自国内外的新的文学营养，写自己所熟悉的事物，开始了富有个性的艺术追求和探索。创作思想、创作方法、表现手法及题材范围都大大拓展；现实生活、历史风云、风土人情、地域风貌、民族文化心理素质、民族交往与友谊以及在改革大潮、市场经济浪涛中的社会百态、人生百态、内心百态，都有所表现。文学作品中体现出的感情、思想、风格呈现出较多的差异，在时代特色和民族（地域）特色的把握上逐渐有所增益与突破，优秀作品不断涌现。

其主要特色表现在：

一、小说与诗歌创作并列成为文学创作的主流，其中长篇创作取得了突破性的成绩。

一九八〇年至一九九四年，全国少数民族文学举办过四次评奖，获奖的作品与作家，就是新时期以来最优秀的作品和作家。他们是：《战斗的年代》（长篇）、《博格达爷爷》（中篇集）、《五彩缤纷的世界》（中篇）的作者柯尤慕·图尔迪；《刀郎青年》（短篇）、《探索》（长篇）、《沙枣树窃窃私语》（中篇集）的作者祖尔东·沙比尔；《喀什之夜》（长诗）、《苏醒的大地》（长篇）的作者乌铁库尔；《爱情篇》《故乡抒怀》（诗）的作者铁依甫江；《随感》《夏日拉尔山》（诗）的作者克里木·霍加；《心的叮咛》（诗）的作者艾里坎木·艾合坦木；《拥抱吧，他是你的父亲》（诗）的作者买买提力·祖农；《祖国哺育我》（诗）、《黎明抒情》（诗集）的作者乌斯满江·沙吾提；《繁星的故乡》（长诗）的作者阿尔斯兰；《真挚的爱情》（长诗）的作者穆·萨迪克；《帮助》（儿童文学）的作者吐尔逊·买买提；《欢腾的小河》（中篇）的作者艾海提·吐尔迪;《流沙》(中篇)的作者穆罕默德·巴格拉西;《那醒来的和睡着的》(短篇)的作者阿拉提·阿斯木;《白头巾的神女》(长诗)的作者库尔班·巴拉提;《高尚人的颂歌》(散文)的作者阿合买提·依明;《路漫漫》(诗集)的作者买买提·夏吾东;《啊!无情的河》(中篇)的作者艾合坦木·吾买尔;《这不是梦》(中篇)的作者买买提明·吾守尔;《这就是青春,这就是爱》(诗集)的作者阿不都拉·苏来曼;《时代的感召》(诗集)的作者铁木尔·达瓦尔提(以上维吾尔族)。《巨变》(长篇)、《灵感的源泉》(中篇)的作者乌拉孜汗·阿合买提;《争执》(中篇)的作者孔盖·木哈江;《她的梦幻与现实》(长诗)的作者库尔班阿里;《故乡》(中篇)的作者贾克斯勒克·萨米提;《纪念碑》(诗)的作者乌买尔哈孜;《努尔曼老汉与猎狗巴力斯》(短篇)、《哦,十五岁的哈丽黛哟》(短篇)的作者艾克拜尔·米吉提;《致导师》(诗)的作者夏侃;《秋云》(诗)的作者赛里克·哈甫什克拜;《英雄博克》(长篇)的作者夏莫斯·库马尔;《祖先的遗产》(中篇集)的作者居玛拜·比拉勒;《金色的山坡》(诗集)的作者玛哈孜·热孜旦;《首领之女》(中篇)的作者阿合买托拉·哈里;《草原风情》(诗集)的作者扎达汗·蒙巴依;《急旋》(诗集)的作者哈里木·哈那皮亚(以上哈萨克族);《朋友》(短篇)的作者白练(回族);《摔跤手赞》(诗)的作者加·巴图那生(蒙古族);《向牧马人敬礼》(诗)的作者阿曼吐尔·巴依扎克;《南行抒怀》(诗)的作者吐尔干拜;《苦寒的心》(短篇)的作者阿尔曼诺娃(女);《生命》(中篇)的作者艾斯别克(以上柯尔克孜族);《彩色的花环》(诗)、《摘星人》(散文报告文学)的作者郭基南(锡伯族);《月夜》《军队的女儿》(诗)的作者泰来提·纳斯尔(乌孜别克族);《帕米尔的欢乐》(诗)的作者木尼·塔比勒迪(塔吉克族)等。

长篇小说在新疆少数民族创作中历史很短,一九七六年维吾尔族作家柯尤慕·图尔迪的《克孜勒山下》和一九八一年哈萨克族作家贾合甫·米扎尔汗的《理想之路》的出版,标志着维吾尔、哈萨克族长篇小说正式诞生。其后在短短的十几年中,这两个民族的长篇小说如雨后春笋般地生长起来。据统计,目前正式出版的新疆少数民族创作的长篇小说就有一百八十部,其中还有多卷集长篇问世。这充分说明新疆少数民族创作力量的迅速崛起。

长诗创作本来是新疆少数民族文学的优良传统,源远流长。粉碎“四人帮”后,长诗获得了丰收,优秀的民族文学传统得到了发扬光大,这是诗歌创作实力雄厚的一种表现。

在汉族和使用汉语的少数民族中也涌现出一批有成绩的诗人作家——如被称为“边塞三诗人”的杨牧、周涛、章德益;讽刺诗《阿弥陀集》的作者石河;《准噶尔诗萃》(诗集)的作者李瑜;《奔驰的灵魂》(诗集)的作者东虹;《葡萄园情歌》(诗集)的作者郭维东;《无愧的歌》(诗集)的作者杨树;《丝路情诗》(诗集)的作者洋雨;《从天山脚下开始》(散文集)的作者刘萧无;《王震传》(传记)的作者王玉胡(主笔);《将军塞上曲》(小说集)的作者安静;《胡杨萧萧》(长篇)的作者周非;《香岛除夕》(小说集)的作者朱定;《石板屋》(中篇)的作者赵光鸣;《大漠草青青》(小说集)的作者唐栋;《西部女郎》(长篇)的作者徐特生;《困兽》(中篇集)的作者王刚;《风雪马啼声》(小说集)的作者李宝生;《林基路》(长篇)的作者王嵘;《西部浪漫曲》(散文集)的作者吴连增;《情醉旅程》(散文集)的作者赵天益;《高原跋涉者》(散文集)的作者李志君;《绿太阳》(报告文学)的作者丰收,还有《瀚海潮》(长篇)的作者满族作家何永鳌,《故乡的新月》(诗集)的作者回族诗人杨峰等。

二、一批中青年作家诗人的作品在全国获得好评。

二十世纪七十年代后期开始的新边塞诗人群从八十年代初起,在诗坛迅速崛起,成为全国当代诗歌界引人注目的重要流派,其雄浑、豪放、开阔、粗犷,富有阳刚之气和绚丽色彩的诗风,为我国新诗输入一股强劲的生命活力,杨牧、周涛、章德益等人的众多优秀诗作和诗集,如《我是青年》《复活的海》《神山》《马蹄耕耘的历史》《鹰之击》等,在全国一次次获奖,他们的作品及对其作品的评论,不断在许多全国最重要的文学报刊上刊登并译介到国外。在新疆作家的创作中，是最具有全国影响并走出国门的群体。进入八十年代后期，其边塞诗创作势头减弱，而转向了散文耕耘，杨牧的长篇散文《西域流浪记》、周涛的散文《稀世之鸟》《游牧长城》等不断问世，为我国散文写作奉献出一种更自由洒脱、更富有含量的新品种。

在小说、散文、报告文学等领域，新疆的中青年作家的创作，也不断获得全国的好评与奖励，如小说《努尔曼老汉与猎狗巴力斯》（艾克拜尔·米吉提）、《天山深处的大兵》（李斌奎）、《兵车行》（唐栋），报告文学《塞外传奇》（孟驰北、张列）、《安危所系》（李广智、龚建设）、《创世纪》（丰收），散文《美向雪山深处寻》《阿尔泰山探宝》（马建勋）、《镶在天涯的珍珠》（吴连增）等，就分别获得全国性小说报告文学奖；赵光鸣的中篇小说《西边的太阳》和曾明了的中篇小说《风暴眼》，都因具备浓郁的西部特色和艺术上的新颖独创受到我国文学界的注目，分别为两篇作品在首都召开了研讨会，被视为西部小说的力作。

中年诗人、作家阿尔斯兰、章德益、夏莫斯·库马尔、托乎提·阿尤甫四人获得一九九一年度"庄重文文学奖"就是我区作家获得全国影响的力证。

三、文学评论成为文学队伍中一支重要的不可或缺的力量，对新疆文学创作的发展起着明显的推动作用。

新疆的文学评论是文学创作中后起的事业，二十世纪五十年代末六十年代初才崭露于文学界。新时期开始后，形成了一支力量可观的队伍，在新疆作家作品评论、少数民族文学研究、新边塞诗及西部文学探讨、文艺理论的阐述普及等方面做出了明显的成绩，并不同程度地扩大或辐射至艺术评论方面，出版了《新疆兄弟民族文学评论集》《新疆作家作品论》《文学评论选》等数十本文学评论集和文艺理论著作，其中成绩较突出、影响较大的文学评论家有雷茂奎、阿不都秀库尔·图尔迪、阿不来提·乌买尔、陈柏中、周政保、张越、买买提·祖农、买买提·普拉提、邢煦寰、阿吾力汗·哈里、马合木提江、丁子人、浩明、王仲明、艾尼瓦尔·阿不都热依木、夏冠洲等，他们都发表过大量文学评论文章，出版过一本或数本评论集与理论专著，其中《鉴赏与探讨》(陈柏中)、《民族文学漫评》(张越)、《论维吾尔小说创作》(买买提·普拉提)三书,获全国当代少数民族文学研究“优秀著作奖”;而周政保关于西部文学与当代文学创作的评论,在西北地区乃至全国文学评论界都有相当的影响。他们还参与了《中国大百科全书·中国文学》卷、中国文学大词典、《当代中国少数民族文学作品选讲》《当代中国少数民族文学史》《中国少数民族文学作品选》等十多种全国性的重要辞书、高等院校教材的编写,对把新疆的优秀作品与作家推向全国起到了重要的作用。

四、青年文学工作者大批涌现,创作呈现出勃勃生机。这是近十年来陆续走进文坛并将以创作成熟的姿态跨入下世纪的一代。这代人赶上了一个好时代,一开始就比较活跃甚至多产。他们起步时面临着纷纭复杂的新思潮,吸收了较多的西方文学营养,因此创作中无论是思想内涵还是艺术表达都较新颖。但由于对底层人民生活了解不足,对现实生活理解不深,祖国文化与语言的修养不够,致使他们的创作必须在把握现实和民族化方面狠下功夫,才能有长足的进步和更健康的发展。

新疆文学四十多年来确实群星闪烁、百花争艳;然而也不只一次地遇到过困难与挫折。目前,在商品经济大潮的冲击下,正在转型期的文学又面临尴尬的生存状态:优秀文学人才的不断流失,经费的困难和相当一部分人在当前形势下的浮躁不安情绪;生存方式的改变,创作中人文理想的淡化与媚俗趋利倾向,影响了文学活动的开展和创作质量的提高,突破性的精品力作太少。要走出当前的困境,不仅需要党政文商的共同努力与合作,也需要文艺工作者特别是从事文学创作的作家们排除干扰,以自我奉献的敬业精神对待自己所从事的事业。我们的国家是欣欣向荣、蒸蒸日上的,文学的困境绝不会长久地持续下去,有些地区的文学已经走出困境,他们的经验值得我们借鉴。我们应努力创造比昨天更加辉煌的今天和明天。

一九九五年八月九日

载《新疆日报》一九九五年十一月十五日

民间文学论析

在深入挖掘
各少数民族民间文学资源
的基础上进行分析评论
既具有独特的价值
又是一种开拓性的研究
对新疆少数民族神话的探索
改变了人们
“新疆无神话”的传统观点
开启了一扇
挖掘认识
新疆少数民族
神话宝库的大门

新疆少数民族神话初探

新疆有没有神话？这是迄今没有得到很好回答的问题。通常人们总说:新疆无神话。这样说不无道理,因为我国人民并不了解新疆有什么神话,居住在新疆的各少数民族有什么神话,至今也未出版过新疆神话方面的书和研究新疆神话的著述。

然而由此断定新疆没有神话,那也是没有充分道理和依据的。现今居住在新疆的多数是少数民族,是与我国主体民族汉族操不同语言、使用不同文字,有着不同文化传统、生活习惯、宗教信仰的民族。这些民族,除维吾尔族外,多数使用文字较晚,古代文学多以口头文学的形式流传下来,而民间口头文学大部分还没有搜集、整理、发表出来和广大读者见面,研究工作也没有很好地开展。因此,断定新疆没有神活,未免为时过早。

就目前已知的情况看,应该说,新疆有神话,新疆许多少数民族有神话,有的民族神话还是很丰富的。在我国汉文的古籍中,在记载有关新疆和新疆少数民族的史料中,有一些零星的神话资料;而就维吾尔族古籍记载来说,虽然自八世纪起,伊斯兰教传入新疆后,对新疆地区固有的非伊斯兰教文化给予了摧毁性的扫荡,但是毕竟还有极少数幸存下来的古代文献、文学作品,这其中,也多少保存一点古代神话的片断。至于解放后陆续发表的新疆各少数民族的民间文学作品中,虽然纯粹的神话甚少,但在民间传说、故事、史诗中,却保留了不少神话片断。由此可以推断,至今尚流传在各族人民中间的口头文学,其中不可能没有神话和神话片断。

此外，根据我国古代神话的情况推断，新疆应该有较丰富的神话。新疆，这块位于我国西北部古称“西域”的地方，对于上古时期的中国人们，是一个迷人的处所，是众神群居的神话世界。我国记载古代神话资料较多的几部古籍，如《山海经》《楚辞》《穆天子传》《列子》《淮南子》《神异经》《拾遗记》《搜神记》等书中，有不少关于昆仑的神话，诸如理想之中只能神游的极乐世界——华胥氏之国；华胥氏之女踩了雷神的足印，生了天神伏羲；黄帝是居住在天山上的神鸟，昆仑山是黄帝的下都，下都下面有弱水，四周有火山；昆仑山上有楼、有门、有树、有井，有守门的兽，有管服饰的鸟，有天梯三层，沿梯可达天廷；山上有花园，美丽异常，站在山上，可以观赏四方天下景色，并可见到瑶池。昆仑山还住着西王母；传说中的穆天子乘坐八匹骏马拉的车子，参观黄帝的宫殿，并到了太阳的住处崦嵫山，会见了西王母，在瑶池设宴款待她……昆仑神话是我国古代神话的重要组成部分，昆仑山犹如希腊神话中的奥林匹斯山、北欧神话中的阿司加尔山一样重要。这些情况，表达了我国古代人民对新疆这块土地的神往，也许，这些神话本来就是在这块神话般的土地上诞生的。

鲁迅在论述神话的产生时说：“昔者初民，见天地万物，变异不常，其诸现象，又出于人力所能以上，则自造众说以解释之：凡所解释，今谓之神话。”①这就是说，神话是人类处在童年时期的产物，“是远古时代的人民所创造的反映自然界、人与自然的关系以及社会形态的具有高度幻想性的故事。”②

这种具有远古时代特点的新疆少数民族神话，现在能看到的，大致有以下几类：

一、关于创世的神话；

二、关于族源的神话；

三、关于英雄伟业的神话；

① 见《中国小说史略》，人民文学出版社 1952 年出版，第 22 页。

② 见钟敬文主编《民间文学概论》，上海文艺出版社 1980 年出版，第 166 页。

四、关于灵魂的神话。

关于创世神话

这是指解释天地怎样产生,人类及万物、自然界中种种现象是怎样产生的神话。这种神话,在一切民族中都是有的,新疆各少数民族也不例外。只是由于没有很好地流传下来或者尚未搜集、发表出来,我们至今看到这方面的神话,只有哈萨克、维吾尔族有一些,而比较完整的,只有哈萨克族《迦萨甘创世》①一则。这则神话与我国古代创世神话有许多相似之处,也有它自己的特色。

《迦萨甘创世》中说,在创业之前,世界混沌一片,无天无地,只有创世主迦萨甘,是他首先创造了天和地,并将天地作成三层:地下层,地面层和天空层。后来天地又慢慢长成七层,并且慢慢长大;为了解决天地黑暗一片的问题他又用自身的光和热做了日和月,给世界带来光明。为了解决地不甘心在下,总是摇晃不定的问题,他将天地固定在其大无比的大青牛的犄角上。然而当大青牛将大地从一个犄角倒换到另一个犄角上时,却发生了地震,为此,他拿大山当钉子,将大地牢牢地钉在大青牛的角上。创造了天地日月之后,迦萨甘还用黄土造人,继而又造狗及飞禽走兽、花鸟虫鱼,还栽种"生命树",树长大后结出茂密的叶子——灵魂,它像鸟儿一样,有翅膀,能飞翔。将灵魂吹入泥人中,人便有了生命,人类之父、人类之母就这样诞生了。尽管迦萨甘创造了世界万物,使大地呈现生机勃勃的美好景象,但终不能主宰一切,对破坏人类美好生活的黑暗恶魔,却不能进行有效的控制,只能派日月追赶抗击黑暗,抗击无效,还得亲自弯弓射箭,结果造成了自然界中的雨雪(日月这一对男女恋人因不得团聚而悲伤的相思之泪)、雷鸣(射箭声)、电闪(射箭时发出的火光)、陨石(坠落的箭镞)等现象。

这则创世神话,和我国古代神话中:"天地混沌如鸡子,盘古生其

① 载《新疆民族文学》1982年2期。

中，开天辟地，阳清为天，阴浊为地”的神话，女娲抟土造人的神话，是很相似的，表现了人类祖先对世界万物那种原始朴拙的认识。迦萨甘和盘古、女娲一样，在这里都是原始自然神。然而也有自己的特点：一是迦萨甘不像盘古、女娲一样没有形象，而是带有人的某些特点，是一个初具人形的大神，有四肢和五官中的眼耳口舌，而且能各司共功能：眼能看，耳能听，舌头能说话，手能拉牛捏小人、给小人挖肚脐眼，并能弯弓射箭；二是迦萨甘更具有创世主的资格，故事更完整，天地日月、人狗鸟兽、树木灵魂、雷电雨雪等等，都被他创造出来了；三是带有明显的游牧民族生活的特色，如所造之地，起初只有“马蹄”那么大，地固定在大青牛的角上等等，完全是牧人的眼光。继人之后，狗在飞禽走兽、花鸟虫鱼之前被造出来，而且是用人的肚脐里的泥屑造成的，对人十分忠实驯顺，也是牧人的感情。此外，迦萨甘除派风雷水火山与土地等各民族都有的神外，还派了主宰马牛羊驼的神，以保护牲畜的繁衍兴旺，这也是反映了牧人的愿望和需要。至于吹人灵魂，追击黑暗之说，在我国，古代神话中没有，倒和外国一些神话故事，如《古兰经》的故事中，真主为阿丹注入生命，与魔鬼易卜利斯斗争等类似，或许是受伊斯兰教影响的结果。

关于族源的神话

在新疆的柯尔克孜、塔吉克、维吾尔、哈萨克等民族中，都有关于民族起源的传说，这些传说中，也保存有古代神话的某些内容，反映了这些民族处在原始阶段对于自己祖先的认识水平。

在柯尔克孜族著名的英雄史诗《玛纳斯》①的开头，叙述了这样一个故事：满素尔和阿娜尔兄妹，被人诬蔑成夫妻。国王怒而绞死两人，并将他们的尸骨烧成灰烬，洒进溪流中，变成银色的泡沫。这时公主和大臣的女儿共四十个姑娘，正在溪边玩耍，她们喝了溪水，怀孕了，生下二十个男孩，二十个女孩。这四十个男女长大结婚后，便

---

① 见《玛纳斯》1961年印刷的资料本。

繁衍成柯尔克孜族。“柯尔克孜”即四十个姑娘的意思,公主生的儿子便是玛纳斯的祖先。《柯尔克孜族人的由来》[①]这则民间故事,其基本情节和《玛纳斯》的开头几乎一样。这里的兄妹结婚等描写,虽然已经明显地打上了后世文明时代、阶级社会的烙印,然而故事的核心——姑娘饮水受孕——却清楚地反映了原始人的思想认识,保留了最初的神话面目。

塔吉克族中,至今仍流传着“克孜库尔干”即“公主堡”的传说,说的是古代波斯王做梦,梦见一个美丽的少女,来自东方太阳升起的国家。国王派大臣按梦中所见东寻,原来是汉家中国的公主。中国皇帝许嫁后,在公主一行前往波斯途经帕米尔时,因战乱留住在这里的高山上,并派警戒日夜守卫。待战乱平息,请公主起驾时,却发现公主怀了孕。原来每日中午,从太阳上下来一个美男子与公主相会。为此公主一行无法去波斯,便留住在帕米尔。不久公主生下一个男孩,男孩长大后,被人们拥戴为国王,这就是塔吉克的祖先和公主堡的来源。这个故事表达了塔吉克人民对于本民族起源的神秘遐想,应该说是古代神话的衍化。这个故事,和一千多年前,唐代名僧玄奘去印度取经,途经帕米尔时,听到朅盘陀国国王自云“汉日天种”的说法大同小异。《大唐西域记》中这样记载:

> 此国之先,葱岭中荒川也。昔波利剌斯王娶妇汉土,迎归至此。时属兵乱,东西路绝,遂以王女置于孤峰,极危峻,梯崖而上,下设周卫,警昼巡夜。时经三月,寇贼方静,欲趣(取)归路,女已有娠。使臣惶惧,谓徒属曰:“王命迎妇,属斯寇乱,野次荒川,朝不谋夕。吾王德感,妖氛已静。今将归国,王妇有娠。顾此为忧,不知死地。”……时彼侍儿谓使臣曰:“勿相尤也,乃神会耳。每日正中,有一丈夫,从日轮中乘马会此。”……于是即石峰上筑宫起馆,周三百余步。环宫筑城,立女为主,建官垂宪,

① 载《柯尔克孜族民间故事》一书,新疆人民出版社1981年出版。

> 至期产男，容貌妍丽。母摄政事，子称尊号。……子孙奕世，以迄于今。以其先祖之世，母则汉土之人，父乃日天之种，故其自称汉日天种。①

一千多年前就有“汉日天种”的说法，表明这则故事确实是很古老的，它完全可能是塔吉克祖先关于人的诞生的神话演变，是古代神话在后世阶级社会被改造利用的结果。

维吾尔族的古代文献《乌古斯可汗的传说》②，是十三、十四世纪在古高昌回鹘汗国（今吐鲁番地区）用回鹘文写成的散文夹韵文的英雄史诗。这部史诗，保存了维吾尔人民关于族源的神话。其中说，维吾尔人的祖先乌古斯，是一个无夫的女人阿依可汗生下的男孩。这个男孩长得很神奇：青脸、红嘴、红眼，黑眉、黑发、牛腿、狼腰、貂肩、熊胸，全身长毛，而且只吃了母亲的初乳③就不吃奶了，四十天就长大成人了。这是一个半人半兽的神，为民族的发展创造了惊天动地的伟业。

这里的阿依可汗无夫而孕，和上面两则神话中姑娘饮溪水怀孕、姑娘与天神结合怀孕的故事，和我国古代传说中，殷民族的祖先契是有娀氏的女儿简狄吞了燕子蛋而生，周民族的祖先后稷是有邰氏的女儿姜螈在野外游玩，踩了大人的足迹而生，秦始祖大业是颛顼的孙女女修吞了玄鸟蛋而生，天神伏羲是华胥国姑娘去雷泽游玩，踩了雷神的足迹而生等等神话传说是一样的，不是“感生”，就是“卵生”。这是原始氏族社会人类只知有母，不知有父的思想的反映，是母系社会的产物。根据这种认识，哈萨克族传说中，英雄叶尔吐斯特克是其母吃了天赐的马胸肉而生④，柯尔克孜族传说中，巴依西和江尼西是母亲吃了天神赐予的鸡蛋而生的金发和银发儿子⑤的故事，自然也是古代的神话了。

---

① 见玄奘《大唐西域记》卷十二《朅盘陀国》，向达辑，中华书局影印。

② 此传说有耿世民译的《乌古斯可汗的传说》，新疆人民出版社 1982 年出版，有阿不都·秀库尔、郝关中合译的《乌古斯传译注》，载《新疆文艺》1979 年 3 期。

③ 指只吃一次奶。

④ 见《哈萨克族民间故事》一书中的《叶尔吐斯特克勇士》，新疆人民出版社 1982 年出版。

⑤ 见《柯尔克孜族民间故事》一书中《巴依西与江尼西》。

在这里,《乌古斯可汗的传说》中,有两点值得注意:其一是,乌古斯有两个妻子,一个是天上降下的一道蓝光变成的少女,他俩结合,生了三个儿子,一个叫太阳,一个叫月亮,一个叫星星;另一个妻子是湖水中树洞里的少女,他俩结合,生了三个儿子,一个叫天,一个叫地,一个叫海。从这一情节看,说不定乌古斯在更早的神话中,就是一位创世神,是他创造了日、月、星、天、山、海和人类,蓝光或许就是天神,树洞里的少女或许就是树神,只是后来逐渐演化,才慢慢人化了,变成半人半兽、半人半神的民族始祖。其二是,乌古斯和树洞里的少女结合生子这一情节,与我国古代神话中天仙之女皇娥,游于西海之滨、穷桑树下,遇见了自称白帝之子的少年,两人弹琴嬉戏,结合而生少昊的神话,有些类似。这两则故事都发生在我国的西部,故事是否同源,是否是同一神话在不同民族中流传的结果?或许,乌古斯就是我国古代神话中西方天帝少昊的父亲?

在族源的神话中,还应包括图腾崇拜的内容。古代原始人最早的生产是采集和狩猎,他们脱离动物界不久,其生活离不开动物。对动物的超人本领既恐惧又羡慕,因而以人的感情、意志、愿望来推测动物,产生了动物崇拜,把动物想象成神,往往把自己的祖先说成是某种动物,或是某种动物与人交配产生的,如瑶族传说中的祖先就是狗——盘瓠。在《乌古斯可汗的传说》中,记述了乌古斯率领臣民出征时的诏令中说:"让苍狼作为我们的战斗口号"。在他出征途中,亮光中出现一只苍毛苍鬃的大公狼。这只苍狼一直为乌古斯引路,使他取得了节节胜利。在传说中,狼是吉祥的、胜利的象征,这实际是维吾尔人古代狼图腾崇拜的反映。《新唐书·回鹘传》中有"可汗恃其强,陈兵引子仪,拜狼纛而后见"的记载。[①]《新唐书·突厥传》中有:"牙门树金狼头纛,坐常东向"的记载[②]。《周书·突厥传》也有"旗纛之上,施金狼头,侍卫之士,谓之'附离',夏言亦狼也。盖本狼

① 引自冯家升辑《维吾尔史料简编》(上册)。
② 引自冯家升辑《维吾尔史料简编》(上册)。

生,志不忘旧①"的记载,并有一段突厥起源的神话:

> 突厥者,盖匈奴之别种,姓阿史那氏,别为部落。后为邻国所破,尽灭其族。有一儿年且十岁,兵人见其小,不忍杀之,乃刖其足,弃草泽中,有牝狼以肉饲之。及长,与狼合,遂有孕焉。彼王闻此儿尚在,重遣杀之。使者见狼在侧,并欲杀狼,狼遂逃于高昌国之北山。山有洞穴,穴内有平壤茂草,周回数百里,四面俱山,狼匿其中,遂生十男。十男长大,外托妻孕,其后各有一姓,阿史那即一也。②

这些汉文记载,与《乌古斯可汗的传说》相印证,说明在古代维吾尔人的祖先中,确实有关于狼是祖先的神话。

哈萨克族也是古代突厥人的后代。哈萨克族民间故事《乌热勒的故事》③中,有三只灰狼将忠厚的青年牧人乌热勒引到了狼的王国,国王将其女儿变成美丽聪明的姑娘,嫁给了乌热勒,并帮助乌热勒战胜阴险好色的汗王和凶残无比的魔王。这狼国和狼女不就是神国和神女吗?这一则故事是解放后在新疆木垒县搜集到的。木垒在吐鲁番地区的北面,参照古籍记载,更能说明,古代突厥人,特别是生活在高昌地区的突厥人,确实有狼的神话。

与此类似,哈萨克人传说是白天鹅的后代。其中有一传说讲道:在古代一次征战中,一个年轻的将领渴昏在戈壁沙漠之中。后来他在朦胧中看见一只白天鹅,引导他走向湖边。青年得救了,白天鹅也变成了一位美丽的姑娘,他们结合了,生了个男孩,取名哈孜阿克(白天鹅),后来音变为哈萨克。哈孜阿克后来又生了三个儿子,这就是历史上哈萨克的三个部落"大玉兹""中玉兹""小玉兹"的始祖。④ 有关天鹅的故事在哈萨克族中是很多的,《骑黑骏马的肯德克依勇士》⑤中,就有六只白天鹅,她们住在遥远的天边。在宽宽的天河中间的一

① 引自冯家升辑《维吾尔史料简编》(上册)。
② 引自冯家升辑《维吾尔史料简编》(上册)。
③ 载《哈萨克族民间故事》一书。
④ 见《哈萨克民族名称的传说》,载《新疆民族文学》1982年2期。
⑤ 载《哈萨克族民间故事》一书。

个小岛上，有一个仙人国。六只白天鹅就是仙人国国王的六位公主，其中最小的公主和肯德克依结成了夫妻。这说明，古代哈萨克确有白天鹅的神话，许多白天鹅的故事，都是这个神话的演变或者是它的组成部分；也证明白天鹅是古代哈萨克人崇拜的图腾。

关于英雄伟业的神话

在新疆各民族的民间故事中，有不少歌颂英雄伟业的故事。这些故事中，英雄都有非凡超人的本领，他们在神和神物的帮助下，战胜了种种险恶（包括魔鬼），取得了最后胜利，为人类立下了赫赫功绩。他们是被赋予神力的神或半神，而险恶与魔鬼，则往往是大自然中恶势力的化身。

维吾尔族故事《英雄艾里·库尔班》①中，艾里·库尔班是一个半人半兽的神人或动物神，他是人间姑娘和白熊结合而生的“人熊”，长了一身黄毛，能说人话，又通兽语，力大无比，英勇无畏。他的身世，反映了原始初民对于祖先和英雄的认识，是图腾崇拜的一种表现。故事中，他战胜了能吐火、吐水、吐风、吃人的恶龙，战胜了凶恶无比、专吃人类的、有许多魔头的魔王。这里的恶龙和魔鬼，实际上都是危害人类的自然灾害的幻化形象；而帮助艾里·库尔班战胜恶势力的八个英雄徒弟：陆地巴图尔②、戈壁巴图尔、河上巴图尔、山峡巴图尔、凉面巴图尔、冰上巴图尔、磨盘巴图尔、钢铁巴图尔，他们每人都有一种特殊神奇的本领，实际上也都是某种自然力量的神化形象。

哈萨克族的《江尼德巴图尔》③，叙述一个王子江尼德，经历千难万险，找到了他日夜思念的仙女的故事。江尼德是一个受人民崇敬、为人民造福的神人，他降服了一口气能把海水喝干又能变人的巨龙和能看到世界上存在的一切东西的千里眼巨人，并得到巨龙、巨人的

① 载《维吾尔族民间故事选》，上海文艺出版社 1980 年出版。
② 巴图尔：英雄、勇士的意思。
③ 载《哈萨克族民间故事》一书。

帮助，杀死了危害人畜水源的毒龙，吞食人畜的魔鬼。这里的巨龙、巨人和毒龙、魔鬼，实际上是自然威力和自然灾害在原始人们意识中幻化出来的形象。故事中的仙女，原是一只雪白闪亮的鸽子，她脱去羽衣就会变成一个漂亮的姑娘。鸽子住在大海中的小岛上的宫殿里，有仙猴守护着。她在洗澡和睡觉时都要脱去羽衣，一旦丢了羽衣，就不能变成鸽子了。她早就爱上了江尼德，并帮助他战胜仙猴。江尼德抓住了羽衣，结成美满的夫妻。这个故事，使我们想起了织女和七仙女的神话，和上面说到的白天鹅的故事以及柯尔克孜族的金头白母羚羊的故事①，可能都是从古代的仙女神话演变而来的。

哈萨克族的《叶尔吐斯特克勇士》，名字本身就体现出神话的特点。"叶尔"即男子，"吐斯特克"即马胸肉，是母亲吃了天赐的马胸肉而生的神人。这个故事情节复杂而神奇，主要叙述年轻英俊的叶尔吐斯特克勇士，在结婚的喜宴上，被魔王的女儿看中，魔女及其佣人妖婆，施展魔法，设置魔障，还和地底世界凶残的汗王相勾结，千方百计地想制服勇士，使勇士伏伏贴贴地和他一起生活。然而勇士英勇果敢，坚强不屈，富有神力，忠于爱情。他靠妻子陪嫁的神马、神骆驼、黄金盔甲三件珍宝，并以英勇善战赢得了地下蛇王和风腿英雄、灵耳英雄、快手英雄、搬山英雄、大肚英雄、神眼英雄的帮助，战胜了地下最凶残的汗王，以助善除恶的壮举，赢得了神鹰的帮助，最终战胜了魔鬼和魔女，终于回到了自己的家，和妻子团聚，过着美满幸福的生活。

这些描述英雄伟业的神话，表现了原始社会的生产斗争，人类征服自然的愿望和坚强不屈的气概，和我国古代神话中"女娲补天""羿射九日""鲧禹治水"等是一类的神话，即自然神话。还有一类描述英雄伟业的神话，主要表现原始社会人与人之间的矛盾、部落之间的征战，是记录英雄的武功的，如我国古代神话中黄帝战蚩尤、颛顼伐共工的事迹一样。这里的主人公——英雄神，是具有两重性的神，既有自然力的属性，又获得了社会的属性，这是自然神的发展，是晚于自然神的新神话。

---

① 见《柯尔克孜族民间故事》中的《英雄交奥达尔的故事》。

哈萨克族的《为人民而生的勇士》[1]和《骑黑骏马的肯德克依勇士》,是反映部落之战的神话。前者德里达西勇士依靠父亲给予的钢刀、弓箭和神马,并得到大鹏鸟的帮助,战胜了魔鬼及其助手会飞的毒龙,找到了被盗走的金头银尾骏马,消灭了掠夺自己家乡和亲人的仇敌;后者肯德克依勇士为了寻找被敌人掠走的乡亲,经过千难万险,终于胜利归来。故事中会说人话、吃虎奶长大又能洞知天上地下一切事物的神奇的黑骏马,仙人国,白天鹅公主,仙人国王的御马下驹及金尾马驹被巨大无比像天上乌云一样的神鹰卷走,仙人国里的火焰河、火焰山,善于变幻的妖婆,凶残无比的巨狮,七个脑袋的魔鬼,等等,组成了一个曲折生动的神话世界。这是新疆少数民族故事中我所看到的最完整的天国的神话。

柯尔克孜族的《七汗的故事》《英雄的青年》《英雄交奥达依的故事》[2]等等,也充满了神话般的幻想,实际上就是柯尔克孜的神话。《七汗的故事》中青年英雄达尼格尔,为了征服奴役天下各部族的强大敌人,铲除压迫本部族人民的统治者,解救被无辜囚禁不得出嫁的美丽善良的姑娘,他战胜了难于想象的困难,终于取得了完全的胜利。故事中,青年英雄的善变(变云雀、雄鹰、巨人,化为蓝烟、油脂、轻风),计有七层、直通地心的地底世界,地底世界的守门的卫士独角兽和独眼女妖、胸腔中有龙箔(闪光的大镜子)的巨龙,飞起来比闪电还快的大鹏,其大如山、行走如飞的黑神骆驼,刀枪不入、一动会使整个世界毁灭的黑神鱼,以及其他各类神奇的能工巧匠、妖魔鬼怪,组成了一个地上地下色彩缤纷的神话世界。尤其是对地下世界的描写,是很出色的。比另一个集中描述地下世界的哈萨克族神话《叶尔吐斯特克勇士》更富有神奇的魅力,它的描述,使我们联想起中国古代神话中的幽冥世界,想到了烛龙神和既是鱼又是鸟的鲲鹏。

乌孜别克族的《熊力士》《英雄拜戴勒》《科里契卡拉》[3]、塔吉克

---

① 载《哈萨克族民间故事》一书。

② 载《柯尔克孜族民间故事》一书,新疆人民出版社 1981 年出版。

③ 载《乌孜别克族民间故事》,新疆人民出版社 1983 年出版。

族的《玉枝金花》①等等，也是这类歌颂英雄伟业的神话。

记载英雄伟业的神话，在新疆少数民族民间故事中，是较丰富的，也是最绚丽迷人的一部分。当然，这类神话，已经不能完全保持它本来的面目了，而揉进了后世社会甚至是阶级社会的某些因素。然而，用历史唯物主义的观点去分析解剖，仍然能够把它们从后世编讲的故事中分立出来，还他以原始神话的真面目。

关于灵魂的神话

恩格斯在论述原始人的意识活动时曾说过："在远古时代，人们对于自己的身体结构一无所知，由于梦境的刺激产生了一种表象，以为他们的思维和感觉并不是他们身体的一种活动，而是人生时居于体内、死后离开身体的一个独特的灵魂的活动。"②茅盾在论述原始人心理的六个特点时，更具体地谈到这个问题。他说："相信人死后魂离躯壳，仍有知觉，且存在于别一世界，衣食作息，与生前无异"；"相信鬼可附于有生的或无生的物类，灵魂亦常能脱离躯壳而变为鸟兽以行其事。"③正因为原始人有这种认识和心理，因此在他们的神话中，也常常有关于灵魂活动的内容。

关于灵魂的神话常常是一个完整的神话中重要的和精彩的一部份。

英雄有灵魂。叶尔吐斯特克有灵魂，是一块磨刀石，江尼德有灵魂，是一把宝刀。磨刀石是叶尔吐斯特克的妻子送给他的定情物，也是结婚证明，英雄一天也离不开它。有了它，两人就能成夫妻，失了它，夫妻就会被拆散。为了帮助魔女得到叶尔吐斯特克，妖婆威逼勇士的父亲，拿到了磨刀石；勇士为了夺回磨刀石，才掉进了地缝里，来到了地底世界。待他战胜魔女，回到家园时，他和妻子都已变成白发

---

① 载《新疆民族文学》1984年2期。

② 见《马克思恩格斯论宗教》29页。

③ 见《神话杂论·人类学派神话起源的解释》，载《神话研究》一书，百花文艺出版社1981年出版。

苍苍的老头老太婆了。然而磨刀石却使他们恢复了青春，变成了年轻的小伙子和姑娘，和当年结婚时一样；江尼德的宝刀是父王送给他的，能长能短。父王说："这把宝刀就是你的命根子，刀在人在，刀去人亡。如果宝刀掉进水里，你的生命就会停止；如果烧炼这把宝刀，你 的力量就会越炼越强。"后来，他为了捉住化为鸽子的仙女，与保护仙女的仙猴战斗，由于手中的宝刀被打落在地，他失败了，被扔到极远的树林里差点摔死。由于早就钟情于他的仙女的暗中帮助，刀被扔进火中燃烧，他又复活了，而且本领、力气倍增，战胜了仙猴，以后他由于大意，被妖婆盗走了宝刀，扔进地下海，他死了过去，又由于巨人、巨龙的寻找，将宝刀捞回烧炼，他的灵魂才又复归，终于战胜了妖魔。乌孜别克英雄《科里契卡拉》的灵魂也是一把宝刀，妖婆为了害他，千方百计挑唆他的妻子，泄露了他灵魂的秘密，被妖婆盗去宝刀，差一点送掉性命，后来两位哥哥找回他的宝刀，才又使他复活。

魔鬼同样有灵魂。《叶尔吐斯特克勇士》中，九头魔鬼的灵魂，藏在离它很远的泉边。在那儿有四十只野羊，其中一只是黑色的。在黑羊肚子里，有九个小黑箱子，其中一个箱子里装九只小黑鸟儿，这就是魔鬼的灵魂。灵魂不死，魔鬼就不可战胜，即使魔头被砍掉，还会很快长出来。九只鸟哪怕有一只未被掐死，其他被掐死的鸟也会很快复活。勇士为了找到魔鬼的灵魂，颇费了一番功夫，终于抓住善于变幻色彩、极端机警的黑羊，掐死了九只小鸟，战胜了魔鬼。《乌热勒的故事》中，魔鬼的灵魂是一颗红宝石，而且总含在嘴里，只有想办法使魔鬼咳嗽，让他把红宝石吐出来，失去力量，才能战胜它。《英雄交奥达依》中，魔鬼的灵魂是一把纯金的匕首，除这把匕首外，什么都不能杀死它。蒙古族英雄史诗《江格尔》中的恶魔西拉·蟒古斯的灵魂也不附在他的躯干上，而是在一个极隐秘的地方：在一座高高的山顶上，长着金香檀树，树间有三色花丛，花丛中有三只母鹿；中间一只母鹿怀着三只崽，其中一只鹿崽的胸怀里藏着蟒古斯的灵魂。①

---

① 见《江格尔》第十五章《洪古尔出征西拉·蟒古斯》，人民文学出版社 1983 年出版。

在新疆各少数民族的民间故事中，很多英雄在建树丰功伟绩时，都得到了各种神奇动物的帮助。这些动物，由于要报答英雄的救命之恩，答应将来英雄遇到困难时来帮助他。于是便拔下身上的一根鬃毛或尾毛（马）、鹰毛（鹰）、翅膀（蚂蚁）、狐毛（狐狸）、虎毛（老虎），交给英雄（甚至也有妖魔感谢英雄的救命之恩，脱下自己的戒指给英雄的，如乌孜别克族故事《金发少年》中的描述。）一旦点燃毛羽（或放火里烧），它们会立即出现在英雄面前，用自己的神力帮助英雄渡过难关。这些能够点燃的毛羽，是动物身体的一部分，实际上也是"灵魂"的一种表现形式。

自然，在有的故事中，有象征一个人生死祸福的命星（如《巴依西和江尼西》《科里契卡拉》）、花朵（如《开不败的玫瑰花》①）、护身符（如《四十个魔鬼与宰相的女儿》②）乃至梦兆等等，也都是灵魂的一种表现形式，但已减少了原始神话的色彩，而带有象征的意味，甚至于笼罩着宗教迷信的云雾了。

看来，新疆少数民族神话的矿藏还是很丰富的，只是尚未得到很好的挖掘。有些已经开采出来了，但和其他民间文学矿种混生在一起，没有很好地提炼加工。研究工作也是提炼加工的工作。笔者这里只是从已用汉文发表的大量民间文学作品中选取一小部分，进行了初步的也是粗略的研究、归纳，许多有关的问题尚未涉及，待以后有机会进一步深入探讨。我想它也许能起到抛砖引玉的作用，希望这个工作能从此开展起来，让新疆少数民族的神话与全国人民见面。也许前面是无限美好的胜景，通过广大民间文学工作者的辛勤劳动，将已经散乱的神话片断串连起来，整理成一个丰富而完整的新疆神话系统来。

一九八四年孟夏

载《新疆民族文学》一九八五年第二期

收《神话新探》一书（贵州人民出版社 1986 年出版）

---

① 见《新疆民族文学》1982 年第 2 期。

② 同上。

《新疆民族神话故事选》前言

神话，作为原始文学艺术的一种形式，是上古时期原始初民们智慧与创造的结晶，是他们在当时生产力十分低下的情况下，对世界万物所作的想象的、自认为合理的解释，是人类童年时期的艺术创作，是对当时的现实生活进行的不自觉的艺术加工，具有一种朴拙的、粗犷的美，它给当时人类以教育的美的享受。同时给后代留下了一笔丰美的遗产，至今仍然具有很强的艺术魅力，得到人们的喜爱，哺育着各民族后世文学艺术的发展。

世界上各民族在他们发展形成的过程中，都产生过自己的神话，只是由于各种原因，有的民族的神话保存流传下来了，有的民族的神话没有保存流传下来。过去有些外国人曾说"中国没有神话"，事实并非如此。在我国古籍中，记载了大量的神话片段，只不过较零散，不系统罢了，不像希腊与北欧神话那样完整和浩大。因此，几十年来，经过我国神话学者们的努力搜求与研究，已刊布了不少有关神话方面的著述，批驳了那种毫无根据的谬论；现在也有人认为，新疆少数民族没有神话，似乎神话只光顾南方的少数民族。其实不然，新疆的各少数民族同样有丰富的神话，只是由于过去一些民族使用文字较晚，没有记载下来：有的民族即使较早使用文字，但因宗教的更易，特别是伊斯兰教传入了新疆这块土地以后，许多非伊斯兰教的古代文献被禁毁，消失了。神话这种与宗教关系十分密切的原始文化和意识形态，也就必不可免地受到毁灭性的扫荡。然而，值得欣慰的是，在汉文的古籍和古维吾尔文的古籍中，终究还是记载和幸存了一些属于新疆少数民族的神话片段。

应该说,新疆少数民族神话,主要保存在人民口头文学中。尽管伊斯兰宗教意识是那么严酷地排斥着“异端邪说”,但是人民的思想是不能完全禁锢、封死的,人民需要精神生活,他们在世代口耳相传的民间故事、传说乃至史诗中,还保存了一些神话片段。我们是可以从这浩如烟海的民间口头文学中,沙里淘金,淘出神话来的。但是,新疆各少数民族民间文学的搜集、整理工作,一般都起步较晚,又有各种语言文字之隔,因此这种淘金筛选工作就存在着极大的困难,不是短时期内、也不是一下子可以完成的,需要一个较长时期的各民族民间文学工作者的“接力合作”——如果能够较好较快地完成各民族民间文学的普查、搜集、整理、出版、翻译、研究等等环节的“接力”工作,那么,我们就会淘洗出更多更好的神话金子。可惜,现在只是刚刚起步。这本集子就算是起步的一个标志吧!

收在这本书里的,是一些神话和含有神话因素的传说与幻想故事。按以前中外神话学者的理解,这后面一部分,显然不能说是严格意义上的神话,但它们却包孕着神话的片段和神话的精神,可以说,是神话在后世流传过程中演化发展而成的、充满神话色彩的作品;但如果按近年来我国一些神话学者的意见,承认有“广义神话”和“狭义神话”两种神话,那么这本书是否全是神话就显而易见了。然而我的初衷,并非要搞一本神话专著,因此对这些故事未进行严格的划分和理论的探讨,只将原貌呈献于广大读者,由读者和研究者去分析好了。

从这本书所编的神话故事中,我们可以看到:新疆少数民族的神话,还是绚丽多姿的。从神话的类型来看,有创世神话、自然神话、族源神话、英雄伟业神话、灵魂神话、幽冥世界神话,等等。如果从这些作品中表现出来的神的形象来看,那就更丰富多彩了——有开天辟地、搏土造人的创世神迦萨甘与女天神;有按照创世神的指令行事,顶着地球并时时造成地震的公牛和乌龟;有喝了神水、怒吃日、月而造成日蚀、月蚀的大蜘蛛;有好吃懒做、到处流窜、危害人类、被天火烧着而形成流星的懒汉,等等。

有被视为民族始祖的天神,体现着古代人们图腾崇拜的苍狼(有公狼也有母狼)、神树、白天鹅、母鹿,等等;有天神下界与凡人结合的女神:蓝光少女、树洞姑娘、白天鹅(七仙女)、金头白母羚羊、天女和男神、日神美男子、布谷鸟天王子、青蛙天王子,等等。

有帮助人类行善除恶而遭到陷害、做出牺牲的看花神女、赤脚巨人、长翅膀的神马,等等。

有善于变换形体的神;有人与神结合而生的神;也有人与动物结合而生的神(人熊)。

有大自然某种力量的象征的人神:陆地巴图尔(巴图尔,英雄的意思)、戈壁巴图尔、河上巴图尔、山峡巴图尔、凉面巴图尔、冰上巴图尔、磨盘巴图尔、钢铁巴图尔,等等。

有同样是大自然威力化身的动物神:其大无比,能高飞几万里、快飞如闪电的大鹏、神鹰;有一口气能喝完海水、河水或胸腔有闪光的大镜子——龙箔的巨龙(其中包括助人为善的巨龙,作恶多端、危害人类的毒龙,据水为患向人索妻的河龙);有会说人话、有各种神奇本领、能洞悉天上地下一切事物的神马;有其大如山、行走如飞的黑神骆驼;有刀枪不入、一动会使整个世界毁灭的黑神鱼,以及善于变形貌、有各种奇特本领的魔鬼、妖婆、女妖,等等。

有体现出"万物有灵"观念,认为灵魂与躯体可以分开,灵魂不死,生命绝不会亡的各种灵魂:青蛙王子的衣服(皮),魔鬼的红宝石、纯金匕首、戒指,以及马鬃毛、马尾毛、鹰毛、蚂蚁翅膀、狐毛、虎毛,等等。

有饮溪水怀孕、吃神赐的鸡蛋怀孕生子的"感生""卵生"神话;

有叙述天国、仙人国、女儿国、地府、蛇国、狼国、天鹅国、火焰山、火焰河,等等的神境;

有使人能保持永远年轻的长命泉、医治伤病使人精神倍增的仙草、有能使人登上天国的天梯(或树或山) 等等神物。

从新疆少数民族的神话故事中,我们还可以看到不少与我国古代神话(其中包括产生在西域的昆仑神话)相联系、相类似的神的形象、情节和事物，从中使我们能窥见到其中的继承、演变关系：说明我国古代神话中的昆仑神话系统对新疆少数民族民间文学的影响。

创造天地日月人的迦萨甘和女天神的故事，使我们联想起盘古开天辟地、化生万物与女娲搏土造人、单鳌足以立四极的故事。

乌古斯与树洞姑娘结合生子的故事，使我们联想起白帝之子与天女皇娥在西海之滨、穷桑树下游玩嬉戏，生子少昊的故事。

西王母，天池，七仙女下人间洗澡，下嫁凡人的故事，使我们联想起西王母、瑶池会、织女嫁牛郎、七仙女嫁董永的故事。

饮溪水、吃鸡蛋生子的故事，使我们联想起华胥氏之女踩了雷神的足迹生下天神伏羲、姜源履大人足迹生下周氏族始祖后稷的故事。

攀梧桐树登天、爬大山去天国，使我们联想起昆仑天梯；

仙草，长命泉使我们联想起昆仑山上的不死之药；

巨龙，黑神鱼使我们联想起春山的烛龙神；

地府使我们联想起幽冥世界；

公主堡的传说使我们联想起古代西域的朅盘陀国关于"汉日天种"的故事。

艾里·库尔班降伏巨龙并收巨龙为助手的故事，使我们联想起了龟兹王降龙的故事。

交奥达尔箭射金头白母羚羊而得仙女为妻的故事，使我们联想起射摩与海神女相会，围射金头白鹿的故事。

……

这些，不可能都是偶然的巧合。从这些相似之处及其他蛛丝马迹。我们是可以做进一步深入的考察研究，得出科学的合乎实际的结论的。

从此，我们也可以推想，新疆少数民族的神话，本来是很丰富的、很完整的。新疆，这块古老的土地，有着有关昆仑山的许多神话，而且是我国古代神话中众神所居的天国所在地，昆仑山在我国古代神话中，和希腊神话中的奥林匹斯山和北欧神话中的阿司加尔山一样位居显赫。这表达了我国古代人民对新疆这块土地的神往，这神话般的土地上产生的神话，经岁月的流逝而逐渐演变、流传，后来逐渐融汇于新疆各少数民族的口头文学之中，是合情合理、顺理成章的事。看来，新疆各少数民族神话，还大有挖掘、整理的必要。

我们这本书，主要是作为一种面向广大读者群众的文学读物，以增进人们对新疆各少数民族民间文学的了解；同时，自然地，也是必然地，会给中外神话研究工作者提供一些资料，用事实回答某些人因为不了解情况而产生的误解。这就是我们编选这本书的目的。

新疆有众多的少数民族，有些民族，或因为民间文学的搜集、整理、翻译工作做得还不够，或者因为编者受条件的限制和眼界的局限，有些作品还没有搜求到，因此这里编选的，只有五个民族的作品，而且是极不完善的。如果这本书的出版，能引起新疆各少数民族人民群众和民间文学工作者的兴趣和注意，大家一起动手，有意识、有目的地来挖掘民族神话的宝藏，那么这项工作将会有一个大的进展和令人满意的前景，这是编者所希求的。我们相信，这个希望不会是幻想！

一九八五年五月初于乌鲁木齐

《乌古斯传》与维吾尔神话

《乌古斯传》这部英雄史诗，是维吾尔人民珍贵的文化遗产。它以史诗的艺术手法，叙述了乌古斯这位古代居住在天山一带的古回纥——乌护部族的可汗，从出生、成长、结婚、生子到称汗、出征、建功立业、分封疆土、交权退位等一生中的英雄神奇故事。其中包含了不少神话、传说和历史故事，它反映了古代维吾尔人民的生产、生活、习俗、信仰，对我们研究维吾尔族的历史、地理、宗教、文学、语言等，都具有宝贵的文献价值。

《乌古斯传》的整个作品，特别是前一部分，具有浓厚的神话色彩，和我国古代神话、北方诸民族的神话，有很多相同、相通之处。我们有理由推想，史诗在形成过程中，吸收和改造了维吾尔族的先人神话并将它在一定程度上历史化、人格化、故事化了，它并没有完整地保留古代神话的本来面目，这当然是一件遗憾的事，然而，也正因为这样，世代口耳相传，容易变异失传的古代神话，才得以部分地保存记录下来，成为我们今天考察维吾尔古代神话的重要资料，这又是值得庆幸的事。事实上，《乌古斯传》是我们目前所能见到的最具有神话研究价值的历史文献。

乌古斯——创世神的影象尚存

《乌古斯传》开头，对刚刚生下来的乌古斯相貌形像的描绘，是非凡神奇的。他“脸色是蓝的，嘴像火一样红，眼睛是粉红色的，头发、眉毛是黑色的”，“腿长得像牛腿，腰像狼腰，脊背像黑貂的一样，胸脯像熊的一样，全身都长着毛。”①以后，他只吃母亲的初乳后就不吃奶了，长得飞快，具有天生神奇的本领，能够轻易战胜危害人类的凶猛的野兽——独角兽和天鹰。这就使他具有充分的神性了。而他和天上降下来的一道蓝光中的姑娘结合，生下了太阳、月亮、星星，和水滨树洞中的姑娘结合，生下了天、地、海，又令我们联想到创造天、地、日、月与万物的创世神。

哈萨克族神话《迦萨甘创世》②中的迦萨甘，其长相和人差不多。他先创造了天和地，以后因天地漆黑，寒冷无比，就又用自身的光和热，创造了太阳和月亮。乌古斯和迦萨甘，两者都似人而奇特，都使天地日月得以诞生，其身份和本领何其相似！我国古代有盘古开天辟地、化生万物的神话，盘古不仅使“浑沌如鸡子”的天、地分开，而且死后“左眼为日，右眼为月，四肢五体为四极五岳。”③乌古斯和盘古也有许多相似之处。从目前《乌古斯传》的记述看，乌古斯是娶妻生子，而不像迦萨甘和盘古是创造和化生。但乌古斯是一个无夫的女子阿依可汗生下来的，这是人类远古时期“只知有母，不知有父”情况的真实反映，而这种母系社会时期正是产生神话的时代。乌古斯的长相，特别是他的脸和“天”是一样的蓝色（有译作青色），也带着天神的味儿。因此，可不可以说乌古斯生子的故事，就是更古老、更原始的乌古斯创造日、月、星、天、山、海的神话演化发展而逐渐人格化的结果呢？我认为，这种可能是有的，是符合人类社会和思维发展的科学规律的。如果我们尚无充分的理由断定，但至少我们从《乌古斯传》中的记述，已隐约地看到了创世神的影象。乌古斯说不定就是源于更早的创世神，或者，乌古斯就是更原始的创世神。

---

① 引自阿不都秀库尔、郝关中译《乌古斯传》，载《新疆文学》1979 年第 3 期，以下引文皆出自此译文。

② 载《新疆民族文学》1982 年第 2 期。

③ 转引自袁珂《神话选译百题》一书。

树洞姑娘——树神母亲的化身

《乌古斯传》中说：乌古斯可汗外出打猎时，看到前方湖水中间有一棵树，树身罅洞中有一位少女，独自坐着。乌古斯见了，爱上了她，并娶为妻子，生了三个儿子。这段叙述，使我们想起我国古代西方天帝少昊诞生的神话：少昊的母亲是天帝之女皇娥，她织布织累了便出来游玩，在西海之滨一棵万丈高大的桑树下时，被天上的白帝之子看上了。他从天上降到了水边，和皇娥弹唱嬉戏，后来生下了孩子少昊。① 这里，乌古斯爱上了树洞姑娘，和白帝之子爱上了天女皇娥，是何其相似！而且都在西方水边的树下，这是偶然的巧合呢，还是故事同出一源，只是在不同民族中流传，后又经不同文字记载下来，才有如今的差异？也许乌古斯就是白帝之子，就是天神？从这一比较中我们完全有理由推断：乌古斯和树洞姑娘结合的故事，就是一则神话，是我国古代神话的一种变体。

其实，关于树神的神话，在我国北方语诸民族中是广泛流传的。维吾尔人在古代曾信仰过萨满教。萨满教是一种古老的原始宗教，它崇拜树木。在中外史书中，都有古维吾尔人崇拜树木、以树为始祖的记载。伊朗历史学家志费尼在《世界征服者史》中，有一段生动的记述，说古代维吾尔人居住的地方，有两棵大树，"二树之间，忽有小丘，日见增长，上有天光烛照。畏吾儿人近前礼之，闻中有音声，如同歌唱，每夜皆出。剧光烛照，三十步内皆明。增长既成，忽开一门，中有五室，有类帐幕，上悬银网，各网有一婴儿坐其中，口上有悬管以供哺乳。诸部酋见此灵异，向前瞻礼。此五婴与空气接触，即能行动，已而出室，畏兀儿人命乳妇哺之，及其能言之时，索其父母，人以树示之，五儿遂对树礼拜。树作人言，嘱其敬德修业，祝其长寿，名垂不朽。其地之人奉此五儿如同王子……畏兀儿人以诸子为天赐，决奉其一人为主……"②这一人就是维吾尔人的祖先不可汗，又称卜古可

① 转引自袁珂《神话选译百题》一书。
② 转引自冯家升等编《维吾尔族史料简编》第二章。

汗、牟羽可汗。据《世界征服者史》一书引证，意大利旅行家马可·波罗在途经西域时，也听到过树生子的故事，说维吾尔人最早的国王是树瘿所生。①

我国元代《亦都护高昌王世勋碑》也有类似的记载："一夕，有天光降于树，在两河之间，国人即而候之。树生瘿，若人妊身然。自是光恒见者，越九月又十日而瘿裂，得婴儿五，收养之，其最稚者曰卜古（牟羽）可汗。"②

可见，树生子是流传在北方诸民族中的一则古老神话。《乌古斯传》是十三世纪的回鹘文抄本，与《世界征服者史》《亦都护高昌王世勋碑》的写作大致属同一时代。这里，树生子变成了树洞姑娘与乌古斯结合生子，更科学化，历史化了，神话色彩稍有减退，人性的色彩随之增强。但我们由此可以推断：树洞姑娘生子是从古代神话演化而来的。

时至今日，维吾尔人民中，仍有关于树的神话在流传。在伊犁察布查尔地区搜集到的《神树母亲》③中叙述：一个妖怪吃掉了牧羊老人，又要霸占他的女儿。姑娘为逃脱妖怪的追逐，奔至大树下祈求保护。大树听了姑娘的哭诉，便敞开了自己的胸怀，像打开了两扇门一样，把姑娘藏到树洞之中，再合上树身，使姑娘安全逃脱了妖怪的追逐。最后，神树把姑娘交给了神仙老人——雪山之父，向着太阳升起的东方，寻求幸福去了。这则神话中，树是善良人们的保护神。据说，古代维吾尔人，特别是妇女，都崇拜千年大树，称大树为"神树母亲"，把她视为妇女、儿童的保护神，遇有不生孩子或其他疾病灾难，都要向神树母亲祈祷，并把各种颜色的布条、头巾之类，挂在树枝上，把大树装扮得十分漂亮。由此可知，以树为神灵的神话，在北方诸民族中，是广泛流传的，这是我国古代北方各民族神话的重要组成部

① 转引自郎樱《论维吾尔英雄史诗〈乌古斯传〉》，载《民族文学研究》1984 年第 3 期。

② 转引自冯家升等编《维吾尔族史料简编》第二章。

③ 引自阿不都拉搜集、姚宝瑄整理稿。（编者按：这篇神话现已正式发表在《民间文学》1985 年 9 月号）

分。《乌古斯传》中的树洞姑娘就是树神的化身和演化。这个神话融汇进史诗中,既增强了它的科学价值,又增加了它引人的艺术魅力。

苍狼——祖源神话的再现

《乌古斯传》中,乌古斯向他的臣民们发布诏令,其中有这样两句话:

我们的族标是"吉祥",
我们的号令是"苍狼"。

苍狼,按原意是和天一样颜色的狼,这已把狼神化了。这里,又把"苍狼"与族标放在同等尊崇的地位上,可见苍狼在乌古斯的心目中是何等地神圣,在其部落臣民的心目中是何等地神圣!在古代,只有神圣而受人崇拜的人物和东西,才会作为战斗的"号令",以鼓舞士气,激发将士们团结一致、奋勇杀敌的。

后来,乌古斯率领大军去征讨乌鲁木可汗途中,在慕士塔格山下休息后准备出发时,出现了一只苍狼,它引导着乌古斯的部队前进。《乌古斯传》中这样叙述道:

翌日黎明时候,乌古斯可汗的牙帐里,射进来像日光一样的一道亮光。亮光里走出一只苍毛苍鬃的大公狼,苍狼向乌古斯可汗讲话了,它说:

嗨哝,嗨哝,乌古斯,
你要去征伐乌鲁木;
嗨哝,嗨哝,乌古斯,
让我在前面来带路!

之后,乌古斯可汗起帐上路了。只见队伍前头,跑着一只苍毛苍鬃的大公狼,队伍紧跟在苍狼的后面走着。走了好几天,苍毛苍鬃的大公狼停下来了,乌古斯和队伍也停了下来。

以后,苍狼一路上时隐时现,一直指引着乌古斯一行前进,什么时候该向前走,什么时候该停下来打仗,乌古斯听苍狼的指令,他对苍狼的引导"心头十分喜悦"。

神奇的苍狼，在乌古斯征讨四方、建立伟业中，是一位保护神，使乌古斯前进有方向，战斗有目标，而且每战必胜。史诗中记述的三次大战役的胜利，都是苍狼引导、启示和保佑的结果。

《乌古斯传》关于苍狼的记述和描绘，反映了古代维吾尔人的图腾意识——对狼的崇拜。

关于古维吾尔人崇拜狼的事实，在中外史书上都有不少记载。《新唐书》中的《回鹘传》和《突厥传》中就有"拜狼纛""树狼头纛，施金狼头，侍卫之士，谓之'附离'，夏言亦'狼'也。盖本狼生，志不忘旧"①的记载。这里"旗纛上树金狼头"与《乌古斯传》中所说的"我们的号令是苍狼"十分吻合。在引导部队前进的大旗上绣金狼头和以苍狼为战斗的"号令"，所含的意义、所起的作用是相同的。

关于"盖本狼生"一事，《周书·突厥传》中记载了这样一段传说：

> 突厥者，盖匈奴之别种，姓阿史那氏，别为部落。后为邻国所破，尽灭其族。有一儿年且十岁，兵人见其小，不忍杀之，乃刖其足，弃草泽中，有牝狼以肉饲之。及长，与狼合，遂有孕焉。彼王闻此儿尚在，重遣杀之。使者见狼在侧，并欲杀狼，狼遂逃于高昌国之北山。山有洞穴，穴内平壤茂草，周回数百里，四面俱山，狼匿其中，遂生十男。十男长大，外托妻孕，其后各有一姓，阿史那即一也。

在《北史》中，也有匈奴王将自己的女儿嫁给天神苍狼、生下的后代就是维吾尔人祖先的记载。十七世纪中亚史学家阿不勒哈孜在他的《突厥世系》一书中，也有关于狼引导战败后的维吾尔人从黑暗中走向光明，把维吾尔人从死亡线上拯救出来的故事②。这些记载，无疑都源于古代维吾尔人关于狼的神活。

至今，在维吾尔、哈萨克等民间流传的故事中，仍然把狼作为神或神人来歌颂和描写。前文提到的《神树母亲》中，当神树把姑娘藏

① 转引自冯家升等编《维吾尔族史料简编》第二章。

② 转引自郎樱《论维吾尔英雄史诗〈乌古斯传〉》，载《民族文学研究》1984年第3期。

进自己的怀抱时,由于是仓促之间合拢的,结果把姑娘的红头巾的一角夹住了,露在了树外。于是,妖怪知道姑娘被大树保护起来了,便拔下一颗牙齿,变作一只大斧,向大树猛砍,致使大树疼痛得流出乳汁一般的眼泪。在这危急时刻,姑娘在树心里默默地祈求神灵保佑。这时,"天上闪过一道光亮,一只苍狼从空中落到离妖怪不远的地方。苍狼的眼睛狠狠地瞪着妖怪,厉声喝道:'罪恶的妖怪,快快离开这里。不然,我就要吃掉你! 妖怪看到苍狼,吓得扔掉手中的斧头,灰溜溜地逃走了。苍狼见妖怪逃走,也就化作一道亮光,不知去向了。"之后,妖怪乘黑夜又变作雪山之父欺骗姑娘,这时月亮出来了,"妖怪抬头一看,只见天空中明亮的月光里,站着一只苍狼"。妖怪吓得拼命挣扎,挣断了魔爪,逃跑了。这里的苍狼,完全是一个天神的形象,和《乌古斯传》里的苍狼很相似。而哈萨克族的《乌热勒的故事》①中,嫁给牧羊人乌热勒的神通广大、善于变换形貌的狼女,虽然不能说是神,至少也可以说是半人半动物的神人,带有更多的人性和社会性,这恐怕是狼神话在后世逐渐演化变异而成的。

从古今中外的众多记载可知,维吾尔人在古时候存在着关于狼的族源神话,而且内容还很丰富;而《乌古斯传》中关于狼的神迹,正是狼神话在史诗中的再现,是狼神话的一部分。

一九八五年四月

载《新疆民间文学研究》一九八六第一期

《民族文学研究》一九八七年第六期转载

① 载《哈萨克民间故事》第 261 页,新疆人民出版社 1982 年出版。

维吾尔族神话典籍及神话种种

维吾尔族主要分布在我国新疆维吾尔自治区，大部分聚居在天山以南的和田、喀什、阿克苏等地区，其余散居全疆各地。现在我国北京及湖南桃源、常德等县，还有三千多维吾尔族人。

维吾尔族人自称 Uighur（维吾尔），意为“团结”“联合”，译名见于汉文古籍者不下二十种。一般以为其先民可追溯到公元前三世纪我国北方游牧民族的“丁零”以及后来的“铁勒”“袁纥”“乌护”“韦纥”“回纥”“回鹘”等等。

不过，其大部分则是活动于鄂尔浑河流域，过着游牧生活，后来又建立了游牧、封建的回鹘汗国。公元八四〇年，回鹘被黠戛斯击溃，汗国灭亡，族人大部分西迁新疆，小部分南下甘肃河西走廊。西迁的回鹘人逐渐由游牧经济过渡到定居农业，并在与当地人与其他民族长期相处中，逐渐发展为现在的维吾尔族。西迁和南下的回鹘人还先后在中亚和新疆、甘肃河西走廊建立过喀喇汗王朝、高昌（回鹘）王国和甘州（回鹘）王国。

维吾尔族先民在过去漫长的历史岁月中，曾创造了丰富的民间口头文学（包括神话传说），但由于没有进行过全面系统的搜集整理，因此至今未见完整的或大型的神话著作。现在已知的，只有古回鹘文文献《乌古斯传》（《乌古斯可汗的传说》）中保留的一些神话的片段。在汉文史书如《北史》《唐书》《周书》等有关“突厥传”部分，元人的《亦都护高昌王世勋碑》及伊朗学者志费尼的《世界征服者史》、蒙古学者多桑《蒙古史》等书中，有一些维吾尔神话的片断记载。解放后，在搜集整理的民间故事中，也包含有少量的神话。据目前已掌握的资料看，维吾尔族有：(1)创世神话，如《女天神创造亚当》《顶地球的公牛》等，这是在解放后整理的民间故事中发现的；(2)族源神话，即狼神话、树神话。在汉文史籍、外国学者的史书、《乌古斯可汗的传说》及民间故事中，都有记载，而且彼此吻合一致，说维吾尔族是狼的后代，树的子孙。根据这些记载和传说可以推断，这是伊斯兰教传人维吾尔族地区之前产生的，是维吾尔族对狼、尤其是对树的崇拜的反映。表现了更早一些时期维吾尔祖先信仰萨满教的事实；(3)龙神话、熊神话、生育女神神话，等等。在我国汉文古籍中记述的有关龙的神话情节，如唐段成式的《酉阳杂俎》中记述的“龟兹王降龙”与解放后搜集整理的维吾尔民间故事“英雄艾里·库尔班”这个“人熊”降龙的故事十分相像。民间传说中的“乌弥女神”与汉文史籍记述的禖神也十分相像。

《乌古斯传》 维吾尔族古代英雄史诗，又作《乌古斯可汗的传说》。最早的抄本是十三世纪在吐鲁番用回鹘文抄写的。通篇以散文为主，夹有韵文。它以史诗的艺术手法，叙述了乌古斯这位古代居住在天山一带的回纥—乌护部族的可汗，从出生、成长、结婚、生子到称汗、出征、建功立业、分封疆土、交权退位等一生英雄神奇的故事。整部作品，特别是前一部分，具有浓厚的神话色彩，反映了古代维吾尔人民中流传的创世神话和关于民族起源的神话，是迄今我们所能见到的保存古代维吾尔族神话最多、最具有神话研究价值的历史文献。史诗中还记载了某些古老的风俗习惯：在乌古斯聚众议事的宴会上，竖立两根木杆，在右、左两木杆顶上，分别放金鸡、银鸡各一只，鸡腿上绑白羊、黑羊，反映了古代萨满教的习俗。史诗中叙述乌古斯与树洞姑娘结婚生子的神话，也反映了古代维吾尔人信仰萨满教，崇拜树木的习俗。

女天神造亚当 维吾尔族具有浓厚伊斯兰教色彩的创世神话。流传在新疆天山以北的伊犁地区和南疆各地。叙述真主的助手女天神，因为有一次忘记了按时向真主祈祷祝福，被真主从天上赶下来，独自在地上生活。女天神用泥土捏了一个男人,但泥人没有灵魂,不会讲话,她便祈求真主赐给泥人以灵魂。真主念女天神曾为自己做过不少事情,又已经认错,就满足了她的要求,向泥人吹了口气,于是泥人变成了亚当。女天神又用亚当的一根肋骨创造了一个女人,起名夏娃,让她做亚当的妻子。从此地球上有了人类。

顶地球的公牛 维吾尔族创世神话。流传在新疆伊犁地区。叙述女天神吸了宇宙中的空气和尘土后,从嘴里吐出来一个大球,即是地球。地球从天上掉下来,离天越来越远。女天神怕地球掉得太远,连自己也找不着了,便想将地球固定下来。她派一只特别大的乌龟从天上下来,趴在她呼出的"汽"变成的水面上,又命令公天牛从天上飞下来,站在乌龟的背上,用角顶住地球,止住了地球继续下掉。但公天牛顶的时间长了,感到脖子太累,又不能扔掉,只好将地球从一只角倒换到另一只角上。每倒换一次便发生一次地震。

狼的后代 维吾尔族先民的祖源神话。《周书·突厥传》记载:有一年,维吾尔族先民遭邻国入侵,整个部族被消灭了,只有一个十岁的男孩,敌兵见他年龄小,不忍心杀他,只砍掉他的脚,把他扔在草滩上。这孩子在母狼的喂养下,慢慢长大成人,并与母狼交合,使母狼怀了孕。邻国的汗王听说孩子没有死,又派兵来杀他。狼逃到高昌国以北野草丛生的山洞里。后来,母狼生下了十个男孩。男孩长大后,都走出大山,娶妻生子,繁衍后代。《北史》等有关资料记载,匈奴汗王曾筑高台,欲将自己的女儿嫁给天神,最终嫁给了苍狼。至今维吾尔民间尚有崇拜狼的遗俗。

树生子 维吾尔族祖源神话。据元虞集《道园学古录》卷二十四《亦都护高昌王世勋碑》记载,多桑《蒙古史》、志费尼《世界征服者史》引证:维吾尔人祖先居住的土拉河与色楞格河交汇的地方,并排长着两棵大树。一天,树中间冒出一个土丘,一道亮光从天而降,照在土丘上。从此,土丘慢慢长大了,维吾尔人怀着敬畏虔诚的心情走近时,听到一种像唱歌一样美妙悦耳的声音,而且总有一道天光照射在土丘周围。后来,土丘裂开了,中间有五个帐篷似的内室,每间室内都坐着一个孩子。部落首领们以为他们是神，都来顶礼膜拜。孩子遇到空气后，慢慢长大了，走出内室。人们把他们交给乳母喂养。当他们会说话时，一开口就询问父母是谁。人们把他们带到两棵大树前，告诉他们是大树的儿子。孩子们跪在树下祝祷，大树发出人的声音："品德高贵的孩子们，希望你们常到这儿来，尽儿子的孝道。祝你们长命百岁，名垂千古。"这五个孩子中最小的一个叫不可的斤，因为长得英俊秀美，才智出众，又懂得各族的语言文字，被拥立为汗王。神还赐给不可的斤汗王通晓各国语言的乌鸦，帮助汗王了解国情，传递信息。这则祖源神话，透露了维吾尔人对大树的崇拜。

龟兹王降龙　古代龟兹神话。唐段成式《酉阳杂俎》前集卷十四诺皋记(上)记载：古龟兹国王阿主儿有神奇的本颂，能降伏毒龙。那时因龙作祟，使家家的金银宝物都丢失了。国王得知此事，带上宝剑，去往北山卧龙的地方。见龙睡着，想道，我杀死睡着的龙，谁能相信我有神奇的本领呢？便把龙骂醒。龙醒后，变成一只狮子，王坐在龙身上。龙吼声如雷，腾空而起，国王对龙说："你如果不投降，我就斩了你的头。"龙惧怕国王的神力，对国王说："你不要杀我，我可以给你当坐骑，你愿意到哪儿，我就驮你到哪儿。"国王答应了，以后经常乘龙出行。

龙妻索夫　古代和田国的神话传说。据玄奘、辩机《大唐西域记》卷第十二"瞿萨旦那国"记载：在和田城东南有一条大河，是该国农业的命脉。一天，河水忽然断流，国王问及罗汉僧，知道是河龙所为，便去祠中祭河龙。祭祀时，有一女子从水波中走出来说："我的丈夫已经死了，无法听从你的命令。国王如能在国内选一个显贵大臣做我的丈夫，河水就可以像从前一样流淌。"国王说："我知道了，随你选吧。"龙妻便用温柔的目光看一眼大臣。回宫后，大臣决心为国献身，亲赴龙宫。在国王为大臣饯行时，大臣身穿素服，下乘白马，驱马入水。行至中流水深之处，挥起鞭子，水便让开一条路，人马都没入水中。不一会儿，白马浮出水面，托出一面旃檀大鼓和一封信函，让国王将鼓挂在城东南，如有敌来，鼓会自动响起来的。这则神话，在唐代段成式《酉阳杂俎》一书前集卷十“物异”中也有记载。

神灵及其他形象

苍狼 维吾尔族祖先崇拜天神。在维吾尔古代文献、英雄史诗《乌古斯传》中记载,乌古斯可汗出征时,规定将狼作为“号令”,而在在征战中,都有一只苍狼引导着军队前进,使军队战胜危难,走向胜利。《突厥世系》一书中也有类似的记述。在汉文史书的有关突厥、回鹘的传记中,也有“盖本狼生”“拜狼”“树狼头纛”“施金狼头”、阿史那氏即狼的后代等记述。至今,在维吾尔民间还流传有神化苍狼的传统故事,并形成了崇拜狼、视狼为勇敢无畏的象征的心理特征。在农村还有这样的习惯,人们生了儿子时说:“生了一只狼”,头生孕妇铺狼皮褥子,婴儿出生后,在脖子上或摇床上挂狼踝骨,人们出远门时带上狼骨,如此等等。

乌弥 维吾尔族传说中的生育女神。相传,居于宇宙上部光明之国(天)和下部黑暗之国(地)中间,赐予人类光明、幸福和子嗣;为孕妇所崇奉;等同于我国古代汉文文献中所记述的“禖”神——保护妇女儿童的女神。

维吾尔古代谚语说:只要你真诚地向乌弥女神祈祷,你就会得到幸福和孩子。

树神 维吾尔族神话中的女神。维吾尔族祖先崇拜树木,视古老的榆树和胡杨树为神树。在我国元代《亦都护高昌王世勋碑》、伊朗历史学家志费尼的《世界征服者史》中,都有“天光降于大树”,大树生了五个儿子,即维吾尔人的祖先卜古可汗五兄弟的传说。或说维吾尔人的祖先是树瘿所生。由此推测,维吾尔族古代有树神的神话。至今还流传有神树母亲保护无辜少女免遭妖怪之害的神话故事。民间把神树母亲视为保护妇女儿童的女神,尤其是妇女,常在遭到灾难不幸或不育时,向大树祈祷,并把五颜六色的布条或其他珍爱的物品挂在树枝上。

乌古斯可汗 维吾尔族古代英雄史诗《乌古斯传》中记述传说中

的祖先形象，一个半人半兽形的神。他是无夫之女阿依可汗生下的男孩，长相神奇，成长飞快，很小的时候就能轻易地战胜危害人类的独角兽。他有两个妻子和六个儿子：一个妻子是天上的蓝光变成的少女，生了太阳、月亮、星星三子；一个妻子是湖边树洞里的姑娘，生了天、地、海三子。后来乌古斯率领臣民出征四方，一路上以苍狼为号令，由狼引导，克服危难，走向胜利，征服并分封了许多国家和领地，最后将自己的疆土财产分给了六个儿子。

艾里·库尔班 维吾尔族神话故事中的英雄。其母是一个人间的姑娘，一次在山中砍柴，被白熊掠去，关进山洞，后生下了艾里·库尔班。他长相似人，但一身黄毛，人称人熊。后来他弄清事情的真相，杀死父亲白熊，与母亲逃至人间。他力大无比，曾与恶龙搏斗，斩断龙首，还消灭了吃人的恶魔。

庆·吐米日 维吾尔族神话故事中的英雄。他和妹妹生活在一起，是一个勇敢的猎人。在妹妹因借火种遭到恶魔残害而无力反抗时，他在妹妹、红鬃烈马和狮子狗娃的配合下，战胜了凶恶的喝人血的七头恶魔，争得了人类的生存权利。

一九八八年

载《中国各民族宗教与神话大辞典》

（学苑出版社 1990 年出版）

帕米尔高原的传说

——略论塔吉克民间故事

世代生息在帕米尔高原上的塔吉克人，怀着自豪的感情，把自己的民族称为王冠①上的人。的确，如果把世界比喻为一个国王的话，那么作为世界屋脊的帕米尔②高原，不就是巨人头上的王冠吗？

塔古克族是我国多民族大家庭中不可分割的一个成员。两千多年前，在张骞通西域、丝绸之路繁荣昌盛的时期，塔吉克人的祖先就统属于中原王朝，千百年来，一直守卫着祖国的西大门。如今有两万六千五百多人③，多数居住在高原东部的“塔什库尔干”④塔吉克自治县，少数分散在南疆的莎车、泽普、叶城、皮山等地，与维吾尔族、柯尔克孜族、汉族等人民世代共处，共同开发和保卫祖国这片神圣的土地。

塔吉克人民所操语言——色勒库尔语与瓦罕语，属印欧语系伊朗语族东支，无文字，历史上曾采用过波斯文，现通用维吾尔文。其文学主要是口头流传的民间文学、民歌、叙事诗、民间故事、传说等，构成了塔吉克文学的主体。在塔吉克人民中间传诵着许多优美动人的传说故事，表现了塔吉克人民的生活斗争和爱憎感情，表达了人民的理想、愿望和美好情操，具有深切的现实意义和浓厚的浪漫主义色

---

① 塔吉克，是民族自称，在民间传说中，是王冠的意思。
② 帕米尔，古波斯语，意为平屋顶。
③ 据1982年7月1日统计。
④ 塔什库尔干，塔吉克语，意为石头城堡。

彩,是一笔宝贵的精神财富,值得珍视。

解放后,特别是近几年来,不少塔吉克民间故事被陆续搜集发表。这些故事,具有多种类型:有叙述事物来历的传说,有表现人与人之间现实生活关系的写实故事,有通过超自然的神奇力量曲折表现现实人间生活的童话、神话等幻想故事,还有通过动物之间的关系表现人生哲理教训的寓言。在这些故事中,表现了丰富的社会内容,塑造了一些动人的艺术形象,是我们认识塔吉克民族、社会和了解塔吉克文学传统的宝贵资料。

社会生活的曲折反映

一、关于贫苦劳动者和封建统治者的矛盾斗争

在传说《鹰笛》[①]中,叙述了一个祖孙三代都是著名猎手的娃发一家,辛辛苦苦猎获的珍禽异兽,都被主人无偿地全部夺去。因稍有不满,祖父被打死,父亲被烧死,自己唯一的财产——祖传的猎鹰,也要被主人抢走,面临无法生存的境地。因为他们一家世代都是主人的家奴。在《忠贞的友谊》中[②],叙述了一个被沉重的赋税压得喘不过气的农民,因衰老被赶出王宫,几乎饿死的故事,也描述了一个贫苦的年轻人,因还不起借债,被财主看守在划地白圈里,这是即将变成奴隶,失去自由人身份的表示。《水晶宫》[③]这一神奇色彩极浓的故事中,阴险狠毒的右丞相,屡次向国王进谗言、献诡计,逼迫一个贫苦的青年猎人,为国王找来大批的水晶石和山猫皮,建造华丽的宫殿。《一根缰绳的故事》[④]里,一个狡诈的毛拉竟施用魔术,使一个向他求知识的小伙子变成牛马羊,卖给穷人。这人变的牲畜,一旦解除具有魔力的缰绳,就会在半夜变成白鸽,飞回毛拉家中。毛拉就以此坑害

① 载《新疆兄弟民族民间故事选》,新疆人民出版社1979年出版。
② 同上。
③ 载《新疆民族文学》1983年第2期。
④ 载《民间文学》1983年第2期。

百姓，骗取钱财。而在《金姑娘》[1]中，有钱的巴依竟明目张胆地逼迫他的牧工将热恋中的情人献给自己，并且说："谁家有水不先送到我的门前，谁家有花不先献给我？""我是草原的主人，我的脚一蹬，草原就要翻一个跟头！"

这些故事反映了塔吉克地区野蛮的封建剥削制度和劳动人民的苦难生活，表现了贫苦的劳动者与统治阶级之间的尖锐矛盾。千百年来，塔吉克人民主要以畜牧狩猎为生，兼营农业，生产水平长期处于比较低下和停滞的状态。据史书记载，十七世纪末，塔吉克贵族头人，就强迫人民缴纳赋税，服无偿劳役，进行封建剥削；而伊斯兰教的宗教头目也和封建势力结合，夺得统治权，并被清政府加封，任命为伯克，形成了以伯克为主体的世袭封建统治集团；而各级伯克，不仅从朝廷按季领取"养廉费"，而且封赐给佃役户"诺坎尔"（侍仆），侍仆全家供伯克终生役使，从事耕种土地、牧放牲畜、家务劳动等事宜，有的伯克还蓄养"邓干力克"（像牲畜一样买来的人）。清政府就是通过这些具有明显封建领主性质的各级伯克，统治着塔吉克人民，使生产得不到发展。人民生活极端贫困，没有任何政治权利。[2] 上述故事，明显地表现了这一封建领主式的阶级剥削关系。

然而，奴隶和牧人们是不甘心被压迫奴役的，他们奋起反抗了：娃发在鹰王的帮助下，用鹰翅骨钻三个小孔，做出短笛吹奏，召唤来成群的兀鹰，威胁着奴隶主的生命，吓得他不得不答应娃发的要求，忍痛将大批牛羊分给穷苦的奴隶，使塔吉克人民"第一次过上几天好日子"；那位将沦为奴隶的青年，也在猎人无私的援助下，还清了欠债，恢复了人身自由，并且在猎人即将被国王处死的危急关头，以武力挫败了国王的嚣张气焰，解救了猎人；那贫苦的猎人青年，并未被丞相置于死地，他在聪明而有变身术的贫民孤女的帮助下，一次次战胜了丞相，揭露了丞相们的丑恶行为，并最后以巧妙的"先父来信"，

---

① 载《新疆兄弟民族民间故事选》，新疆人民出版社 1979 年出版。
② 参阅《塔吉克族简史》，新疆人民出版社 1983 年出版。

借国王之手杀死了丞相，为民除了害。那善施魔法的毛拉的阴谋，被贫苦牧民的女儿识破，在买牛时连拴牛的缰绳一起买下，揭穿了骗术，解救了受害的小伙子，取得了胜利；而那位蛮横好色的巴依，也最终被年轻牧人杀死……这些故事的结局，表达了人民群众的爱憎和心声。

二、关于青年男女为争取美满自由的婚姻，与封建恶势力（包括恶势力所制造的艰难险阻）的斗争

这种斗争是塔吉克人民在长期的封建压迫下社会斗争、阶级斗争的一个重要方面。

在《开不败的玫瑰花》①中，叙述了一个贪色的国王，想霸占淳朴憨厚的贫苦牧马人的美貌妻子。然而牧马人的妻子聪明机智，她先设计整治了国王派去的丞相，继而又以五颜六色的鸡蛋，彬彬有礼地招待前来她家骋娶自己的国王，并说出了一席睿智巧妙的话，使国王羞愧难当，无言以对，放弃了原先的打算。情节与此有些类似的《能媳妇和她的丈夫》②中，能媳妇则用智换山雀羽毛衣的办法，借王宫众臣的手，杀死了荒淫无道的国王，让穷人青年当了国王；《热娜古丽》③中，美丽的姑娘热娜古丽，非常讨厌一位大臣对她的追逐，却暗中爱上了青年手饰匠，并以巧妙的方法约青年相会。这事被大臣发觉后，以伤风败俗的罪名把两人抓进监狱，企图加害青年，强占姑娘。然而姑娘又用巧妙的办法，战胜了大臣，使大臣落个'欺君'之罪，被下监狱，而自己与心上人结成了美满的婚姻。《四十个魔鬼和宰相的女儿》④中，机智尚武并受父母宠爱的宰相女儿，以"此生只愿守在你们身边，不愿嫁给任何人"为由，巧妙地逃脱了父母包办婚姻，又在"独自过一段捉鸟打猎的自由自在的生活"期间，私下和一位打猎中相遇的救命恩人、青年猎手定了终身。后来她在打猎中，被魔鬼掳去，魔

---

① 载《新疆民族文学》1983 年第 2 期。
② 载《新疆民族文学》1984 年第 2 期。
③ 载《新疆民族文学》1983 年第 2 期。
④ 载《新疆民族文学》1983 年第 2 期。

王要强娶她为妻，她以大智大勇骗过魔王，战胜了群魔，达到了和心上人结婚的目的。那美丽的金姑娘，原是树神的女儿，正值青春妙龄，不堪忍受父亲的禁闭，爱上了青年牧人艾买提，并变成一朵牡丹花，夜夜与牧人在树林中幽会。不久，两人的爱情被树神发觉，也让巴依吐鲁贡知道了。树神对女儿幽禁得更严，并准备加害于牧羊青年，而巴依要夺走牧羊青年的情人，据为己有。在这来自父母和恶势力的双重压迫下，一对情人没有屈服，他们奋力抗争，最后青年被巴依的家丁害死，金姑娘也悲愤地殉情，以死表达了他们对不合理婚姻的反抗。在《鹰笛》①的另一变体，一对奴隶出生的男女青年自由恋爱，被奴隶主知道后，要把他们分别卖到相距很远的两地，使其终生不得相见。他们得知后，连夜逃走，在翻越冰大坂中，姑娘被追来的奴隶主用箭射死。但她死后化为山鹰，日夜陪伴亲手埋葬自己并守护坟墓的情人，后来她（它）在向奴隶主报仇中受伤，临死前告诉情人，用鹰翅骨做成鹰笛，抒发出奴隶的心声，永远陪伴在情人身边。表现了爱情的忠贞和对破坏婚姻自由的奴隶主的反抗。

这几则故事，不管是采取现实生活的描写，还是以幻想的手法表现，不管是悲剧结局，还是喜剧结尾，都表现了争取婚姻自由的思想；在不少这类故事中，最终都是富家女儿、公主和贫苦牧民青年结婚，或王子与穷人女儿结婚。这种婚姻，显然不是现实婚姻制度的普遍形式，也许是人民群众对封建门第婚姻观念的一种蔑视的表现吧？

三、关于各民族之间的友谊

在塔什库尔干，有一个“克孜库尔干”的遗址。关于这个遗址，有一个动人的传说。古时一位汉家公主远嫁波斯王，途经帕米尔时，因战乱留居此地，与太阳上下来的美男子日日相会，怀孕后留在了帕米尔。后来生下个儿子，长大后被当地人民拥立为国王，公主协助国王操持国事，并筑宫城于此处。公主临死前对儿子说：“我是东土之人，

① 参阅《彩云上的人家》（陆茂林著，新疆人民出版社 1980 年出版）一书中《靴里的秘密》《我见到了太阳的子孙》《白甲勇士》等节。

我死后，你把我埋在宫室东方一百步之处，让我的坟墓向着太阳升起的方向。”[①]这个传说和《大唐西域记》中记载玄奘在取经归途中，听朅盘陀国[②]国王称他们的祖先为“汉日天种”是一致的。[③]《斯堪德尔国王和他的继承人》[④]中，将一个汉族人选为塔古克国王的继承人，并受到塔吉克人的拥戴。这同样表明，在塔吉克人民心目中，塔、汉之间有着血肉不可分的关系，是共同建设美好生活的密友。

这两则故事，反映了塔汉两族人民自古就结下的传统友谊。据史书记载：三千年前周穆王西巡舂山（即春山、葱岭）就在当地探望过他的亲戚。因为当地的赤乌氏祖先季绰，是周的祖先盘父的亲信大臣和女婿，受封于“舂山之虱”（虱，侧也）。而据学者考证，赤乌氏就是色勒库尔人[⑤]，即塔吉克人。而朅盘陀国，这个二三世纪出现在帕米尔的西域小国，在我国唐代就在安西部护府的管辖之下。塔吉克人民中关于塔汉友谊的传说故事，是历史真实的艺术再现，是人民群众美好感情的体现。

还有表现塔柯友谊的传说故事。《大同人的祖先》[⑥]中，叙述曾一度遭受外敌洗劫的塔吉克族聚居的大同山谷，只幸存下一个老妇和三个女儿，过着悲惨穷困的生活。后来有三个柯尔克孜族青年小伙子和他们的父亲老牧民到大同游牧，彼此结合，才使大同地区重新繁荣兴旺的故事，表现了世世代代毗邻而居的塔吉克人和柯尔克孜人之间的交往、友谊、团结和共同生活的情景。历史上，塔柯两族人民都生活在帕米尔高原，他们常共同游牧，也有时通婚。因此，在我国明、清之际，塔吉克族常被朝廷误认为是布鲁特人（今柯尔克孜人）的

---

① 克孜库尔干，塔吉克语，意为姑娘城堡，因有公主的传说译为公主堡。参阅《丝绸之路漫步·公主堡传奇》。新华出版社1981年出版。

② 朅盘陀国，又作 盘陀。我国古代西域小国。

③ 参阅《大唐西域记》卷第十二《朅盘陀国》中的记载。

④ 载《新疆民间文学》第三集，新疆人民出版社出版。

⑤ 参阅《丝绸之路漫步·石头城沧桑》。

⑥ 参阅《彩云上的人家》（陆茂林著，新疆人民出版社1980年出版）一书中《靴里的秘密》《我见到了太阳的子孙》《白甲勇士》等节。

一部分,并把色勒库尔人作为西布鲁特十九部之一[①]。

四、关于反对侵略、保卫祖国的斗争

在塔吉克人民中,有好几则《慕士塔格的传说》,其中有一则说:古时候,塔什库尔干遭到邻国暴君的侵略,国王率兵抵抗,大败身亡,人民不堪忍受异族的欺凌。到冬天,一位老猎人领着一批青年,穿戴着白衣白巾,埋伏在敌堡附近。夜间,他们冲进敌人居住的堡垒,将敌人全部杀死。后来敌人又派兵前来镇压,猎人们终因寡不敌众,一个个光荣牺牲。老猎人化为高大的险峰冰山,挡住了敌人前进的道路,其余青年起义军,都化为冰峰,包围了敌人,侵略军不是被压死、摔死,就是被饿死、冻死。那座老人变成的冰山,就是慕士塔格主峰,其余就是围绕主峰的群峰。[②] 这则传说,歌颂了塔吉克人民高度的爱国主义精神,老猎人和青年起义军的形象,正义凛然,威武不屈,高大伟岸,令人崇敬。这是塔吉克人民反对外敌侵略,誓死保卫祖国的爱国行动的真实写照。在历史上,十九世纪三十年代,塔吉克人民就抵抗过浩罕的侵略,他们浴血奋战,其首领阿奇木伯克库尔察克也在抗战中身亡,成为为国捐躯的民族英雄,色勒库尔城也一度失守。但是塔吉克人民并不屈服,他们又在平民吐尔阿沙的领导下,终于战胜了侵略者,收复了自己的家乡。《慕士塔格的传说》很可能就是这一历史事件的艺术再现。

奇幻动人的艺术形象

一、关于国王形象

人民在故事中,一方面揭露了统治阶级的种种恶行丑相,表达了对他们的强烈憎恨;但同时,多数表现阶级对立的故事中,尤其是幻想故事中,对最高的统治者国王,却持保留态度,其形象是较复杂的。

---

① 参阅《塔吉克族简史》,新疆人民出版社 1983 年出版。

② 参阅《彩云上的人家》(陆茂林著,新疆人民出版社 1980 年出版)一书中《靴里的秘密》《我见到了太阳的子孙》《白甲勇士》等节。

一种是，他们虽以被批判的形象出现，但不是凶残无比的坏人，最后都变好了。如那企图强娶牧马人之妻的国王，尚有自尊自爱之心，听了妇人的一番话后，竟放弃了原先的邪念，悄悄返回，并且“亲躬朝政，威德日甚，深受臣民爱戴”。《水晶石》中国王对来献宝的青年猎人还是慷慨礼遇的。他一次次听信丞相的谗言给猎人出难题，也不是有意加害猎人，只是出于聚敛财富、享受荣华富贵的贪心。最后还是他亲手杀死了其坏无比的丞相，并能选贤任能，让猎人当了丞相。在《乞丐、国王和思罕古羽》①中，国王听命于智慧鸟思罕古羽，将财产捐赠给乞丐，还打开金库，救济穷人。故事中还让国王因一时不听智慧鸟的善言相劝，落得服苦役、当樵夫、扮马夫，尝到了贫民百姓的苦楚，变成一个好国王。这些地方正表现了人民的社会理想，希望出现公正廉明的国王，过上美满幸福的生活的愿望。这种愿望还促使他们创造出理想的好国王形象。

《斯堪德尔国王和他的继承人》中塑造了一个贤明君主的形象。这个国王，他每年都把贵族进贡的金元宝，亲自分发给全国的孤寡老人；他体察民情，满足人民的要求，实行富国强兵的措施，廉洁公正地治理国家，使国泰民安，深得百姓拥护。不仅如此，他还能选贤任能，排除阶级偏见和民族偏见，任用一个与人民有血肉联系、廉洁公正、能干而富有智慧的异族王宫守门人为王位继承人。在封建社会，这种国王在现实中是不可能出现的，然而人民却把他创造出来了，这不是为封建统治者涂脂抹粉、歌功颂德，而是人民理想的表现；它反衬了巴依、伯克、奴隶主们对人民的压迫残害，是社会阶级斗争的折射反映。

二、关于妇女形象

在故事中，有不少妇女形象，其中有坏的，如会变魔法的巫婆，把善良的女子杀死，将自己的女儿装扮成良女，嫁给王子（如《金脚姑

① 载《新疆民族文学》1983年第2期。

娘》[1]等)；有阴谋杀害前妻王子，妄图夺取王位继承权的王后(如《忠诚的小马[2])；有贪图淫逸，乘丈夫不在家，杀害亲儿子和商人私通的女人(《神鸟》[3])，有放荡淫邪的巴依老婆《金脚姑娘》)，但是更多的妇女形象却是正面人物，善良、美丽、助人为乐，其中有一些妇女，聪明能干，具有非凡的才能，能帮助自己爱慕的男子(或者丈夫、儿子)解决难题，赢得胜利和美好的结局：如热娜古丽用动作和物件对自己心目中的情人说话，如猜谜语。青年人不懂，而其母亲却深明姑娘的意思，后来也是这位母亲懂得了姑娘让狱卒送去的"信"，来到监狱，并以母子换装，自己扮成儿子留在狱中的办法，制服了大臣，解救了儿子和姑娘。在这则故事中，两位妇女都是智慧超人的。《水晶石》中被魔鬼抢去扔进山中的民间凡女，能预知猎人拾了水晶石会给自己带来祸患，也能帮助猎人出主意制服右丞相，还会用眼泪变水晶石，设法醉倒成群的山猫，替猎人应付国王与右丞相给他出的难题，其助人为乐的精神和超凡的本领是惊人的；《莎衣加玛丽公主的故事》[4]中的公主，被父王赶出宫廷、沦为民女之后，能够同情奄奄一息的穷苦病人，不畏劳苦，上山采药，从而得知穷人的病因和根除疾病的药方，将钻进穷人肚中和藏进深洞中的蛇害消灭，使病人得救，普天下穷人都过上好日子；同时以自己的贤德感化父王，使之幡然悔悟，明白"只有使别人幸福，才是最大的幸福"的道理。那位机智尚武的宰相的女儿，被魔鬼掠去后，能够稳住魔王，取得信任，然后在巧煮魔母、火烧魔宫、智杀众魔鬼、巧揭小魔鬼真相等一系列事例中，显示了她的大智大勇。

为了塑造妇女的美好形象，故事中经常赋予女主人公以神奇的本领，或有变身术，或有宝物，或有其他特殊的本领(如《金脚姑娘》每走一步可掉下一块金砖，死后仍能生子、哺育孩子)等等，这是妇女的

---

① 载《新疆民族文学》1983 年第 2 期。
② 载《新疆民族文学》1983 年第 2 期。
③ 载《新疆民族文学》1984 年第 2 期。
④ 载《新疆民间文学》第三集，新疆人民出版社出版。

美德和人民理想的体现。

妇女的形象一般比男子要聪明能干，才智胆识超群，是帮助男人战胜困难的主要力量。这反映了人民群众要求改变妇女卑下的社会地位、摆脱做男人附属品的强烈愿望；而妇女的才干，正是人民群众在生活实践中积累的知识经验的结晶，对妇女的歌颂正是对人民群众聪明才智的歌颂。

三、关于鸟兽的形象

在塔吉克民间故事中（不包括寓言动物故事）经常出现鸟兽的形象，它们与人生活在一起，会说人话，具有人的思想感情，参与人和人之间的斗争，实际上也是一种人物形象，是具有特殊本领的人物形象，是某种社会力量和自然力量的“人格化”。它们身上，既有鸟兽性、鸟兽的本领，又有人性、人的思想品德。其中，固然有加害于人类的坏形象，如钻进穷人腹中的小蛇，使人饥饿难忍，生命垂危（《莎衣加玛丽公主的故事》）等等，但绝大部分是穷人和善良人们在进行斗争中的知心朋友或得力助手。《鹰笛》中的兀鹰王，宁肯牺牲自己的生命，也不愿离开自己的主人，让奴隶主夺去，并且献出身体，让主人做出鹰笛，帮助穷人获得了一度的胜利。这种忠于穷苦人民的高贵品质，正是劳动人民美德的一种表现，十分感人。我国近代爱国主义诗人龚自珍写诗赞美“落红不是无情物，化作春泥还护花”的高尚情操，这里的鹰王精神就是汉族人民中赞美的“落红”精神。《艾力姆提克》①中的狐狸的机智才干，既知恩报恩、又不死守愚忠的精神，也体现了人民群众的精神面貌和道德准则。《忠诚的小马》中的小马、鸟王、鸽子、老鹫、巨鹰等等，在王子战胜艰难险阻中，都付出了很大力气，体现了劳动人民勤劳、勇敢、智慧和助人为乐等优秀品质，其中思罕古羽的形象塑造得最为丰满、生动，十分成功。

思罕古羽是传说中会说话的智慧鸟。这个鸟，既机智，又知恩必报。当它被乞丐设置的鸟夹夹住时，它给同伴出谋划策，使同伴巧妙

① 载《新疆民族文学》1984年第2期。

地逃脱了,而自已却落入乞丐之手;它求乞丐留它一命,它将报答乞丐。它说到做到,绝不食言,从此开始了在人间的活动。它亵渎神灵,钻进寺院的壁龛,装作神灵,愚弄国王大臣及依麻木们,让他们把从人民那儿剥削来的钱财,无偿地贡献给(其实是归还给)乞丐;它揭发左右二丞相的罪行,亮出了王宫的阴私丑闻,制服了丞相;又迫使国王"打开金库,周济穷人",任用乞丐(穷人的代表)为王宫服务;它有胆识,敢于直言,指出国王的御马不如毛驴,王妃不如侍女,令其改换掉;它有本领,如伯乐一样,有一双慧眼,能透过表面现象,为国王找来千里宝驹,像孙悟空那样,有一身绝技,敢闯魔宫,智斩魔鬼,救美女重返人间,为国王聘娶了理想的王后。当它完成了对国王和王室的一番"改造"之后,当国王接受了它的改革方案并付诸实施以后,便和国王结下了深挚的友谊。后来,当国王和千里驹遇难,它历尽辛苦,自己还付出了一定的牺牲,把国王和千里驹从强盗那里救了出来,"最终使贤慧美丽的王后协助国王,精心治理自己的国家,使人民过着美好幸福的生活",完成了它的大业。这时,思罕古羽不图功名利禄,辞别国王和乞丐,飞到高高的蓝天,回到自己的亲人(鸟类)中间。这个形象蕴含着丰富的思想和深刻的哲理。这种为了解救天下穷人,为了国家、民族的兴旺发达,敢于向神权和王权挑战,又不辞劳苦,奔波操劳,却不图个人荣华富贵、升官发财的品质,正是劳动人民高尚品格的集中体现,是人民群众社会理想和美学理想的集中体现,是人民心目中的理想官吏,政治家。

巧妙引人的艺术表现手法

一、写实与幻想的交织

在我所见到的塔古克民间故事中,除极少数完全用写实的手法叙述故事,表现人与人之间的关系外(即前面所归纳的生活故事),大部分都采用写实与幻想交织的手法,其中有的以写实为主,幻想为辅;有的基本上是幻想的手法,也带有若干写实的叙述。如《鹰笛》中,牧主与奴隶的关系,鹰笛的制作,是写实的,人与鹰的关系,鹰的人格化是幻想的。《开不败的玫瑰花》中，人物之间的关系完全是写实的，而牧马人的妻子有一朵伴随她一起来到世间的神奇的玫瑰花，以及用这朵护身符似的玫瑰花贯穿故事的始终，却又是幻想的。《金姑娘》中，牧人与牧主的阶级关系是写实的，金姑娘与牧人的爱情是幻想的，宰相女儿的爱情是写实的，她战胜魔鬼的描写却是幻想的；《公主堡的传说》中，汉公主的远嫁是写实的，汉公主生子是幻想的。

写实与幻想两种手法交织运用的表现方法，既增强了故事的真实感，又适合理想的充分表达；使故事生动完整，曲折离奇，既在情理之中，有出乎意料之外，大大增强了故事的艺术魅力。

二、多线索的故事连环

有相当一部分故事，主要是幻想性较强的故事，情节比较复杂，组织故事的线索并非一条，而有两条、三条交织在一起，汇成整体，使故事显得内容丰富多彩，情节曲折奇幻，整个故事给人一种如深山探宝，奇境频出，引人入胜、美不胜收的艺术效果。

如《忠诚的小马》，起初写的是续娶的王后企图加害于已故王后所生王子，妄图夺取王位继承权的阴谋。为了要杀王子必须首先杀害与王子同生共死的小马，引出王子和小马的出逃，这是第一条故事线索；王子出逃后的遭遇，引出了鸟王、鸟国对王子的热情招待和以后众鸟帮助王子战胜艰难险阻的经历，这是故事的第二条线索；王子住在鸟国，发现鸽子变美女游泳，引来王子抓住鸽衣向美女求婚、结婚的奇遇，这是故事的第三条线索。这三条线都不是直线发展，而是交错递进、反复勾连，使故事一波未平、一波又起，组成一个色彩斑斓的整体。

《玉枝金花》①中，有三个王子按照父王的梦境，去找神奇的玉枝金花的线索。这条线中，没有找到金花的两个大王子设计杀害了找到金花的三王子，骗得父王的信任，又最后暴露真相，被父王处死，揭示了人间的忠奸善恶的斗争；有三王子不畏艰难险阻，战胜妖魔，救

① 载《新疆民族文学》1984年第2期。

出美女和公主，又和公主完婚，婚后继承王位的故事，表现了为民立功者受人民爱戴的思想；有三王子勇杀毒蟒，救出雏鹰，得到巨鹰帮助，从天宫盗回玉枝金花的故事，表现了助人为乐者会得到别人帮助，取得最终胜利的思想。这三条线索也是互相勾连、交错发展的，它增加了故事的艺术悬念和引人入胜的艺术力量。

《四十个魔鬼和宰相的女儿》有两条线，一条主线，姑娘被魔鬼掳去。为逃魔掌，她多次与魔鬼周旋战斗，每次都是一个神奇惊险的故事，待最后这场战斗，正是决定姑娘命运的关头，也是最困难的较量，引出了另一条线，故事开头就埋伏了的线——姑娘与猎人的爱情。而姑娘要最后战胜小魔鬼，必须取得猎人的帮助。当姑娘与猎人合作揭穿小魔鬼的真面目时，两条线索完全交织在一起，故事也圆满地结束了。

这种多线索的故事连环，不是塔吉克故事仅有的，新疆各少数民族民间故事乃至外国民间故事，都有类似的结构，即复合的民间故事，它使我们想起阿拉伯故事《一千零一夜》的故事结构；而且其情节之神奇与引人入胜，也与《一千零一夜》类似。宰相的女儿战胜魔鬼的某些情节，与《阿里巴巴和四十个强盗》十分相近，这显示了新疆兄弟民族民间文学与阿拉伯民间文学的亲密关系，是一个值得进一步研究的课题。

三、猜谜式的智慧语言

在表现人物的智慧时，故事中常出现一些象征性、猜谜式的对话或动作，一般人不理解，聪明人却深解其意，都善于用此种方式表达自己的思想。如斯坎德尔国王和守门人的对话：

国王问：这座山上的雪是什么时候下的？

守门人答：陛下，是去年才下的。

国王又问：这场雪对庄稼有害吗？

守门人答：不会的，陛下，它能使庄稼长得更茂盛。

国王又说：那么，果实会怎么样呢？

守门人回答：果实会是甜的，就跟陛下你所尝过的一样。

这段回答，大臣听不懂，说守门人撒谎欺君：山上的雪明明是自古有的，怎么能说是去年才下的？国王说他们听不懂两人的对话，并解释了对话的含意："我问他山上的雪是什么时候下的，意思是说他的头发是什么时候开始白的？他回答说是从去年开始白的；第二句话问他年纪大了，对他的差事有没有影响，他回答说，没有影响，只会使他把事情办得更周到一些；第三句话是问他，人民会不会满意他？他回答说会满意的，就像我所知道的那样。"这种谜语式的智慧语言，在热娜古丽的恋爱及战胜波折方面是贯穿始终的。这种艺术表现方式，正如汉族及其他民族民间文学中的考问与对答一样，是一种测验人的智慧的方法，是塑造聪明人非凡形象的一种艺术手段。这种方法，在哈萨克民族民间故事中也常见到，是值得注意的艺术经验。

一九八四年五月

载《新疆民族文学》一九八四年四期

收入《新疆民族民间文学研究》

（新疆人民出版社 1986 年出版）

锡伯族民间故事论

锡伯族是我国一个人口较少的民族，一九八二年人口普查时统计，有八万三千多人。多数居住在新疆伊犁河谷伸展在天山支脉德木里克山北麓的广阔草原地带——察布查尔锡伯自治县和新疆北部的霍城、巩留、塔城、伊宁、乌鲁木齐等县市，还有一些散居在东北的辽宁、吉林的一些市、县内。

锡伯族据说是我国历史上鲜卑族的后代。原居住在东北绰尔河和嫩江中下游一带，是以狩猎和捕鱼为生的民族，后被满洲贵族征服，编入八旗，随军驻防，不断迁徙。一七六四年，清朝政府征调千余名锡伯官兵充实西北边防，来到了新疆的伊犁地区。他们一边戍边，一边屯垦，繁衍生息，形成了新疆的锡伯族。新疆的锡伯族，是现今我国锡伯族的重要组成部分，并且较多地保留了锡伯民族的特点。

锡伯族人口虽少，却是一个文化水平较高的民族。他们曾用锡伯文翻译过《三国演义》《水浒传》《西游记》《东周列国志》《西厢记》等汉族古典名著，文学创作受汉族文学的影响较深，有自己的作家，也有民间文学。

锡伯族的民间故事，解放后虽有人搜集发表过，但始终没有进行过全面普查，因此对它的蕴藏量尚不得而知。笔者所能看到的汉译文就更少了，因此不可能对它进行全面深入的论述，只想就现有的二十余则故事（其中有些很明显的是同一故事的不同变体）作一初步的概括分类，并就其思想、艺术特色和产生时代，作粗略的探讨。

一

从思想内容方面看，这些民间故事，从不同的角度，歌颂了劳动和劳动人民，表彰了他们在反抗阶级压迫中的聪明才智，和他们勤劳、善良、正直、无私的高尚品质；与此同时，辛辣无情地鞭挞了官吏地主、富人财主们的愚蠢无知和贪婪凶狠。从中我们看到了锡伯社会生活的若干投影，大大有助于我们对锡伯族的了解。

表现阶级斗争的现实生活故事，在锡伯民间故事中，是社会价值最高、对人民群众最有教育意义的一部分，如《章京和他的女婿》《秃子》《鹦哥的故事》《把"奇怪"拿来》《巴图、地主和章京》《贪心章京的下场》等等。

故事中出现的剥削者、压迫者的形象是章京、县官、财主，还有阎王，这反映了锡伯社会生活的特点，与新疆其他信仰伊斯兰教的民族有很大不同。

章京，这是官名，是锡伯族社会特有的"牛录"的首领。"牛录"本来是锡伯人被清政府编入八旗后的基层单位，自迁来新疆后，又成为进行屯垦戍边的军事行政编制，相当于一个乡。因为章京都有官赐的土地、"跟丁"，又无偿地使用跟丁做警卫、服杂役、耕种土地，所以章京既是官吏，又是财主，是统治者和剥削者，其封建剥削关系与其他民族中的地主与长工不完全相同。许多故事中所出现的最高的、最有权势的官吏是县官，人民在取得与县官斗争的胜利后，往往要召集全县城的百姓，把县官搜刮来的金银财宝、粮食牲畜，全部分给穷人，不像其他民族的民间故事中最高统治者是国王、皇帝和大臣，也不是最后打开国库、赈济百姓，这又是锡伯族的历史发展特殊情况的反映。因为锡伯族长期在中央政权的直接统辖之下，在历史上没有建立过受中央政权分封的汗国、城邦之国及王权一类有相对独立性的民族的政权。故事中的财主，既占有土地、雇用长工种地，又有牲畜，让长工为其放牧，甚至上山打猎。这种财主身上显然带着锡伯族以农为主、兼营牧业、喜欢打猎等经济生活的特点。故事中还出现了"阎王"的形象。这反映出锡伯历史上曾信奉佛教——喇嘛教的事实。然而故事中的阎王,实际上是财主的形象,是人间财主的幻化和替身。这又表明,锡伯人民并不虔信喇嘛教,而是以批判的态度把"阴""阳"两个世界表现得一个样,都同样压迫穷人,庇护富人。实际上,财主是人间的阎王,阎王是阴间(幻想中的)的财主。

故事中章京、县官、财主、阎王都是贪婪凶狠、欺压劳动人民的。《章京和他的女婿》中,章京为了剥削穷人,以女儿许嫁为由,让巴图为他当十几年长工;待女儿出嫁后,还千方百计地要占女婿的便宜,想方设法掠夺女婿的"宝衣""麒麟""神柜",表现出贪得无厌、吝啬成性的剥削阶级本质。《贪心章京的下场》中,章京已有四十四个妻妾还嫌不够,看到穷人的妻子霞美长得漂亮,就要利用权势强娶为妾,表现了贪婪好色的剥削者、统治者的荒淫与腐朽。《鹦哥的故事中》,县官看到伐木人的鹦哥能唱歌赚钱,觉得有利可图,就随便诬人以罪,将鹦鹉强行"归官",据为己有;《把"奇怪"拿来》中的县官,为了霸占平民百姓孝顺阿的妻子,以势压人,百般刁难。这种巧取豪夺、蛮横无理的行为,正表现了统治者的典型特征。然而,不管是章京、县官、财主、阎王,他们的共同点是极端的愚蠢——尽管他们有权有势,甚至有一批帮凶、打手为其驱使作恶,然而却背离真理、正义,缺乏智慧,因而他们都一个个败在机智勇敢的劳动人民手下,显出万般丑态。

这些故事中的劳动人民形象,是聪明机智、敢于斗争、善于斗争、并取得了最后胜利的。章京的女婿巴图,富有劳动人民的正义感和斗争精神,他三次捉弄、整治章京,使章京狼狈不堪、丑态百出,而自己却处处主动灵活,显示了出众的才华。他的行为大长了劳动人民的志气,大灭了统治者的威风。他这样做,起初的动机是为了报复,这是一种自发的出于阶级本能的反抗行为。在斗争的过程中,他的思想境界有了提高。故事中说他整治了章京以后,又想道:"这个章京依仗着权势,在牛录里头横行霸道,欺压百姓,抢掠别人拿血汗换来的财产",十分气愤,产生了要加倍惩治章京的想法,导致了第二次、第三次行动。可以说,这已经是比较自觉的阶级意识了,表现了他反抗行为的正义性。穷人的妻子霞美，利用章京“色迷心窍”的致命弱点，提出了三个苛刻的条件，诱使这个章京上当受骗，落得人财两空、丢官被逐的下场。霞美的智慧、灵巧，她为穷苦百姓着想的胸襟和才干，正是劳动人民斗争精神的理想化的体现。《秃子》中的秃子，是长工的儿子。他因对财主欺压年迈的父亲不满，起而反击财主。“秃子”在故事中没有丝毫的贬意，在锡伯族民间故事中，秃子多用在正面歌颂的形象身上，如，“秃孩子”“秃鹰”都是正面形象。这则故事中的秃子，是一个机智人物。财主觉得秃子不听任他的欺负，竟和自己对抗，怀恨在心，三次设计想害死秃子。但是机警灵活的秃子时时都有提防，他每次都巧妙地将计就计、略作手脚，就让财主搬起石头砸自己的脚。

这类故事，多数并不满足于暴露统治者的丑恶，也不满足于对某一统治者个人的惩治，而往往在故事结尾处，让代表剥削者的反动政权垮台，让穷人上台掌权，将土地分给穷人，把统治者搜刮聚敛的财富归还给人民，使人人安居乐业，过天下兴旺太平的日子。《鹦哥的故事》最后是县官冻死，伐木人当政；《把“奇怪”拿来》是县官被“奇怪”打死，孝顺阿当政。……这表现了人民群众的美好愿望：推翻剥削压迫人民的政权、建立劳动人民当家作主、人人平等、国泰民安的理想政权。虽然这不过是小生产者的乌托邦式的幻想，但它对劳动人民来说，无疑是一种巨大的鼓舞，是教育他们不要甘心受统治者剥削压迫的精神力量。

有一些童话故事，通过幻想的境界，神奇的情节，表彰劳动人民的劳动善良、正直无私的品质，揭露贪婪懒惰、损人利己的剥削阶级思想行为，表达了劳动人民的爱憎感情、道德观念和是非观点，如《穷姑娘和富姑娘》《秃鹰》《燕子》等等。这类故事，虽然不是现实生活的真实描写，人物也不是明显的阶级对立的关系，然而他们的行为和通过行为所表现出的思想、道德、品质，却分属互相对立的两个阶级。上述故事中的穷姑娘、弟弟和老妈妈，他们虽然穷苦，却不贪财，他们靠自己的勤劳过着俭朴的生活，用善良的心对待人和事；即使遇到发财的机会也不轻易伸手，不愿过不劳而食的生活。穷姑娘被乌鸦引到神婆那里，她不走金门走木门，不用金碗、银碗用木碗，不要金箱、银箱要木箱；弟弟让秃鹰背到太阳山以后，不要令人眼花缭乱、堆积如山的金银珠宝，却拣起了一颗金黄色的麦种；他唯一的一棵麦穗，虽然贵如生命，是他今后生活的全部希望，但当他听秃鹰说，三个孩子快饿死了，便答应把麦穗借给秃鹰；老妈妈看见被折断腿的燕子，就精心地给予治疗，使老燕能继续去哺育它的子女。这些情节，都表现了劳动人民的本色和高尚品质。相反，故事里的富姑娘、哥哥和麻太太，却贪得无厌，追求不劳而食、荣华富贵的生活，为此他们不惜损人利己、伤害别人：富姑娘不走木门走金门，不用木碗、银碗用金碗，不要木箱、银箱要金箱；哥哥在与弟弟分家时，霸占了全部家产，只给弟弟一葫芦麦种，还要偷偷地把麦种炒熟，好断绝弟弟的生计。他到了太阳山，没完没了地装金银财宝，忘记了考虑自己能不能驮得走，忘记了太阳出来他会被晒死的警告；麻太太为了也得到一南瓜的金银，有意抓一只燕子，将其腿折断。这些行为中所表露出来的丑恶思想，正是剥削阶级的心理写照。故事终了，让善良正直的穷姑娘、弟弟和老妈妈变得富裕起来，而让富姑娘、哥哥和麻太太被怪物吞食、被太阳晒死、被毒蛇咬死，表现了人民群众的心愿与美学原则。

有些故事批评、谴责了人们身上的不良品质，教育人们改掉恶习，发扬劳动人民的美德，做一个勤劳、诚实、待人宽厚的人。如《永顺保霍托》中，批评穷而懒惰的秃子永顺保，不勤劳治家，却梦想仙人的帮助，轻而易举地过上飞黄腾达、荣华富贵的生活，其结果是“南柯一梦”，一场空喜欢；《自作自受》中批评一个没落贵族之家的纨绔子弟，挥霍浪费惯了，对坐享其成的富裕生活还不满足，认为自己“命中注定该享福”，一味追求更大的“福气”，结果，事与愿违，短暂的富贵生活一去不复返了，落得个形只影单、懊悔不及的结果，最后在忧伤中死去。这两则故事，立意是好的，主题是积极的，但故事带有明显的劝谕性质，给人以“富贵如浮云”之感。尤其是后者，首尾的情节安排，使人怅然若失，带有某些消极思想的色彩。另一则童话故事《笞帚、锅刷和小猫》，通过拟人化的幻想故事，教育孩子要勤劳，不要懒惰，要忠诚，不要说谎，要友爱，不要自私，并使说谎、懒惰者受到了某种惩罚。情节富有朝气、情趣，使人积极振作。最后笤帚、锅刷和小猫都在其主人老太太的教育帮助下，改正了缺点，变成了不偷懒、不说谎、不自私的人，过着愉快的生活。

《孤女与黑牛的故事》（还有其异文变体《后娘的故事》）主要谴责后娘虐待前妻之女的恶劣行为。故事曲折动人。最后，受尽磨难两次死而复生的前妻之女与父亲团圆，享受了天伦之乐；而虐待、残害少女的狠毒的后娘，最终受到了惩罚，被赶出家门。

这类故事，劳动人民的爱憎感情和善恶是非观念，同样是表现得很鲜明的。

二

我所见到的锡伯族民间故事，从类型上说，有现实性较强的生活故事，有幻想色彩浓厚的童话故事，也有一些动物故事、寓言和笑话，而未见许多民族中常有的神话和传说。但是据我所知，传说是有的，如关于图伯特总管领导西迁的锡伯军民兴修水利，并挖“察布查尔大渠”的传说，关于女大力士莲花的传说，等等。据说，还有以某一真人名字为主人公的机智人物故事。可惜，尚无人认真地搜集整理出来。

现有的这些故事，一般都比较短小，即使稍长一些的，也都沿着一条主线发展，内容单纯，寓意明晰，脉络清楚，易讲易记，具有鲜明的民间故事的艺术特色。

艺术结构单纯完整，故事发展有头有尾，脉络清楚，是锡伯族民间故事的一个特点。例如《章京和他的女婿》就是由四部分构成：第一部分讲章京和他的女婿矛盾的缘起，引起女婿要整治丈人的下文。这部分提挈全篇，笼贯整体，是故事的“头”。接着是三次整治的具体内容和经过，每次都是一个完全不同的、相对独立的小故事；而这三个小故事彼此勾连，在发展上又具有一定的连续性，都脱离不了第一部分这个前提。这就构成了章京和他的女婿之间又斗争又联系的、十分巧妙风趣的完整的大故事。其结构图可以这样表示：◁□￣□_□。《秃子》分上下两大部分，每部分都有四个小故事。前四个小故事是现实生活故事，发生在“人间”，是长工秃子以破坏财主的阴谋诡计的方式教训了想害死自己的财主；后四个小故事是现实生活的幻化，发生在“阴”“阳”两个世界，是秃子设计圈套，教训了欲捉拿自己的魔鬼和阎王。这八个故事连在一起，形成了以秃子——这个机智的主人公为主线的一环接一环的故事串。八个故事中，除第一个（矛盾的发生、缘起）、第八个（矛盾的解决、结局）是一头一尾外，其他六个小故事三三并列，各抽去三个故事中的任何一个，都不影响全故事的完整性；然而它们的保存，不仅使故事更加丰富，而且使结构十分对称、均匀，体现了艺术结构的美。其结构图可以这样表示：◁□□□ I ⊗⊗⊗▷。

故事情节神奇巧妙，既有现实的真实反映，又带有浓厚的幻想成分，是其另一个特点。例如《孤女和黑牛的故事》中，前妻之女（孤女）受后母虐待，每日早出晚归，放牛干活，又吃不上饱饭，还要挨打受骂。这是现实中司空见惯的事实，是真实的，写实的；然而她放牛在野外时，黑牛十分同情她，与她说话，给她“变”饭吃；牛死后，皮和骨头变成衣服、首饰，给她穿戴。孤女被后母害死在井里后，井上长出了树，树上有小鸟，小鸟懂人话，能与外出归来的父亲交流感情。鸟被后母烧死后，又能在灰烬中变成珍珠，珍珠又变成姑娘，和孤女长得一模一样。这一系列情节，是很神奇的，是现实生活中不可能发生的。但这则故事，也正靠这些情节，才产生出引人入胜的艺术魅力，没有这些幻想的情节，这则故事就失去了光彩。这是以幻想情节为“故事核”的一类；也有以现实情节为“故事核”的。但这些情节，虽然是现实生活中可能发生的，但也不是生活中寻常的普通的情节，而带有很大的想象成分、夸张描写，使这些情节很奇妙。再以《章京和他的女婿》为例。巴图为了惩罚章京，把普通的单衣变成“宝衣”，把毛驴变成“麒麟”，把旧木箱变成“神柜”，就已经是很奇特的了；然而为了使章京对他的宝衣、麒麟、神柜深信不疑，并动其“贪心”，产生占有的念头，他做了一系列巧妙的安排布置、精彩的“现身说话”式的表演，和有声有色的动人演说。这些情节，也是非常巧妙、生动有趣的。

故事情节的神奇巧妙，表明这些民间故事是采用现实主义与浪漫主义相结合的创作方法编撰起来的，也只有这样神奇巧妙的情节，才能深深地铭刻在人们的记忆之中，一代代靠口传心授流传下去。

锡伯族民间故事还喜用情节反复和对比描写的手法，增强故事的条理性和艺术魅力。例如《燕子》中，穷人老妈妈为受伤的燕子包扎折断的腿，种下燕子衔来的南瓜籽，结出南瓜的一系列情节，后来富婆麻太太都模仿着干了一遍。这种反复，能增强故事的条理性，加强听故事人的记忆，是典型的口头文学尤其是童话的叙事方式。但是这种反复，并不是简单的重复，而是对比中的艺术反复。老妈妈和麻太太俩人，虽然做着同样的事，但是为什么做、怎样做却不大一样，截然相反。故事就在这种“大不一样”中，塑造了两个极不相同的人物。这种反复中对比、描写、叙事，产生了强烈的艺术效果，深化了主题思想，增强了故事的艺术魅力。这种表现手法，在《穷姑娘与富姑娘》《秃鹰》等许多故事中，都产生了很好的艺术效果。

三

关于故事产生的年代和地区。

这批故事，据笔者的初步观察，都产生得较晚，是近二三百年，甚至是近几十年产生的，它们绝大部分都是锡伯族西迁定居新疆以后的作品。其理由如下：

一、从故事所反映的人民的经济生活和生产方式看，多是以农耕为主的。《燕子》中讲种南瓜，《秃鹰》中讲种麦子（而且还有葫芦装麦种），《秃子》中讲到让牛头魔王拉粪车、马头魔王碾稻谷，《秃孩子》中讲种萝卜，《海瑟木算卦》中讲用刀豆算卦，还讲到高粱垛子，《把“奇怪”拿来》讲到高粱地、仓房、粮囤等等，这都是农业民族生活的反映。然而锡伯族在十七世纪末叶（一六九七～一六九九年）以前，即满清政府调锡伯军民离开世代生活的嫩江、松花江流域，南迁到盛京(今沈阳)等地驻防前,是以渔猎为生的;农业的发展,是在南迁以后,与汉、满等民族杂居共处时慢慢开始的。因而这些故事应该是产生于十八世纪以后。

二、从许多故事中的迹象表明,故事发生在新疆。比如《章京和他的女婿》中,章京所生活的地方,有东西南北门,他骑的"麒麟",先奔到东城门下,后又跑到西城门下。这种建筑形式,是锡伯族人定居新疆后,一个牛录的军民围墙而居的乡镇建筑形式;而章京去总管衙门,要出东门,往东走,这正是今察布查尔县金泉公社往县城去的路。这则故事是解放初在金泉公社境内搜集的,可能故事就发生在这里。又如,《巴图、地主和章京》这则故事,叙述地主因不给长工工钱,引起两人争执。长工巴图打了地主,地主告到章京那里。在审判时,章京因事先接受了地主的贿赂,本欲判巴图无理。然而巴图早有准备,见官前在袖筒里藏一擀面杖,待章京宣判前,巴图故意将擀面杖头露出一点,朝章京晃了晃。章京以为是要献给他的银子,很高兴,便判巴图有理,地主要付清所欠的工钱。事后,章京向巴图要银子,巴图却取出了擀面杖,并说:"我早就听说你断官司不公平,特地准备了这个东西。如果你判我输了,我就用它打你。"这则故事,和维吾尔族《阿凡提的故事》中的《藏在怀里的东西》的基本情节完全一样,只是把阿凡提改成了巴图,巴依改成了地主,喀孜改成了章京,揣在怀里的石头改成了藏在袖里的擀面杖罢了(哈萨克族的《考加纳斯尔的故事》中也有这一故事)。这说明,这则故事,是锡伯人西迁新疆后,受维吾尔,哈萨克族民间故事的影响而移植、编讲的。此外,许多故事中讲到羊群、骑马、喝奶茶、熟皮子、做靴子等等,这些情况是锡伯族人民移居新疆后,与哈萨克人杂居,开始从事牧业生产后形成新的生活习惯的反映。

三、有一些故事,讲的是地主和长工的矛盾斗争。在锡伯族的社会生活中,其封建生产关系是随着被编入"八旗"而形成、发展起来的,其土地是"公有"的,称"旗地",来新疆开辟了察布查尔大渠后,改称"察地"。土地的分配是按照旗官和披甲的不同等级拨给的,具有奉禄、军饷的性质。因此,占有较多的土地,并雇工剥削的,都是具有总领、副总领、佐领(章京)官职的人,没有如汉族及其他民族中那样的地主、巴依、财主。这样的地主、财产是在废除了“八旗”制以后才开始的。而新疆的锡伯族保留“八旗”制的时间很长,直到一九三八年我党派陈潭秋、毛泽民等大批共产党人到新疆工作后,才正式废除。有些故事,如《秃子》中叙述的地主、财主不像官,而像一般的地主,很可能是废除“八旗”制以后产生的。而且《秃子》还有不同的变体,如《霍托哈哈吉和财主》《财迷精》。这几则故事,一看就知是一个故事源,是不同人讲述、整理出来的;但是有不少情节很不相同。这都说明,这则故事,形成较晚,尚未完全定型,是近几十年锡伯人民的口头创作。

一九八四年秋

载《伊犁河》一九八四年第四期

收《新疆民族民间文学研究》一书

注:文中所引故事发表在如下书刊:

《章京和他的女婿》:《中国少数民族文学作品选》第二分册。

《穷姑娘和富姑娘》《秃鹰》:《新疆兄弟民族民间故事选》。

《燕子》《秃孩子》:《新疆民间文学》1983 年第 3 期。

《秃子》《自作自受》:《新疆民族文学》1983 年第 1 期。

《鹦鹉的故事》:《天山》1959 年第 12 期。

《财迷精》:《民间文学》1959 年第 10 期。

《巴图、地主和章京》《贪心章京的下场》:《民间文学》1961 年 2 期。

《孤女与黑牛的故事》《海瑟木算卦》《永顺保霍托》《笤帚、锅刷和小猫的故事》:《新疆民间文学》第 8 期。

《鹦哥的故事》《后娘的故事》《把“奇怪”拿来》《傻女婿的故事》:《新疆民族文学》1983 年第 3 期。

《章京和他的女婿》简析

《章京和他的女婿》是流传在新疆锡伯族中间的一则民间故事，它在一定程度上反映了锡伯族社会生活的特点和民间文学的特色，是值得一读的。

首先，故事具有较高的认识价值，它反映了几个重要的社会生活侧面，能帮助我们了解锡伯族的社会与历史。

故事反映了封建统治时期锡伯族的阶级关系和社会发展的状况。故事中的"章京"是官名，即"牛录"的首领；"牛录"是锡伯人被清政府编入八旗后的基层单位，到新疆则成为进行屯垦戍边的军事行政编制，相当于一个乡。故事里这位管辖一个牛录的章京，既是官吏，又是财主，是锡伯社会中的统治者和剥削者。他依靠为官的地位，占有大量的土地，并无偿地使用"跟丁"，为他做警卫、服杂役，耕种土地，还采用其他形式，如故事中以嫁女儿为条件让穷人为他做十几年的长工，进行剥削，致使他的家产越来越富。而富有又使他进一步和富豪绅士、总管衙门勾结得更紧，巩固了他的统治地位和权力。故事中的女婿巴图，是章京手下的兵丁、穷人，是一个亦兵亦农的锡伯族贫苦的劳动人民，是锡伯社会中的被统治者、被剥削者，他无钱无势，只靠自己牛一样的力气、勤劳的双手和聪明才智来维持自己的生活。故事对章京和他的女婿之间的关系，虽只略略交代，却真实地反映了锡伯族内部封建剥削制度和阶级关系的一般状况。但是，这种封建主义的阶级关系和汉族地主与贫雇农的关系又不完全一样。巴图虽是章京的长工，他们之间却不是地主和雇工的关系，他的受雇，是一种婚姻补偿形式，如通常的男家为女方送财礼，而这财礼是十几年的劳动罢了，一旦财礼送足，主雇关系则改变为翁婿关系，再不是依附于财主的长工，而是有其独立的人身自由权利的百姓了。所以故事中的章京和他的女婿不是以地主和长工的关系出现，而是以丈人和女婿、富人和穷人之间的关系出现，这就具有锡伯族的特点。

锡伯族本是东北的打牲民族，以狩猎和捕鱼为生。而本故事开始的叙述，却反映了农牧业生产都有相当发展的情况，这清楚地表明，锡伯族西迁至伊犁后，大兴农业水利，以农为主、兼及畜牧与狩猎事业的情景是近一二百年锡伯社会生活的反映。

故事中有巴图为了捉弄、报复章京，而手持木杖，绕着花花绿绿的"神柜"，念念有词，装模作样的表演。这种表演，是萨满欺骗人民，装神弄鬼为百姓治病祛邪的迷信场面的点化、变换。它反映了锡伯族曾经信奉萨满教的历史遗迹，如今构成滑稽可笑的讽刺场面，说明萨满教的影响，一百多年前已在锡伯族人民生活中越来越淡漠，开始产生批判、鄙弃的观念了。

故事中所表现的农业的发展，穿着服饰的质地和式样（绸缎衣服、长袍、宽沿礼帽）、生活用品（火盆、扇子、盘碟碗筷）、趣味爱好（对麒麟的尊崇和对毛驴的卑视）、生活习惯（春节拜年、记时的十二时辰）以及京城带回的神柜等等，都反映了锡伯族与汉族人民之间长期交往的历史关系。

如此等等。可以说，《章京和他的女婿》这则民间故事，为我们提供了研究和认识锡伯社会历史的真实而生动的资料。

其次，故事具有深刻的思想教育意义。

它热情地歌颂了贫苦劳动人民的智慧与才能，他的勇敢的斗争精神和巧妙的斗争艺术，无情地嘲弄和鞭挞了章京这个富有的统治者贪婪、吝啬和极端的愚蠢，可笑而又可鄙，大长了劳动人民的志气，大灭了统治者的威风。从这一点说，它是真正的民间文学——劳动人民的口头文学。

让我们看看故事为我们塑造的这两个艺术形象。

章京，故事一开头就突出而绝妙地点出了他的吝啬与贪婪：“他吝啬得要从石头里挤出水来，贪心得要穿过每一个铜钱的小孔，连一粒米大小的东西都舍不得给人。因此牛录的乡亲们都说他是个拿麻雀肠衣灌香肠的章京。”由于贪吝，他看上了“有牛一样力气”的巴图，把他招为长工女婿，好让巴图干十几年的无偿劳动；由于贪吝之心的膨胀而产生的占人便宜的强烈欲望，使他忘记了起码的生活常识，利令智昏，居然一次次笃信“宝衣”“麒麟”“神柜”之类荒唐的编造，一次次出丑上当，受到惩罚。故事在讲述章京时，紧紧抓住“贪吝”这一基本性格不放，不时地加以点染，使这种性格极端鲜明、强烈。比如，他因正月十五穿单衣坐马车出远门拜年，冻僵出丑，被人救护苏醒之后，虽然羞得无地自容，不敢见人，却忘不了趁人不注意时，把人家火炕上的毡子裹在身上捞走，回到家找女婿发泄气愤时，虽然自己原先是自愿以羊交换“宝衣”的，却毫不心虚自愧地喊出“快还我的羊！”自然，故事并不仅仅写章京的贪吝，因为他毕竟是个“官”，不完全是土财主，所以在讲述章京时，往往把他的贪吝和他好虚荣、爱面子、喜吹嘘结合起来。正因为他虚荣心极强，爱在人们面前显示自己，比如在拜年前想象着许多有名望的人们，怎样羡慕地欣赏自己珍奇的衣服，得到了神柜，马上要请牛录的朋友、绅士们来家吃饭，以显示自己“祖传”的“神柜”的威力等等，这就使得他的贪吝愚蠢的行为和受到惩罚仍不觉悟，不接受失败教训的描写更加可信。这是一个活生生的贪财如命的富贵官儿的形象，给人的印象是生动的、深刻的、强烈的。

故事中的巴图这个形象也是很成功的，在新疆各少数民族的民间故事中，有很多机智人物形象，《章京和他的女婿》中的巴图，可以说是锡伯族故事中的机智人物。巴图的基本性格有两点：一是他的劳动人民的正义感和斗争精神；一是聪明能干，有心计，有才气。他第一次产生要整治章京的想法时，是出于这样的动机：“我当牛做马给他做了十几年的长工女婿，他当上了章京，发财了，就嫌弃起我来了，岂有此理！且看我巴图如何回敬你这老财主的辱骂吧！”一次惩罚后，他觉得还不够解恨，这不仅因为他自己受了章京很多气，怨气未消，也因为“这个章京依仗着权势，在牛录里头横行霸道，欺压百姓，抢掠别人拿血汗换来的财产”，使他更加气愤难平，他不仅为自己，也为和自己社会地位相同的被剥削、被压迫者向章京斗争，巴图对章京的惩罚，完全是穷苦人民对剥削压迫他们的统治者、官僚、富豪的阶级反抗和铲除世间不平的正义行为。这些描写，使巴图的形象显得高大美好，可钦可敬。同时，故事更着重描写的是巴图的机智与才能。他不仅能想出“宝衣”“神兽”“神柜”这样的妙计而且能够以自己身历其境的真实表演，头头是道的讲解交代，使章京自上圈套、深信不疑，直至上当吃亏后又不能不责怪自己做错，毫不怀疑巴图是有意捉弄，这是需要多么细致周到的谋划布置啊，这些地方尤其能显示出他的机智与才华，细心与老练。比如，当章京决定要拿羊换他的“宝衣”时，他一开始故意“对章京的话连听都不愿意听”，摆下迷魂阵，“直到章京纠缠不休”，他“才无可奈何地答应了”，而脱下农服交给章京时，又装出不放心的样子，讲出一套使用的方法，并告之以违者失灵的戒律，为圈套被识破后变被动为主动、再次戏弄章京，使之上当做好了埋伏；再如，为了把毛驴变成“麒麟”神兽，他不仅能够别出心裁地对毛驴进行十分奇特的打扮化装，使人看不出它是毛驴而竟相信它是麒麟，而且能够把毛驴训练成有令人惊奇的快速奔跑的本领；为了把一个普通的旧木柜变成一个神奇的饭柜，他会画下许多稀奇古怪、神秘莫测的图案，给人以置身神坛仙境之感，而且能把“祖父从京城带回来的神柜”之类的假话编造得头头是道，天衣无缝，使上了两次当的章京“信以为真，惊叹不止”，而第三次上当。总之，故事中的巴图是一个活生生的、血肉丰满的而又十分真实可信、可敬可爱的艺术形象，这个形象，既是现实的，又是理想的。

这个故事在艺术上也有不少值得称道的地方，它篇幅不长，但内容充实，是经过民间文学讲述家们精心加工锤炼出来的佳作。

结构严整，层次分明，故事性强，是这个故事给人最突出的印象。它由四部分组成，先是交代章京和他女婿矛盾的产生，引起女婿要教训岳父的下文;接着是三次教训,每次教训都是一个相对独立的小故事,但又彼此勾连,上下照应,贯穿成一个有头有尾、有波澜起伏的难于分割的整体。这既便于记诵,又便于讲述,明显的表现了民间口头文学的特点。

诙谐风趣,嘻笑怒骂,幽默感强,这也是贯穿全篇的突出特色。

这种幽默感来自两个方面:一是对巴图机智行为的称赞,一是对章京愚蠢行为的暴露。巴图的所作所为都是为了教训惩治章京,他的主要言行都是经过深思熟虑后的"做戏",他明明在作"假",但却当"真",极其认真,细致,一丝不苟,尤其是在章京面前,更是如此,其目的是为了让章京看不出是假而信以为真。因此,他的行为就产生了幽默感,令人发笑,他越自觉,越认真,这种幽默感就越强烈;相反,章京的所作所为都是出于贪吝和虚荣,他的言行虽是出自他的真心,却又是被巴图巧施妙计"引"出来的,明明巴图作"假"骗他,他却鬼迷心窍,信以为"真"。他越是痴信,结果他被整治得就越狼狈,越显得丑态百出,令人耻笑。车尔尼雪夫斯基曾在他的著名论文《论崇高与滑稽》中说道:"在滑稽戏中所描写的人物,他们实在是可笑的,但却不知道自己可笑;戏谑却和这相反,它笑的是别人,但却尊崇和原谅自己。"这则故事中的幽默感,是戏谑之笑和滑稽可笑交融合成的结果。由于故事的创作者们对两种笑的态度鲜明——尊崇与贬斥——对比强烈,因而故事的幽默感和讽刺力量是极其强烈的。

故事另一个明显的艺术特色是强烈的对比性。两个主要人物身上概括了两个不同阶级人物的阶级关系和思想感情的某些本质方面,比如,他们的关系是地主与长工的关系,这最容易表现封建时代的阶级关系,他们的思想性格,一个是贪婪、吝啬、虚荣、霸道,概括了剥削阶级的特点,一个是勤劳,勇敢,聪明、智慧,集中了劳动人民的优点;但同时又有自己的特殊的个性:就两个人的关系来说,他们是翁婿关系,不同于一般的地主与长工。剥削者与被剥削者的关系;就性格来说,章京的愚蠢健忘和不善于总结教训,巴图的诙谐机趣、善于辞令和长于表演……使他们成为既有阶级共性,又有独特个性的人物形象。

选择事件也是如此：数九寒天穿单衣这种违悖常情和习惯的事情被变成了事实；毛驴这种受人卑视、只配做下贱劳动，体面人耻于乘骑的牲口，变成了受人尊崇，富有神奇力量，章京以乘骑它为荣的牲灵。一个穷人家的旧木柜变成富豪家祖传的神柜……这些本是令人难以置信的事情，都被写得合情合理，令人信服，具有强烈的艺术魅力。

细节描写的生动传神、细致逼真，也大大地增强了故事的对比效果。如，巴图冬天穿上单衣，又不断擦"汗"，扇扇子的动作，他围着神柜作戏的表演，章京被冻得"只是露着牙齿笑嘻嘻地坐在车上，一动也不动"的丑态，他伸脖子看见巴图围绕神柜请神时，被惊得"眼睛睁得圆圆的，张着嘴在那里发呆"的表情，他想要"宝衣"时，对女婿那种和善乞求的态度和他受到惩罚后，对女婿"二话不说，举起拐杖没头没脑地打了起来，每打一棍，嘴里咒骂一句"的暴怒凶残态度，以及"石头挤水""麻雀肠衣灌肠"之类的比喻、概括等等，都是精心选择、奇妙无比。

《章京和他的女婿》是一篇饱和着劳动人民的爱憎感情，按照人民的意愿编撰出来的故事，富有强烈的人民性，至今仍为人民群众所喜闻乐道。

这则故事是二十世纪五十年代初期由伊克金太、鄂哲英在今察布查尔县金泉公社地区搜集的，后收在新疆人民出版社一九五八年出版的锡伯文《锡伯民间故事选》中，一九五九年由忠录、许广华合译成汉文，发表在作协新疆分会主办的《天山》文学月刊上，收在本书的译文是锡伯族翻译家忠录同志为《中国少数民族文学作品选》重译的。

故事是在锡伯族西迁伊犁，农业生产得到了较好的发展以后逐渐产生和形成的，估计有一百多年的历史。现中年以上的锡伯人都记得他们从小就听老人讲这个故事。故事所产生的地点，根据故事所提供的地理位置等线索可以推断，估计在金泉公社。因为章京所生活的地方，有东西南北门，这是锡伯人定居新疆后一个牛录的军民围墙而居的乡村建筑的特点；而章京去总管衙门，要出东门，往东走，这正是今金泉公社所处的地理位置。

一九八二年五月

收入《中国少数民族民间文学作品选讲》

（云南人民出版社 1984 年出版）

史诗《玛纳斯》的反侵略斗争

柯尔克孜族英雄史诗《玛纳斯》反映了民族英雄玛纳斯祖孙八代为振兴民族、反抗异族统治、造福人民的伟大业绩，它曲折地表现了历史上柯尔克孜人民团结本民族及一切受压迫受奴役的民族与人民抗击异族统治掠夺的斗争，真实而生动地展示了当年西域地区复杂的部落、民族之间的关系。

柯尔克孜是我国多民族大家庭中的一个成员，是有悠久历史的古老民族，历史上曾称为“坚昆”“黠戛斯”“乞儿吉思”“布鲁特”，在两千多年的发展生息的过程中，除一较短时期内比较强大外，大多数时期都比较弱小，相继遭受过匈奴、鲜卑、突厥、契丹、蒙古、浩罕、满洲、俄国等部落、民族的侵扰、统治与压迫，给民族的生存、发展造成了极大的灾难，给人民的生活造成了极大的痛苦；然而柯尔克孜人民是一个不甘心受奴役、不断起而反抗斗争的民族，历史上充满了可歌可泣的英雄业绩。纵观柯尔克孜民族的生存发展史，可以说就是一部反抗外族侵略压迫以图民族振兴自立的历史，是民族壮志与民族血泪交织的不屈不挠的斗争史。这种反抗自强与血泪痛苦的记忆，随着时间的流逝，其历史事实的真相渐渐地淡薄了、模糊了，然而留在人民心灵中的情结即人民的情绪、民族的感情却越来越浓重、越强烈，并逐渐将这种模糊的历史记忆与强烈的民族情绪变成人民口头创造的传奇，在史诗《玛纳斯》中化着惊心动魄的故事和生动感人的形象，在人民群众中世代流传。它不是历史的真实记录，但积淀着历史的真谛、凝聚着民族的爱憎。是一部反侵略反奴役、振兴民族大业的形象历史。史诗中关于反侵略斗争中民族关系、战略与策略等方面的描绘，正是这种历史斗争经验的总结，也是英雄玛纳斯杰出的政治思想的表现。

史诗一开始就展示了一场触目惊心的民族压迫与民族反抗的真实情节：统治着柯尔克孜人民的卡里玛克汗·阿牢开，从先知口中得知，在穆斯林柯尔克孜人中，将诞生一个英雄玛纳斯，他出生后“凡是骑马能走到的地方，都要被他征服”，他将“为穆斯林创造一个新的世界”。阿牢开预感到，玛纳斯将带领柯尔克孜人民起来反对自己的统治，因而十分惊恐仇恨，便派人到各地巡察，惨无人道地剖开每一个柯族孕妇的肚子，以便把玛纳斯杀死在出生之前，这血淋淋的现实充分暴露了异族统治给柯族人民带来的深重灾难。然而智慧而又团结的柯族人民巧妙地蒙混过卡里玛克人的暗探，保护了新生的玛纳斯，取得了胜利。这一事件富有象征性地显示了奴役与反奴役斗争的历史意向，从此一个伟大民族英雄的出现，像磁石一样，吸引着、凝聚着不愿做奴隶的人们，逐渐改变了双方力量的对比，揭开了民族反抗斗争的历史篇章。

在英雄玛纳斯一生中，曾率军打过九次大仗，其矛头所指，有卡里玛克人、芒额特人、浩罕人、俄罗斯人、克塔依人等侵略者，而最主要的敌人是卡里玛克统治者，因为他们不仅过去（玛纳斯聚义之前）骑在柯尔克孜人民头上作威作福，而且现在（聚义之后）还在严重地扰乱柯尔克孜人民安宁的生活：他们听说哈萨克与柯尔克孜人要举办“阔克托依祭典”，就率兵前往，蛮横地抢劫食物，骚扰祭祀，使祭典无法进行。对这样的侵略者、压迫者进行反击，报仇雪恨，完全是正义的行动。玛纳斯深知他的主要敌人是卡里玛克统治者，他与卡里玛克人打仗次数最多，相继消灭了阔特略克、肖鲁克、交劳依、柯里达依等汗王及其部队，取得了辉煌的战绩，壮大了民族力量，振奋了民族精神。

在反侵略的斗争中，有两点值得注意：其一，史诗一提敌人，总是笼统地提“卡里玛克、克塔依”，有时还加上满洲人、安洲人，他们似乎是一个整体、一个民族，有时又似乎是不同的部落、民族联合在一起的。然而以真实的人物形象出现或具体地描绘破坏行为、罪恶事实时，几乎都是卡里玛克人，也就是说卡里玛克人是实的，克塔依人是虚的，卡尔玛克人是主角，克塔依人是陪衬。为什么会出现这样的情况？与这一现象相似的是玛纳斯连续起兵攻打、还击的对象卡里玛克（蒙古）、克塔依（契丹）、满洲、芒额特、浩罕、俄罗斯等民族或部落，历史上确实都统治过、侵扰过柯尔克孜。但他们都分属完全不同的历史时期，有的相差几百年，史诗将他们都搅混在一起，似乎都在同一时期生活。这两方面的事实互相印证，充分说明史诗中的事件只是历史的模糊的投影，其中的敌人也只是民间文学中创造出来的形象，"卡里玛克汗"在史诗中只能作为侵略、奴役过柯尔克孜民族的艺术形象来解读。

其二，玛纳斯等柯尔克孜人民虽然对卡里玛克侵略者怀着刻骨的仇恨，但是并不一般地指向卡里玛克的平民百姓，如他第一次出战阔特略克汗取得全胜后，有这样一段情节：他们杀死了汗王及所有参战的卡里玛克军队、兵马，却不杀其他无辜的卡里玛克人民。诗中唱道：

"逞强的卡里玛克人啊，
你们睁开眼睛看看吧！
我们并不想杀掉你们，
你们快快走吧！"
柯尔克孜人这样说道。

这说明，在玛纳斯及柯尔克孜人民心目中，卡里玛克平民百姓并不是他们的敌人，甚至还可能是朋友。在玛纳斯十岁时，最初聚拢来的二十位勇士中，就有一位来自萨勒阿尔卡地区的卡里玛克少年，当时十一岁，他不甘心受肖鲁克汗的统治，丢下父母，带着马夫投奔玛纳斯来了，声称来"为柯尔克孜服务"。玛纳斯毫不犹豫地收留了他。这充分说明，玛纳斯进行的斗争，不是单纯的柯尔克孜民族与卡里玛克民族的斗争，而是受压迫民族与人民对压迫民族统治者的斗争。

这是一个正确的指导思想，是人民意志的集中体现，具有伟大的战略意义。它是玛纳斯能够团结群众、战胜敌人的根本原因，也是史诗展现复杂的民族关系，紧紧把握斗争目标的第一个特点。

与此相联系的第二个特点就是广泛团结一切受卡里玛克统治者侵扰、奴役的各部落、各民族的人民，共同反对最主要的敌人。在玛纳斯的队伍中，除了柯尔克孜人以外（这是主力）还有哈萨克人、卡里玛克人、塔吉克人、土库曼人、乌孜别克人、卡拉卡尔帕克人、依斯潘人，等等。他们为什么要参加玛纳斯的队伍，史诗中有两段叙述，很能说明问题——

一是十三岁的柯尔克孜红脸少年阿布德尔达在投奔玛纳斯时说的：

我父亲叫克普恰克
一年十二个月都放牧骆驼
我们受卡里玛克人的压迫啊
柯尔克孜人哭叫连天
找不到豹子般的英雄
我们像孩子般无依无靠
听说出了个英雄的王君
我父亲高兴得喜泪盈盈
催促我骑上骏马前来投奔
临行前父亲频频叮咛：
“孩子啊，为了受苦受难的人民
你去吧，
去报仇雪恨吧，
去找玛纳斯吧”

二是在玛纳斯身边聚集了各部落、民族的“四十位勇士”之后唱的：

他们都不是平凡的人啊
原先都是汗的后代
卡里玛克人剥夺了他们的权利

把他们当成奴隶
残暴地统治他们
这些好样的英雄
听到出了个玛纳斯
要向卡里玛克人夺回权利
他们抛下苦难的人民
告别了伤心痛哭的父母乡亲
骑上挑选出的好马
举起声讨敌人的战旗
为了报仇雪恨
前来投奔玛纳斯

玛纳斯高兴地收下了这些自愿投奔而来的各族英雄好汉,集中了众人的意志,举起了反抗的大旗,组织了出征的大军,开始了反侵略的战斗。

与对卡里玛克统治者相反,玛纳斯对受卡里玛克等异民族奴役压迫的部落、民族是友好的、帮助的。据史诗中叙述,柯尔克孜人和哈萨克人都是游牧的部落,毗邻而居,都受卡里玛克人的统治。由于生活与命运相似,他们友好相处,组成了"哈柯七汗联盟",共同商讨和处理各种大事,"阔克托依祭典"就是两个民族的六个汗王商量决定的,他们中因有人与玛纳斯有矛盾,不愿请玛纳斯来参加,后来因遭到卡里玛克人的侵扰掠夺而无力对付时,不得已才去请玛纳斯。玛纳斯以团结为重,以民族利益为重,不计前嫌,毅然前往,用自己的威严之师,镇慑了内外,保证了祭典的顺利进行;并继而利用游艺活动,杀死了卡里玛克汗王交劳依,吓得另一卡里玛克汗王空吾尔巴依落荒而逃,使哈柯人民又能过上和平安宁的生活。玛纳斯出征乌鲁木齐取得胜利后,曾在一望无际的草原上建起了以自己名字命名的"玛纳斯城",他把这片地方让给了哈萨克牧民,并让哈萨克汗王阔克奇驻守这片土地,他的行动正是他团结一切可以团结的力量对付最主要敌人的一个生动例证。

玛纳斯曾领兵出征过芒额特人，因为芒额特首领马德库尔过去掠夺过柯尔克孜，与玛纳斯的叔父加木额尔奇结下了世仇。但是当他发现芒额特人中还有三百户巴朗人，是被马德库尔用武力征服后被迫留下的，也是受异族奴役的人，他毫不犹豫地放走了这一部分人，让他们重新过上自由的生活。玛纳斯不以民族偏见区分敌我，而坚定地执行他反对异族侵略者的基本政策，这又是一个很好的例证。

最能说明问题的是玛纳斯对待来自敌人营垒的原克塔依汗王阿里曼别特的政策，玛纳斯知道阿里曼别特虽然是克塔依汗王，但因为不愿在卡里玛克统治下做一个驯服的"儿皇帝"，丢弃了汗位，抛别的父母，改信了宗教，远离家园来为穆斯林服务；也知道他来自文明之邦，有才能、有知识、懂军事、会打仗，而且熟悉克塔依地区的情况，这对于处在较原始落后状态的柯尔克孜人，对正准备远征克塔依居住地区别依京的柯尔克孜部队，无疑是一个难得的人才、将才，尤其是他自愿前来，并忠实地为异民族服务，更是难能可贵。在阿里曼别特遭到哈萨克汗王阔克奇的误解驱逐而悲愤不平地离去时，玛纳斯竭尽全力来争取他，用极大的热情、极大的排场来迎候他，并和他结成"同吃母奶的亲兄弟"，使他"洗去心上的尘埃"，消除胸中的悲愤，参加了柯尔克孜远征大军。为了远征的顺利进行，玛纳斯委任他为全军统率，使松散不整的部队变成一支军纪严明、行动迅速、富有战斗力的劲旅。玛纳斯重用阿里曼别特的正确决策，得到了柯尔克孜有识之士的赞同与大多数人的服膺，但也有少数人思想不通，玛纳斯的亲密战友、兄弟、骁勇善战的大将曲瓦克就很不服气，曾在行军途中散布对重用异族人的不满情绪，并企图寻衅与阿里曼别特争执打闹，逼得阿里曼别特不得不请求离去。对此，玛纳斯努力做两人的团结工作，他派德高望重的巴哈依老人对曲瓦克进行说服教育，反复讲明要团结，不要搞分裂的道理，讲阿里曼别特如何不计个人得失，努力为柯尔克孜人工作的情况，还亲自给曲瓦克分派工作，听取双方的意见，原谅了曲瓦克蛮横无理的行为，使曲瓦克解除了对阿里曼别特的敌意，主动挽留对方致使两人重新成为并肩战斗、互相配合的战友，保证了远征的顺利前进。玛纳斯对来自敌人营垒的人才的重用与信任,对本民族中一些人的偏狭、近视、愚顽、鲁莽行为的说服抑制,充分表现了这位英雄领袖高瞻远瞩的眼光,宽广博大的胸怀和英明的战略决策。这一决策是服从于他的对敌斗争的主要战略目标和行动路线的,是超越了狭隘的民族情绪、民族偏见的。

同样是服从于集中力量反对侵略奴役者这一总的战略目标,玛纳斯对柯尔克孜民族内部的上层反对派,采取了"坚持团结、反对分裂、消除分歧、共同对敌"的方针,严防内讧,以保存民族实力去战胜异族侵略者。这种政策是玛纳斯组织反侵略斗争、处理民族关系上的第三个特点,在对待"六汗反叛"问题上表现得最清楚。六汗中的柯尔克孜汗王阿额西与坎尔克库里,因为一些个人之间的恩怨,一直与玛纳斯离心离德,在商量举办润克托依祭典时,就是他俩提出不邀请玛纳斯的;祭典后,哈萨克汗吾尔布又因在祭典上挨了玛纳斯的一鞭而怀恨在心,他们又商量起兵攻打已是七汗首领的玛纳斯,并且啷弹宣誓,歃血为盟,派使臣,下战书,决心挑起内讧。这种为区区小事而不顾大局,只想个人利害、不管民族利益的行为是十分有害的。玛纳斯得知后十分生气,但为了民族的整体利益,他做了冷静而正确的决策:先是威恩相加,镇慑住前来送战书的使臣,动摇了他们的意志;继而以不容违抗的命令限六汗按期领兵前来,六汗以为玛纳斯同意应战,如期到达。谁知玛纳斯这时已出征喀什噶尔,并胁迫先到的三个汗王随同前往,对后来的三汗则通过被迫参与叛乱的考少依汗给其他二汗作瓦解工作,结果汹汹而来的六支叛军,完全听凭了玛纳斯调遣,无法会师,并一个个承认行动的错误,败兴而归。玛纳斯对六汗反叛采取"利用矛盾、分化瓦解、分而治之、区别对待"的策略,使得这一严重的事态未动一刀一枪,就完满地和平解决了。从此六汗完全慑服了玛纳斯的领导,在以后"远征别依京"的战斗中,他们成为听候玛纳斯命令,召之即来的柯尔克孜部队,为反对卡里玛克侵略者做出了应有的贡献。

玛纳斯在反侵略斗争中的战略思想及在民族问题上所奉行的路

线、方针十分正确，是柯尔克孜人民智慧的结晶，也是《玛纳斯》中一份宝贵的思想遗产，值得我们好好研究、继承、发扬光大。

一九九〇年初冬

收《玛纳斯研究》一书

（新疆人民出版社 1994 年出版）

天神之子　走向人间

——玛纳斯形象剖析

玛纳斯是柯尔克孜英雄史诗《玛纳斯》的主人公，是千百年来柯族人民根据自己的历史、生活、理想和智慧创造出来的光辉艺术形象，这是一个带有原始部落特征的民族英雄，一个为摆脱被奴役的命运、为振兴民族大业建立了卓著功勋的部落领袖。

在史诗中，他的出生带有浓厚的神话色彩，其成长和一些行为也是非凡神奇的；但仔细观察其思想、性格、为人和政见，却又明显地体现着现实人的特点。因为他为柯尔克孜民族的形成与发展创立了不朽的业绩，所以人民将自己对英雄、对祖先的崇拜感情寄托在他的形象之中，不仅给他点染了种种神奇的色彩，而且以他的名字命名英雄史诗。这就使他成为从天神之子走向人间的英雄，一个半神半人、先神后人、虚神实人的艺术形象。

天仙佑助的神童

玛纳斯给人最初的印象是充满神话色彩的童年。他出生前天神是有昭示的——敌人卡尔玛克占卜师在常人不识的经书中，看到玛纳斯将要出生的昭示；他将是个英雄，将团结柯尔克孜人抗击外族人的奴役统治，将给卡尔玛克人带来严重灾难；与此前后，当加克普正在为无子焦虑祈祷时，在树林中却出现了玛纳斯与四十个勇士游荡的情景。有人告诉他，说是他的儿子，他莫名其妙，瞠目结舌。其实这是玛纳斯灵魂的显现。

他的出生是神奇的——他的父亲年老无子，按照古老的民族习俗将妻子送入人迹罕到的密林深处才得以受孕。这是“神孕”，玛纳斯实际是天赐之子、神之子；其母怀孕后，要吃“老虎的心、神鹰的眼、狮子的舌头”，才得以平慰身体的不适和情绪的烦躁，同样说明她怀的是“神胎”；他出生时紧包在一个大皮囊里，必须划开皮囊才能出生。他露出身体后，一手握着血，一手握着油，摊开手掌，掌心有“玛纳斯”的神秘印记。而当老人为掩盖敌人的耳目，给他另起了“大疯子”的名字时，掌心的真名印记又神秘地消失了。

他的成长也是不平凡的——四岁时就胸宽体壮，身躯庞大，却不能走路，躺在床上；到六岁时，却长成一个健全的男子汉。他生性豪爽，轻财好义，不满于父亲的吝啬，只身离家出走，却到处开荒引水，耕种庄稼，干起以狩猎游牧为生的、先辈从未干过的事情；而当他十一岁时，不堪忍受卡里玛克统治蹂躏的各族英雄们，都纷纷从四面八方向他投奔而来，拥戴他为反侵略的旗手！

他的武装是神赐的——他的马、枪、宝剑、战袍、斧、矛、鞭、望远镜等武器、宝物，多是天神在他出生之前就准备好，待他长大成人后才送交给他的，或者派能工巧匠专为他打造的。它们都有神奇的经历和本领：比如他的坐骑阿克库拉骏马，后臀上有天神用手抚摸的五个白色指印，遇到玛纳斯前，曾是敌人马厩里一匹瘦弱丑陋、连路都走不动的癞马，但见到玛纳斯后，耳朵上就像点着了蜡烛，立即脱去胎毛，变成一匹英姿矫健的骏马，有神奇的本领，具有人性，使玛纳斯的母亲见了它就奶头发胀，奶汁喷涌。它吃了母亲的奶，实际上与玛纳斯结为同乳兄弟、终生的伴侣。他的枪在他出生和长大时，能自动发出响声，预告保存者将它及时奉还给它的主人；他的宝剑和望远镜都能伸能缩，神奇变幻。

围绕着童年和少年玛纳斯的许多事件，都带着神话的色彩，都有神人天仙在暗示指挥。玛纳斯的神威，是天神赐予的。

原始野性的英雄

史诗在塑造玛纳斯形象时，一开始就按照古代人们的审美观点，赋予他英雄的体魄、气质和行为。

他具有英雄的声音，嗓音洪亮，气势夺人，他一出生的哭声就惊天动地。史诗是这样渲染初生婴儿玛纳斯的哭声的：

洪亮的哭声震得地动山摇，
湖水荡漾掀起滚滚波涛，
野兽吓得逃出了草原，
各种禽鸟也仓惶飞掉，
天空落下阵阵冰雹，
走路的人各个仰身跌倒。

这样的哭声，既体现出他身体的魁伟健康，也显示出他性格的神奇威严，既有写实性，也有象征性。他长大后在战场上与人搏斗时，往往一声大喊，吓得敌人魂不附体，败下阵来。阔克托依祭典摔跤比赛时，考少依、阿额什英雄都是在与敌交手时在十分危险的时刻，被玛纳斯呐喊助威，吓得敌人心惊胆颤才取得胜利的。

他有英雄的体魄——刚从皮囊里出来就重得一个女人抱不动。四岁时，胸部宽阔，身躯庞大，胳膊粗壮。六岁长成"山嘴一样高大的身材"。这样的体魄，是英雄力量和勇气的源泉，对敌人有强大的威慑力量，也能承受得了常人难以忍受的痛苦，抵御自然界和敌人制造的困难。他常常鏖战几天几夜最终消灭了敌人，原因就在于此。

他有英雄的长相——史诗这样描绘他六岁时的形象：

他有饿狼一样的胆量，
他有雄狮一样的性格，
他有巨龙一样的容颜，
他有不平凡的长相，
他会成为雄狮般的英雄啊！

人们根据他的长相、性格，称他为英雄、雄狮、豹子、青鬃狼、巨人等等，既符合他本人的实际，又体现了人民群众对他的崇敬与热爱。

他有英雄的食量——九岁时,他与朋友玛吉克到叔叔巴里塔和加木额尔奇家里时,两位长辈都给他杀了马,送来堆得像山一样的肉,湖一样的肉汤,他俩都一点不剩地吃完喝光:

巴里塔巨人的大木碗,
能容下一个六岁的孩童,
孩子爬进去就出不来,
躺在碗底能成梦。
"大疯子"端起大木碗,
一连喝了三十碗。

叔叔十分满意,连连称赞:"这两个孩子真是英雄好汉"。

他有英雄的嗜好——十二岁时,用矛枪刺死了肖鲁克汗。当这个巨人直挺挺地躺在地上时,他砍掉了巨人的头,剖腹挖出了巨人的肝,还喝了巨人的血,像喝马奶酒一样。喝完血后,更加振奋,"浑身充满了力量"。后来他又杀死了芒额特首领巴迪阔里,同时想道:"英雄喝了英雄的血,才被称为一个赫赫的英雄。巴迪阔里是个英雄,让我痛饮他的血吧!"于是他纵身跳下马,骑在巴迪阔里身上,把心脏里的血都倒在一个子弹袋里,装得满满的。把鲜血拿来解渴,比喝水还欢。正因为他是喝血的英雄,人们才称他"康阔尔"(嗜血者,吸血鬼)。

他有英雄的战功——他在战场上所向无敌,一挥手中武器,敌阵中就有成千上万人头落地;敌人营垒中的猛将,别人对付不了的,最终都被他消灭。史诗中最有名的几个敌阵英雄,都是在与他搏杀中被砍死刺死。所有敌将中最凶狠、武艺最高强的空吾尔巴依,也一次次败在他的手下,逃之夭夭。甚至人们根本无法对付的象阵——鼻子上绑着刺刀、疯狂冲入战阵的大象群,也是被他制伏杀死的。

他还有两种只有原始英雄才具有的习性。

其一:酣睡。在远征途中,有一次大将曲瓦克从前线赶来,要向他秉报紧急情况,他却酣睡不醒。曲瓦克大喊猛摇都叫不醒他,拿来大鼓在他耳边敲,也敲不醒。把他举起重重地摔在地上,还摔不醒。

最后不得已骑上战马，挺着矛枪，从远处冲刺而来，把矛枪刺进他的屁股里，他才觉得像蚊子叮了一口，醒了过来。

其二，抢婚。他的第一个妻子卡妮凯是他派人从卡拉汗家中抢走的，根本未给聘礼；他的第二、三个妻子，都是打仗胜利后俘虏的。三个妻子实际上都是抢来的。这是原始婚配在玛纳斯身上的体现。

身材魁伟，声音洪亮，食量如牛，力大气粗，英勇善战，力敌千军，杀人如割草，喝血如喝水——这是一切带有原始野性的英雄形象的共同特点，玛纳斯也是如此。对于这种野性的英雄气概，即英雄性与野蛮残酷性融于一体的古老英雄观，我们应本着历史唯物主义精神去理解和认识，尊重当时人们的审美眼光，不要用现代英雄观去苛求史诗，改造史诗所塑造的英雄形象。这是史诗演唱、记录、整理、翻译中都应注意的。

为民造福的首领

史诗中表现出的玛纳斯性格的重要特点，也是玛纳斯英雄形象的内在美质，是他对人民群众的热爱，懂得人民群众的爱憎疾苦，并且以为民造福为己任，这是他能团结一切可以团结的力量，走上反侵略压迫、振兴民族之路的内在思想基础。

玛纳斯虽然出生在富裕高贵的汗王之家，但并未在优裕的环境中长大。由于躲避卡里玛克统治者的暗探，他被迫隐姓埋名送往山林中抚养，住着用树枝搭盖的茅棚，也没有好衣服穿。这就使他自幼与人民群众打成一片，与人民感情相通，怜恤穷人，轻财重义，有铲除人间邪恶不平、普济天下的宽阔胸怀。

在对待财产的问题上，他和吝啬的父亲相反，慷慨大方，乐善好施。他把家中的牲畜不断地宰杀分给穷人、乞丐，甚至让穷人赶走他家的马牛羊等牲畜。这种行为，在他父亲看来，确是大逆不道、忤逆不孝，然而他认为天经地义，理应如此。面对父亲的斥责，毫不反悔，真正成了家庭的叛逆。父亲气得要宰了他，被乡亲们解救。从家乡逃出后，他又和新结识的伙伴一起开荒、打井、引水种地，收获的麦子堆成了山。对这些粮食,不论谁向他要,他都无偿赠送,连引来的水,也让人随便使用。这种行为,赢得了广大群众对他的称赞:“这不是凡人啊,这是真主赐给我们的天仙”!这促使他进一步体察民情,走向人民。

以后他四处出征,所获得的大量战利品——牲畜、财产,也从不中饱私囊。如消灭了肖鲁克汗后,他命令将所有缴获的财产集中起来,要官员们分给人民。结果那些住不上帐篷,甚至连一只看羊狗也养不起的穷人都分得了牲畜和帐篷,过上了安宁富足的生活。在战胜芒额特人后,缴获了大量战利品。他的父亲加克普和其他汗王也赶来要,玛纳斯没有给他们,全部无偿地分给了穷苦人民。柯尔克孜人民高兴得像欢度节日一样,向玛纳斯欢呼,表示感激和尊敬。

玛纳斯造福人民,爱护人民,不仅表现在对本民族的穷人,还能超越民族的界限,赐惠于战败族的人民。史诗叙述玛纳斯大败卡里玛克空托依后,胜利的柯尔克孜军民,大肆掳掠卡里玛克人一切牲畜财产,捆绑鞭打卡里玛克人民群众,连穷苦人也不放过,造成了凄惨血腥的恐怖局面。玛纳斯见此情景,阴沉着脸,十分难过,对他尊重的老人们说:“掳掠人民的财产/那是暴君们干的事情/勇敢的人捉拿敌酋寇首/愚蠢的人祸害百姓黎民”。他命令将士将牲畜财产归还给卡里玛克人民。从此这成了一条纪律和自觉的行动:柯尔克孜将士在战斗中都不侵害敌族的人民。这种高瞻远瞩的胆识和广阔仁慈的胸怀,是玛纳斯高于一般人(包括他尊重的老汗王和长辈们)的地方,也是他最终赢得人民拥戴、能够取得对敌斗争节节胜利的根本原因。

正因为玛纳斯心中装着人民,所以他也深深了解人民的爱憎疾苦,极端仇视奴役压迫柯族人民的异族统治者,决心用战斗将他们驱逐出去。他十岁时,遵从叔叔巴里塔这位代表人民意愿的长辈的嘱咐,从阿勒泰这个卡里玛克人统治的中心地区,来到撒马尔罕这个敌人统治力量薄弱的地区。这一行动,是聚集、壮大反抗异族统治的力量,建立自己立足地的伟大战略决策,表达了人民群众不甘心受奴役的民族愿望。因此,他到达撒马尔罕以后,被驱散到各地的柯尔克孜人，纷纷从四面八方聚集到他的身边。玛纳斯热爱人民，人民拥护玛纳斯。他的身边很快聚集了四十位勇士，其中不仅有智慧如海、善于理政的长辈，有力大无比、勇敢善战的同辈，还有受天仙派遣的先知，会打造武器的能工巧匠，有会占卜的，相面的，施魔法的，黑夜中善于行走的，行动机敏善于侦察的，能说会道专于外交的，懂得各种语言充当翻译的……其中不仅有柯尔克孜人，还有哈萨克人、塔吉克人、乌孜别克人、土库曼人等受卡里玛克压迫欺凌的各部落、各民族的人，甚至还有不愿受卡里玛克汗王管辖，而愿意为柯尔克孜人民服务的卡里玛克人。总之，一个以柯尔克孜为主体，联合其它受卡里玛克侵扰、奴役的各民族大团结的队伍组织起来了，它代表了真理、正义、民心。所以在他举起义旗，出战卡里玛克统治者空托依取得了胜利。通过这次胜利，人们进一步认识到：要驱逐异族统治者，解救人民于水火，必须由玛纳斯来挂帅。在老汗王巴卡依的倡议下，七汗王（内七汗）通过民主选举、一致拥戴玛纳斯当统率。从此他成了柯尔克孜真正的首领，成了团结全民族进行伟大事业的核心。

振兴民族的汗王

玛纳斯受拥戴为柯尔克孜人民的首领、反侵略的统率以后，连连取得了对各地侵略者的胜利，还帮助哈萨克人抵御了卡里玛克的侵袭，使他成为声名远扬的英雄领袖。

但是，他要真正实现振兴民族大业宏图，还必须统一各地的柯尔克孜部落，取得所有各部落首领的拥护。这对于他来说，是一件比驱逐外来侵略者更困难的事：它不能仅凭武力来降伏，还要靠政治，靠正确的政策、策略。

一些汗王过去屈服于卡里玛克统治者，过着屈辱苟安的生活，只要能保住自己的汗位与财产，就心安理得了。现在玛纳斯举起义旗，驱逐异族统治者，他们自然也是赞成的；但在几次战斗中，玛纳斯命令将缴获的战利品分给穷人而没有分给各汗王，也由于玛纳斯将俘虏的两个美女据以为妾，而这美女正是另外两位汗王的未婚妻，因此不知不觉中得罪了一些汗王。他们认为玛纳斯狂妄自大，独断专行，“把别人的尊严踩在脚下”，心怀不满，伺机报复，趁举办阔克托依祭典，他们商量邀请了远近所有各部落、各民族的汗王，甚至连卡里玛克汗王都邀请了，唯独不邀请“六十帐阿拉什人的首领”玛纳斯，企图孤立他，不承认他。然而卡里玛克人带来了大批柯尔克孜的敌人，搅乱了祭典，他们束手无策，不得已才采纳了别人的意见，请来了玛纳斯。玛纳斯不记前嫌，以团结为重，应邀赴会，降服了卡里玛克，使祭典顺利进行。那些心怀不满的汗王，虽然也慑服于玛纳斯的权威，但并未口服心服，仍然暗中策划叛乱，以七汗（外七汗）的名义，向玛纳斯下了战书。

面对一场民族内讧的危急形势，玛纳斯考虑到民族的利益和对敌斗争的需要，他运用智慧，以民族首领的政治头脑和博大胸怀，以恩威并重、刚柔相济的接待方式，首先折服了送战书的使者；接着以严厉的口气，下达命令，回敬企图反叛的汗王；同时以友好信任的态度，写信给不赞成叛乱的七汗之一考少依，进行了分化瓦解工作，劝他以实际行动影响、牵制其他六汗；并亲赴叛地，指挥平叛。玛纳斯的这一政治决策十分英明，事态果然按照他的意愿发展，六汗汹汹而来，败兴而归，不得不承认行动的错误，反叛得到了和平解决，避免了民族内部的一场流血战争，保存了民族实力，开始了真正的统一复兴。在统一民族的斗争中史诗充分展现了玛纳斯驾驭各派力量、利用矛盾、个个击破、解决内忧外患复杂矛盾斗争的政治才能。

由于他是人民爱戴的汗王，人们常以“苏里堂”（君王）称呼他，表达了人民对他的尊崇敬仰之情。

充满人性的凡人

虽然史诗用充满神奇诡异的幻想、富于浓厚浪漫主义的色彩塑造玛纳斯的童年形象，又用极度夸张的手法描绘他的成长、体貌和战斗中的威武雄姿、辉煌战绩，给玛纳斯这一艺术形象增添了缤纷神奇、生动鲜活的艺术魅力；但是在史诗的更多篇幅里，他却是一个活生生的凡人。玛纳斯给人总的印象，并不是神人天仙，并不那么超凡脱俗，也不那么神通广大，而是有血有肉、有爱有恨、有喜怒哀乐、有缺点失误的充满人性、充满矛盾的现实人物。

在处理家庭关系上表现得最为明显——他自小就不喜欢父亲的吝啬，为此曾离开家乡，十分坚决。但他生产出来的粮食，父亲赶着骆驼拉走了许多，他并不阻止；他曾批评父亲在卡里玛克人面前委屈苟安，是个可怜虫，但在众人面前还是尊重父亲、照顾父亲（也是汗王）的面子；父亲要求分享战利品，他觉得无理，予以拒绝（和拒绝其他汗王的要求一样处理），但当自己在庆祝胜利的游艺活动中赢得奖品后，却没忘记给父亲一份。在对待财产和人民的态度上，父子俩是针锋相对的，思想境界的高下是分明的，但他认为父亲毕竟不是敌人，而是自己的生父，柯尔克孜一位年长的汗王，人民群众的一员，因此对父亲并不是无情无义，不因自己当了首领而忘了亲情。

与妻子卡妮凯的关系上表现得更为鲜明突出——玛纳斯希求爱情，倾慕美女，也有青春的躁动：他出征途中，见到美丽的卡妮凯，顿时产生了爱慕之情，决心娶为妻子，后来就要求父亲去为他求婚；当父亲因吝惜高昂的聘礼，未给他及时办理婚姻大事时，他急不可耐地去打猎筹集聘礼，要亲自去迎接新娘；当他扮着商人来到卡妮凯家乡打听到其住处后，却又控制不住青春的躁动，不通报卡妮凯家人，也不办迎娶仪式，就乘黑夜潜入卡妮凯的毡房，图谋不轨行动，结果被刺伤手臂，败兴而归，把一桩好事搞坏了。回家以后，他不但不检查自己的错误，反而咒骂卡妮凯，赌气六年不去迎娶，却将战争中俘虏的美女，强娶为妻。六年以后，玛纳斯仍然惦记着、爱恋着卡妮凯，但他又忘不了六年前的羞辱，结果派人把卡妮凯抢了回来，十分粗暴无礼。在卡妮凯与他共同生活中逐渐恢复了爱情。卡妮凯有了身孕以后，他的另外两个妻子出于嫉妒，想挑拨他们两人的关系，便勾结坏人散布流言蜚语，诬陷卡妮凯与别人有私情；他听后失去理智，不调查了解真情，不问青红皂白、粗暴地将卡妮凯赶出家门，使她在蒙冤受屈、穷困孤独中生活多年。后来通过事实，认识了卡妮凯的善良能干，才有所悔悟：“多么聪明贤惠的夫人啊/我佩服她的本领高强/我不该听信蠢人的谗言/让她蒙受了六年的冤枉”。在与卡妮凯的爱情婚姻生活中，他表现了现实人的全部特点：追求爱情与婚姻，却又有男子汉大丈夫的虚荣心，有将妻子作为个人财产奴仆的占有欲和特权思想；有强烈的爱，也有强烈的嫉妒心，听说妻子和别人有私情，就感情冲动，不能自我约束。轻信粗暴，冷酷无情，自责自怨，幡然悔悟，在他的心灵深处交替出现——这是现实中人物的心理与行为，没有天神仙人那样的超脱与清静。

他还有其他缺点失误——他幼时的邻居和朋友，被敌人收买，来到已当汗王的他的身边，准备伺机谋害他。他轻信了邻居的花言巧语，用善良的心对待邻居，结果深受其害：马群被盗，自己又中了邻居的暗箭，几乎丧命；他不能细心体察人们不愿远征“别依京”的情绪，强行做出这重大决定，轻率冒险专横，造成远征的惨重损失，亲手毁掉了自己数十年创立的伟业；他在远征中不听阿里曼别特的忠告，久久滞留在远方，不肯班师回朝，以致损兵折将，自己也遭到了敌人的暗算，终于丧命；他做了奇怪的梦，没有告诉别人是什么样的梦，就大发雷霆，责怪别人不给他解梦，极端蛮横……这些只有凡人才会有的感情矛盾的缺点错误，天仙神人是不会有的。

玛纳斯，这位受柯尔克孜人民崇拜与歌颂的英雄、祖先，这位为民族建立了丰功伟绩，世代传扬的英雄、祖先，人民用浓墨重彩给他渲染了神人的色彩，但终究摆脱不了现实凡人的行为方式和思想感情。他是有神话色彩的古代英雄形象，是天神之子走向人间的艺术典型。

注：文中引文部分，根据1961年《玛纳斯》工作组搜集翻译的汉文资料本，笔者对文字略有加工。

一九九四年八月

载《民族文学研究》一九九七年第二期

结伴五十年

——代后记

当我渐渐走近古稀之年，回眸这漫长的人生之路，不禁有许多感悟，许多反思。虽然经历了那么多风雨坎坷，那么多时日简直是在年华虚度；但值得欣慰的是，阳光总是多于晦暗，前进终于战胜蹉跎，而且每一步总有亲人、师长、同学、同事、同行、朋友一路相伴，给我以亲情、友情、关怀、教诲、力量和勇气，使我能走到霞光映照的今日。这其中，最不能忘怀、最值得秉笔书写的是一位特殊的挚友——文学，文学评论与文学研究——她伴我时间最长，给我的教益最多，至今仍时时紧随，不肯离去。她是我的终生事业、终生旅伴、终生的精神依托。

文学，在我一九五五年踏进大学之门时就开始结伴，朝夕相处。我时时阅读她，端详她，聆听她的教诲。二十世纪六十年代初开始工作后，又以文学评论为业。在文学评论编辑的岗位上，为团结、发现、组织新疆文学评论队伍，发展、壮大、提高文学评论水平上，尽着自己力所能及的责任，直到九十年代，未曾中断与懈怠。配合工作，这几十年间，也陆陆续续地写了一些文艺评论。特别是在七十年代末开始兴起的全国少数民族文学研究大潮中，作为一个工作在文学评论岗位上的编辑，一个生活在新疆少数民族地区并钟爱少数民族文学的文艺工作者，为了不愿让新疆置身于这股大潮之外，落后于全国的形势，为了推动新疆兄弟民族文学的发展，我勉力开始了少数民族文学的评介、研究与组织工作，在刊物上开辟专栏，组织北京、兰州、内蒙古、新疆等地熟悉新疆少数民族文学的专家为刊物写稿、译稿，吸引一些汉族文学工作者评论、翻译新疆少数民族文学。与此相适应，也将自己的业余创作转向以评论、研究少数民族文学为主。本书编选的大部分文章，就是这段时间研究成果中选出来的。这些文章是在上述大背景、大趋势下，应全国少数民族文学与研究界对民族文学的理论探讨、优秀作家作品的评论、民间文学的研究和高等学校民族文学教材的编写……的需要而创作的。有的甚至是专门为高校教材、专题学术研讨会、各类辞书、丛书撰写的。

这是前人较少踏入的荒原宝地。为了认识它，熟悉它，我查遍了解放后我国和新疆各文学刊物与报纸副刊上发表的新疆少数民族文学作品，搜集了尽可能多的资料，以便从宏观整体上把握它，了解它的发展脉络、固有特质和历史定位；而为了深入研究某些作家作品，我尽可能地搜集全他的作品和有关情况，求朋友补译他未曾译为汉文发表的作品，反复阅读、比较思考，有时还向本人或了解情况的人请教，才开始写作。因此完成这些论文之后不久，我就能着手编选出版这位作家或这类作品的选集来。其目的不仅是进一步介绍这个作家，这种作品，便于人们了解得更具体深入些，也是为了便于其他有志于少数民族文学评论与研究的同志、同行参考，使他们少费时日，少走弯路。

一位工作生活在云南的同行，在一篇论述西南少数民族文学发展成长的文章中，指出了一个有趣而令人深思的现象——反客为主与主客归位："在社会主义多民族新文学的发轫阶段，往往不是由本民族作家去倡导、去鼓吹、去充任主角，而是由客籍的汉族作家首先去捕捉民族特色，去描写各民族的生活与斗争，去奠定民族文学的第一块基石，然后才在培养民族作家的基础上，让那些有才华的民族作家去担当起民族文学的大梁来的"①。这种现象，在民族文学评论与

① 李丛中：《两个世纪交接时的文学思考》，载《民族文学研究》1996年第4期。

研究领域也同样存在。全国如此,新疆也如此。这种历史的错位现象,在当年也不得不历史地压在了我辈肩上。从上世纪七十年代末、八十年代初开始,我和一些汉族文学评论家一起担起了“反客为主”的角色,追随着全国少数民族文学与评论的潮流,在这块荒原宝地上艰难地开垦、耕耘、播种,自然也获得了前所未有的、今日看来并不算丰盛的收获。

如今,在新疆,不仅文学创作中少数民族作家已担当起民族文学创作的大梁,文学评论与研究领域,也不断成长起少数民族出身的评论家、研究专家,我辈也逐渐地退休,退位,减少和淡出这类活动,“主客归位”的秩序正在一步步地实现。

回顾结伴五十年的文学生涯,尤其是近年的情景,真如陆游诗中所描绘的“万卷古今消永日,一窗昏晓送流年”,不知不觉中进入了人生的另一境界。此时此刻,已没有太多的时间与精力去拓耕更多的文学荒原了,但又不舍得离她而去,于是便萌发总结过去、瞻望未来的两点设想:为过去编选一本文集,为未来觅得一方沃土。希望在实现第一个目标的基础上,努力地去探索第二个目标,深耕细作,取得预期的收获,使今后的生活仍然充实愉快,为新疆各民族文学事业发挥余热。

本书在编辑之际,得到了同行王堡、王仲明两位好友的帮助,为本书题写了风格独特的书名和热情恳切的序言,为小书大大增色;新疆大学出版社的编辑们的热情支持,使小书得以顺利出版;而我的家人、儿女及其朋友为我的文稿的打印、复印乃至封面设计忙碌,为我减少了许多烦劳困难。这使我再一次深切地体会到友情、亲情、关爱与温馨,也再一次鼓起我继续为多民族文学耕耘不辍的勇气。在此一并说声:谢谢!

张　越

二〇〇七初春于春风巷